Mortelle ressemblance



Le bébé de l'ombre

R. BARRI FLOWERS

# Mortelle ressemblance

*Traduction française de*
FABRICE CANEPA

BLACK ROSE

HARLEQUIN

*Collection :* BLACK ROSE

*Titre original :*
THE BIG ISLAND KILLER



**HARPERCOLLINS FRANCE**
83-85, boulevard Vincent-Auriol, 75646 PARIS CEDEX 13
Service Lectrices — Tél. : 01 45 82 47 47 - www.harlequin.fr
ISBN 978-2-2804-8998-0 — ISSN 1950-2753

Composé et édité par HarperCollins France.
Imprimé en mai 2023 par CPI Black Print (Barcelone)
en utilisant 100% d'électricité renouvelable.
Dépôt légal : juin 2023.

FSC www.fsc.org
MIXTE
Papier issu de sources responsables
FSC® C159065

Pour limiter l'empreinte environnementale de ses livres, HarperCollins France s'engage à n'utiliser que du papier fabriqué à partir de bois provenant de forêts gérées durablement et de manière responsable.

# Prologue

Depuis sa plus tendre enfance, Liann Nahuina s'était rebellée contre les conventions que la société cherchait à lui imposer. C'était la raison pour laquelle elle avait fini par quitter la ville de Honolulu, où elle avait fait ses études, pour partir s'installer sur la Grande Île, loin de la foule et de la pollution.

La maison qu'elle avait conçue et fabriquée en grande partie était totalement autonome. Équipée de panneaux solaires, d'un puits et d'une citerne qui recueillait les eaux de pluie, elle lui permettait de vivre en toute indépendance. Le potager et le poulailler produisaient amplement de quoi subvenir à ses besoins.

Elle avait vécu ici les plus beaux moments de sa vie en compagnie de l'homme qu'elle aimait et qui partageait sa soif de liberté. Malheureusement, elle n'avait pas su percevoir la souffrance qui habitait son compagnon et qui l'avait finalement conduit à commettre l'irréparable.

Lorsqu'elle avait appris le suicide de Mark, l'existence de Liann avait basculé du rêve au cauchemar en l'espace de quelques instants. Plusieurs mois s'étaient écoulés depuis, mais elle ne parvenait toujours pas à se remettre de ce deuil cruel.

Elle essayait de se convaincre que l'esprit de l'homme qu'elle avait passionnément aimé était toujours là, qu'il continuait à veiller sur elle et sur leur maison. Mais cela ne suffisait pas vraiment à lui faire oublier son absence, à dissiper la mélancolie qui pesait sur elle de façon presque continuelle.

C'était encore le cas, ce jour-là, tandis qu'elle revenait du marché où elle était allée vendre le surplus de sa production de fruits et de légumes.

En arrivant chez elle, elle fut tirée de sa nostalgie par la vue de sa porte d'entrée grande ouverte. Avait-elle oublié de la fermer en partant ? Cela ne lui ressemblait pas, mais il lui arrivait d'être distraite, ces temps-ci, plongée dans de sombres pensées. Elle gravit la petite volée de marches et pénétra dans la maison.

— Il y a quelqu'un ? appela-t-elle d'une voix moins assurée qu'elle ne l'aurait souhaité.

Aucune réponse ne lui parvint. Elle s'avança à l'intérieur, l'oreille aux aguets. Soudain, du coin de l'œil, elle crut percevoir un mouvement sur sa droite. Avant même qu'elle ait eu le temps de se retourner, un objet contondant percuta violemment son crâne.

Liann tenta de lutter pour ne pas perdre connaissance, mais les ténèbres se refermèrent sur elle au moment précis où un deuxième coup s'abattait sur elle, plus violent encore que le précédent. Sa dernière pensée avant de sombrer complètement fut qu'elle était enfin sur le point de rejoindre l'homme qu'elle aimait…

# 1

Tout était arrivé très vite.

En l'espace de quelques instants, les hurlements de la femme qui se faisaient entendre à l'intérieur de la maison s'étaient tus et la porte s'était ouverte à la volée, laissant apparaître son mari qui brandissait un pistolet de calibre 38. Avisant la présence des deux policiers sur le seuil, il avait ouvert le feu sans sommation.

Une balle tirée à bout portant avait touché l'inspecteur Hideo Zhang en pleine tête, avant même qu'il n'ait pu se jeter de côté. Logan, lui, avait tout juste eu le temps de dégainer son arme de service pour abattre le forcené avant que ce dernier ne retourne la sienne contre lui.

Depuis lors, cette scène ne cessait de le hanter. Cela faisait trois mois qu'il en rêvait presque chaque nuit. Et même durant la journée les images remontaient parfois à la surface de sa conscience, s'accompagnant inexorablement d'une bouffée de remords et de culpabilité.

Il ne cessait de se demander ce qu'il aurait pu faire pour empêcher une telle tragédie, pour sauver la vie de son coéquipier. Et même s'il savait rationnellement qu'il n'aurait pas pu faire grand-chose pour prévenir ce drame il ne pouvait réprimer le doute qui l'envahissait périodiquement.

Chaque fois qu'il se retrouvait face à l'épouse de Hideo,

sa culpabilité redoublait encore. Elle ne méritait pas de se retrouver veuve aussi jeune. Et rien de ce qu'il pourrait faire ou dire ne suffirait à résorber le chagrin et la souffrance qui hantaient désormais son regard.

Mais ce jour-là c'était un tout autre crime qui monopolisait son attention. Une jeune femme s'était fait assassiner à quelques kilomètres de là, en plein cœur de Hilo, la capitale de la Grande Île. C'était la deuxième fois en l'espace de quatre mois que cela se produisait et la presse locale s'était déjà emparée de l'affaire en laissant entendre qu'il s'agissait de l'œuvre d'un tueur en série, surnommé par les médias, avec un manque d'imagination certain, le « tueur de la Grande Île ».

Certes, il était trop tôt pour affirmer de façon aussi péremptoire qu'il s'agissait bien d'un seul et même individu. Mais l'instinct de Logan lui soufflait que tel était malheureusement le cas.

C'était aussi le sentiment de Richard Watanabe, le chef du département de la police du comté de Hawaï, qui avait décidé de réunir un groupe de travail dédié à cette affaire, lequel, outre des représentants de la police locale, comportait des membres du département de la sûreté publique de Hawaï ainsi que deux agents spéciaux du FBI.

— Pour le moment, crut-il bon de préciser en préambule de leur réunion, les meurtres ont été circonscrits au *moku* de Hilo et sont donc théoriquement du ressort de la police locale. Mais s'il s'agit bien d'un tueur en série je préfère associer d'entrée de jeu les représentants des différents services concernés. Cette opération aura lieu en étroite collaboration avec l'agente spéciale Aretha Kennedy ici présente.

Logan observa attentivement la représentante du FBI avec laquelle il allait devoir travailler. C'était une séduisante Afro-Américaine qui devait avoir à peu près le même âge que lui. Grande, mince et élégante, elle arborait un regard franc et volontaire qui lui inspira aussitôt confiance.

Cela faisait près de dix ans qu'il travaillait pour le département de la police du comté de Hawaï et il avait eu régulièrement l'occasion de coopérer avec les fédéraux. Le FBI possédait même une antenne permanente sur la Grande Île de façon à faciliter les relations avec la police locale.

Contrairement à certains de ses collègues, Logan ne considérait pas les fédéraux comme des rivaux, mais comme de précieux alliés. Ils disposaient en effet de ressources nettement plus importantes que la police locale et avaient accès à toutes sortes de bases de données et de consultants en matière de criminologie.

— Le Bureau mettra à votre disposition toutes les ressources qui vous paraîtront nécessaires au bon déroulement de l'enquête, déclara Aretha Kennedy, confirmant qu'elle partageait sa vision des choses. Je sais que, dans ce genre de situation, on préfère généralement éviter de parler de tueur en série tant que l'on n'a affaire qu'à deux victimes. Officiellement, ce qualificatif n'est attribué qu'au bout de trois meurtres dont les modes opératoires sont identiques. Le second meurtre pourrait en effet avoir été inspiré par le premier sans que les auteurs soient les mêmes. Mais, d'expérience, ce genre de cas demeure assez exceptionnel. Je vous incite donc très fortement à intégrer d'entrée de jeu l'hypothèse d'un tueur en série.

— Je partage tout à fait ce sentiment, acquiesça Logan. Il n'est pas question de perdre du temps en attendant qu'un troisième meurtre similaire vienne confirmer ce que nous soupçonnons tous. Je suis convaincu que le tueur va recommencer et j'aimerais que nous parvenions à l'arrêter avant qu'il en ait l'occasion. Et je vous remercie de l'aide que vous voulez bien nous apporter, mademoiselle Kennedy.

— *Mahalo,* inspecteur Ryder, répondit-elle en lui décochant un sourire cordial.

— J'espère que nous identifierons vite le coupable, déclara alors Ivy Miyamoto, une jeune inspectrice nippo-américaine qui avait rejoint la police du comté cinq ans auparavant.

Âgée de vingt-neuf ans, elle était très mince et de petite taille. Mais cette apparente fragilité dissimulait un caractère bien trempé et une volonté à toute épreuve. Depuis la mort de Hideo elle s'était révélée être une auxiliaire très précieuse pour Logan, le délestant d'une partie de la charge de travail tout en lui apportant un soutien moral sans faille.

— La présence d'un tueur en série sur une île aussi peu peuplée rend les habitants très nerveux, ajouta-t-elle.

— C'est exact, acquiesça gravement Watanabe. Je ne sais pas si vous avez jeté un coup d'œil au courrier des lecteurs du journal local, mais l'inquiétude de nos concitoyens est palpable. Nous devons agir de façon rapide et efficace. Pouvez-vous nous faire un résumé de la situation, inspecteur Ryder ?

— Bien sûr, acquiesça Logan en se levant.

Il s'empara de la télécommande du rétroprojecteur et fit apparaître la première des diapositives qu'il avait préparées pour cette réunion. Le visage d'une belle jeune femme d'origine maorie, aux longs cheveux ondulés d'un noir de jais, envahit l'écran.

— Voici Liann Nahuina. Elle était âgée de trente et un ans et travaillait à temps partiel comme caissière dans un magasin d'artisanat. Il y a quatre mois, on l'a retrouvée assassinée chez elle. Sa mort a été causée à l'aide d'une batte de base-ball en aluminium dont plusieurs coups ont été portés à la tête et au visage. L'arme du crime a été abandonnée sur place par le tueur. Malheureusement, nous n'avons pu recueillir aucune empreinte digitale ni aucun échantillon d'ADN en dehors de ceux de la victime. Les nombreux interrogatoires menés dans le voisinage n'ont rien donné. Évidemment, nous soupçonnions initialement un motif d'ordre personnel.

— Pourquoi pas un motif crapuleux ? s'enquit Aretha Kennedy, curieuse.

— Parce que rien de précieux ne semblait avoir été dérobé. Nous n'avons commencé à envisager l'hypothèse d'un tueur en série que lorsque nous avons retrouvé la victime suivante.

Logan fit apparaître l'image de la jeune femme en question. Tout comme Liann Nahuina, elle était d'origine maorie et arborait également une magnifique chevelure noire.

— Daryl Renigado était âgée de vingt-six ans, reprit-il. Elle était récemment divorcée et travaillait comme infirmière. Elle a été retrouvée il y a trois jours près de la bibliothèque publique de Hilo. Elle aussi a été assassinée à l'aide d'un objet contondant – un maillet en bois qui a également été retrouvé sur place. Nous avons immédiatement interrogé Roy Renigado, son ex-mari, mais il possède un alibi solide et n'est plus considéré comme suspect à ce stade de l'enquête. Les caméras de surveillance à proximité de la bibliothèque nous ont en revanche permis de repérer un suspect.

Il afficha la photo correspondante, qui montrait une personne assez grande et mince portant un jean noir, une paire de baskets blanches et un sweat-shirt de couleur sombre ; la capuche du sweat dissimulait le visage de l'individu.

— Ce suspect s'éloignait en courant de l'endroit de la scène du crime à une heure que le médecin légiste estime correspondre à celle où a été commis le meurtre. La photo ne permet malheureusement pas d'identifier la personne. Cette fois encore, on n'a retrouvé aucune trace d'ADN du meurtrier sur l'arme du crime ou sur le corps de la victime, précisa Logan en prenant à témoin Shirley Takaki.

La responsable de l'équipe médico-légale qui avait inspecté les deux scènes de crime hocha la tête.

— Je confirme, répondit-elle. Les victimes n'ont pas été agressées sexuellement et elles n'ont pas eu le temps de se défendre. On n'a retrouvé aucune trace de lutte. Et, comme vous pouvez le voir sur l'image de la caméra de sécurité, le coupable portait des gants.

Logan hocha la tête.

— Certains éléments semblent indiquer que les deux meurtres sont liés, reprit-il. Les deux victimes sont de type polynésien, jeunes, séduisantes, avec de longs cheveux noirs. Toutes deux ont été tuées par des instruments contondants que l'on a retrouvés auprès d'elles. La violence de ces assauts tendrait à indiquer qu'ils sont l'expression d'une haine de ce que ces femmes représentaient aux yeux du tueur. Le fait que les meurtres aient eu lieu en plein jour trahit un sentiment d'impunité qui me fait dire qu'il y a un vrai risque de récidive à brève échéance.

Logan afficha la dernière diapositive qui figurait un grand point d'interrogation.

— Malheureusement, nous manquons cruellement de pistes, à ce stade. Nous n'avons pu établir aucun lien entre les victimes, en dehors de leur apparence physique. Nous n'avons aucun témoin, aucun indice matériel.

C'était à ses yeux un aveu d'échec particulièrement frustrant au vu des efforts qu'ils avaient déployés au cours de ces derniers jours. Tous les agents disponibles avaient été mis à contribution pour ratisser les alentours de la bibliothèque à la recherche d'un témoignage qui aurait pu les mettre sur la piste du tueur. En vain.

La discussion qui s'ensuivit porta sur les mesures à prendre. Malheureusement, en l'absence de véritables indices, les policiers présents devaient bien reconnaître que l'enquête ne serait pas forcément simple. Lorsqu'ils se séparèrent enfin, Watanabe vint féliciter Logan pour sa présentation.

— Vous avez fait du bon boulot, lui dit-il.

— Merci, répondit Logan, se doutant que son supérieur avait autre chose en tête.

— Est-ce que je pourrais vous parler un moment ? s'enquit Watanabe en regardant leurs collègues qui quittaient la salle de réunion.

— Bien sûr. De quoi s'agit-il ?

— Je voulais savoir comment vous alliez…

Logan reconnut instantanément le ton de sa voix : c'était celui que prenaient les gens chaque fois qu'ils commettaient l'erreur d'évoquer ce qui était arrivé à son coéquipier.

— Je tiens le coup, répondit-il, sachant qu'il serait inutile de prétendre s'être complètement remis.

Son supérieur attendit qu'il poursuive. Voyant que Logan n'en faisait rien, il reprit la parole.

— J'ai bien conscience du fait que la perte de Hideo Zhang a dû être très difficile, même pour vous qui êtes régulièrement confronté à des crimes violents…

— Effectivement, reconnut Logan. Mais je vous assure que je ne laisserai pas ce deuil affecter la qualité de mon travail. Je suis bien décidé à faire tout mon possible pour identifier et arrêter ce tueur en série.

— Je n'en doute pas. Malheureusement, dans ce genre de situation, on ne conserve pas toujours la maîtrise de ses propres émotions. J'ai vu des gens très sûrs d'eux s'effondrer sans même s'être rendu compte qu'ils étaient en train de perdre pied.

Logan hocha la tête, se demandant où Watanabe voulait en venir.

— Je pense que vous devriez discuter de tout ça avec quelqu'un, Ryder.

Logan fronça les sourcils.

— Avec un psy, vous voulez dire ?

— Je connais quelqu'un qui est spécialisé dans les questions de deuil. Elle s'appelle Elena Kekona. J'ai fait quelques séances avec elle, l'année dernière, lorsque ma sœur a fait une crise cardiaque.

— Je ne savais pas, murmura Logan.

Watanabe haussa légèrement les épaules : tout comme lui, il n'était pas homme à étaler ses problèmes sur la place publique.

— Elena m'a beaucoup aidé, déclara son supérieur. Et je crois qu'elle pourrait en faire autant avec vous.

— Je ne sais pas, murmura Logan, que l'idée de raconter sa vie à une parfaite étrangère n'enthousiasmait pas le moins du monde.

— Ce n'est pas une suggestion, Ryder, objecta Watanabe. Je tiens à être certain que vous serez capable de vous investir à cent pour cent dans la traque du tueur de la Grande Île. Je vous ai pris un rendez-vous avec Elena pour cet après-midi.

Logan réprima difficilement un soupir. Il savait qu'il n'avait pas le choix : s'il voulait rester chargé de ce qui s'annonçait comme l'une des enquêtes les plus importantes de ces dix dernières années, il allait devoir en passer par cette consultation.

Il n'était pourtant pas convaincu du tout de son utilité. Contrairement à la sœur de Watanabe, Hideo Zhang était mort et rien de ce qu'il pourrait bien dire ou faire ne le ramènerait.

Durant les heures qui suivirent, Logan se concentra

exclusivement sur son travail, s'efforçant de ne plus penser à la rencontre qui l'attendait. Lorsque son portable fit entendre la sonnerie qu'il avait programmée pour lui rappeler l'heure de son rendez-vous, il était presque parvenu à oublier cette corvée qui l'attendait.

Quittant le quartier général de la police du comté, il prit sa voiture de service banalisée pour se diriger vers Kaumana Springs, le parc près duquel se trouvait le cabinet d'Elena Kekona.

Ces temps-ci, il était parfaitement libre de gérer son emploi du temps comme il l'entendait. Watanabe ne lui avait pas imposé de nouveau coéquipier pour le moment. S'il n'avait tenu qu'à lui, cette mesure transitoire serait devenue permanente. Tant qu'il était seul, il n'était responsable que de lui-même. Et il ne courait pas le risque de voir l'un de ses collègues se faire abattre sous ses yeux.

Parvenu sur Waianuenue Avenue, Logan trouva une place libre non loin du petit immeuble correspondant à l'adresse que Watanabe lui avait donnée. Il gravit l'escalier conduisant au deuxième étage et se retrouva face à une porte sur laquelle était accrochée une plaque en cuivre.

ELENA KEKONA
PSYCHOTHÉRAPEUTE

Il hésita un instant, se demandant si venir ici était réellement une bonne idée. Ne risquait-il pas surtout de rouvrir une blessure qui commençait à peine à cicatriser ? Malheureusement, Watanabe ne lui avait pas précisément laissé le choix.

Il poussa donc la porte après avoir sonné et pénétra dans une petite salle d'attente accueillante et joliment décorée. Il y régnait une atmosphère chaleureuse et rassurante qui devait contribuer à mettre à l'aise les gens venus consulter.

La porte qui se découpait au fond de la pièce s'ouvrit

alors, laissant apparaître la femme la plus ravissante sur laquelle Logan ait jamais posé les yeux. Grande, mince, elle avait la peau couleur de pain d'épice et d'immenses yeux brun-vert qui semblaient plonger en lui et pénétrer au plus profond de son âme. Ses longs cheveux noirs étaient nattés et retombaient sur ses épaules.

— *Aloha,* lui dit-elle d'une voix chantante. Je suis Elena Kekona.

Il s'éclaircit nerveusement la gorge avant de lui répondre.

— Inspecteur Logan Ryder, se présenta-t-il.

Elle hocha la tête et s'avança vers lui. Elle portait une blouse sans manches couleur crème et une jupe crayon brun foncé qui mettait en valeur sa silhouette svelte et élancée. Lorsqu'il prit la main qu'elle lui tendait, il sentit un frisson courir depuis sa paume le long de son bras. Il se demanda si elle l'avait senti aussi ou si l'attirance qu'elle exerçait sur lui était à sens unique.

— Je suis heureuse de faire votre connaissance, inspecteur Ryder, lui dit-elle. Si vous voulez bien me suivre dans mon bureau…

Il hocha la tête et tous deux gagnèrent la pièce contiguë, qui ressemblait moins à un bureau qu'à un confortable salon meublé d'un canapé douillet et de deux fauteuils. Ils entouraient une table basse de forme circulaire sur laquelle étaient disposés deux pots de fleur en mosaïque contenant des plantes grasses. Une baie vitrée donnant sur le jardin illuminait la petite pièce.

— Asseyez-vous, je vous en prie, lui dit-elle.

Logan opta pour l'un des fauteuils, qui lui donnerait moins l'impression de se faire psychanalyser que s'il s'installait sur le canapé.

Cela faisait aujourd'hui sept ans qu'Elena Kekona travaillait comme psychothérapeute à Hilo, où elle était revenue s'installer après avoir décroché son diplôme de l'université de Hawaï à Mānoa. Après la mort de son mari Errol, trois ans plus tôt, elle avait décidé de se spécialiser dans le soutien aux personnes en situation de deuil.

Se fondant sur sa propre expérience, elle s'efforçait toujours d'adapter ses méthodes aux patients qui venaient consulter. Elle savait en effet que chacun réagissait de façon très différente, non seulement au deuil lui-même, mais aussi au discours que les gens portaient sur ce sujet.

Jusqu'à présent, ses méthodes avaient porté leurs fruits et, à une exception près, elle avait été capable de venir en aide à tous ceux qui étaient venus la voir. Son seul échec avait cependant été douloureux pour elle. En dépit de tous les efforts qu'elle avait déployés, son patient avait fini par se suicider alors même qu'elle espérait pouvoir l'arracher à la profonde dépression qui le minait.

Elle était déjà convaincue qu'avec Logan Ryder elle ne courrait aucun risque de ce genre. Il émanait de cet homme une étonnante impression de force et d'assurance. Ses traits volontaires et son regard acéré semblaient indiquer un tempérament bien trempé.

Son physique athlétique trahissait les nombreuses heures qu'il devait passer au gymnase chaque semaine. Mais ce qui fascinait le plus Elena, c'était son regard d'un bleu profond, qui la troublait plus qu'elle ne l'aurait voulu.

C'était une sensation nouvelle pour elle. Elle n'avait pas l'habitude de se trouver confrontée à quelqu'un dont c'était le métier de discerner les pensées et les intentions les plus secrètes de ses interlocuteurs. Elle percevait aussi le fait que Logan était sur la défensive. De toute évidence, il n'était pas ici de son propre gré.

De fait, c'était son supérieur, Richard Watanabe, qui

le lui avait envoyé. D'après lui, Logan avait du mal à se remettre de la mort de son coéquipier, tué en service trois mois auparavant. Elle se rappelait d'ailleurs avoir lu à l'époque un article consacré à ce drame.

— J'ai cru comprendre que le commissaire Watanabe avait fait appel à vous, lança alors Logan.

— C'est exact, répondit-elle.

Ce n'était évidemment pas un sujet dont elle pouvait discuter avec lui. Comme tout psychologue, elle était tenue au respect de la confidentialité de ses échanges avec ses patients.

— Pouvez-vous me parler des raisons de votre présence ici ? ajouta-t-elle.

Elle avait soigneusement choisi ses mots, sachant qu'il n'était pas venu de son propre chef. Il parut hésiter un instant à le lui dire, mais finit par se raviser.

— Il y a trois mois de cela, mon coéquipier Hideo Zhang s'est fait abattre sous mes yeux, déclara-t-il d'une voix qui ne trahissait aucune émotion. Comme tous les membres des forces de police, j'ai bien conscience du fait qu'il s'agit d'un risque auquel notre métier nous expose. Mais ce n'est pas forcément plus facile à vivre pour autant et je dois bien admettre que cet incident m'a marqué. Mon supérieur hiérarchique, lui, craint que cela n'ait un impact sur mes aptitudes professionnelles.

— Pensez-vous que tel puisse être le cas ? lui demanda Elena.

D'expérience, elle savait que nombre de personnes ayant perdu un proche refusaient d'accepter l'impact que leur deuil pouvait avoir sur leur vie.

— Je pense être parfaitement capable de faire mon travail, déclara Logan sans la moindre hésitation. Mais je reconnais bien volontiers que la mort de Hideo n'est pas sans conséquence sur la façon dont je l'effectue.

— Dans quelle mesure ?

Logan réfléchit quelques instants avant de lui répondre.

— Disons que j'ai peut-être une conscience plus aiguë qu'auparavant de ce que signifie le fait de perdre un proche. Et cela me rend les crimes auxquels je suis régulièrement confronté encore plus odieux.

Elena hocha la tête.

— C'est assez naturel, opina-t-elle. Ce qui est positif, dans votre cas, c'est que vous pouvez y faire quelque chose.

Logan la considéra avec attention. Elle eut l'impression troublante qu'il pouvait lire en elle à livre ouvert.

— Puis-je vous demander qui vous avez perdu ? lui demanda-t-il alors.

Nombre de ses patients finissaient par lui poser la question, sentant confusément qu'elle avait traversé une épreuve semblable à la leur. Il était cependant très rare qu'on l'interroge à ce sujet dès la toute première séance. Mais Logan était inspecteur de police et sa pratique régulière des interrogatoires avait dû aiguiser son instinct.

— Mon mari, répondit-elle. C'était il y a trois ans, à la suite d'une attaque cardiaque et non d'un acte criminel.

— Je suis désolé, lui dit Logan.

Il paraissait sincère et elle se demanda s'il était marié, lui aussi. Il ne portait pas d'alliance, mais cela ne signifiait pas forcément grand-chose.

— Merci, lui dit-elle. C'est sa mort qui m'a poussée à m'intéresser au deuil et à la façon de mieux le prendre en charge. Mais, pour en revenir à votre situation, je pense pouvoir vous transmettre certaines techniques qui pourraient vous aider à mieux faire face à la mort de l'inspecteur Zhang. Cela vous aidera peut-être à vous concentrer sur votre travail sans vous laisser distraire par votre peine.

— J'imagine que cela ne peut pas faire de mal, répondit Logan en haussant les épaules.

Elena se réjouit de cette réaction. Elle n'aurait pas pensé que Logan se laisserait convaincre aussi aisément. C'était de très bon augure pour la suite. Et, avec un peu de chance, il se remettrait rapidement du traumatisme qu'il avait éprouvé.

Durant la demi-heure qui suivit, Elena entreprit de sonder son nouveau patient pour tenter de définir son tempérament, ses forces et ses faiblesses, afin de déterminer le traitement qui serait le plus efficace pour lui.

Logan répondit à ses questions de façon franche et directe, faisant preuve d'un réel esprit critique mêlé d'une pointe d'autodérision. Elena fut très favorablement impressionnée par ce mélange d'intelligence et d'humour.

Mais, au bout d'un moment, elle remarqua qu'il paraissait préoccupé, comme distrait par une idée qui lui était venue au fil de leur conversation.

— Quelque chose ne va pas ? lui demanda-t-elle.

Logan hésita durant quelques instants avant de lui répondre.

— C'est au sujet de l'affaire sur laquelle je travaille, en ce moment, lui dit-il. Avez-vous entendu parler du tueur de la Grande Île ?

— Bien sûr, répondit-elle.

Elle était convaincue que l'immense majorité des habitants de l'île avait dû entendre parler de cet homme qui avait déjà fait deux victimes.

— Il se trouve que les deux victimes de ce tueur correspondent à votre signalement : toutes deux avaient environ la trentaine, étaient de type maori, très séduisantes, avec de longs cheveux…

Le fait que Logan la trouve séduisante n'échappa pas à Elena.

— C'est une description qui correspond à pas mal de femmes, sur cette île, fit-elle remarquer.

— Effectivement, concéda Logan. Mais je pense tout de même que vous devriez rester sur vos gardes, tant que nous n'aurons pas attrapé ce tueur. Évitez de vous exposer, ne sortez pas seule après la nuit tombée et restez vigilante.

— Voilà qui n'est pas très rassurant, répliqua Elena avec un rire un peu nerveux.

— Je ne veux pas vous inquiéter inutilement, lui assura Logan. Simplement, je pense que, dans ce genre de situation, on ne prend jamais assez de précautions.

Elena se promit de redoubler de prudence. Mais elle se savait capable de se défendre en cas de problème : elle avait toujours une bombe lacrymogène dans son sac à main. De plus, elle avait pris des cours de kickboxing avec son mari durant des années. Au pire, elle mettrait à profit ses talents de sprinteuse pour mettre de la distance entre elle et un éventuel assaillant.

— Je vous remercie pour vos conseils, inspecteur, répondit-elle. Je vous promets de faire très attention.

Il hocha la tête d'un air approbateur et sortit de sa poche son portefeuille dont il tira une carte de visite qu'il lui tendit.

— Si vous avez le moindre problème ou si jamais vous vous sentez en danger, n'hésitez surtout pas à m'appeler de jour comme de nuit, lui dit-il.

— *Mahalo,* lui dit Elena en prenant sa carte.

Elle n'avait nullement l'intention de l'importuner, mais elle se sentait touchée par son offre. Elle ne put cependant s'empêcher de se demander si elle la devait uniquement à son profil de victime potentielle ou si cette marque de prévenance trahissait un intérêt d'ordre plus personnel.

— En attendant, reprit-elle, que diriez-vous de fixer notre prochain rendez-vous ? Quand seriez-vous disponible ?

— Pourquoi pas demain ? répondit Logan.

Elle ne put s'empêcher de le considérer avec une pointe

d'étonnement. Elle ne s'était vraiment pas attendue à ce qu'il se montre aussi conciliant. Les hommes forts comme lui l'étaient rarement. Mais s'il était prêt à jouer le jeu elle était bien décidée à le prendre au mot. Son mentor à l'université se plaisait à répéter très souvent qu'en matière de psychologie mieux valait battre le fer tant qu'il était chaud.

— Demain, ce serait parfait, déclara-t-elle. Est-ce que 10 heures vous conviendrait ?

— D'accord, acquiesça Logan.

— Au lieu de nous retrouver ici, nous pourrions peut-être aller au parc de Wailuku River.

Ce fut au tour de Logan de lui jeter un regard étonné.

— J'ai souvent constaté qu'un environnement naturel pouvait être bien plus salutaire qu'un cabinet de psy, dans ce genre de circonstances, lui expliqua-t-elle.

— C'est d'accord, déclara-t-il. Va pour Wailuku River.

# 2

Après sa session avec Elena Kekona, Logan retourna au poste de police pour aller chercher l'agente spéciale Kennedy. Tous deux se rendirent alors au centre médical de Hilo où travaillait Daryl Renigado, la seconde victime du tueur de la Grande Île. Là, ils interrogèrent un à un tous ses collègues.

Malheureusement, ces entretiens ne leur apprirent pas grand-chose. Daryl semblait avoir été très appréciée des infirmières et des médecins avec lesquels elle travaillait. Personne ne lui connaissait d'ennemis et elle semblait avoir mené une existence sans histoires.

Cela n'étonnait pas Logan outre mesure. L'indéniable ressemblance physique qui existait entre les deux victimes l'avait convaincu que c'était le critère sur lequel le tueur sélectionnait ses proies. Et il ne pouvait s'empêcher de s'inquiéter pour Elena Kekona, qui correspondait parfaitement à ce profil.

Il n'était pas certain qu'elle ait vraiment pris conscience du risque qu'elle courait. Il se promit d'aborder de nouveau le sujet, lors de leur prochaine séance. Curieusement, la répugnance qu'il avait éprouvée à l'idée de devoir suivre cette thérapie avait disparu et il se sentait même presque impatient de revoir la psychologue.

Était-ce uniquement parce que leur discussion lui avait

fait du bien ou bien aussi parce qu'il n'était pas demeuré indifférent au charme de la jeune femme ? Évidemment, la nature de leur relation leur interdisait toute implication d'ordre personnel. Tant qu'elle serait sa thérapeute et lui son patient, il ferait bien de garder ses distances.

D'ailleurs, rien ne disait qu'Elena était célibataire. Le fait qu'elle ait perdu son mari ne signifiait pas qu'elle n'avait pas retrouvé quelqu'un depuis. Une femme aussi séduisante qu'elle ne devait pas manquer de propositions.

Mais peut-être était-elle comme lui. Depuis que celle qu'il considérait alors comme l'amour de sa vie l'avait quitté, une dizaine d'années auparavant, il s'était bien gardé de toute forme d'engagement. Il avait eu quelques aventures, bien sûr, mais rien de très sérieux.

— Vous semblez bien pensif, lança Aretha Kennedy.

Il jeta un coup d'œil en direction de l'agente spéciale du FBI qui était assise sur le siège passager de la voiture.

— Je réfléchissais aux témoignages que nous venons de recueillir, mentit-il. Nous n'avons pas grand-chose à nous mettre sous la dent.

— Je ne me faisais pas beaucoup d'illusions à ce sujet, répondit Aretha. Si nous avons bel et bien affaire à un tueur en série, il y a peu de chances pour qu'il appartienne à l'entourage proche de la victime. Peut-être ne la connaissait-il même pas.

— C'est possible, en effet, concéda Logan. Est-ce que vous avez déjà eu l'occasion d'enquêter sur ce genre de criminels ?

— Pas personnellement. Mais j'ai étudié bon nombre d'affaires similaires traitées par le Bureau.

— Je suis un peu surpris que le tueur utilise des armes contondantes. Ce n'est pas le moyen le plus sûr de tuer quelqu'un discrètement.

— Mais c'est une pratique assez classique, lui assura

Aretha. Pensez à Ted Bundy, Terry Rasmussen, le tueur caméléon, ou Gerald et Charlene Gallego, par exemple. J'imagine que pour ces malades frapper quelqu'un à mort procure une sensation plus immédiate et satisfaisante qu'un simple coup de feu.

Logan hocha la tête, se demandant une fois de plus comment des individus capables de commettre des actes aussi monstrueux parvenaient généralement à se faire passer pour des gens parfaitement inoffensifs.

— Je me demande s'il existe entre les deux attaques une corrélation qui nous échappe encore, dit-il enfin. Le choix de la date, par exemple. Est-ce que le fait que ces deux actes ont été commis à quatre mois d'intervalle signifie que nous avons quatre mois devant nous pour tenter d'éviter un prochain meurtre ?

— Pas forcément, hélas, répondit Aretha. Tant que nous n'avons pas un troisième événement, il sera difficile d'établir des récurrences précises. Le délai entre les deux premiers meurtres peut s'expliquer de multiples façons : des remords, la peur de se faire prendre, le temps de recherche d'une victime ou même un empêchement quelconque sans rapport avec les meurtres… Et dans ce genre d'affaires la fréquence a généralement tendance à augmenter à mesure que le tueur gagne en assurance. C'est la raison pour laquelle nous ne pouvons nous permettre de perdre du temps.

Logan hocha la tête.

— Ce type est peut-être en train de choisir sa prochaine victime en ce moment même, acquiesça-t-il.

— Exact. Et il n'est pas très difficile de trouver des jolies femmes d'origine maorie dans cette île. À moins de leur demander à toutes de se couper les cheveux, chacune d'entre elles constitue une cible potentielle. Nous ne pouvons donc partir des victimes : nous devons nous concentrer sur le tueur. Il serait bon notamment d'identifier ses motivations.

Logan réfléchit à la question. Pour le moment, rien ne permettait de déterminer si le tueur avait agi sous le coup de la colère, de la haine, du désir, de la vengeance ou de la frustration. Il y avait sans doute encore bien d'autres mobiles possibles.

Logan détestait se sentir aussi impuissant. Il avait la désagréable sensation que, pour le moment, toutes les cartes se trouvaient entre les mains de leur adversaire. Tant que ce dernier ne découvrirait pas son jeu, ils seraient condamnés à réagir.

De retour au poste de police, Logan alla trouver Ivy Miyamoto pour faire le point sur l'enquête.

— Nous avons diffusé les photos du suspect auprès des agences de presse et des principaux commerçants, lui indiqua-t-elle. Nous n'allons probablement pas tarder à recevoir les premiers signalements. Mais je ne me fais pas beaucoup d'illusions, hélas. La définition des images est assez mauvaise et des tas de gens pourraient correspondre à ce cliché.

— Exact, acquiesça Logan. Notre seul espoir est que quelqu'un ait aperçu une personne correspondant à ce signalement au moment où le crime a été commis.

Si tel était le cas, l'enquête serait peut-être bouclée plus rapidement qu'il ne l'avait espéré. Malheureusement, il en doutait.

— C'est à se demander si le suspect ne s'est pas laissé filmer exprès, juste pour nous narguer, lâcha-t-il pensivement.

— Ça aurait été un pari sacrément risqué, objecta Ivy. Même avec une capuche, il ne pouvait être certain que l'on ne distinguerait pas son visage. Est-ce que les collègues de la victime vous ont appris quoi que ce soit d'intéressant ?

— Pas grand-chose, hélas. D'après Candace Piena,

l'une des infirmières qui travaillaient avec Daryl Renigado au centre médical, la victime a quitté les lieux à 6 heures de l'après-midi. Avant de rentrer chez elle, elle comptait rapporter des livres qu'elle avait empruntés à la bibliothèque. Elle ne paraissait pas du tout inquiète ou préoccupée par sa sécurité.

— Bien, soupira Ivy. J'imagine que c'était prévisible.

— Espérons que les résultats de l'autopsie seront plus instructifs.

Logan se dirigeait vers son propre bureau lorsqu'il fut intercepté par Richard Watanabe.

— Comment s'est passé cet entretien avec Elena Kekona ? lui demanda son supérieur.

— Plutôt bien, reconnut Logan. Je pense que vous aviez raison : ces consultations m'aideront peut-être à faire mon deuil. Nous avons d'ailleurs repris rendez-vous pour demain.

— Je suis ravi de l'entendre, acquiesça Watanabe. J'espère que l'aide d'Elena vous sera aussi utile qu'elle l'a été pour moi.

Elena pénétra dans l'enceinte du Prince Kūhiō Plaza, le plus grand centre commercial de la Grande Île. La fraîcheur de l'air conditionné était une véritable bénédiction après la chaleur moite qui régnait au-dehors.

Elle remonta l'allée principale, qui desservait toute une série de boutiques et de restaurants ainsi qu'un cinéma multiplexe, et parvint à l'espace central dégagé au milieu duquel se produisait une troupe d'enfants qui effectuaient une démonstration de *hula,* la danse traditionnelle hawaïenne.

Le frère d'Elena faisait partie des trois musiciens qui les accompagnaient. Âgé de vingt-neuf ans, son cadet maîtrisait suffisamment l'ukulélé pour en avoir fait une source de revenus qui complétait ses émoluments de guide touristique.

Grand et mince, il avait les cheveux mi-longs et de beaux yeux d'un brun tirant sur le vert, hérités de leur père. Comme à son habitude, il portait une chemise hawaïenne colorée, un jean et une paire de baskets. Ce mélange de séduction et de décontraction lui valait nombre de conquêtes amoureuses.

Elena attendit la fin du set pour rejoindre son frère.

— Salut, sœurette ! s'exclama-t-il. Je ne m'attendais pas à te voir ici.

— Je suis sortie du cabinet un peu plus tôt que prévu et je me suis dit que j'en profiterais pour passer vous voir.

— Alors ? Qu'est-ce que tu en penses ?

— La musique est parfaite, comme toujours. Et les enfants sont plutôt doués.

— C'est aussi ce que je trouve, acquiesça Tommy. Franchement, je les trouve assez impressionnants.

Il observa Elena avec attention et hocha la tête.

— Tu sais que tu ressembles de plus en plus à maman, avec les années, lui dit-il.

— Je prends ça pour un compliment, répondit Elena.

— C'en est un.

De fait, leur mère avait généralement été considérée comme une très belle femme.

— À propos, qui est la nouvelle ? s'enquit Elena en désignant discrètement la claviériste du groupe.

C'était une très jolie fille de type hawaïen avec de longs cheveux noirs et des yeux de biche.

— Elle s'appelle Kat, indiqua Tommy.

Le ton de sa voix laissait entendre qu'elle ne lui était pas tout à fait indifférente et Elena se demanda combien de temps il mettrait à gagner ses faveurs.

— Elle est vraiment très jolie, fit-elle d'un ton faussement innocent.

— Oui, mais elle a un petit ami, répondit Tommy.

Cela ne l'avait jamais empêché de tenter sa chance. Elena regrettait parfois de ne pas savoir faire preuve d'autant de légèreté que son frère dans le domaine sentimental. Depuis la mort d'Errol, elle n'était sortie avec personne.

Bien sûr, elle avait eu quelques occasions de le faire. Mais si elle devait vraiment sauter le pas elle ne voulait pas que ce soit pour une aventure d'une nuit, mais bien parce qu'elle estimait que cette relation aurait une véritable chance d'aboutir à quelque chose de sérieux.

Cette exigence avait pu inquiéter les hommes qu'elle avait rencontrés. Ou peut-être était-ce elle qui s'était montrée trop prudente. Quelle qu'en soit la raison, aucune de ces rencontres n'avait débouché sur quoi que ce fût.

L'image de Logan s'imposa alors à elle et elle se demanda ce que son frère penserait si elle décidait de sortir avec lui. Il n'avait jamais eu une très haute opinion de la police, peut-être parce que lui-même avait commis pas mal de bêtises, lorsqu'il était plus jeune.

— Le spectacle ne va pas tarder à reprendre, déclara alors Tommy, la tirant de ses pensées. Je vais devoir y retourner.

— D'accord, acquiesça Elena. On se voit plus tard.

Elle l'étreignit brièvement avant de se détourner pour regagner le parking où elle avait garé sa Subaru Outback. De là, il ne lui fallut que quelques minutes pour regagner Laimana Street, où elle habitait. Elle avait acheté une jolie petite maison en bois rouge haute d'un étage. Le rez-de-chaussée comportait un grand salon-salle à manger et une cuisine. Au premier se trouvaient deux chambres à coucher et un petit bureau.

Elle avait pris tout son temps pour aménager cet endroit,

combinant meubles modernes et traditionnels. Le sol était fait de dalles de travertin, qui apportaient une certaine fraîcheur. De grands ventilateurs étaient installés dans chaque pièce, ce qui évitait généralement d'avoir recours à la climatisation.

Une immense galerie ouverte, le traditionnel *lanai* hawaïen, enceignait la maison de toutes parts. Elle permettait d'apprécier le jardin, dans lequel poussaient des bananiers, un grand citronnier, un papayer et un mandarinier. Il y avait même un petit kiosque de style balinais dans lequel elle aimait venir lire durant le week-end.

Une allée bordée de massifs de fleurs multicolores conduisait à une *ohana,* un petit bâtiment secondaire que lui louait Tommy et qui possédait sa propre entrée indépendante donnant sur la rue. Cette rentrée d'argent additionnelle permettait à Elena de rembourser les dernières traites du prêt qu'elle avait contracté avec Errol pour s'offrir ce qui avait été la maison de leurs rêves.

Après avoir posé son sac à main et s'être débarrassée de ses chaussures, elle gagna la cuisine, où elle se servit un grand verre de citronnade. Elle alla le siroter sur le *lanai* en repensant aux mises en garde de Logan Ryder.

L'idée qu'elle puisse être la cible d'un tueur en série lui arracha un petit frisson d'angoisse. Elle essaya de se rassurer en se disant qu'il devait y avoir sur l'île des milliers de jeunes femmes qui correspondaient au portrait que Logan avait esquissé des victimes.

Par acquit de conscience, elle se promit cependant de demeurer sur ses gardes au cours des jours à venir, en espérant que la police parviendrait rapidement à identifier ce détraqué…

Le lendemain matin, Elena se réveilla de bonne heure. Malgré elle, elle se sentait assez émoustillée à l'idée de retrouver Logan. C'était sans doute un peu absurde. Après tout, il ne s'agissait pas d'un rendez-vous amoureux – juste d'une consultation.

Logan était l'un de ses patients. Et le fait qu'elle ait pu sentir une certaine connexion entre eux, une proximité qui n'était pas dénuée d'une pointe d'attirance, ne changeait rien aux obligations auxquelles elle était tenue. C'était une question de déontologie.

Après avoir pris sa douche, Elena enfila un short en jean, un T-shirt couleur saumon à col bateau et une paire de baskets. Faisant délibérément l'impasse sur le maquillage, elle attacha ses cheveux en queue-de-cheval.

Lorsqu'elle arriva à l'entrée du parc de six ou sept hectares qui s'étendait à l'ouest du centre-ville de Hilo, elle trouva Logan qui l'attendait.

— Bonjour, la salua-t-il avec un sourire communicatif.

— *Aloha,* répondit-elle en s'efforçant d'adopter une attitude décontractée pour masquer la nervosité qui l'habitait.

Malgré elle, elle se sentait légèrement intimidée par la présence physique de Logan. Elle l'observa à la dérobée, constatant qu'il avait troqué son costume de la veille contre un jean et un T-shirt qui soulignaient son physique athlétique.

— Je n'aurais jamais imaginé que l'on pouvait faire une psychothérapie dans un parc, dit-il tandis que tous deux se mettaient en marche.

Ils s'enfoncèrent sous le couvert des arbres, se dirigeant vers la rivière Wailuku. Quelque part devant eux, ils pouvaient entendre le grondement de sa célèbre cascade de l'Arc-en-Ciel.

— J'ai remarqué qu'un tel environnement aidait mes patients à se détendre. Le simple fait de marcher et de se concentrer sur leur environnement leur permet souvent de parler plus librement.

— C'est donc une façon habile d'abaisser mes défenses, ironisa Logan.

Se sachant percée à jour, Elena jugea préférable de jouer cartes sur table.

— Précisément, répondit-elle en souriant. C'est d'autant plus efficace chez les gens comme vous, dotés d'un caractère très fort.

— Je prendrai cela pour un compliment.

— Vous avez raison. Bien que dans le cas d'une analyse ce puisse être un facteur de résistance parfois problématique. Mais, au moins, vous ne semblez pas opposé à nos sessions.

— Je ne serais pas ici, dans le cas contraire.

— Croyez-moi, j'ai eu affaire à certains de vos collègues qui ne venaient me voir que parce qu'on les y forçait. Il y a même des gens qui viennent consulter tout en refusant obstinément de jouer le jeu et de se confier.

— Je vous avoue que cela n'allait pas de soi, pour moi. Si le chef de la police ne m'avait pas tordu le bras, je ne serais sans doute jamais venu vous voir hier.

— Je m'en doutais un peu, répondit Elena en riant. Mais puisque vous semblez avoir changé d'avis parlez-moi un peu de votre coéquipier. Comment était-il ?

Logan hésita quelques instants.

— Je ne sais pas trop par où commencer, avoua-t-il. C'était quelqu'un de très impliqué dans son travail. Mais jamais au point d'oublier ce qui était réellement important dans sa vie.

— Quoi donc ?

— Son épouse, principalement, répondit Logan sans hésiter. Aux yeux de Hideo, elle passait avant tout le reste. C'était sa priorité absolue.

Elena sentit son cœur se serrer. Elle aimait croire qu'Errol et elle avaient partagé cette vision des choses. Et si son mari avait vécu ils auraient certainement fondé une famille, comme ils avaient toujours eu l'intention de le faire.

— Et vous, inspecteur Ryder…

— Logan, la reprit-il machinalement.

— Et vous, Logan, êtes-vous marié ?

— Je l'ai été, il y a longtemps. Avec une botaniste appelée Gemma. Mais cela n'a pas marché entre nous. Je crois qu'elle n'était pas prête à vivre avec un policier. Je ne peux pas le lui reprocher, d'ailleurs. D'autant que j'ai eu ma part de responsabilité dans ce divorce : contrairement à Hideo, il m'arrivait assez souvent de faire passer mon travail avant notre vie de couple. Je le regrette, mais il est trop tard. J'espère juste que, la prochaine fois, je serai capable de mieux faire la part des choses.

Tout en discutant, ils étaient arrivés en vue du petit amphithéâtre naturel de roche du haut duquel la rivière Wailuku venait se précipiter, formant une cascade nimbée d'une brume de gouttelettes irisées, à travers laquelle les rayons du soleil faisaient régulièrement naître des arcs-en-ciel.

La légende locale voulait que la vaste grotte qui s'ouvrait sous la cascade abrite la déesse hawaïenne Hina.

— C'est vraiment magnifique, déclara Logan en admirant ce panorama.

Elena partageait ce sentiment. C'était d'ailleurs la raison pour laquelle elle avait choisi cet endroit pour venir discuter avec ses patients. La beauté des lieux parvenait parfois à désamorcer les points de tension ou de blocage.

— Hideo avait l'âme d'un aventurier, reprit Logan après être demeuré quelques instants silencieux, les yeux rivés sur la cascade. Il aimait marcher, faire de la plongée sous-marine ou monter à cheval… En d'autres temps, il aurait pu devenir explorateur.

— On dirait que votre ami menait une existence très riche.

— Oui, et c'est d'autant plus désolant qu'il soit parti aussi jeune.

— D'un autre côté, il paraissait être heureux et réaliser ses rêves. C'est plus que ne peuvent en dire bien des gens qui vivent deux fois plus longtemps.

— J'imagine, concéda Logan d'une voix hésitante. Je n'avais jamais considéré les choses sous cet angle.

— C'est parce que, lorsque nous sommes tristes, nous avons tendance à nous focaliser sur ce que nous avons perdu plutôt que sur tout ce que la personne disparue nous a apporté. Par définition, Hideo, lui, n'a jamais regretté ce qu'il ne lui a pas été donné de vivre.

— Sans doute, reconnut Logan, pensif.

Elena voyait bien que l'idée qu'elle venait de lui insuffler faisait lentement son chemin en lui. Le calme et la sérénité de cet endroit en faisaient un lieu propice à la méditation. Ils ne tardèrent pas à atteindre les Pots Bouillants, ces larges bassins naturels interconnectés dans lesquels l'eau jaillissait en bouillonnant, donnant l'impression d'avoir été portée à ébullition.

S'installant sur un banc, ils continuèrent longuement à parler de Hideo et elle comprit à quel point Logan avait été proche de lui. Bien plus qu'un simple coéquipier, c'était son meilleur ami qu'il avait vu mourir sous ses yeux. Et il n'y avait rien d'étonnant à ce qu'il ait du mal à se remettre d'un tel traumatisme.

— Leilani, la veuve de Hideo, a elle aussi beaucoup de mal à accepter sa mort, lui dit Logan au bout d'un moment. Je pense que votre aide lui ferait beaucoup de bien.

— Je serais ravie de m'entretenir avec elle, si elle en a envie, répondit Elena.

— Je lui en parlerai, dans ce cas. En attendant, que diriez-vous d'aller manger un morceau ? Je n'ai pas eu le temps de prendre un petit déjeuner, ce matin, et je préfère avaler quelque chose avant d'aller travailler. Je sens déjà que la journée sera longue.

Elena sentit les battements de son cœur s'accélérer dans sa poitrine. Elle savait parfaitement qu'en acceptant cette invitation elle sortirait du rapport exclusivement professionnel et thérapeutique qu'ils étaient parvenus à préserver jusqu'alors.

En temps normal, elle aurait probablement refusé sans hésiter. Mais cette fois-ci la tentation était beaucoup trop grande pour écarter cette proposition d'un simple revers de la main.

— Qu'est-ce que vous avez en tête ? lui demanda-t-elle.

— Il y a sur Kilauea Avenue un traiteur qui prépare de délicieux sandwichs, si ça vous tente.

— C'est d'accord, approuva Elena.

Elle tenta de se convaincre qu'il ne s'agissait pas d'un tête-à-tête romantique, mais d'un simple déjeuner sur le pouce. Mais au fond d'elle-même elle savait que ses raisons d'accepter étaient loin d'être aussi innocentes.

Tous deux regagnèrent leurs voitures et elle suivit Logan jusqu'à un petit parking sur lequel était installé le camion du traiteur dont il lui avait parlé. Ils commandèrent deux *poke* de thon cru mariné et allèrent s'installer à l'une des tables en bois mises à la disposition des clients.

— Excellente adresse, déclara Elena après avoir avalé sa première bouchée. C'est délicieux.

— Je mange ici presque tous les midis, acquiesça Logan. Enfin, quand j'ai le temps de déjeuner…

— J'imagine que vous ne devez pas chômer, ces

temps-ci. Est-ce qu'il y a du nouveau dans l'affaire du tueur de la Grande Île ?

— J'aimerais pouvoir vous répondre que oui, soupira Logan. Malheureusement, nous manquons cruellement d'indices, dans cette enquête. Pour le moment, le tueur n'a pas commis beaucoup d'erreurs.

Elena hocha la tête d'un air compatissant.

— N'oubliez pas ce que je vous ai dit hier, reprit Logan. Restez sur vos gardes. D'accord ?

— C'est promis, lui assura-t-elle. Je serai très prudente. Et si je constate quoi que ce soit d'inhabituel je n'hésiterai pas à vous appeler.

Logan hocha la tête d'un air approbateur et tous deux se remirent à manger en silence. Une fois de plus, Elena se prit à songer qu'elle se sentait bien en sa compagnie. Au bout d'un moment, Logan jeta un coup d'œil à sa montre et laissa échapper un soupir résigné.

— Cette fois, je vais vraiment devoir vous laisser, lui dit-il. Mais avant que je ne parte nous devrions peut-être fixer une date pour notre prochaine session.

— Ce n'est pas la peine, lui répondit-elle.

— Que voulez-vous dire ? s'enquit Logan, surpris.

Malgré l'envie qu'elle avait de le revoir, Elena savait que son travail, en tant que psychologue, avec lui était terminé.

— Je ne pense pas que vous en ayez besoin, déclara-t-elle. D'après ce que j'ai pu voir, vous avez toutes les cartes en main pour surmonter ce deuil. Je vous ai fourni quelques outils pour vous y aider, mais je suis convaincue que vous y parviendrez très bien par vous-même.

— Si vous le dites..., murmura Logan.

Sachant le peu d'enthousiasme que lui avaient initialement inspiré ces consultations, elle aurait pensé qu'il serait soulagé d'apprendre qu'il n'avait plus besoin de s'y rendre.

Mais peut-être avait-il pris lui aussi plaisir à discuter

avec elle. Si tel était le cas, ils pourraient éventuellement se revoir en dehors du cadre professionnel. L'idée l'emplissait d'un irrépressible mélange d'excitation et d'angoisse. Elle était incapable de dire ce qu'elle aurait répondu s'il l'avait invitée à sortir avec lui.

Cette incertitude était déjà très encourageante, en soi. Depuis la mort d'Errol, c'était la première fois qu'elle envisageait une telle éventualité. Peut-être était-elle enfin prête à donner une seconde chance à sa vie amoureuse.

— Je vous remercie pour votre aide, Elena, lui dit alors Logan. Je suis sûr que vos précieux conseils m'aideront à surmonter cette période difficile.

Il se leva alors et ramassa leurs assiettes et leurs couverts en carton.

— Au revoir, lui dit-il.

— Au revoir, Logan, répondit-elle en s'efforçant vainement de ravaler sa déception.

Elle le regarda s'éloigner en direction de sa voiture, se demandant avec tristesse s'il leur serait donné de se revoir un jour.

# 3

Accoudé à la balustrade du *lanai* de sa maison, Logan contemplait sans le voir le magnifique jardin dans lequel s'épanouissaient des hibiscus aux fleurs multicolores, d'imposants palmiers éventails de Fidji et des frangipaniers qui laissaient échapper des effluves vanillés. Ce petit bout de paradis sur terre s'étendait sur un hectare et demi autour de lui, en bordure de la réserve forestière de Waiākea, dans le sud de Hilo.

C'était un endroit magique et le simple fait d'y revenir après une longue journée de travail suffisait généralement à dissiper ses préoccupations. Mais ce soir-là il ne parvenait pas à faire abstraction de la frustration qui l'habitait.

Logan s'en voulait terriblement.

Il ne s'était pas du tout attendu à ce qu'Elena lui annonce aussi rapidement l'arrêt de leurs séances. L'idée qu'il ne la reverrait peut-être plus jamais l'emplissait d'un irrépressible sentiment de déception et d'amertume. Et il regrettait de ne pas l'avoir invitée à sortir avec lui. Elle aurait peut-être refusé mais, au moins, il en aurait eu le cœur net.

Il aurait pourtant dû célébrer le blanc-seing que lui avait accordé Elena en le libérant de toute obligation psychothérapeutique. Il pouvait désormais retourner travailler sans craindre de se voir temporairement suspendu ou, pire encore, confiné à des tâches administratives. Et il allait pouvoir se consacrer pleinement à son enquête.

Réprimant un soupir, Logan avala une nouvelle gorgée de bière avant de s'arracher à la balustrade pour regagner l'intérieur de la maison. Mais comme il venait de pénétrer dans le salon spacieux, entièrement construit en bois couleur miel, la sonnerie de son téléphone portable le tira brusquement de ses réflexions.

Avisant le numéro d'Ivy Miyamoto qui s'affichait à l'écran, il décrocha aussitôt.

— Quoi de neuf ? lui demanda-t-il sans autre forme de procès.

— Je viens d'éplucher les factures du magasin de bricolage Aloha, sur Keawe Street, lui indiqua sa collègue. La veille du jour où Daryl Renigado s'est fait tuer, un homme a fait l'acquisition de gants en latex et d'un maillet correspondant à l'arme du crime. Il a payé par carte bleue, ce qui m'a permis de l'identifier. Il s'agit d'un certain Glenn Sewell. Bien sûr, il pourrait s'agir d'une simple coïncidence, mais je me suis dit que ça valait quand même une vérification, au cas où.

— Je suis d'accord, approuva Logan. Et le plus tôt sera le mieux. On se retrouve devant chez lui ?

— OK. Je t'envoie l'adresse par SMS.

— Je pars tout de suite.

Après avoir raccroché, Logan alla chercher son arme de service, qu'il avait rangée dans le coffre-fort où il l'enfermait chaque soir. Il accrocha son holster à la ceinture et quitta la maison. Il lui fallut moins de dix minutes pour rejoindre la grande maison de style planteur située sur Hualili Street, dans le sud de Hilo.

Il se gara derrière la voiture d'Ivy et sortit pour se porter à la rencontre de la jeune femme qui était assise sur son capot et observait attentivement la maison.

— Tu as vu quoi que ce soit d'intéressant ? lui demanda-t-il.

— Personne n'est entré ou sorti depuis que je suis arrivée, répondit-elle. Mais le Range Rover qui se trouve dans l'allée est bien immatriculé au nom de Sewell et je suppose donc qu'il se trouve à l'intérieur.

— Parfait, acquiesça Logan. Allons-y.

Ils traversèrent la rue et poussèrent le portillon en fer forgé, qui n'était pas verrouillé, pour se diriger vers la porte d'entrée. Comme chaque fois qu'il se trouvait dans une telle situation depuis la mort de Hideo, Logan se sentait tendu. Il savait à présent que le simple fait de sonner à une porte pouvait se transformer en un véritable bain de sang en l'espace de quelques dizaines de secondes.

Malheureusement, il avait aussi fini par admettre qu'il ne pouvait pas y faire grand-chose, à part se tenir prêt à tout. Il fit signe à Ivy de se tenir légèrement en retrait et appuya sur le bouton de la sonnette en se préparant à dégainer si nécessaire.

Quelques instants plus tard, le battant s'ouvrit, révélant une jeune femme d'origine latino-américaine, qui arborait une longue chevelure teinte en blond platine. Elle considéra d'un air étonné les deux agents qui se tenaient sur le seuil.

— Inspecteur Ryder de la police de Hawaï, annonça Logan en présentant son badge. Et voici l'inspectrice Miyamoto. Nous aimerions parler à Glenn Sewell, s'il vous plaît.

Elle pâlit brusquement.

— Est-ce qu'il a fait quelque chose de mal ? demanda-t-elle d'une voix inquiète.

— C'est ce que nous voulons savoir, répondit Ivy avec un sourire amical. Comment vous appelez-vous ?

— Julie.

— Très bien, Julie, est-ce que M. Sewell est ici ?

Julie hocha la tête.

— Attendez un instant, leur dit-elle. Je vais le prévenir.

— Pouvons-nous entrer en attendant ? demanda Logan.

Il savait qu'ils se trouveraient ainsi en bien meilleure position, au cas où Sewell déciderait de prendre la fuite. Julie s'écarta visiblement à regret pour les laisser pénétrer dans la maison. Ils la suivirent jusqu'à un salon confortablement meublé et elle s'approcha de l'escalier qui se trouvait au fond de la pièce.

— Glenn ! appela-t-elle. Tu peux descendre ? Il y a des policiers qui veulent te voir !

Quelques instants plus tard, un homme d'une quarantaine d'années au physique musculeux et aux cheveux rasés sur les côtés descendit les marches. Il observa d'un air méfiant les deux inspecteurs qui se trouvaient dans son salon.

— Que se passe-t-il ? demanda-t-il enfin à Logan.

— Nous sommes venus vous poser quelques questions.

— À quel sujet ?

Ivy fit un pas dans sa direction.

— À propos d'un achat que vous avez effectué voici six jours dans le magasin de bricolage Aloha. Il semblerait que vous ayez fait l'acquisition de gants en latex et d'un maillet.

— Et alors ? s'enquit Sewell d'un ton rogue. C'est un crime ?

Ivy soutint sans ciller le regard de Sewell.

— Seulement si on s'en sert pour en commettre un, répliqua-t-elle sans se laisser impressionner.

— Le lendemain du jour où vous avez fait cet achat, une jeune femme appelée Daryl Renigado s'est fait assassiner à coups de maillet, précisa Logan. On a retrouvé l'arme du crime sur les lieux et c'est le même modèle que celui qui vous avez acheté. Puis-je vous demander où vous vous trouviez, le soir du 18 mars ?

— Ici, à la maison, avec ma petite amie Julie, répondit Sewell sans hésiter. Elle vous le confirmera.

— C'est vrai, intervint Julie.

— Est-ce que nous pouvons voir le maillet que vous avez acheté ? demanda Ivy. Et les gants en latex ?

Sewell haussa ses larges épaules.

— Bien sûr, répondit-il. Venez avec moi, je vais vous les montrer.

Ils le suivirent jusqu'à la cuisine et empruntèrent la porte qui donnait sur le jardin. Sewell les guida alors jusqu'à une cabane qui se dressait au fond et contenait son matériel de bricolage et de jardinage. Il leur désigna le maillet qui était accroché au-dessus de son établi.

— Il n'a pas bougé d'ici depuis le jour où je l'ai acheté, précisa-t-il. Vous pouvez l'examiner, si ça vous chante.

Logan et Ivy ne se firent pas prier et inspectèrent l'outil, qui semblait n'avoir jamais servi. Mais Sewell avait très bien pu l'acheter pour remplacer celui avec lequel il avait fracassé le crâne de Daryl Renigado.

— Et les gants ? demanda Logan.

— Les voici, répondit Julie, qui venait de les rejoindre dans la cabane.

Elle lui tendit une paire de gants en latex assez épais.

— Glenn les a achetés pour moi, précisa-t-elle. Je jardine beaucoup.

De fait, le jardin qu'ils venaient tout juste de traverser était entretenu avec soin. Logan jeta un coup d'œil à Ivy, qui hocha presque imperceptiblement la tête, confirmant qu'elle était d'accord avec lui. Ces gens n'avaient probablement aucun rapport avec les meurtres commis par le tueur de la Grande Île. Rien ne leur permettait à ce stade de mettre en doute la véracité de leurs dires.

— Parfait, déclara-t-il. Je vous remercie de votre collaboration. Nous n'allons pas vous ennuyer plus longtemps.

Sewell et Julie les raccompagnèrent jusqu'au portillon, où ils prirent congé d'eux.

— Mauvaise pioche, on dirait, lança Ivy tandis qu'ils se dirigeaient vers leurs véhicules.

Logan haussa les épaules.

— Tu sais comme moi que c'est assez classique, dans ce genre d'affaire. Nous risquons d'explorer encore pas mal de fausses pistes avant d'en trouver une bonne. Mais nous ne pouvons nous permettre d'en négliger aucune.

— Je sais bien, soupira Ivy. Espérons que nous tomberons rapidement sur quelque chose de plus prometteur.

Logan croisa les doigts pour se porter chance.

— Bonne soirée, Ivy, lui dit-il. On se voit demain.

— À demain, Logan.

Ils remontèrent dans leurs voitures respectives. Logan s'apprêtait à reprendre la direction de son domicile lorsqu'il changea brusquement d'avis. Obliquant vers le nord, il roula jusqu'au cimetière de Homelani. Il avait pris l'habitude d'y passer régulièrement pour rendre visite à la tombe de Hideo.

Lorsqu'il arriva en vue de la sépulture, cette fois-ci, il constata que Leilani Zhang se trouvait déjà là, en train de disposer une brassée de fleurs fraîches pour remplacer le précédent bouquet qui avait fané.

En le voyant approcher, l'épouse de son coéquipier se redressa et lui adressa un pâle sourire. Ses grands yeux bruns étaient brouillés de larmes.

— Bonjour, Logan, lui dit-elle d'une voix légèrement tremblante.

— Bonsoir, Leilani. Comment vas-tu ?

— Ça va, répondit-elle par automatisme.

Elle secoua la tête tandis que de nouvelles larmes perlaient au coin de ses yeux.

— Non, murmura-t-elle. Ça ne va pas du tout…

Sa voix se fêla sous l'effet des sanglots qu'elle tentait vainement de contenir. Logan s'approcha d'elle et lui ouvrit les bras. Elle vint se nicher contre lui et posa son visage au creux de l'épaule de Logan.

— Il me manque tellement.

— Je sais, murmura Logan en caressant doucement ses cheveux.

En cet instant, lui-même avait beaucoup de mal à retenir ses propres larmes.

— À moi aussi, il me manque, soupira-t-il.

Tous deux demeurèrent enlacés durant de longues minutes, face à la tombe de celui dont la disparition soudaine avait creusé un tel vide dans leurs existences respectives.

— Tu sais, déclara alors Logan, je suis allé voir quelqu'un qui m'a aidé à trouver un peu de réconfort.

— Quelqu'un ? répéta Leilani en s'écartant légèrement de lui pour pouvoir le regarder dans les yeux. Tu veux dire un psy ?

Logan hocha la tête.

— Je ne t'aurais jamais imaginé faire une chose pareille, dit Leilani.

— Moi non plus, avoua Logan avec un pâle sourire. Mais Watanabe ne m'a pas vraiment laissé le choix. Et je dois bien reconnaître que, contre toute attente, ces séances m'ont vraiment fait du bien.

Logan savait que, tout comme lui et peut-être plus encore, Leilani était quelqu'un de très pudique, qui n'aimait pas faire étalage de ses émotions, particulièrement face à des étrangers.

— Elle s'appelle Elena Kekona, reprit-il. C'est vraiment quelqu'un de bien, qui a une grande expérience de ce genre de situations. Je pense que tu devrais aller la voir.

Leilani hésita durant quelques instants.

— Peut-être, murmura-t-elle enfin. Au point où j'en suis, je n'ai pas grand-chose à perdre.

— Je suis convaincu que cela te fera beaucoup de bien, déclara Logan.

— *Mahalo,* lui dit Leilani.

En voyant s'afficher le nom de Logan Ryder sur son portable, Elena s'était sentie à la fois ravie et terriblement nerveuse. Elle avait très souvent repensé à lui depuis leur dernière séance, sans parvenir à décider de ce qu'elle ferait au cas où il reprendrait contact avec elle.

Il lui avait alors expliqué que Leilani Zhang, la veuve de son coéquipier, souhaitait prendre rendez-vous avec elle. En apprenant la raison de son appel, elle avait éprouvé un mélange assez paradoxal de soulagement et de déception. Mais elle s'était bien gardée de le laisser paraître et avait proposé une consultation pour le lendemain.

D'après ce qu'elle avait cru comprendre en discutant avec Logan, Leilani Zhang semblait en effet avoir infiniment plus de mal que lui à accepter la disparition de Hideo. Cela n'avait d'ailleurs rien d'étonnant : Elena était bien placée pour savoir à quel point perdre son compagnon pouvait être douloureux.

En la voyant pénétrer dans son cabinet, elle comprit que Logan ne s'était pas trompé. Le regard perdu de la jeune femme ne laissait guère de doute sur son état d'esprit.

— Je suis contente que vous ayez décidé de venir, lui dit-elle.

— J'ai failli renoncer à le faire, avoua Leilani. Mais je me suis dit que, si Logan ne tarissait pas d'éloges à votre endroit, vous deviez vraiment être très douée.

— J'espère que je ne vous décevrai pas, répondit Elena en lui décochant un chaleureux sourire.

Elle fit entrer Leilani dans le petit salon et la laissa choisir un siège avant de prendre place face à elle. Elle venait de préparer une tisane à base de *m⊠maki* et en offrit une tasse à sa nouvelle patiente, qui l'accepta avec reconnaissance. Elena sentait que Leilani n'était toujours pas sûre d'avoir eu raison de venir la voir et elle tenait à la mettre à l'aise.

— Logan m'a dit que vous aussi vous aviez perdu votre époux, lança alors Leilani.

— C'est exact, acquiesça Elena. C'était il y a trois ans. Il a été emporté par une crise cardiaque. Ça a été aussi soudain qu'inattendu.

— Cela a dû être très dur pour vous, fit Leilani d'une toute petite voix.

D'ordinaire, Elena préférait parler des problèmes que rencontraient ses patients plutôt que des siens. Mais, cette fois-ci, elle sentait bien que cette expérience partagée était susceptible d'instaurer la confiance sur laquelle elle pourrait construire un dialogue constructif.

— Ça l'a été, acquiesça-t-elle. Je n'avais jamais imaginé qu'il puisse partir aussi tôt. Et lui non plus, sans doute… J'imagine que c'était aussi votre cas.

Leilani hésita quelques instants avant de lui répondre.

— Hideo était policier. Et lorsqu'on épouse un policier on est bien forcé d'envisager le pire. Il m'est arrivé de me demander comment je réagirais au cas où il viendrait à disparaître. Mais rien ne m'avait vraiment préparée à la réalité de ce moment…

Emportée par l'élan de son propre récit, Leilani entreprit de lui raconter de façon détaillée les différentes phases qu'elle avait traversées depuis qu'elle avait appris la mort de Hideo. Elena se contenta de l'écouter en silence, la relançant chaque fois qu'elle la sentait hésiter.

Le récit était familier, bien sûr, mais toujours aussi

éprouvant. Car chaque deuil était unique et chaque chagrin revêtait un caractère absolu, fondamentalement irréductible.

— Je n'arrive pas à m'en sortir, conclut Leilani d'une voix défaite.

— Cette sensation est parfaitement naturelle, répondit Elena. Mais il existe des techniques qui permettent de ne pas se laisser submerger.

— Lesquelles ? s'enquit Leilani.

Elena entreprit de lui exposer les différentes méthodes qu'elle pouvait tenter de mettre en œuvre pour essayer de reprendre le contrôle de ses émotions.

— Mais j'aurais l'impression de trahir sa mémoire, objecta Leilani au bout d'un moment.

C'était une objection classique et Elena n'eut aucune peine à y répondre.

— Hideo vous aimait, rappela-t-elle à Leilani. Il n'aurait certainement pas voulu vous voir souffrir indéfiniment. Vous ne croyez pas ?

— Si, sans doute…, reconnut Leilani d'un ton hésitant.

— En acceptant son départ, vous ne trahissez pas sa mémoire, reprit Elena. Rien ni personne ne pourra vous enlever ce que vous avez vécu avec lui. Cela fait partie de vous, désormais. Mais le hasard a voulu que votre vie à vous continue alors que la sienne s'est terminée de façon prématurée. Vous allez devoir trouver le courage d'écrire seule la suite de votre existence.

Leilani parut réfléchir à ce qu'elle venait de lui dire. Elle l'interrogea alors sur les techniques de deuil qu'elle venait de lui présenter, lui demandant des précisions. Elena comprit alors que la partie était gagnée. Cela prendrait peut-être des semaines ou des mois, mais Leilani parviendrait à affronter son deuil.

Elles continuèrent à discuter jusqu'à ce qu'au détour

de la conversation Leilani fasse allusion au tueur en série qui sévissait sur l'île.

— J'espère que la police l'arrêtera très vite.

— Moi aussi, renchérit Elena. Log… L'inspecteur Ryder semblait très déterminé à résoudre cette affaire au plus vite, en tout cas.

— J'imagine, acquiesça Leilani. Vous savez que Hideo était encore vivant, lorsque l'on a retrouvé la première victime ? Bien sûr, à ce moment-là, rien ne laissait présager qu'il puisse s'agir d'un tueur en série…

— Je suis sûr que l'esprit de votre mari accompagne Logan et qu'à sa façon il le guidera dans son enquête, déclara Elena.

Leilani lui lança un regard étonné.

— Vous parlez de façon métaphorique, je suppose ?

— Je ne suis pas sûre que cela fasse une réelle différence, répondit Elena en souriant. Je vous l'ai dit : nous portons tous en nous les gens que nous avons aimés. Qu'il s'agisse d'anges gardiens ou de simples souvenirs ne change pas fondamentalement l'impact qu'ils ont sur nous.

— Vous avez sans doute raison, reconnut Leilani avec un pâle sourire. Je suis vraiment heureuse que Logan m'ait recommandé de venir vous voir.

— Moi aussi, affirma Elena.

Après qu'elles eurent pris rendez-vous pour une nouvelle séance, Elena raccompagna sa nouvelle patiente jusqu'à la porte du cabinet. Elle appela ensuite Logan pour lui confirmer que Leilani était bien venue la voir et que tout s'était bien passé.

— Merci beaucoup de l'avoir reçue, lui dit Logan. Je crois qu'elle avait grand besoin de votre aide.

— Ne vous en faites pas pour elle, répondit Elena. Je suis convaincue qu'elle va s'en sortir. C'est une femme intelligente, lucide et volontaire. Elle a juste besoin d'un petit coup de pouce.

— Et je suis convaincu que vous êtes la mieux placée pour le lui donner, déclara Logan avec une conviction qui la toucha profondément.

Il marqua une pause.

— Dites, reprit-il d'un ton légèrement plus hésitant, est-ce que ça vous dirait d'aller boire un verre, ce soir ?

Elena sentit les battements de son cœur s'emballer dans sa poitrine. Le moment qu'elle avait tant espéré et redouté à la fois était enfin arrivé.

— Avec plaisir, s'entendit-elle répondre avant même d'avoir formulé sa décision de façon consciente.

Cela faisait assez longtemps qu'Elena sondait la psyché humaine pour savoir que parfois il fallait renoncer à toute illusion de contrôle.

Logan était arrivé au Veronica's Lounge sur Kanoelehua Avenue avec un bon quart d'heure d'avance. Il se sentait aussi anxieux que s'il s'agissait de son tout premier rendez-vous amoureux. Mais c'était peut-être parce que, pour une fois, il avait parfaitement conscience des enjeux.

Elena n'était certainement pas le genre de femme à accepter une telle invitation à la légère. Il était prêt à parier qu'elle n'avait pas dû avoir beaucoup d'aventures depuis la mort de son mari. Et cela faisait peser sur cette soirée une pression supplémentaire. Il était donc bien décidé à procéder avec prudence et à laisser à Elena tout le champ nécessaire.

Comme il hésitait à commander en attendant la jeune femme, celle-ci fit son apparition. Lorsqu'elle s'avança dans la salle du bar, Logan sentit son ventre se nouer. C'était incontestablement l'une des femmes les plus séduisantes qu'il lui eût jamais été donné de contempler.

Ce soir-là, elle avait détaché ses longs cheveux noirs, qui retombaient librement sur ses épaules, ajoutant encore à la sensualité naturelle qui émanait d'elle.

— Bonsoir, lui dit-il, se sentant aussi gauche qu'un adolescent.

— Salut, fit-elle en prenant place en face de lui.

Logan sentit confusément qu'elle était tout aussi nerveuse que lui, ce qui, paradoxalement, le réconforta un peu.

— Qu'est-ce que vous voulez boire ? lui demanda-t-il.

— Nous ne sommes plus dans le cadre de nos consultations, répondit-elle en souriant. Je pense que nous pouvons nous tutoyer.

— Avec plaisir. Que veux-tu boire ?

— Je vais prendre un lava flows.

— Une valeur sûre, approuva Logan.

Il fit signe à l'une des serveuses et commanda le cocktail qu'elle désirait ainsi qu'un kiwi colada pour lui-même.

— J'ai toujours adoré cet endroit, déclara Elena en observant la salle dans laquelle ils se trouvaient.

— Est-ce que tu as toujours vécu sur la Grande Île ?

— Sauf au moment où je suis allée faire mes études supérieures à Honolulu, précisa-t-elle. C'est là que j'ai rencontré Errol. Nous sommes revenus vivre à Hilo il y a sept ans. Et depuis je ne suis plus repartie.

— Tu as toujours de la famille ici ?

— Juste mon frère. Nous sommes très proches, tous les deux. Il habite même une *ohana* qui se trouve sur ma propriété.

— Et vos parents ?

— Ils sont décédés il y a quelques années.

— Je suis désolé.

— Il ne faut pas, lui dit-elle. Ils ont eu une belle vie. Et ils se sont beaucoup aimés. Que peut-on espérer de plus ?

— Pas grand-chose, j'imagine, concéda Logan.

— Et ta famille à toi ? lui demanda Elena.

— Mes parents ont divorcé lorsque j'étais encore jeune. Ma mère vit en Californie du Nord, du côté de San Francisco. C'est là que j'ai grandi. Il y a quelques années de cela, j'ai renoué le contact avec mon père, peu de temps avant qu'il ne meure d'un cancer du foie.

— Je suis désolée.

Logan hocha la tête.

— Contrairement à tes parents, il n'a pas vraiment eu une existence heureuse. Mais, au moins, nous avons pu rétablir un lien, à la fin…

— Est-ce que tu as des frères et sœurs ?

— Aucun, répondit-il. J'aurais bien aimé.

— Et comment as-tu atterri sur la Grande Île ?

— En Californie, je travaillais déjà dans la police. J'appartenais à une unité spécialisée dans la lutte contre la prostitution et le trafic d'êtres humains. Mais à force d'enquêter sur des affaires plus sordides les unes que les autres je courais tout droit à la dépression. Quand j'ai vu que le département de la police du comté de Hawaï recrutait, je me suis dit qu'il était peut-être temps pour moi de changer d'air.

— Et tu ne regrettes pas d'avoir quitté la Californie ?

— Pas du tout. Je suis tombé amoureux de Hawaï. La vie ici est plus douce. En règle générale, nous ne sommes confrontés qu'à des délits relativement mineurs. Et puis, si je n'étais pas venu ici, je n'aurais pas eu la chance de faire ta connaissance…

Elena ne put s'empêcher de rougir.

— C'est gentil, lui dit-elle d'une voix un peu moins

assurée. Moi aussi, je suis vraiment heureuse de t'avoir rencontré…

Dans ses yeux, il crut discerner une envie qui reflétait celle qui venait de s'emparer de lui. Ne voulant rien présager de cette intuition, il se pencha très lentement vers elle, lui laissant tout le temps d'anticiper ce qu'il s'apprêtait à faire et de reculer si tel était son désir.

Mais elle n'en fit rien et leurs lèvres se rencontrèrent, faisant courir à travers tout son corps un violent frisson. Ce fut un baiser très doux, presque timide, qui avait le goût d'une première rencontre, mais en annonçait déjà beaucoup d'autres.

Il fut malheureusement interrompu par la sonnerie insistante du téléphone portable de Logan. À contrecœur, il dut s'arracher aux lèvres si douces d'Elena.

— Je suis désolé, lui dit-il. Il faut que je réponde.

— Je comprends, lui assura-t-elle.

— Logan ? fit la voix d'Ivy lorsqu'il décrocha. Il y a du nouveau.

Le ton de la jeune femme ne laissait guère d'espoir : les nouvelles en question n'étaient pas bonnes.

— Je t'écoute, lui dit-il.

— On vient tout juste de retrouver un nouveau corps. Cette fois, ça ne fait plus aucun doute : nous avons bien affaire à un tueur en série.

# 4

Logan emprunta la route côtière qui menait de Kalanianaole Avenue au parc d'Onekahakaha Beach, où l'on avait découvert le corps de la dernière victime en date du tueur de la Grande Île. Ivy lui avait confirmé qu'il s'agissait de nouveau d'une femme de type maori aux cheveux longs, séduisante, et probablement d'un âge situé entre vingt et trente ans.

Le tueur avait bel et bien un profil précis de victimes. Et, une fois de plus, Logan ne pouvait réprimer l'angoisse qu'il éprouvait à l'idée qu'Elena y correspondait parfaitement. Malheureusement, il ne pouvait pas lui demander de rester cloîtrée chez elle en attendant que la police parvienne à arrêter le coupable de ces meurtres sauvages.

La seule chose qu'il pouvait faire, en réalité, c'était tenter d'identifier au plus vite ce salopard afin de rendre à Hilo et à la Grande Île leur tranquillité habituelle. Plus décidé que jamais, il se gara sur le parking d'Onekahakaha Beach et descendit de sa voiture pour se diriger vers l'entrée du parc.

Il n'eut aucun mal à trouver la scène du crime, autour de laquelle s'activaient plusieurs agents en uniforme. Ils avaient délimité la zone à l'aide de rubalise jaune et installé de puissants projecteurs pour éclairer les lieux et permettre une fouille approfondie. Ivy et Aretha Kennedy étaient déjà à pied d'œuvre.

— Désolée d'avoir gâché ta soirée, lui dit Ivy.

Logan haussa les épaules d'un air fataliste.

— Le travail passe avant tout, répondit-il. Surtout en de telles circonstances.

Il savait que, dans une affaire de ce genre, ils ne pouvaient se permettre de perdre du temps. La plupart des tueurs en série continuaient à sévir tant qu'on ne les arrêtait pas.

— S'il s'avère que ce crime a bien été commis par la même personne, nous avons officiellement affaire à un tueur en série, intervint Aretha Kennedy.

— J'ai bien peur que le temps des précautions oratoires ne soit révolu, soupira Logan en enfilant la paire de gants en latex qu'Ivy venait de lui tendre.

Il suivit les deux femmes jusqu'au corps étendu sur l'herbe, au pied d'un pin. Une large tache de sang auréolait sa tête, mais la blessure devait se trouver à l'arrière du crâne, car le visage était intact. La victime avait effectivement été une femme très séduisante.

Son agresseur avait dû la surprendre alors qu'elle faisait son jogging, car elle portait un short en lycra, un T-shirt *crop top* et une paire de baskets. Elle n'avait pas été déshabillée et ne semblait pas avoir subi de violences physiques en dehors des coups, portés à la tête, qui avaient causé sa mort. Ses yeux étaient toujours grands ouverts et fixaient le ciel sans le voir.

— Sait-on de qui il s'agit ? demanda Logan.

— Elle avait ses papiers sur elle, répondit Aretha Kennedy. Elle s'appelait Yancy Otani et était âgée de vingt-cinq ans. Le tueur était probablement embusqué. Il a attendu qu'elle arrive à la hauteur de ce bosquet et s'est jeté sur elle. Elle n'a peut-être même pas eu le temps de comprendre ce qui lui arrivait.

— Le tueur a pris des risques, indiqua Ivy. Un témoin l'a aperçu alors qu'il s'enfuyait. Malheureusement, il n'a pas vu son visage, juste une personne de haute taille et mince portant un sweat à capuche noir.

— Ce qui correspond aux images des caméras de surveillance de la dernière fois, murmura Logan, pensif. Cela signifie soit que le tueur fait preuve d'arrogance, soit qu'il ne parvient plus à contrôler ses pulsions de meurtre. Et dans ce cas nous devons malheureusement nous attendre à ce que le rythme de ses crimes s'intensifie…

— Cela expliquerait aussi le choix de l'arme, renchérit Shirley Takaki, la responsable de l'équipe médico-légale chargée de la scène de crime.

Elle leur montra un sac en plastique qui contenait une grosse pierre volcanique couverte de sang.

— A priori, c'est l'arme du crime, leur dit-elle.

Cette information ne contribua guère à rassurer Logan. La plupart des tueurs en série avaient une arme de prédilection. Elle permettait parfois de les identifier. Mais le tueur de la Grande Île semblait se satisfaire de toute arme contondante qui lui tombait sous la main.

— Espérons que vous trouverez des traces ADN que nous pourrons exploiter, répondit Logan sans trop y croire.

— S'il y en a, nous les trouverons, lui assura Shirley.

Logan n'avait strictement aucun doute à ce sujet. Il avait une totale confiance en son équipe. Mais il savait que les tueurs en série étaient particulièrement retors et qu'ils avaient le don de déstabiliser les policiers les plus expérimentés.

— Tôt ou tard, il finira par commettre une erreur, murmura Ivy, qui avait dû se faire la même réflexion.

— Sans doute, concéda Logan. Malheureusement, dans ce cas de figure, le temps est une donnée primordiale. Si le tueur se trahit trop tard, nous pourrions avoir des tas de victimes supplémentaires à déplorer…

— J'ai déployé plusieurs agents sur le terrain, indiqua alors Aretha Kennedy. Ils intercepteront toute personne répondant à la description du tueur.

— Espérons que nous aurons de la chance, répondit Logan sans grand optimisme.

Il existait des tas d'exemples d'enquêtes dans lesquelles un simple coup de chance avait conduit à l'arrestation du coupable. Mais Logan savait qu'il ne pouvait miser sur une telle éventualité pour résoudre cette affaire. Il lui fallait des indices, des preuves qui lui permettraient de remonter jusqu'à celui qui avait commis ces crimes.

Tandis qu'il se faisait ces réflexions, Shirley s'était agenouillée auprès du corps. Elle le considéra attentivement avant de tourner délicatement la tête de la victime pour révéler la blessure béante qui s'ouvrait à l'arrière de son crâne.

— Est-ce que la blessure correspond à celles des précédentes victimes ? s'enquit Logan.

— Tout semble l'indiquer, répondit Shirley. Il faudra cependant attendre le rapport d'autopsie pour en avoir le cœur net.

Logan hocha la tête. Il n'avait malheureusement que très peu de doutes sur ce que leur dirait Bert Swanson, le médecin légiste. Yancy Otani avait été assassinée par le tueur de la Grande Île et le temps leur était compté avant qu'il ne frappe de nouveau.

Cela faisait quelques heures que Logan avait dû quitter le Veronica's Lounge en catastrophe, abandonnant Elena sans qu'ils aient pu discuter du merveilleux baiser qu'ils venaient d'échanger.

La sensation qu'elle avait éprouvée alors continuait à se réverbérer en elle, faisant naître une douce chaleur au creux de son ventre chaque fois qu'elle y repensait. Depuis la mort d'Errol, personne ne lui avait inspiré de telles réactions. Et elle se sentait enfin prête à franchir le pas, à explorer plus avant l'indéniable attirance réciproque qui existait entre eux.

Le départ précipité de Logan avait néanmoins instillé en elle l'ombre d'un doute. Il était évident qu'il accordait une place prépondérante à son travail – il lui avait même avoué que c'était l'une des raisons qui avaient conduit à l'échec de son mariage. Elle ne pouvait d'ailleurs le lui reprocher : elle savait à quel point ce qu'il faisait était important – tout particulièrement en ce moment, alors qu'un tueur en série se promenait en liberté sur l'île.

Mais elle ne pouvait oublier la raison pour laquelle il était venu la voir initialement. Son coéquipier était mort, comme mouraient chaque année près de cent cinquante officiers de police à travers les États-Unis.

S'imaginait-elle réellement sortir avec un homme qui pouvait se faire tuer à tout moment dans l'exercice de ses fonctions ? Elle n'était pas certaine de pouvoir répondre à cette question.

De retour chez elle, elle avait troqué sa robe contre un short et un T-shirt et s'était servi une tisane aromatisée à l'hibiscus, avant d'allumer la télévision pour tenter d'en apprendre un peu plus sur ce qui s'était passé ce soir-là. Mais la chaîne d'information locale ne lui apporta que peu de précisions.

Les journalistes se gardaient pour l'instant de spéculer sur l'identité du meurtrier de la jeune femme que l'on avait retrouvée assassinée dans le parc d'Onekahakaha Beach. Finalement, frustrée par cette absence de détails, elle se décida à appeler directement Logan.

Ce dernier décrocha à la première sonnerie.

— J'étais justement en train de penser à toi, dit-il d'une voix si douce qu'elle ne put réprimer un léger tressaillement de désir.

— Vraiment ?

— Oui. Je comptais t'appeler pour m'assurer que tu étais bien rentrée.

— C'est le cas, dit-elle, touchée par sa prévenance.

— Que puis-je faire pour toi ?

— Eh bien, je me demandais si la femme qui s'est fait tuer à Onekahakaha Beach avait bien été victime du tueur de la Grande Île ?

Logan hésita quelques instants avant de lui répondre. Il répugnait sans doute à lui fournir des informations qui devaient être considérées comme confidentielles pour le moment.

— La femme que nous avons retrouvée correspond au profil des autres victimes, déclara-t-il enfin. Et elle a été tuée de la même manière.

— Je vois, murmura Elena. Est-ce que tu as une idée de ce qui peut bien motiver ces meurtres ?

— La seule chose que nous savons, c'est que les victimes n'ont pas fait l'objet de sévices sexuels. Il semblerait que, pour une raison encore indéterminée, le tueur ait un grief à l'encontre des jeunes femmes de type maori.

— Peut-être s'estime-t-il victime de quelqu'un répondant à ce signalement. Il s'agirait alors d'une forme de vengeance symbolique.

— C'est possible, en effet, concéda Logan. Mais je t'avoue que ce qui m'inquiète le plus c'est le fait que, toi, tu correspondes au signalement en question.

— Je sais, soupira-t-elle. Et je compte bien me montrer très prudente au cours des jours à venir. Et je vais en parler à mon frère, Tommy. Comme je te l'ai dit, il vit juste à côté de chez moi. Il n'a peut-être pas le gabarit d'un garde du corps, mais il est en excellente forme physique et très protecteur à mon endroit.

— Tant mieux, répondit Logan. Et comme je te l'ai dit, si tu remarques quoi que ce soit d'inquiétant, n'hésite pas à m'appeler.

— C'est promis. Merci encore, Logan. Et merci d'avoir répondu à mes questions. Je ne vais pas te déranger plus longtemps. Tu as sans doute fort à faire.

— Je suis désolé que notre soirée se soit interrompue de cette façon.

— Ce n'est pas ta faute. Et je suis heureuse de savoir que c'est toi qui es chargé de cette enquête. Je suis sûre que tu finiras par retrouver ce monstre.

— Le ciel t'entende, soupira-t-il. À bientôt, Elena. Bonne nuit.

— À toi aussi, répondit-elle avant de raccrocher.

Elle hésita quelques instants avant de se décider à aller trouver son frère pour le tenir au courant de la situation. En sortant, elle prit exceptionnellement soin de verrouiller la porte derrière elle. Traversant le jardin, elle franchit le petit portail qui séparait symboliquement les deux maisons.

La voiture de Tommy était garée dans l'allée, ce qui indiquait qu'il était bien chez lui. S'approchant de la porte, elle tendit l'oreille pour s'assurer qu'il ne se trouvait pas avec des amis ou bien en compagnie de l'une de ses conquêtes. N'entendant aucun bruit, elle frappa doucement.

Tommy lui ouvrit quelques instants plus tard. Il était vêtu d'un jogging noir et avait les cheveux trempés de transpiration.

— Je te dérange ? lui demanda-t-elle.

— Non. J'étais juste en train de faire un peu d'exercice. Entre !

Elle le suivit à l'intérieur de l'*ohana,* qui était constituée d'un salon-salle à manger, d'une cuisine et de deux chambres, dont l'une avait été reconvertie en salle de gym par Tommy.

— Tu veux boire quelque chose ? proposa son frère. J'ai du jus de fraise-goyave, si ça te dit.

— Avec plaisir.

Il alla chercher deux canettes au réfrigérateur et en tendit une à Elena avant de se laisser tomber dans son fauteuil préféré. Elle prit place sur le canapé en face de lui.

— Est-ce que tu as regardé les infos, ce soir ? lui demanda-t-elle.

Il secoua la tête.

— Une autre femme a été retrouvée morte du côté d'Onekahakaha Beach. Elle a été tuée de la même façon que les précédentes victimes du tueur de la Grande Île.

— C'est horrible, soupira Tommy. Est-ce qu'ils ont réussi à identifier le coupable ?

— Pas encore, apparemment, répondit Elena.

Une fois de plus, elle se demanda ce que Tommy penserait en apprenant qu'elle était probablement sur le point de sortir avec un policier.

— J'ai cru comprendre que la police du comté et le FBI collaboraient activement sur cette affaire. Ils doivent savoir que le temps leur est compté avant que le tueur ne frappe de nouveau. Et, en attendant, je t'avoue que je ne suis pas rassurée…

— Il y a peu de risques que le tueur s'en prenne à toi, objecta Tommy d'un ton qui se voulait apaisant.

— Eh bien, en fait, c'est moins improbable que tu ne sembles le penser, rétorqua-t-elle. D'après ce que j'ai cru comprendre, toutes les victimes correspondent à mon profil physique.

— Comment le sais-tu ? s'étonna Tommy. Il ne me semble pas avoir lu ça dans le journal.

— Ils ont diffusé les photos des trois victimes. Toutes trois sont plutôt jolies, d'origine maorie, ont entre vingt et trente ans à peu près et les cheveux longs.

— Il y a des tas de femmes répondant à cette description sur cette île, fit remarquer Tommy.

— Sans doute. Et je suis prête à parier que toutes ne vont pas tarder à se sentir très inquiètes. Un tueur se promène en liberté et s'attaque à des femmes, juste parce qu'elles nous ressemblent.

— C'est vraiment son seul critère ? s'enquit Tommy en fronçant les sourcils.

— La police n'en voit pas d'autres. Les victimes venaient de milieux différents et ne se connaissaient pas. Elles n'avaient aucun lien entre elles, apparemment.

— Je vois, acquiesça son frère d'un air sombre. En tout cas, si tu te sens menacée ou même juste inquiète, n'hésite pas à m'appeler, d'accord ? Tu peux compter sur moi.

— *Mahalo,* lui dit-elle.

Elle ne se faisait cependant pas beaucoup d'illusions : si le tueur s'en prenait vraiment à elle, elle n'aurait probablement pas le temps d'appeler son frère ou Logan et ne pourrait compter que sur elle-même.

— En attendant, reprit Tommy, qui semblait s'être fait la même réflexion, reste sur tes gardes. Les tueurs de ce genre s'en prennent généralement à des personnes en position de faiblesse. Ils se méfieront d'une femme alerte, vigilante et prête à en découdre.

— Tu ne crois pas que tu as un peu trop regardé *Hawaï police d'État ?* se moqua-t-elle gentiment.

Tommy haussa les épaules.

— L'autre solution serait de te trouver un petit ami, déclara-t-il. Je doute que le tueur s'en prenne à des femmes en couple.

Ce n'était pas la première fois que Tommy l'encourageait à renouer le fil de sa vie amoureuse.

— Cela fait longtemps qu'Errol est parti, ajouta-t-il. Il est temps que tu recommences à vivre. Je suis sûr qu'il y a quelqu'un quelque part qui est fait pour toi.

— Ça ne manque pas de sel venant de quelqu'un qui sort avec une femme différente chaque semaine.

Tommy lui décocha un sourire malicieux.

— Je cherche juste la bonne personne, répondit-il avec une parfaite mauvaise foi.

— Et pour ça tu as décidé d'essayer toutes les femmes de l'île ?

Il haussa les épaules d'un air faussement fataliste.

— Tu sais que je ne fais jamais les choses à moitié.

— Eh bien, n'hésite pas à me prévenir quand tu trouveras la femme de ta vie, lança Elena en se levant.

— C'est promis, acquiesça Tommy. Tu veux que je te raccompagne ?

— Avec plaisir.

Elle ne se sentait pas réellement menacée, mais toutes ces discussions au sujet du tueur l'avaient rendue un peu nerveuse. Elle avait bien conscience du fait qu'il pouvait frapper n'importe où. Aucun quartier n'était réellement à l'abri.

Ils quittèrent l'*ohana* et traversèrent le jardin silencieux.

— Bonne nuit, lui dit son frère lorsqu'ils arrivèrent devant chez elle.

— Bonne nuit, Tommy, répondit-elle. Fais de beaux rêves.

— Toi aussi.

Elena hocha la tête. Elle était prête à parier que, si elle en faisait, Logan Ryder y figurerait en bonne place…

# 5

C'était indéniablement la partie de son métier que Logan détestait le plus. Mais il avait également conscience du fait qu'il s'agissait d'une responsabilité importante que lui seule pouvait endosser.

Le pire, cette fois-ci, c'était qu'il avait dû annoncer aux parents de Yancy Otani la mort de leur fille par téléphone. Les Otani vivaient en effet à Sacramento, en Californie, et il n'avait pu se rendre chez eux en personne.

Par-delà l'horreur que représentait une telle nouvelle, le plus frustrant avait été pour lui de n'avoir quasiment aucune réponse à apporter à leurs questions. Il ignorait tout du tueur et de ses motivations, et ne pouvait même pas promettre en conscience que la police était sur sa piste.

Son plus grand espoir, en fait, résidait dans l'autopsie qui devait être réalisée sur le corps de Yancy Otani. Et il avait dû expliquer aux parents que ses services ne pourraient même pas leur rendre la dépouille avant plusieurs jours.

Après avoir raccroché, Logan quitta le poste de police pour se rendre sur le campus de l'université de Hawaï, où Yancy avait résidé. Elle faisait des études de biologie et s'était spécialisée dans la conservation des espèces tropicales menacées.

Après s'être renseigné à l'accueil, Logan gagna le cinquième étage de la résidence universitaire où se trouvait la chambre de la jeune femme. On lui avait remis une clé permettant d'accéder à l'appartement, mais il prit soin de frapper au cas où sa colocataire se serait trouvée à l'intérieur.

De fait, une jeune femme aux yeux bleus et aux cheveux auburn vint lui ouvrir et le considéra avec étonnement. Il ne ressemblait probablement pas aux étudiants qui fréquentaient d'ordinaire le bâtiment.

— Inspecteur Ryder, de la police de Hawaï, se présenta-t-il en lui tendant son badge. Qui êtes-vous ?

— Shailene Leclerc.

— Vous êtes la colocataire de Yancy Otani ?

— Oui, répondit-elle avant de froncer les sourcils. Est-ce qu'il lui est arrivé quelque chose ?

— Est-ce que je peux entrer une minute ? lui demanda Logan, qui ne tenait pas à discuter d'un sujet aussi sensible dans le couloir.

Elle s'écarta pour le laisser passer et il pénétra dans une grande chambre décorée avec goût.

— Où est Yancy ? s'enquit Shailene, visiblement inquiète.

Logan se prépara mentalement à cette nouvelle annonce.

— Je suis vraiment désolé, mademoiselle Leclerc, mais Yancy Otani est décédée.

— Décédée ? répéta Shailene en pâlissant brusquement. Que s'est-il passé ?

— Elle a été assassinée, déclara Logan d'une voix très douce. On a retrouvé son corps dans le parc d'Onekahakaha Beach.

— C'est le tueur de la Grande Île, n'est-ce pas ? balbutia Shailene.

— L'enquête est encore en cours, répondit prudemment Logan. Mais je vous assure que, quelle que soit la personne qui a fait cela, nous finirons par l'identifier et par la traduire en justice.

Il savait d'expérience que ce genre d'assurance ne signifiait pas grand-chose pour les proches d'une victime de meurtre, mais c'était malheureusement tout ce qu'il avait à offrir. Et il était bien décidé à tenir parole : d'une façon ou d'une autre, il coincerait l'ordure qui avait tué ces femmes et ferait en sorte qu'elle soit condamnée pour ses crimes.

Les yeux de Shailene étaient à présent emplis de larmes qui s'écoulaient le long de ses joues.

— Est-ce que vous avez prévenu ses parents ? demanda-t-elle d'une toute petite voix.

— Bien sûr. Je les ai appelés ce matin même.

Il marqua une pause, laissant à Shailene le temps de se ressaisir un peu.

— J'aurais quelques questions à vous poser, ajouta-t-il alors.

Shailene s'essuya les yeux du revers de la main.

— D'accord, fit-elle courageusement.

Il désigna le petit canapé, sur lequel elle alla s'asseoir tandis qu'il tirait l'une des chaises de la table à manger pour prendre place en face d'elle.

— Nous pensons que Yancy était en train de faire un jogging quand elle s'est fait attaquer. Est-ce qu'elle allait souvent courir là-bas ?

Le parc d'Onekahakaha Beach se trouvait à plusieurs kilomètres du campus et il y avait des endroits plus proches pour aller courir.

— Plusieurs fois par semaine, répondit Shailene. Elle y allait après son service au restaurant L'Île aux Pizzas, sur Punahoa Street.

Logan avait sorti son calepin pour prendre des notes. Il se pouvait donc que l'un des employés ou des clients de la pizzeria l'ait suivie jusqu'au parc.

— Est-ce que Yancy avait un petit ami ?

— Non, répondit Shailene sans hésiter. Mais il faut dire qu'entre les cours, le sport et son petit boulot de serveuse elle n'avait pas vraiment le temps de sortir avec quelqu'un.

— Avait-elle des ennemis ? Des gens qui auraient pu avoir des raisons de lui en vouloir ?

— Pas que je sache.

— Avait-elle eu l'impression d'être suivie, ces derniers temps ?

— Non… Yancy était quelqu'un de très sympathique, vous savez. La plupart des gens l'aimaient bien…

La voix de Shailene se brisa tandis qu'un nouvel accès de sanglots la submergeait.

— Je n'arrive pas à croire qu'elle soit morte, balbutia-t-elle.

— Je sais, acquiesça gravement Logan. Croyez-moi, je comprends ce que vous ressentez. J'ai traversé une épreuve similaire, récemment. Et si vous voulez je peux vous donner les coordonnées de quelqu'un qui pourra vous aider à surmonter cette épreuve…

Shailene hocha la tête et Logan prit son numéro de téléphone pour lui envoyer les coordonnées d'Elena.

— Est-ce que vous pensez être capable de venir identifier le corps de Mlle Otani ?

Logan n'avait aucun doute quant à l'identité de la victime, mais il était forcé de recueillir au moins une identification formelle et les parents de Yancy ne seraient pas à Hawaï avant plusieurs jours.

— Oui, répondit Shailene d'une voix rien moins qu'assurée.

Elle appela l'une de ses amies pour lui indiquer qu'elle ne pourrait se rendre en cours, ce matin-là. Puis elle ramassa son sac à main et suivit Logan jusqu'à sa voiture.

Sur le chemin de l'hôpital, il l'interrogea au sujet de Yancy Otani, autant pour obtenir des informations que pour détourner les pensées de Shailene de l'épreuve qui l'attendait. Rien de ce qu'elle lui apprit au sujet de son amie ne suggérait d'autre piste que celle du tueur en série.

À la morgue, Shailene fit preuve d'un courage et d'une retenue qui impressionnèrent d'autant plus Logan qu'elle paraissait profondément affectée par la mort de Yancy. Une fois qu'elle eut identifié le corps la jeune femme, il la ramena jusqu'à chez elle. En quittant le campus, il contacta Ivy.

— Je viens de m'entretenir avec la coloc de Yancy, lui indiqua-t-il. Elle m'a dit que la voiture de la victime se trouvait probablement sur le parking de L'Île aux Pizzas, un restaurant où elle travaillait comme serveuse et qui se trouve à proximité du parc d'Onekahakaha Beach. C'est une Hyundai Sonata de couleur rouge. Est-ce que tu peux envoyer une équipe d'experts sur place ?

— J'appelle Shirley tout de suite, répondit Ivy.

— De mon côté, je vais aller interroger les collègues de Yancy et récupérer les vidéos de surveillance. Le tueur a très bien pu la suivre depuis le restaurant jusqu'au parc.

— Possible, concéda Ivy. Je te rejoins là-bas.

Le fait que le tueur ait frappé en plein jour, au beau milieu d'un parc, signifiait qu'il s'enhardissait. Avec un peu de chance, cette arrogance l'avait peut-être poussé à commettre enfin une erreur.

Sur les vidéos de surveillance de L'Île aux Pizzas, on pouvait voir Yancy Otani quitter le restaurant à pied et prendre la direction du parc d'Onekahakaha Beach. Elle ne trahissait aucun signe de tension ou de nervosité particulière et personne ne semblait la suivre.

— Pourrions-nous revoir toute la bande depuis le

début ? demanda Logan après avoir visionné la scène une première fois.

— Bien sûr, répondit Karen Foxworth, la gérante du restaurant.

C'était une femme d'environ trente-cinq ans aux cheveux roux presque orange coupés court.

— Je n'ai repéré aucune personne suspecte, fit remarquer Ivy tandis que Foxworth rembobinait.

— Moi non plus, pour le moment, concéda Logan. Le tueur l'a peut-être repérée plus tard, dans le parc. Mais nous ne pouvons nous permettre de négliger la moindre piste et cette vidéo en est une…

— J'y suis, lui indiqua Foxworth.

— Vous pouvez relancer la bande, acquiesça-t-il.

La caméra, qui était installée dans le parking, couvrait la porte du restaurant. Celle-ci s'ouvrit, laissant apparaître Yancy Otani, qui sortit et dévala les quelques marches du perron. Comme elle s'avançait sur le parking, un léger mouvement attira l'attention de Logan.

— Revenez quelques secondes en arrière, demanda-t-il à Foxworth.

Celle-ci s'exécuta aussitôt. Cette fois, Logan ne quitta pas des yeux les fourrés que l'on distinguait au fond du parking.

— Là ! s'exclama-t-il brusquement en les désignant aux deux femmes. Il y a quelqu'un caché derrière ces buissons.

— C'est vrai ! s'exclama Ivy, sidérée. Et cette personne fait visiblement tout son possible pour se montrer discrète. Bien vu, Logan !

— Est-ce que vous pouvez zoomer sur la personne en question ? demanda-t-il à Foxworth.

— Sans problème, répondit celle-ci.

Elle figea l'image et zooma, révélant la silhouette d'une personne de haute taille, plutôt mince et longiligne, et portant des vêtements de couleur sombre. Malheureusement, dans l'ombre, on ne distinguait ni son visage ni ses cheveux.

— Ça ressemble beaucoup à notre suspect, fit Ivy.

— C'est ce que j'étais en train de me dire, acquiesça Logan.

— Vous pensez que c'est l'homme qui a tué Yancy ? demanda Foxworth, les yeux emplis d'une colère et d'une haine qu'elle parvenait difficilement à contenir.

— C'est ce que nous avons l'intention de déterminer, répondit posément Logan. Est-ce que cette personne vous évoque quelqu'un en particulier ? L'un de vos employés ou un client régulier, par exemple ?

Foxworth scruta longuement l'écran avant de secouer la tête à regret.

— Il n'y a rien qui me vienne à l'esprit, déclara-t-elle. Mais nous pourrions poser la question à mes employés.

Logan hocha la tête. Telle était bien son intention.

— Est-ce que vous pouvez avancer la vidéo jusqu'au moment où Yancy sort du cadre ?

Foxworth s'exécuta sans attendre. À l'écran, ils virent Yancy s'éloigner et disparaître.

— Vous voyez ? fit Logan. La personne se déplace en même temps qu'elle en restant à couvert. Elle l'a probablement suivie jusqu'au parc.

— Je vais tenter de trouver d'autres caméras dans les parages, qui auraient pu filmer l'agresseur, annonça Ivy. Avec un peu de chance, nous obtiendrons une image de son visage.

— Fais-le, approuva Logan. Et appelle des renforts pour quadriller la zone et chercher des témoins présents ce soir-là, qui auraient pu remarquer cette personne cachée dans les fourrés.

— C'est comme si c'était fait, acquiesça Ivy en sortant

son téléphone portable. Et toi ? Que comptes-tu faire, pendant ce temps ?

— J'ai reçu un message de Swanson qui m'indique qu'il a terminé l'autopsie et qu'il est prêt à me livrer ses conclusions.

— Espérons qu'il aura trouvé quelque chose, lui aussi.

Logan hocha la tête. Après avoir pris congé de Foxworth, il reprit la direction de la morgue, où il s'était rendu le matin même en compagnie de Shailene. Bert Swanson, le médecin légiste chargé de l'affaire, le reçut immédiatement. Après lui avoir serré la main, Logan s'assit dans l'un des fauteuils de skaï qui faisaient face à son bureau.

— Alors ? Qu'avez-vous découvert ? demanda-t-il.

— Comme nous le suspections, la mort de Mlle Otani a été causée par une série de coups portés à l'arrière du crâne, commença le médecin.

— Quel genre de coups ? s'enquit Logan.

— Les blessures correspondent parfaitement à la pierre volcanique couverte de sang qui a été retrouvée sur les lieux. Le tueur a asséné plusieurs coups entre le sommet du crâne et le cou de la victime. Celle-ci a dû perdre connaissance et le tueur s'est acharné sur elle après qu'elle est tombée sur le sol.

— Elle gisait pourtant sur le dos, fit remarquer Logan.

— Ce qui signifie que le tueur a retourné le corps, une fois son acte commis. Malheureusement, nous n'avons retrouvé aucune empreinte, que ce soit sur la pierre ou sur la victime elle-même.

— À votre avis, s'agit-il du même tueur que celui qui a assassiné Liann Nahuina et Daryl Renigado ?

— D'un point de vue purement professionnel, je ne peux pas l'affirmer avec certitude, répondit prudemment Swanson. Tout ce que je peux vous dire, c'est que toutes ces blessures sont le fait d'un droitier, que les coups ont été portés avec une grande violence et en nombres comparables. Si vous voulez connaître mon intime conviction, je vous dirais qu'il s'agit bien d'un seul et même individu et que nous avons affaire à quelqu'un qui ne se maîtrise pas du tout lors de ces attaques.

— Merci, docteur, répondit Logan.

Cette analyse ne faisait que conforter ses propres certitudes, mais il était rassurant de savoir qu'il ne faisait pas fausse route.

— Je ne suis pas psychiatre, reprit le médecin légiste, mais j'ai suffisamment étudié de cas de ce genre pour vous dire que votre tueur n'en restera probablement pas là. Si vous ne le coincez pas très vite, il recommencera. Probablement très bientôt si l'on considère la fréquence de ses meurtres.

— Je sais, soupira Logan, qui sentit s'accroître encore un peu plus la pression qui pesait sur ses épaules. Et je vous jure que nous faisons tout notre possible pour éviter que ça se reproduise.

Il ne lui restait plus qu'à espérer que les efforts d'Ivy et de son équipe avaient été récompensés…

Elena avait très mal dormi. Dans ses rêves, elle s'était fait poursuivre par le tueur de la Grande Île armé d'une batte de base-ball. Il la pourchassait en silence, au milieu d'une ville qui semblait entièrement déserte. Elena le sentait se rapprocher d'elle et n'osait pas se retourner.

En proie à une panique indicible, elle accélérait encore l'allure, jusqu'au moment où, en proie à l'épuisement, elle trébuchait sur un nids-de-poule et s'étalait de tout son long sur la chaussée.

Avant même qu'elle ait eu le temps de se redresser, la

batte fondait sur elle, encore et encore, disloquant son corps sous une volée de coups impitoyables.

Elena s'était réveillée, le cœur battant à tout rompre, la peau recouverte d'une fine couche de sueur glacée. Il lui avait fallu plusieurs minutes pour recouvrer un semblant de calme. S'arrachant à son lit, elle alla prendre une longue douche froide, qui l'aida à chasser les derniers lambeaux de cauchemar qui s'accrochaient toujours à son esprit.

De toute évidence, le dernier meurtre commis par le tueur l'avait bien plus secouée qu'elle ne l'avait imaginé. Or, elle refusait de se laisser contaminer par la peur. Cela serait revenu à reconnaître la victoire de ce monstre. Car il se nourrissait probablement de la terreur de ses victimes et de toutes les femmes qu'horrifiait le compte rendu de ses macabres exploits.

Bien décidée à ne plus se laisser victimiser, Elena se prépara un petit déjeuner constitué d'un bol de céréales accompagné d'un café noir. Elle sortit ensuite de chez elle, constatant au passage que la voiture de Tommy ne se trouvait plus dans l'allée.

Cela signifiait probablement que son frère était déjà parti rejoindre le groupe de touristes auquel il devait faire faire le tour de l'île, ce jour-là. Elle était heureuse d'avoir pris le temps d'aller lui parler, la veille au soir. Autrefois, ils avaient très souvent de telles discussions à cœur ouvert, mais c'était aujourd'hui moins fréquent, peut-être parce que tous deux étaient désormais très occupés.

Elena arriva à son cabinet un quart d'heure avant son premier rendez-vous de 9 heures. Il s'agissait d'une nouvelle patiente, une certaine Marybeth Monaghan. Elle devait avoir une trentaine d'années, était grande, mince, avec un visage anguleux, des yeux bleus encadrés par des lunettes à monture d'écaille et des cheveux d'un noir de jais. Elle portait une robe à motifs fleuris et des sandales montantes.

— *Aloha,* lui dit Elena en souriant.

— Bonjour et merci de me recevoir, lui dit la jeune femme en la suivant dans sa salle de consultation.

— Que puis-je pour vous, madame Monaghan ? lui demanda-t-elle lorsqu'elles se furent installées confortablement.

— Appelez-moi Marybeth, je vous en prie. Lorsqu'on m'appelle Mme Monaghan, j'ai toujours l'impression qu'on s'adresse à ma mère. Elle est décédée récemment.

— Je suis vraiment désolée de l'apprendre. Est-ce la raison de votre présence ici ?

— En effet, acquiesça Marybeth d'une voix légèrement tremblante. Je crois que j'ai vraiment besoin d'en parler avec quelqu'un.

— Je suis là pour ça.

Elena se rappelait parfaitement la mort de ses parents. À chaque fois qu'elle y pensait, elle avait l'impression que c'était une petite partie d'elle-même qui lui avait été arrachée à tout jamais.

— Comment votre maman est-elle morte ?

— Elle souffrait d'un cancer du pancréas.

— Cela a dû être très difficile pour vous, j'imagine.

Ce genre de maladie était souvent long et éprouvant pour les patients comme pour leurs proches qui les voyaient dépérir au fur et à mesure sans vraiment pouvoir rien faire pour eux. Ce sentiment d'impuissance était terrible.

— Ça l'a été, murmura Marybeth en baissant la tête. Et, même maintenant que tout est fini, je ne parviens pas réellement à tourner la page…

— Le deuil est un processus qui peut prendre du temps, répondit Elena.

Elle avait eu maintes fois l'occasion de le constater. Et elle avait compris depuis longtemps que ce temps pouvait être très variable en fonction des individus et des circonstances.

— Je sais, soupira Marybeth, mais j'ai vraiment l'impression de ne pas m'en sortir.

— Je peux peut-être vous aider à franchir certaines étapes de ce processus, déclara Elena.

— Je l'espère sincèrement.

La session qui s'ensuivit fut relativement intense. Marybeth semblait avoir été très marquée par le décès de sa mère et Elena pouvait sentir la colère sourde qui l'habitait. C'était une réaction classique face à une mort qui était souvent ressentie comme une injustice, particulièrement lorsqu'elle advenait à la suite d'une maladie.

Elena s'efforça de tempérer ce sentiment de rage et de frustration, et d'apaiser Marybeth. Mais il était évident qu'une seule séance n'y suffirait pas.

Ses consultations suivantes s'avérèrent nettement moins éprouvantes. Lorsque vint l'heure du déjeuner, Elena fut tentée de s'accorder une petite promenade dans le quartier, comme elle le faisait très souvent. Mais elle se rappela alors qu'un tueur en série rôdait en ville et s'en prenait à des femmes comme elle.

Cette idée suffit à doucher ses velléités de balade. Qu'elle le veuille ou non, le tueur exerçait bel et bien son ascendant sur elle comme probablement sur nombre d'autres femmes de la Grande Île.

La sonnerie de son téléphone la tira de ces sombres réflexions. En avisant le nom de Logan qui s'affichait à l'écran, elle sentit les battements de son cœur s'emballer dans sa poitrine.

— Salut, lui dit-elle en décrochant.

— Salut, répondit-il. Je voulais t'inviter à dîner à la maison, ce soir, pour me faire pardonner mon départ précipité d'hier soir. C'est moi qui cuisine.

— Avec plaisir ! s'exclama-t-elle sans hésiter.

Ainsi, Logan cuisinait, songea-t-elle. Cet homme avait donc vraiment toutes les qualités.

— Je me charge d'apporter le vin, ajouta-t-elle.

— Avec plaisir.

— Blanc ou rouge ?

— Bonne question. Pour ne rien te cacher, je n'ai pas encore réfléchi à ce que je nous préparerai. Je pensais passer au marché de Kamehameha Avenue pour voir ce qu'ils proposent aujourd'hui. Si tu veux, nous pourrions nous retrouver là-bas sur le coup des 5 h 30, 6 heures. Comme ça, tu pourras me dire ce qui te fait envie…

— C'est d'accord, répondit Elena, dont le dernier patient devait se présenter à 4 heures.

L'idée d'aller faire le marché avec Logan éveillait en elle une curieuse émotion. Peut-être parce que c'était le genre de choses qu'aurait pu faire un couple – qu'elle avait souvent fait avec Errol, autrefois.

Ils se donnèrent rendez-vous à l'entrée du marché à 6 heures précises et cette perspective consola Elena de la promenade dont elle se trouvait privée. Après avoir mangé rapidement, elle lut un livre en attendant son premier patient de l'après-midi.

Ses consultations passèrent en un temps record. Après avoir fermé son cabinet, elle prit sa voiture et se rendit au marché de Kamehameha. En arrivant sur place, elle constata qu'elle était un peu en avance et décida de faire un premier tour dans les allées.

Elle s'arrêta pour admirer des champignons *hamakua,* des salades hydroponiques, des épinards bio de couleur vert émeraude et des ramboutans que le vendeur lui fit gentiment goûter. Après avoir remercié ce dernier, elle décida de faire demi-tour pour revenir vers l'entrée du marché.

C'est alors qu'elle remarqua du coin de l'œil un homme de haute taille vêtu d'un sweat à capuche. Stupéfaite, elle le vit s'élancer vers elle. Avant même qu'elle ait pu réagir, il la percuta de plein fouet, la projetant sur le sol. Dans le même temps, il lui arracha son sac à main.

Le cri d'Elena fut coupé net lorsque sa tête heurta violemment le bitume. Tandis qu'elle sombrait dans l'inconscience, il lui sembla entendre une voix familière à proximité. La dernière image qu'elle emporta dans les ténèbres fut celle de Logan qui courait dans sa direction, les yeux agrandis par l'angoisse.

# 6

Logan repéra l'homme au sweat à capuche quelques instants seulement après avoir aperçu Elena. Avant qu'il n'ait eu le temps de la mettre en garde, l'homme se précipita vers elle. Sans hésiter, Logan se mit à courir dans leur direction, sachant déjà qu'il n'arriverait jamais à temps pour empêcher l'agression.

Un instant plus tard, l'homme percuta Elena de plein fouet, la déséquilibrant. Pris de panique, Logan s'apprêtait à le voir sortir un maillet pour lui fracasser le crâne. L'idée qu'elle puisse se faire assassiner juste sous ses yeux lui était insoutenable. Et il savait déjà qu'il ne se remettrait jamais d'une telle vision.

Mais par miracle l'assaillant se contenta d'arracher le sac à main de la jeune femme et de s'enfuir. Logan hésita un instant, partagé entre la volonté de poursuivre le voleur et l'envie de s'assurer qu'Elena allait bien. Il choisit rapidement la deuxième option.

S'agenouillant à ses côtés, il constata avec soulagement qu'elle était déjà en train d'ouvrir les yeux.

— Est-ce que ça va ? demanda-t-il d'une voix inquiète.

— Ça va. Il y a plus de peur que de mal. Je crois que je peux me relever.

— Tu es sûre ?

Elle hocha la tête et se redressa en gémissant doucement.

Logan l'aida à se remettre debout et s'assura qu'elle était bien stable sur ses jambes.

— Je suis vraiment désolé, dit-il, conscient qu'elle n'était venue ici qu'à sa demande.

— Tu n'y es pour rien. J'étais juste au mauvais endroit au mauvais moment. Je suis simplement désolée d'avoir perdu mon sac et mon portable.

— Ils ne sont peut-être pas perdus, répondit Logan. Ne bouge pas d'ici, je reviens tout de suite.

Sur ce, il se détourna et s'élança dans la direction qu'avait prise le voleur. Tout en courant, il sortit son téléphone portable pour appeler le poste et signaler l'incident, demandant l'envoi sur place d'une voiture de patrouille.

Il était cependant bien décidé à attraper l'agresseur lui-même. Il avait l'avantage de connaître parfaitement la configuration du marché, qu'il fréquentait très régulièrement. Et déjà il faisait mentalement la liste de tous les accès par lesquels l'homme était susceptible de passer.

Optant pour la solution qui lui paraissait le plus probable, il emprunta un raccourci. S'il se trompait il était sûr de le perdre. Mais s'il ne courait pas un tel risque il n'avait que très peu de chances de rattraper son retard.

Lorsqu'il parvint au bout de l'allée, il aperçut son suspect au sweat et comprit qu'il ne s'était pas trompé. Se croyant en sécurité, l'homme avait arrêté de courir, faisant mine de déambuler en direction de la sortie du marché.

Logan vérifia qu'il tenait toujours le sac à main d'Elena. Comme tel était bien le cas, il accéléra encore l'allure et, lui rendant la monnaie de sa pièce, le percuta de plein fouet pour le plaquer à terre. Avant même que l'homme ait eu le temps de comprendre ce qui lui arrivait, il se retrouva menotté, les mains derrière le dos.

— Vous êtes en état d'arrestation, lui annonça Logan.

Il entreprit de lui lire ses droits avant de le remettre

sur ses pieds. Quelques instants plus tard, il vit arriver les deux policiers qu'il avait appelés en renfort. Logan leur exposa les faits et leur confia le suspect après lui avoir repris le sac à main d'Elena.

Il retourna ensuite auprès de la jeune femme, qui l'attendait près de l'étal d'un marchand d'épices.

— Tu l'as retrouvé ! s'exclama-t-elle lorsqu'il lui tendit son sac.

— J'ai eu de la chance, répondit Logan. Contrairement à ton agresseur, qui va passer la nuit en cellule. Il faudra que tu passes déposer plainte au poste, demain matin. Mais comment te sens-tu ?

— Ça va mieux. J'en serai quitte pour un bon mal de tête. Mais je suis sûre qu'après une bonne nuit de sommeil je serai complètement remise.

— Je pense que nous devrions quand même passer à l'hôpital pour te faire examiner. Tu as pris un méchant coup sur la tête.

— Ce n'est pas la peine, protesta-t-elle. Je vais bien.

— Je t'avoue que je me sentirai plus tranquille quand un médecin me l'aura assuré.

— D'accord, soupira-t-elle, touchée par sa prévenance.

Il l'escorta jusqu'à sa voiture puis la conduisit aux urgences. Fort heureusement, il n'y avait pas trop de monde ce jour-là et ils furent reçus assez rapidement par le Dr Wellington, une médecin afro-américaine d'une trentaine d'années aux cheveux bouclés.

Après avoir écouté leur récit, elle ausculta Elena.

— Il n'y a pas de fracture, la rassura-t-elle lorsqu'elle eut terminé. Mais le fait que vous ayez perdu connaissance me fait dire que vous avez tout de même dû subir un léger traumatisme crânien.

— Ne vous en faites pas, répondit Elena avec un sourire. J'ai la tête dure.

— Je n'en doute pas, reprit le médecin en riant. Et je ne vous forcerai pas à passer la nuit à l'hôpital. En revanche, je vous conseille de prendre un jour de repos, demain.

Elena se rembrunit légèrement à l'idée de rater une journée de travail. Logan ne pouvait le lui reprocher : lui aussi détestait se voir forcé de prendre des jours de congé. Mais il commençait à se demander s'il ne devait pas apprendre à lever le pied, parfois, et s'autoriser de temps à autre à profiter un peu de l'existence plutôt que de se consacrer toujours corps et âme à son travail.

Évidemment, ce serait d'autant plus agréable s'il avait quelqu'un avec qui partager cela. Quelqu'un comme Elena, par exemple…

— Très bien, docteur, s'inclina celle-ci. Si vous pensez que c'est préférable…

— Est-ce que quelqu'un peut vous reconduire chez vous ?

Logan était sur le point de se porter volontaire, lorsqu'une voix masculine retentit derrière eux.

— Je m'en charge.

Surpris, il se tourna vers l'homme d'une petite trentaine d'années qui venait de les rejoindre.

— Tu sais que tu as vraiment une sale mine, dit-il à Elena.

— Merci, répondit-elle en riant. Logan, je te présente mon frère, Tommy. Tommy, voici l'inspecteur Logan Ryder.

Les deux hommes se serrèrent la main.

— Ravi de faire votre connaissance, lui dit-il.

— De même, répondit Tommy sans grand enthousiasme.

En avisant le regard méfiant de Tommy, Logan eut l'impression que ce dernier n'était pas un grand fan des policiers. Il ne put s'empêcher de se demander s'il y avait des raisons particulières à cela.

— Je t'avais dit que ce n'était pas la peine de venir, lança Elena à son frère.

— Tu m'as appelé pour me dire que tu t'étais fait agresser, protesta-t-il. Tu ne croyais tout de même pas que j'allais rester tranquillement à la maison ?

— Je voulais juste te rassurer, objecta Elena. Et ce n'était pas vraiment une agression, juste un vol à l'arraché. Mais l'inspecteur Ryder est parvenu à arrêter le voleur et à récupérer mon sac.

— *Mahalo,* inspecteur, lui dit alors Tommy.

— Il n'y a pas de quoi, répondit Logan.

Il ne put s'empêcher de remarquer qu'elle l'avait appelé par son grade et son nom de famille. Elle ne tenait visiblement pas à afficher leur relation plus personnelle en présence de son frère.

Il ne pouvait réellement lui en vouloir : tous deux ne se connaissaient après tout que depuis très peu de temps. De plus, lui-même n'avait ni frère ni sœur et ignorait donc tout du genre de rapports que pouvaient bien avoir Elena et Tommy.

Tout ce qu'il espérait, à titre personnel, c'était que cette deuxième soirée manquée avec la jeune femme ne sonnerait pas le glas de leur relation.

— Je vais vous laisser, annonça-t-il. Si vous voulez que je charge un de mes agents de ramener la voiture d'Elena chez elle, vous pouvez me laisser les clés.

— Je m'en occuperai, lui assura Tommy.

— Très bien, dit Logan. Et n'oublic pas de passer faire ta déposition au poste de police dès que tu te sentiras d'attaque, ajouta-t-il à l'intention d'Elena.

— Je le ferai, lui promit-elle en lui décochant un sourire empli de tendresse. Merci encore pour tout, Logan.

Le regard étonné de Tommy lui indiqua que le ton affectueux que sa sœur venait d'employer ne lui avait pas échappé. Ce début d'aveu lui redonna espoir en l'avenir et il quitta l'hôpital plus décidé que jamais à inviter Elena à la première occasion.

Mais, en attendant, il comptait bien interroger l'homme qui avait attaqué la jeune femme pour s'assurer que le fait que son apparence corresponde à celle du tueur de la Grande Île était bien une simple coïncidence.

Installée sur le siège passager de la voiture de son frère, Elena repensait à ce qui venait de se produire. Elle avait bien conscience du fait que les choses auraient pu se terminer beaucoup plus mal. S'il s'était agi du tueur de la Grande Île et non d'un simple voleur à la tire, elle serait probablement morte à l'heure actuelle.

Car, contrairement à ce dont elle avait voulu se convaincre précédemment, elle avait été incapable de se défendre contre cette attaque. Elle n'avait pas repéré l'homme qui l'avait agressée avant qu'il ne soit trop tard. Et s'il avait voulu la tuer elle n'aurait eu strictement aucune chance de lui échapper.

Cette idée lui arracha un frisson glacé. Elle ne pouvait qu'espérer que Logan et son équipe retrouveraient rapidement le coupable de ces meurtres. Elle avait foi en lui, bien sûr. Elle savait à quel point il était dévoué à son métier et décidé à identifier le tueur. Mais elle savait aussi que ce dernier n'avait pas laissé beaucoup d'indices permettant à la police de remonter jusqu'à lui.

Écartant cette idée passablement déprimante, Elena songea à la soirée qu'elle venait de manquer à cause de cette agression. Elle se demanda si Logan était aussi déçu qu'elle de ce nouveau contretemps.

C'était la deuxième fois de suite que Logan et elle voyaient leurs projets contrecarrés et elle ne pouvait s'empêcher de se demander si elle devait y voir un signe. Ou bien était-ce au contraire une façon de tester leur résolution ?

— Cet inspecteur de police et toi avez l'air de bien vous connaître, fit alors remarquer Tommy.

— C'est un ami, affirma-t-elle.

Ce n'était peut-être pas tout à fait la façon dont elle aurait choisi de qualifier sa relation avec Logan. Après tout, ils se connaissaient à peine. Et l'attirance mutuelle qui existait entre eux était sans doute bien trop forte pour qu'ils puissent demeurer très longtemps de simples amis. Mais, pour le moment, sa réponse était une approximation acceptable de la réalité.

— Je ne savais pas que tu fréquentais des flics, reprit Tommy, que cette idée ne paraissait guère enthousiasmer.

— Logan est le seul policier que je fréquente, objecta-t-elle.

— Comment vous êtes-vous rencontrés ?

— Il est venu consulter, répondit-elle sans entrer dans les détails.

Elle n'avait ni le droit ni l'envie d'entrer dans les détails. Et elle estimait que ceux-ci ne concernaient pas Tommy.

— J'ai l'impression que tu l'aimes bien, poursuivit ce dernier d'un ton légèrement teinté de suspicion.

— C'est vrai, répondit-elle, décidant de jouer cartes sur table. Nous ne nous connaissons pas encore très bien, mais c'est quelqu'un de bien.

— Si tu le dis…

— Je te rappelle que c'est toi qui m'encourageais encore récemment à me trouver un petit ami. Logan et moi n'en sommes pas encore là, prit-elle soin de préciser pour qu'il ne se fasse pas de fausses idées à ce sujet.

Tommy haussa les épaules.

— Même si tel était le cas, j'imagine que cela ne me regarde pas. C'est ta vie, après tout…

Il ne paraissait guère convaincu par ses propres paroles.

— Exact, crut-elle bon d'insister. C'est ma vie. Je ne me permettrais jamais de te dire avec qui tu dois ou ne dois pas sortir.

— Je sais, soupira Tommy. Ne t'inquiète pas : j'ai bien reçu le message. Fais juste attention à toi, d'accord ? Je ne veux pas que tu aies à en souffrir.

— Logan ne me ferait jamais de mal, lui assura-t-elle. C'est vraiment quelqu'un de bien. Je pense même que tu pourrais beaucoup l'apprécier si tu réussissais à dépasser tes préjugés à l'encontre des policiers.

— Il y a peu de chances pour que cela se produise, objecta Tommy en se renfrognant. J'ai trop de griefs contre eux et je t'assure que c'est réciproque.

— Alors ? s'enquit Aretha Kennedy tandis que Logan observait le voleur qu'il venait d'arrêter à travers la vitre sans tain de la salle d'interrogatoire du poste de police. Qu'est-ce que tu en penses ?

Ils avaient déjà identifié l'homme en question. Il s'agissait d'un certain Gregory Roarke, connu des services de police pour de nombreux vols à la tire et à l'arraché, quelques cambriolages et même du trafic de stupéfiants à Hawaï, en Californie et dans le Nevada.

Au vu de ce dossier fourni, Logan doutait cependant qu'il puisse s'agir du tueur de la Grande Île, dont les méfaits défrayaient actuellement la chronique. Rien n'indiquait la moindre tendance psychotique chez Roarke. Et, jusqu'à présent, il semblait n'avoir jamais assassiné personne.

D'un autre côté, l'identité des tueurs en série était souvent une source d'étonnement. Nombre d'entre eux étaient considérés comme des gens parfaitement respectables, y compris par leurs proches. Et, physiquement, Roarke correspondait parfaitement au signalement du tueur de la Grande Île.

— Voyons ce qu'il a à nous dire, répondit enfin Logan.

Il était bien décidé à garder l'esprit ouvert et à ne pas se laisser influencer par la colère que lui inspirait cet homme qui s'en était pris à Elena.

— Une chose est sûre, déclara Ivy Miyamoto, il a déjà suffisamment de choses à se reprocher pour atterrir directement en prison.

Logan hocha la tête. Que Roarke soit le tueur ou non, il risquait effectivement de passer plusieurs mois, et peut-être même plusieurs années, derrière les barreaux. Mais Logan avait bien conscience que, s'ils se trompaient à son sujet, il pourrait parfaitement se remettre à tuer à sa sortie de prison. Il était donc impératif de déterminer l'étendue réelle de ses responsabilités.

Fort de cette conviction, Logan se dirigea vers la salle d'interrogatoire, suivi de près par Aretha Kennedy. Lorsqu'ils entrèrent, Roarke leur jeta un regard mauvais. Il avait repoussé la capuche de son sweat-shirt, révélant un visage en lame de couteau, des cheveux bruns coiffés en arrière et des yeux gris non dénués d'intelligence.

Aretha et Logan prirent place en face de lui à la table métallique à laquelle il était menotté.

— Vous êtes vraiment dans de sales draps, déclara posément Logan. Nous avons assez d'éléments à charge contre vous pour vous envoyer derrière les barreaux pendant très longtemps.

Roarke ne répondit pas, se contentant de soutenir le regard de Logan. Mais ce silence ne le protégerait pas indéfiniment contre les charges qui pesaient sur lui.

— Voler le sac à main de quelqu'un au beau milieu d'un marché surpeuplé n'était pas très malin. Mais le faire en présence d'un flic, ça n'était vraiment pas de chance…

Croyez-moi, le témoignage de première main d'un officier de police risque de vous coûter cher lors du procès.

— Je suis mort de peur, répliqua Roarke d'un ton sarcastique.

— Vous devriez, intervint Aretha, faussement décontractée. Ce n'est pas votre premier rodéo et le juge se fera sûrement un devoir de saler l'addition. Évidemment, ce sera encore pire s'il s'avère que vous êtes bel et bien un tueur en série…

Roarke la considéra avec stupéfaction.

— Qu'est-ce que vous racontez ? lui demanda-t-il.

— Nous sommes à la recherche de quelqu'un correspondant parfaitement à votre description : grand, maigre, portant un sweat à capuche de couleur sombre… Il est accusé d'avoir battu à mort plusieurs femmes dans la région de Hilo. Si vous reconnaissez avoir commis ces crimes, nous gagnerons tous un temps précieux.

— Vous rigolez, n'est-ce pas ? lança Roarke. Vous ne pensez pas vraiment que je puisse être le tueur de la Grande Île ?

— Pourquoi pas ? rétorqua Logan.

— Parce que c'est complètement absurde…

— Vu votre dossier, il va nous falloir un peu plus que votre parole pour que nous puissions vous croire…

Ils passèrent l'heure suivante à interroger Roarke sur son emploi du temps au moment où avaient été commis les meurtres. Ils vérifièrent ensuite ses différents alibis et durent alors se rendre à l'évidence : Gregory Roarke était indéniablement un criminel patenté, mais il ne pouvait être le tueur de la Grande Île. Ils se résignèrent donc à transmettre son dossier à la section chargée des affaires de vol et de cambriolage.

Logan ne s'était guère fait d'illusions, mais il était satisfait d'avoir écarté un suspect potentiel dans cette affaire.

C'était aussi l'opinion de Watanabe, qui le félicita pour sa diligence et l'encouragea à poursuivre ses efforts. Il se disait convaincu qu'ils finiraient par porter leurs fruits. Logan aurait aimé en être aussi sûr.

— À ce propos, j'ai cru comprendre que la victime de cette tentative de vol à l'arraché était Elena Kekona, reprit son supérieur.

— C'est exact, acquiesça Logan.

Watanabe le considéra attentivement, s'attendant peut-être à ce qu'il lui explique par quel hasard Elena et lui s'étaient tous deux trouvés au marché, ce soir-là. Mais Logan se garda d'entrer dans les détails, estimant que cela relevait de sa vie privée – d'autant qu'Elena et lui ne sortaient même pas encore ensemble.

— Est-ce qu'elle va bien ? s'enquit Watanabe.

— Très bien, lui assura Logan. Je l'ai conduite moi-même à l'hôpital pour qu'elle voie un médecin.

— Vous avez bien fait, approuva son chef. En cas de chocs à la tête, il vaut mieux se montrer très prudent. À propos d'Elena, ajouta-t-il, j'ai reçu son rapport qui assure que vous êtes parfaitement apte à poursuivre vos activités.

— J'en suis ravi. Et je suis heureux que vous m'ayez poussé à aller la voir. Les discussions que j'ai eues avec elle m'ont aidé à avancer.

— Tant mieux. Mais je vous avoue que cela ne me surprend pas : Elena m'a vraiment fait l'effet d'être quelqu'un de très doué.

— Je suis d'accord, acquiesça sobrement Logan.

Après avoir pris congé de Watanabe et de ses collègues, il quitta le poste de police pour rentrer chez lui. Là, il décida d'appeler Elena pour vérifier que tout allait bien.

— Je vais beaucoup mieux, lui assura-t-elle. C'est vraiment gentil d'avoir appelé.

— J'avais peur de te réveiller, avoua-t-il.

— J'ai pris un long bain avant de me mettre au lit.

Logan s'efforça de faire abstraction des images terriblement érotiques que cette simple phrase faisait naître dans son esprit.

— Watanabe m'a dit qu'il avait reçu ton rapport, reprit-il. Merci de m'avoir soutenu.

— Je n'ai fait que mon travail, protesta-t-elle. Si je n'avais pas été convaincue que tu étais apte à reprendre du service, j'aurais suggéré de prolonger nos entretiens.

— Je comprends, acquiesça Logan.

Il ne pouvait lui reprocher de faire preuve de professionnalisme, d'autant que dans ce genre de situation sa responsabilité de thérapeute se trouvait engagée.

— Je voulais aussi te dire que tu n'aurais pas à te déplacer pour faire ta déposition. Nous avons recueilli plusieurs témoignages de ce qui s'est passé, y compris le mien. Cela devrait être amplement suffisant.

— Tu es sûr ?

— Certain. Je suis juste désolé que cet incident ait gâché notre soirée.

— Moi aussi, soupira-t-elle.

En repensant à la réaction de son frère, à l'hôpital, il se demanda s'il avait toujours ses chances.

— Je ne désespère pas de pouvoir me faire pardonner, ajouta-t-il, bien décidé à en avoir le cœur net.

— À présent, c'est plutôt moi qui te dois un dîner, objecta-t-elle. Tu as sauvé mon sac préféré… sans parler de mon portable et de mes clés. Que dirais-tu de venir manger à la maison, vendredi soir ?

— Avec plaisir, répondit Logan, soulagé de constater que la désapprobation de Tommy n'avait pas tiré un trait sur ses chances de sortir avec la jeune femme. Cette fois, c'est moi qui me chargerai du vin.

— C’est d’accord.
— Blanc ou rouge ?
Elle réfléchit quelques instants avant de lui répondre.
— Plutôt du blanc.
— Vers quelle heure ?
— 7 h 30, si ça te convient.
— C’est parfait.
Logan souhaita une bonne nuit à Elena et raccrocha, avant de se préparer un dîner sur le pouce. Et tandis qu’il s’installait devant la télévision pour regarder les informations il se promit que, cette fois, rien ni personne ne viendrait perturber son tout premier rendez-vous avec Elena.

# 7

Le lendemain matin, lors de la réunion du groupe de travail chargé de l'enquête sur le tueur de la Grande Île, Logan prit la parole pour présenter les informations qu'ils avaient pu recueillir au sujet de la troisième victime.

— Yancy Otani était âgée de vingt-cinq ans et étudiait à l'université de Hilo. Il y a deux jours, elle s'est fait attaquer en plein jour dans le parc d'Onekahakaha Beach où elle faisait son jogging. L'arme du crime est une pierre volcanique dont le tueur s'est servi pour la frapper à plusieurs reprises à l'arrière du crâne. Si nous avons affaire à un seul et même assassin, c'est la troisième arme différente qu'il utilise après une batte de base-ball et un maillet. Le mode opératoire demeure cependant sensiblement le même et le médecin légiste a l'intime conviction qu'il s'agit bel et bien d'un seul et même agresseur.

Logan remplaça la photo de Yancy qui s'affichait à l'écran par celle de leur suspect.

— Cet homme a fui la scène de crime, peu de temps après que Daryl Renigado a été tuée. Malheureusement, les analyses de l'image n'ont pas permis de distinguer son visage ou même la couleur de ses cheveux. Une personne correspondant à cette description a également été aperçue par un témoin dans le parc d'Onekahakaha Beach.

Logan fit apparaître la photo tirée des caméras de sécurité de L'Île aux Pizzas.

— Ce cliché a été pris au moment où Yancy Otani quittait le restaurant dans lequel elle travaillait comme serveuse pour aller courir. Comme vous pouvez le voir, la taille et la corpulence correspondent parfaitement. Nous pensons qu'il s'agit de la même personne. Malheureusement, à ce stade, nous manquons cruellement d'indices concernant son identité.

Le murmure qui parcourut alors la petite assemblée lui indiqua s'il en était besoin que ses collègues partageaient sa frustration. Il laissa alors la parole à Aretha Kennedy, qui confirma que le FBI s'était désormais officiellement saisi de l'enquête puisque le meurtrier recherché était désormais qualifié de tueur en série.

Elle leur présenta ensuite Georgina Machado, une consultante externe spécialisée dans ce genre d'affaires et qui travaillait comme profileuse pour le FBI. Elle devait aider le groupe de travail à esquisser le portrait psychologique de l'assassin.

Logan avait lu le livre que Machado avait consacré aux tueurs en série et était très intéressé par son opinion.

— Je tiens tout d'abord à remercier l'agente Kennedy et l'inspecteur Ryder de me permettre de me joindre à vous, déclara la profileuse en prenant place à son tour face à la petite équipe. J'ai suivi avec beaucoup d'attention le développement de cette affaire et j'ai étudié le dossier que vous avez commencé à constituer. Les meurtres du tueur de la Grande Île semblent motivés par la rage, une rage qui s'exerce à l'encontre d'un certain genre de femmes. De type polynésien, jeunes, aux cheveux longs et plutôt séduisantes. Il est probable qu'elles symbolisent aux yeux du tueur une femme précise à laquelle il en veut. Il peut s'agir d'une ancienne amante, de quelqu'un qui l'a rejeté ou même d'une parente. En tuant ces victimes, il cherche probablement à réparer un tort dont il estime avoir été victime.

Machado leur rappela alors les caractéristiques les plus fréquemment associées aux tueurs en série – souvent des hommes blancs, plutôt jeunes et désocialisés.

— Bien sûr, il existe des exceptions, tempéra-t-elle. Les cas de tueuses en série sont plus rares, par exemple, mais pas inexistants. Vous vous rappelez sans doute l'affaire Aileen Wuornos, qui a donné lieu à une adaptation cinématographique particulièrement remarquée…

Machado répondit ensuite du mieux qu'elle le put aux questions des membres du groupe de travail.

— Quel conseil pourrions-nous donner aux femmes qui correspondent au profil des victimes ? s'enquit Logan en songeant à Elena.

— Elles ne peuvent malheureusement pas changer grand-chose à ce qui les expose à ce meurtrier, répondit Machado. En revanche, elles peuvent éviter de courir des risques inutiles. Éviter de se promener seules et dans des endroits peu fréquentés, que ce soit de jour ou de nuit. Elles doivent se méfier tout particulièrement des inconnus qui chercheraient à les aborder. Et, si elles sont capables de s'en servir et qu'elles aient le droit de porter une arme, elles peuvent le faire. Le FBI n'a pas pour habitude d'encourager l'usage d'armes à feu par des civils mais, dans ce cas précis, il peut s'agit d'une question de vie ou de mort.

Logan hocha la tête tout en se demandant si Elena savait se servir d'une telle arme et si elle accepterait d'en porter une. Tandis que Machado allait se rasseoir, il reprit la parole pour clôturer la réunion, encourageant chacun à faire preuve de la plus grande vigilance. Dans une telle enquête, le moindre renseignement pouvait s'avérer précieux.

Sur les conseils du médecin qui l'avait examinée juste après le vol dont elle avait été victime, Elena avait passé une journée entière à se reposer. Cela lui avait fait le plus grand bien et lui avait permis de se remettre de ses émotions. Le lendemain, vendredi, elle décida cependant de retourner travailler.

Cet après-midi-là, elle avait notamment pris rendez-vous avec Leilani Zhang. Les jardins japonais de Liliuokalani où elles avaient prévu de se retrouver s'étendaient sur environ dix hectares et formaient une sorte d'oasis de verdure en plein cœur de Hilo. L'aménagement était superbe. De petits sentiers tortueux serpentaient entre les pagodes, les jardins minéraux et de jolis petits kiosques à l'ombre desquels on pouvait s'asseoir pour discuter.

De beaux ponts de bois enjambaient des étangs poissonneux. Un peu partout étaient disposés des statues, des lanternes et des torii, ces gracieux portails traditionnels shintoïstes. Les jardins offraient également des vues imprenables sur le centre-ville de Hilo, sur la baie qui s'étendait face à la cité et sur Moku Ola, aussi appelée l'île de la noix de coco.

Mais par-delà la beauté de l'endroit c'était surtout le calme qui y régnait qui en faisait l'un des lieux préférés d'Elena pour y amener ses patients.

— Je n'arrive pas à croire qu'on vous ait attaquée en plein jour, au beau milieu d'un marché ! s'exclama Leilani lorsqu'elle lui eut raconté sa mésaventure.

— C'était plutôt un vol qu'une agression, tempéra Elena. Et apparemment je n'étais pas la première victime de cet homme, loin de là. Il a dû penser que j'étais une cible facile. Il ne s'attendait probablement pas à ce qu'un inspecteur de police lui coure après…

— Le plus important, c'est que vous n'ayez pas été blessée, déclara Leilani.

— C'est vrai. Mais je dois avouer que je suis heureuse que Logan ait pu récupérer mon sac à main.

— Il est juste un peu dommage que ça vous ait privée de votre dîner chez lui. Logan cuisine vraiment très bien.

— Voilà qui est bon à savoir, répondit Elena en souriant. Mais ça me met un peu la pression. Je l'ai invité à dîner à la maison pour le remercier d'avoir volé à mon secours.

— Je vois, acquiesça Leilani avec un petit sourire entendu.

— C'est juste un dîner entre amis, se crut forcée d'ajouter Elena.

Leilani haussa les épaules.

— Il n'y aurait aucun mal à ce que les choses aillent un peu plus loin que cela, fit-elle remarquer. Logan est un homme très séduisant. Et, tout comme vous, si j'ai bien compris, cela fait très longtemps qu'il est célibataire.

Les paroles de Leilani touchèrent beaucoup Elena, peut-être parce que, comme elle, la jeune femme était veuve et savait à quel point il était difficile de perdre l'homme qu'on aimait. Mais contrairement à elle Elena avait eu tout le temps de faire son deuil et elle se sentait prête à tenter de nouveau sa chance.

Elle n'était cependant pas venue là pour discuter de sa vie amoureuse.

— Et vous ? demanda-t-elle à Leilani. Comment vous sentez-vous ?

— Il y a de bonnes et de mauvaises journées, reconnut la veuve de Hideo Zhang. Mais la discussion que nous avons eue l'autre jour m'a aidée à faire face aux moments les plus difficiles.

— J'en suis heureuse. Je pense qu'il est également très important de vous tenir occupée. Pas pour fuir votre chagrin, mais pour prendre conscience du fait que la vie a encore beaucoup de choses à vous offrir dans des domaines très différents.

— À quoi pensez-vous ?

— Cela dépend des gens. Ceux qui ont la chance d'avoir un talent artistique peuvent peindre ou jouer de la musique. Moi, j'ai fait pas mal de sport : de la natation, de la course à pied et du kickboxing.

— Je ne vous aurais jamais imaginée sur un ring ! s'exclama Leilani en riant.

— Pourtant, ça me plaisait beaucoup. J'ai même participé à quelques compétitions en amateur.

— Je faisais pas mal de plongée à une époque, reprit Leilani. Mais j'ai arrêté.

— Vous devriez peut-être vous y remettre. Je suis certaine que ça vous ferait beaucoup de bien.

Elena songea qu'elle ferait peut-être bien elle aussi de se remettre à la boxe poings-pieds. Elle se demanda si c'était une activité qui pourrait intéresser Logan. L'idée de s'entraîner à ses côtés n'était pas pour lui déplaire et elle se promit de lui en parler, le soir même.

En attendant, Leilani et elle continuèrent à parler du deuil et des stratégies permettant d'y faire face. Puis elles se séparèrent et Elena alla acheter ce dont elle avait besoin pour préparer le repas qu'elle avait promis à Logan. Il ne lui restait plus qu'à espérer que ce dernier ne serait pas retenu au commissariat, ce soir-là.

De retour chez elle, elle sortit le livre de recettes que lui avait transmis sa mère et entreprit de préparer un véritable festin : du porc façon *kalua,* du *lū'au* de calmar, du *poi,* des patates douces et du *haupia* à la noix de coco en guise de dessert.

Elle se rendit compte alors qu'elle avait oublié d'acheter du traditionnel sel rouge à l'*alaea* et décida d'aller en emprunter à son frère. Laissant les plats mijoter à petit feu, elle gagna l'*ohana* et constata que la voiture de Tommy se trouvait bien dans l'allée.

Comme elle approchait de la porte d'entrée, elle vit celle-ci s'ouvrir et Tommy sortit de la maison en compagnie d'une jeune femme. Tous deux étaient en train de s'esclaffer comme des gamins. Avisant la présence d'Elena, son frère recouvra son sérieux.

— Qu'est-ce que tu fais là ? lui demanda-t-il, curieux.

— Je suis venue t'emprunter du sel à l'*alaea,* répondit-elle, un peu gênée de les avoir surpris.

— Bien sûr. Il y en a dans la cuisine. N'hésite pas à te servir.

Il se tourna à demi vers sa compagne.

— Je te présente Kat, qui joue dans mon groupe folklorique. Kat, voici ma sœur, Elena.

Elena se rappelait parfaitement la jolie claviériste qu'elle avait aperçue le jour de la représentation de *hula* des enfants, au centre commercial. Elle croyait aussi se souvenir que Kat avait un petit ami.

— *Aloha,* lui dit-elle.

— *Aloha,* répondit Kat, visiblement embarrassée.

— Nous étions sur le point d'aller danser, indiqua Tommy.

— Je vois.

— Tu peux venir avec nous, si tu veux, proposa son frère.

— *Mahalo,* mais j'ai déjà des projets pour ce soir.

— Vraiment ? fit Tommy, visiblement curieux.

Elle hocha la tête, s'abstenant de préciser la nature des projets en question.

— Amusez-vous bien, leur dit-elle.

— Toi aussi, répondit son frère. Prends tout le sel dont tu as besoin. Tu n'auras qu'à claquer la porte derrière toi.

Tandis que le couple se dirigeait vers la voiture, Elena pénétra dans l'*ohana.* S'il fallait en croire le nombre de canettes de bière vides qui jonchaient la table basse, Tommy et Kat avaient décidé de prendre un peu d'avance sur la soirée.

Elena estimait cependant qu'elle n'avait pas plus de droits de regard sur la vie de son frère qu'il n'en avait sur la sienne. Il était assez grand pour faire ce qu'il voulait avec qui il le voulait. Elle se contenta donc d'aller récupérer le pot de sel *alaea* qu'elle était venue chercher avant de regagner la maison principale, dans laquelle s'élevait déjà un délicieux fumet.

Après s'être assurée que la cuisson se déroulait bien comme prévu, elle alla prendre une douche et se changer. Il ne lui restait plus à présent qu'à attendre l'arrivée de Logan en espérant qu'aucun empêchement ne viendrait se mettre de nouveau en travers de sa route.

# 8

Lorsque Elena vint lui ouvrir, ce soir-là, Logan demeura quelques instants immobile sur le pas de sa porte, la buvant littéralement du regard. La jolie robe traditionnelle hawaïenne qu'elle portait ce soir-là mettait admirablement en valeur sa silhouette gracile, sa taille fine et le doux renflement de sa poitrine. Elle s'arrêtait juste au-dessus du genou, révélant des jambes magnifiques halées par le soleil.

— Tu es radieuse, lui dit-il d'une voix qui cachait mal son trouble.

— Tu n'es pas mal non plus, rétorqua-t-elle en rougissant légèrement.

Il était évident que pas plus que lui elle n'avait l'habitude de ces petits jeux de séduction. Mais cela ne la rendait que plus irrésistible aux yeux de Logan. S'il n'avait écouté que son instinct, il se serait avancé vers elle pour la prendre dans ses bras et l'embrasser. Mais il estimait préférable de faire preuve d'un peu plus de retenue.

De son propre aveu, Elena était célibataire depuis la mort de son mari, plusieurs années auparavant. Il ne voulait donc surtout pas donner l'impression qu'il lui forçait la main.

— Entre, lui dit-elle en s'écartant pour le laisser passer.

Il s'exécuta et la suivit jusqu'au salon en admirant l'aménagement intérieur de la maison.

— C'est magnifique, dit-il.

— Peut-être un peu grand pour une personne seule, répondit-elle avec un pâle sourire.

— J'ai souvent la même sensation chez moi.

Il tendit à Elena la bouteille de vin blanc qu'il avait apportée.

— Excellent choix, déclara-t-elle en jetant un coup d'œil à l'étiquette.

— Ça sent divinement bon.

— Espérons que le goût sera à la hauteur, répondit-elle en souriant. Je vais aller mettre la dernière main à notre dîner. Fais comme chez toi en attendant.

— Je peux t'aider ?

— Je devrais pouvoir m'en sortir. Tu n'as qu'à nous servir un apéritif. Il y a tout ce qu'il faut dans le bar. Sers-toi ce qui te fait envie.

— Et pour toi ?

— Je prendrai un verre de porto.

Tandis qu'Elena s'éloignait en direction de la cuisine, Logan se dirigea vers le bar, qui, comme l'avait dit Elena, était très bien fourni. Il se servit un whisky avant de verser un verre de porto pour la jeune femme. Comme il reposait la bouteille, il avisa la photo qui était posée sur le bar. Elle représentait Elena dans les bras d'un homme, probablement son défunt mari Errol.

Malgré lui, Logan ne put réprimer un bref accès de jalousie. C'était parfaitement absurde, bien sûr. Après tout, il ne connaissait même pas Elena, à l'époque. Il n'avait pas plus le droit d'être jaloux d'Errol qu'elle de Gemma. Tout ce qu'ils pouvaient espérer, c'était que tous deux auraient droit à une seconde chance.

— C'est presque prêt, lui annonça Elena en revenant au salon, quelques instants plus tard.

Il lui tendit le verre qu'il venait de lui servir et tous deux trinquèrent avant d'aller s'installer sur le *lanai,* d'où l'on pouvait contempler le jardin magnifique qui entourait la maison. Durant quelques instants, ils demeurèrent silencieux, accoudés à la balustrade en sirotant leurs boissons.

— Est-ce que ton frère sait que nous dînons ensemble, ce soir ? demanda alors Logan.

Elle lui jeta un regard étonné.

— Pourquoi cette question ?

— Eh bien, il m'a semblé qu'il ne m'appréciait pas vraiment. Et j'ai eu le sentiment que ce n'était pas uniquement un réflexe protecteur. Est-ce que je me trompe ?

— Non. Mais ce n'était pas dirigé contre toi en particulier.

— Que veux-tu dire ?

— Eh bien, lorsque Tommy était plus jeune, il a eu quelques démêlés avec la police. Et depuis cette époque il a tendance à s'en méfier.

— Je suis désolé de l'apprendre, murmura Logan.

Il ne tenait pas du tout à être considéré comme un ennemi par le frère d'une femme qu'il était plus que jamais décidé à courtiser.

— Il n'a rien à craindre de moi, ajouta-t-il.

— Je sais, acquiesça-t-elle. Et je suis convaincu qu'au fond de lui Tommy le sait aussi. Nous en avons discuté tous les deux et je pense qu'il s'est résigné à l'idée que nous puissions devenir... proches, tous les deux.

L'hésitation qu'elle avait trahie au moment de qualifier leur relation n'avait pas échappé à Logan et il choisit d'y voir un signe encourageant.

— Tant mieux. Parce que j'ai vraiment envie d'apprendre à mieux te connaître, Elena.

— Moi aussi, répondit-elle sans hésiter.

Un silence gêné s'ensuivit et elle s'éclaircit nerveusement la gorge.

— Je pense que les plats sont prêts, déclara-t-elle.

Ils se dirigèrent vers la cuisine, où Logan découvrit le

véritable festin qu'elle avait préparé en son honneur. Tous deux transvasèrent le contenu des casseroles dans des plats qu'ils apportèrent sur la table de la salle à manger. Tandis qu'Elena les servait, Logan déboucha la bouteille qu'il avait apportée et remplit leurs verres.

— C'est absolument succulent ! s'exclama Logan après avoir avalé quelques bouchées de porc *kalua* et du *lū'au* de calmar. Tu es un véritable cordon-bleu !

— Tout le mérite en revient à ma mère, lui assura modestement Elena. C'était une cuisinière hors pair et elle m'a transmis quelques-uns de ses secrets.

— Elle peut être fière de toi, déclara Logan avec conviction.

— Merci, répondit Elena en rougissant de plus belle.

Ils continuèrent à manger avec appétit en devisant de choses et d'autres. Et tandis qu'ils passaient en revue leurs goûts respectifs Logan s'aperçut presque sans surprise qu'ils en avaient beaucoup en commun.

Tous deux aimaient les activités de plein air, à commencer par la randonnée et le camping. Ils appréciaient les mêmes films et les mêmes livres. Et ils étaient l'un et l'autre passionnés par leur métier.

Logan interrogea longuement Elena sur le sien, curieux de comprendre ce qui avait bien pu la pousser à opter pour une spécialité aussi éprouvante que le soutien aux personnes endeuillées. Il ne tarda pas à comprendre que ce choix n'était sans doute pas très différent de celui qu'il avait fait en devenant policier. Chacun à leur façon, ils avaient à cœur de soulager les souffrances de leurs concitoyens.

— À ce propos, lui demanda Elena, est-ce qu'il y a du nouveau dans l'enquête sur le tueur de la Grande Île ?

À contrecœur, il dut bien reconnaître que tel n'était pas le cas.

— J'ai pourtant vu que vous aviez diffusé une photo du tueur, objecta-t-elle.

— Malheureusement la définition est trop médiocre pour que cette image permette vraiment de l'identifier.

— Mais vous avez dû recevoir des appels, j'imagine. L'un d'eux finira peut-être par payer.

— Je l'espère. Nous ne négligeons aucune piste. Nous avons même envisagé le fait que l'homme qui t'a agressée pouvait être le tueur. Mais il a de solides alibis pour deux des trois meurtres. Cela ne l'empêchera pas d'écoper de quelques années de prison.

— À cause d'un simple vol de sac à main ? s'étonna-t-elle.

Logan secoua la tête.

— Il était recherché pour une longue série de délits. Sans compter les périodes de sursis auxquelles il avait été condamné précédemment.

Elena ne put réprimer un frisson et Logan décida d'en revenir à des sujets moins anxiogènes.

— J'espère que nous capturerons très vite le tueur de la Grande Île, déclara-t-il. Parce que dès que ce sera fait j'ai bien l'intention de m'offrir des vacances méritées.

— Et que feras-tu pendant tes congés ?

— Un grand voyage, sans doute. J'adore partir à l'aventure, sac au dos. J'ai commencé du temps où je vivais encore en Californie. J'ai visité l'Amérique centrale et l'Europe de l'Est.

— Pourquoi avoir choisi ces endroits ?

— Pour des raisons professionnelles, initialement, expliqua-t-il. Je comptais me familiariser avec ces pays d'où provenaient nombre de victimes des trafics humains sur lesquels nous travaillions. Et j'ai découvert qu'ils ne correspondaient pas du tout à l'image caricaturale que je m'en faisais. Du coup, ça m'a donné envie de découvrir d'autres endroits. À commencer par l'Australie et la Nouvelle-Zélande, maintenant que je vis dans le Pacifique.

— J'adorerais y aller aussi, déclara Elena.

Logan se prit à espérer que tous deux pourraient partir les découvrir ensemble.

— J'aimerais aussi beaucoup retourner au Japon, ajouta-t-elle.

— Tu y es déjà allée ?

— Lorsque j'étais à l'université. J'en ai gardé de merveilleux souvenirs.

Elle se leva alors.

— J'espère que tu n'es pas complètement rassasié, lui dit-elle. J'ai préparé du *haupia.*

— Comment pourrais-je refuser ? répondit Logan.

Elena ramassa leurs assiettes et alla chercher le dessert, qui s'avéra tout aussi délicieux que les plats de résistance. Lorsqu'ils eurent terminé, ils allèrent s'installer au salon avec leurs verres de vin.

— Après ce qui s'est passé les deux premières fois, j'ai presque du mal à croire que cette soirée ait pu se dérouler sans la moindre interruption, déclara Logan avec un sourire malicieux.

— Moi aussi, avoua Elena en le regardant droit dans les yeux. Mais j'espère qu'elle n'est pas encore finie…

En avisant l'invitation muette qui se lisait dans son regard, Logan sentit les battements de son cœur s'emballer. Il comprit que pas plus que lui Elena n'était insensible à l'alchimie qui existait entre eux.

— Embrasse-moi, souffla-t-elle.

Logan ne se fit pas prier. Se penchant vers elle, il posa ses lèvres sur les siennes. Ce simple contact l'électrisa, éveillant instantanément en lui un accès de désir aussi ardent qu'irrésistible.

Cette fois-ci, ils ne se cantonnèrent pas à un chaste

baiser. Leurs langues se mêlèrent, leurs dents s'entrechoquèrent tandis qu'une passion sans cesse grandissante les poussait l'un vers l'autre. Logan sentit le corps chaud et doux d'Elena se presser contre le sien, alimentant encore l'envie impérieuse qu'il avait d'elle.

Ses mains coururent le long de ses flancs, lui arrachant un frisson langoureux. S'enhardissant, il posa les paumes sur les seins de la jeune femme, massant doucement les tétons qui se dressaient sous le fin tissu de sa robe. Le petit gémissement rauque qu'elle poussa alors faillit lui faire perdre tout contrôle.

Haletante, elle s'écarta, les yeux brûlant d'une faim qui reflétait la sienne.

— Viens, lui dit-elle en lui tendant la main.

Il la prit et elle l'entraîna en direction de l'escalier qui menait à l'étage. L'émotion qui étreignait Logan en cet instant dépassait de loin le simple désir. Il avait toujours su que, s'il devait se passer quelque chose avec Elena, il ne s'agirait pas d'une simple aventure. Mais, loin de l'effrayer, cette certitude ne faisait qu'ajouter à l'exaltation qu'il éprouvait.

Parvenus en haut des marches, ils remontèrent main dans la main le couloir qui conduisait à la chambre d'Elena. Logan ne prêta guère attention à l'ameublement de style colonial ni même au grand lit aux draps immaculés qui trônait au centre de la pièce. Il n'avait d'yeux que pour Elena.

Le cœur battant à tout rompre, Elena buvait Logan du regard. Cela faisait bien longtemps qu'elle ne s'était pas sentie à la fois aussi nerveuse et aussi excitée. Mais, curieusement, elle n'éprouvait pas la moindre retenue, pas l'ombre d'une hésitation. L'envie dévorante que lui inspirait Logan avait balayé tous ses doutes.

Avec une audace qui l'étonna elle-même, elle fit glisser les bretelles de sa robe et celle-ci tomba doucement à ses pieds. Les yeux de Logan s'écarquillèrent légèrement sous l'effet du désir et de l'admiration mêlés. Cette réaction ne fit qu'intensifier le besoin qu'elle avait de lui.

S'avançant vers lui, elle se coula entre ses bras et lui offrit de nouveau ses lèvres. Le long baiser qu'ils échangèrent fit courir sur sa peau d'irrépressibles frissons. Et lorsque les paumes de Logan se posèrent sur sa peau nue elle émit un gémissement de pur plaisir.

S'enhardissant, il dégrafa son soutien-gorge, révélant sa poitrine. Sa bouche quitta la sienne pour venir se poser sur l'un de ses tétons, qu'il agaça du bout de la langue. Elle sentit une douce chaleur se répandre dans tout son corps et elle renversa la tête en arrière pour mieux s'offrir à ses caresses.

Les sensations que lui procurait Logan dépassaient tout ce qu'elle avait pu imaginer. Il lui semblait renouer avec une partie d'elle-même qu'elle avait complètement perdue de vue, au cours de ces dernières années.

Il la guida alors doucement vers le matelas, sur lequel il l'étendit. Il couvrit sa peau d'une pluie de petits baisers qui attisèrent encore son désir. Ses lèvres brûlantes explorèrent méthodiquement son corps et elle se sentit fondre complètement.

Logan lui retira alors sa culotte et ses doigts se posèrent doucement au creux de ses cuisses, manquant lui faire perdre tout contrôle. Il lui laissa tout juste le temps de se ressaisir avant de la caresser doucement, la guidant inexorablement vers une explosion de plaisir.

Elena trouva la force de lui résister, repoussant doucement son poignet.

— Je veux te voir, lui dit-elle d'une voix si rauque qu'elle eut peine à la reconnaître.

Au prix d'un effort de volonté dont elle ne se serait pas crue capable, elle parvint à se redresser et déboutonna sa chemise, révélant son torse parfaitement découpé sur lequel elle laissa courir ses doigts, lui arrachant un soupir de pur contentement.

Elle continua de le déshabiller, révélant le désir impérieux qu'il avait d'elle. Elle l'effleura d'une main hésitante, lui arrachant un grondement sauvage.

— J'ai envie de toi, lui dit-il d'une voix hachée.

— Moi aussi, répondit-elle.

Il s'écarta d'elle un bref instant pour récupérer un préservatif qui se trouvait dans son portefeuille. Elle le prit et le lui enfila avec une lenteur délibérée, faisant durer jusqu'à l'agonie ce moment magique.

Puis Logan l'allongea sur le matelas et l'embrassa de nouveau. Tandis que leurs langues se mêlaient, elle le sentit entrer en elle. Cette fois, elle fut incapable de contrôler la vague de plaisir qui déferla sur elle, lui arrachant un cri de pure extase.

Enfoui au plus profond de sa chair, Logan attendit qu'elle ait recouvré un semblant de self-control. Il commença alors à bouger lentement en elle, éveillant une nouvelle vague d'extase.

Elena l'entoura de ses jambes, l'attirant plus loin encore. Leurs mouvements semblaient parfaitement se compléter, comme s'ils se connaissaient depuis toujours. Dans un accord parfait, ils gravirent les degrés de la passion, s'élevant toujours plus haut.

Mais à mesure que le plaisir enflait en eux, les rapprochant inexorablement du moment où ils perdraient tout contrôle, leurs gestes se faisaient plus saccadés, leurs caresses plus urgentes, leurs baisers plus passionnés.

Elena se laissa aller sans rémission possible à ce flot de sensations incandescentes.

Puis, au même instant, ils atteignirent le point culminant de cette ardente étreinte et furent tous deux fauchés par une lame de fond qui les emporta plus loin encore qu'ils n'en avaient rêvé.

Elena n'aurait su dire combien de temps ils demeurèrent ensuite enlacés, leurs corps parcourus d'irrépressibles frissons tandis que refluait très lentement le plaisir qui les avait anéantis. À un moment, elle reprit conscience de sa respiration haletante et des battements précipités de son cœur.

— C'était magique, lui dit Logan.

— Je suis d'accord, murmura-t-elle.

— Et dire que je ne voulais pas me rendre à cette consultation, se remémora Logan en se redressant sur un coude. Ça aurait vraiment été l'une des pires erreurs de ma vie.

— Tu exagères peut-être un peu, répondit-elle en souriant. Mais je suis vraiment heureuse que ton supérieur t'ait convaincu de venir. Même si ce n'était probablement pas ce qu'il avait en tête en t'envoyant à mon cabinet…

— Probablement pas, reconnut Logan en riant.

Il rabattit le drap sur eux et elle se serra contre lui. Cela faisait bien longtemps qu'elle ne s'était pas sentie aussi bien qu'en cet instant. Entre ses bras, elle se sentait en sécurité, à sa place. Bercée par le rythme de sa respiration, elle succomba à la délicieuse sensation de lassitude qui l'habitait et sombra dans un profond sommeil.

Elena fut réveillée par la sonnerie du téléphone portable de Logan. Ce dernier se redressa aussitôt pour ramasser son pantalon et en sortir l'appareil.

— Désolé, s'excusa-t-il.

— Il n'y a pas de quoi, répondit-elle en jetant un coup d'œil au réveil posé sur la table de nuit.

Il était tout juste 8 heures du matin.

— C'est Ivy Miyamoto, l'une de mes collègues, lui indiqua Logan en fronçant les sourcils. Elle n'appellerait pas à cette heure si ce n'était pas important. Il faut que je réponde.

— Je comprends, acquiesça-t-elle.

Il décrocha.

— Ivy ? Quoi de neuf ?

Elena ne pouvait entendre ce que lui disait son interlocutrice. Mais l'expression de Logan indiquait clairement que les nouvelles n'étaient pas bonnes.

— Très bien, déclara-t-il enfin. J'arrive aussi vite que possible.

— Que se passe-t-il ? s'enquit Elena, craignant déjà de connaître la réponse à cette question.

— Une femme a disparu la nuit dernière, expliqua-t-il. Et elle correspond tout à fait au profil des victimes du tueur…

# 9

Sur le trajet qui le conduisait chez les parents de la jeune femme disparue, Logan rappela Ivy pour obtenir des informations supplémentaires.

— Elle s'appelle Kakalina Kinoshita, lui indiqua-t-elle. D'après ses parents, Daniel et Valerie Kinoshita, chez lesquels elle vit, elle devait sortir avec un ami, hier soir. D'habitude, quand elle décide de passer la nuit dehors, elle leur envoie toujours un message. Mais cette fois-ci elle n'en a rien fait. En temps normal, ils n'auraient probablement pas appelé la police aussi rapidement, mais Kakalina correspond au profil des victimes du tueur de la Grande Île et ses parents sont morts d'inquiétude. Ce n'est peut-être qu'une fausse alerte, mais je me suis dit que ça valait le coup de nous en assurer.

— Tu as bien fait, approuva Logan.

En temps normal, les disparitions de ce genre n'étaient considérées comme réellement inquiétantes qu'au bout de vingt-quatre heures au minimum. Même après un tel délai la plupart d'entre elles s'avéraient être parfaitement anodines.

Cette fois cependant, un tueur en série se promenait en liberté sur l'île et ils ne pouvaient se permettre de négliger la moindre piste, si ténue soit-elle.

— Je devrais être sur place d'ici quelques minutes, indiqua-t-il en jetant un coup d'œil à son GPS.

— Parfait. Je t'attends.

Ivy raccrocha et Logan accéléra encore, dépassant légèrement la vitesse autorisée. Cette affaire commençait réellement à le miner. Combien de victimes retrouveraient-ils encore avant d'identifier le tueur ? Combien de temps les jeunes femmes de cette île continueraient-elles à vivre avec la peur au ventre ?

Le pire, c'était que cette angoisse avait commencé à s'insinuer en lui, tout particulièrement depuis qu'il avait rencontré Elena, qui correspondait hélas en tout point au profil type des victimes.

L'idée qu'il puisse lui arriver quelque chose lui était tout bonnement insupportable. Et la nuit merveilleuse qu'ils venaient de passer ensemble ne faisait que renforcer l'adoration qu'elle lui inspirait – et l'inquiétude qu'il éprouvait pour elle.

Il sentait bien que tous deux avaient une chance de bâtir quelque chose d'extraordinaire. Et il ne laisserait pas un tueur en série les en priver.

Lorsqu'il arriva en vue de la résidence des parents de Kakalina Kinoshita, Ivy se trouvait déjà sur place. Il descendit de voiture pour la rejoindre.

— J'imagine que Kakalina n'a pas refait surface, lui dit-il.

— Malheureusement non.

— Ça aurait été trop beau.

Ivy le considéra avec attention.

— Tu portes la même tenue qu'hier, fit-elle remarquer.

Logan soupira intérieurement. Ivy était l'une des personnes les plus perspicaces qu'il connaissait. C'était d'ailleurs ce qui faisait d'elle une excellente enquêtrice.

— J'espère que je n'ai rien interrompu, ajouta-t-elle avec un sourire légèrement goguenard.

— Tu sais comme moi que le travail passe avant tout. Allons interroger les parents de cette fille.

Ivy hocha la tête et tous deux se dirigèrent vers le portillon métallique de la résidence des Kinoshita. Il n'était pas verrouillé et ils l'empruntèrent avant de traverser un jardin méticuleusement entretenu.

Avant même qu'ils n'aient atteint la porte d'entrée, celle-ci s'ouvrit, laissant apparaître un homme d'une cinquantaine d'années de type maori. Son crâne était rasé et il arborait une imposante moustache noire.

— Vous êtes de la police ? leur demanda-t-il.

— Je suis l'inspecteur Miyamoto, se présenta Ivy. Et voici l'inspecteur Ryder.

— Daniel Kinoshita, dit l'homme. Je vous en prie, entrez.

Ils pénétrèrent dans la maison et suivirent Daniel jusqu'à un vaste salon meublé dans le style colonial. Une femme d'une quarantaine d'années se leva pour les accueillir.

— Je vous présente mon épouse, Valerie, leur dit Daniel.

— Si je comprends bien, votre fille n'est pas rentrée cette nuit, leur dit Logan, bien décidé à ne pas perdre un seul instant.

— C'est exact, acquiesça Daniel. Je sais que cela doit vous paraître un peu ridicule, mais je vous assure que notre fille n'a pas pour habitude de disparaître sans prévenir.

— Quel âge a-t-elle ? s'enquit Logan.

— Vingt-huit ans.

Kakalina était bien assez grande pour passer la nuit dehors sans prévenir ses parents. Pourtant, l'inquiétude que trahissaient ces derniers semblait indiquer que ce n'était effectivement pas dans ses habitudes. Il ne s'agissait peut-être que d'une fausse alerte, d'une réaction un peu trop protectrice. Mais étant donné les circonstances Logan était bien décidé à ne courir aucun risque.

— Si j'ai bien compris, elle est sortie avec un ami.

— C'est exact, répondit Valerie.

— Est-ce que vous connaissez son nom ?

— Non. Nous ne l'avons jamais rencontré.

— Vous êtes sûrs que c'était un garçon ? s'enquit Logan.

— Certaine, répondit Valerie.

— Elle a peut-être décidé de passer la nuit avec cet ami, suggéra Logan.

— Kakalina a un petit ami, objecta Daniel. Ils sont très amoureux et je suis sûr qu'elle ne le tromperait jamais.

— Elle l'a peut-être rejoint.

— C'est ce que je me suis dit et je l'ai appelé ce matin. Mais il n'a pas vu Kakalina de la soirée. Et il est aussi inquiet que nous.

— Soit, concéda Logan. Mais elle a peut-être décidé de passer la nuit chez son ami en tout bien tout honneur.

— Elle nous aurait appelés, objecta Daniel. Elle le fait toujours dans ces cas-là. Elle sait que nous nous inquiétons pour sa sécurité, particulièrement en ce moment, avec ce tueur qui rôde. Il faut que vous la retrouviez, inspecteur.

La détresse qui perçait dans la voix de Daniel Kinoshita était évidente. Et Logan éprouvait une indéniable sympathie à son égard, même s'il n'était toujours pas convaincu de la réalité de cette disparition, et a fortiori de l'implication du tueur de la Grande Île.

Il était plus que probable que Kakalina avait juste fait les frais d'une soirée un peu trop arrosée et qu'elle resurgirait dans la journée.

— Nous ferons tout notre possible pour la retrouver, déclara-t-il. Mais pour cela il va nous falloir un peu plus d'informations. Savez-vous où elle était censée se rendre, hier soir ?

— Dans une boîte de nuit, répondit Daniel.
— Laquelle ?
— Elle ne nous l'a pas dit.
— Elle en fréquente plusieurs, précisa Valerie. Elle adore danser.
— Vous rappelez-vous quelques noms qu'elle aurait pu mentionner ? intervint Ivy. Cela pourrait nous mettre sur la voie.
Les parents de Kakalina leur citèrent quelques discothèques à la mode, dont Ivy nota les noms.
— Est-ce que votre fille possède une voiture ? s'enquit alors Logan.
— Non. Elle se déplace généralement à pied ou à vélo.
Cela ne les aiderait pas beaucoup.
— Quel est le nom de son petit ami ? demanda-t-il encore.
Logan n'oubliait pas la règle cardinale en cas de disparition inquiétante : dans l'immense majorité des cas, c'étaient les proches qui étaient responsables. Et le petit ami de Kakalina n'appréciait peut-être pas qu'elle sorte en boîte de nuit avec d'autres garçons…
— Il s'appelle Henry Pascua, répondit Daniel.
— Pourriez-vous me donner son numéro ?
Le père de Kakalina le lui dicta.
— Auriez-vous une photo récente de votre fille ? demanda encore Logan.
— Bien sûr, répondit Daniel en lui tendant son portable. J'ai pris celle-ci la semaine dernière.
Logan considéra attentivement la très jolie jeune femme dont le portrait s'affichait à l'écran. Elle était grande, mince, avec de longs cheveux noirs ondulés et de grands yeux couleur noisette. Et force était de reconnaître qu'elle correspondait parfaitement au profil des victimes du tueur de la Grande Île.

Logan ne parvint pas à réprimer le fâcheux pressentiment qui l'envahit à la vue de ce cliché.

— Nous allons nous mettre à la recherche de votre fille, assura-t-il aux parents qui le considéraient avec angoisse. Si jamais vous avez de ses nouvelles, n'hésitez surtout pas à nous contacter, ajouta-t-il en tendant sa carte à Daniel Kinoshita.

— Vous pouvez compter sur nous, affirma gravement ce dernier.

— Ramenez-nous notre fille, plaida son épouse d'une voix tremblante. Je vous en prie, inspecteur…

— Nous ferons tout notre possible, lui promit-il, touché par sa détresse.

Ivy et lui prirent congé des Kinoshita et quittèrent leur maison.

— Qu'est-ce que tu en penses ? demanda Ivy à Logan dès qu'ils furent hors de portée de voix.

— Je pense que nous ferions bien de retrouver cette fille au plus vite, répondit-il d'une voix sourde. Tout cela ne me dit vraiment rien de bon.

— Je suis d'accord, acquiesça Ivy d'un air sombre.

— Je me charge du petit ami, déclara Logan. Tâche de trouver dans quelle discothèque elle s'est rendue et avec qui elle se trouvait.

— D'accord, acquiesça-t-elle gravement.

Mais tandis qu'il regagnait son véhicule Logan ne put se départir de l'angoisse qui l'habitait. Son instinct lui soufflait que Kakalina Kinoshita avait bel et bien attiré l'attention du tueur. Et si tel était le cas les chances de la retrouver vivante étaient désormais bien faibles…

Elena avait encore presque du mal à croire à ce qui s'était passé cette nuit-là. Pendant des années, elle s'était presque convaincue que la mort d'Errol la condamnait à un célibat définitif et que plus jamais elle ne connaîtrait de telles sensations.

Jamais elle n'aurait imaginé qu'elle puisse un jour désirer à ce point un autre homme, quelqu'un de si différent de son ex-mari. Mais elle ne pouvait nier l'intensité de ce qu'elle venait de vivre entre les bras de Logan. Il avait réveillé en elle un feu qu'elle croyait à jamais éteint et avait su le transformer en véritable brasier.

Encore à présent, le simple souvenir de ses caresses suffisait à enflammer son imagination et à éveiller sur sa peau d'irrépressibles frissons. Malheureusement, Logan et elle n'avaient pas eu le temps de discuter de ce que cette nuit signifiait pour eux ni de ce qu'ils en attendaient l'un et l'autre.

Voyait-il cela comme une simple aventure ? Ou bien au contraire comme le début d'une véritable relation ? Elle-même se sentait-elle prête à un tel engagement ?

Une fois de plus, Logan avait dû partir de façon précipitée. Elena espérait qu'il s'était agi d'une fausse alerte et que la jeune femme disparue était réapparue au cours de la matinée. Mais même si tel était le cas l'ombre du tueur continuait de planer sur la Grande Île. Et Logan aurait sans doute encore fort à faire pour identifier et capturer ce monstre.

En quittant la maison, Elena remarqua que la voiture de Tommy était garée devant l'*ohana*. Elle se demanda s'il avait passé la nuit avec la jolie claviériste de son groupe et si celle-ci déciderait de quitter son petit ami pour lui. Dans ce cas, Tommy serait-il enfin capable de s'engager pour de bon ?

Un léger sourire se dessina sur ses lèvres. Malgré les vies très différentes qu'ils avaient menées tous les deux, son frère et elle étaient peut-être arrivés à un croisement étrangement similaire de leur existence.

Au cabinet, elle trouva son premier patient, Nelson Schultz, qui l'attendait. Il était arrivé très en avance, ce matin-là, et en avait profité pour aller leur acheter deux tasses de café.

Tous deux s'installèrent dans le salon de consultation d'Elena et commencèrent par discuter de choses et d'autres avant d'aborder ce qui préoccupait vraiment l'anthropologue à la retraite : la mort de son épouse bien-aimée, Gwyneth, qui s'était éteinte deux semaines auparavant après quelques cinquante ans de vie commune.

— Je pensais m'y être préparé, soupira-t-il. Nous nous y étions tous deux préparés, en fait. Nous nous étions promis que, quoi qu'il arrive, nous continuerions pour nos enfants et nos petits-enfants. J'ai même trois arrière-petits-enfants, aujourd'hui, vous savez…

— Et c'est pour eux que vous devez tenir le coup, acquiesça Elena. Mais cela ne signifie pas pour autant que ce sera facile. Les gens comme vous, qui ont eu la chance de vivre aussi longtemps en couple, mettent plus de temps à faire leur deuil. C'est parfaitement naturel.

À vrai dire, elle qui n'avait vécu que sept ans aux côtés de son mari avait du mal à imaginer ce que pouvait représenter une vie commune d'une durée d'un demi-siècle. D'un autre côté, Nelson avait la chance d'avoir de nombreux descendants, qui témoignaient par leur existence même de ce qu'avait été cet amour.

Que n'aurait-elle pas donné pour avoir une famille, elle aussi ? Mais Errol et elle avaient toujours pensé qu'ils auraient tout le temps d'en fonder une.

Elle ne put s'empêcher de se demander si Logan en voulait une, lui aussi. Bien sûr, il était encore beaucoup trop tôt pour en discuter. Mais l'idée d'avoir un jour un enfant avec lui éveillait en elle une étrange émotion faite de curiosité et d'excitation.

— Votre femme a eu beaucoup de chance d'avoir un mari tel que vous, reprit Elena. Et d'après ce que vous m'avez raconté à son sujet je dirais que vous avez eu beaucoup de chance d'avoir une épouse comme elle.

— C'est vrai, acquiesça Nelson en se fendant d'un sourire très tendre. Gwyneth était la meilleure des femmes et la meilleure des mères. J'aurais juste aimé qu'elle puisse rester un peu plus longtemps. Mais j'imagine que c'est ce que vous disent tous ceux qui viennent vous voir pour surmonter un deuil…

— La plupart d'entre eux, en effet, répondit Elena. Lorsque nous sommes heureux, nous voulons tous que cela se prolonge le plus longtemps possible. C'est humain. Malheureusement, rien ne dure éternellement. Et ce qui est le plus important c'est de continuer à savourer l'amour et le bonheur que nous avons connus, de les laisser enrichir notre vie et faire naître des joies nouvelles en compagnie de nos proches.

Nelson hocha gravement la tête et, dans son regard, elle lut le début d'une acceptation sur laquelle, elle n'en doutait pas, il saurait construire les fondations de sa vie future.

L'agence immobilière de Henry Pascua se trouvait sur Kinoole Street. Lorsque Logan pénétra dans la vaste boutique, il fut accueilli par un homme d'une trentaine d'années aux cheveux noirs parfaitement coiffés et sanglé dans un impeccable costume de couleur sombre.

— Vous êtes Henry Pascua ? s'enquit Logan.

— En personne. Vous devez être l'inspecteur Ryder ? Daniel m'a prévenu de votre arrivée. Est-ce que vous avez des nouvelles de Kat ?

— Pas encore. Mais j'aimerais vous poser quelques questions à son sujet, si cela ne vous ennuie pas.

— Bien au contraire, lui assura Pascua. Suivez-moi, nous serons mieux dans mon bureau.

Logan le suivit jusqu'à une vaste pièce décorée avec goût et éclairée par une large baie vitrée. Pascua lui fit signe de s'asseoir et prit place derrière son bureau.

— Vous avez appelé Kakalina Kat. Est-ce ainsi qu'elle se faisait appeler ?

— Par tous ses amis, oui. Seuls ses parents l'appellent Kakalina, je crois. C'est l'équivalent hawaïen de Katherine, en anglais, d'où ce diminutif…

— Je vois, acquiesça sobrement Logan. Pouvez-vous me dire quoi que ce soit au sujet de la disparition de Mlle Kinoshita ?

— Pas grand-chose, malheureusement, soupira Pascua. Kat et moi avons rompu la semaine dernière et, depuis, elle ne m'a pas donné de nouvelles.

Logan se redressa légèrement sur son siège. Se pouvait-il que Pascua en veuille à Kakalina ? Assez pour s'en prendre à elle ?

— Puis-je savoir ce qui a conduit à cette séparation ? demanda-t-il.

— Elle avait commencé à fréquenter quelqu'un d'autre, répondit Pascua.

— Est-ce elle qui a pris l'initiative de cette rupture ou vous ?

— C'était une décision commune, je dirais. Elle paraissait avoir fait son choix et j'en ai tiré les conséquences qui s'imposaient.

Logan étudia très attentivement l'expression de Pascua, cherchant à déterminer les sentiments que lui inspirait sa séparation d'avec Kakalina. Mais l'homme demeurait parfaitement impassible.

— Que savez-vous de l'homme qu'elle a commencé à fréquenter ? s'enquit Logan.

— Pas grand-chose. Je sais qu'ils se sont rencontrés en boîte de nuit et qu'il lui a proposé de rejoindre le groupe de musique folklorique auquel il appartient. Ils jouaient dans un centre commercial, ces temps-ci.

— Savez-vous lequel ?

— Le Prince Kūhiō Plaza.

— Et vous ne connaissez pas le nom de cet homme ?

— Non, elle ne me l'a pas dit, désolé.

Logan sentait confusément que quelque chose lui échappait.

— Est-ce qu'il est déjà arrivé à Mlle Kinoshita de disparaître de cette façon ?

— Une fois, à cause de moi. Sur un coup de tête, je lui avais proposé de partir pour Kauai. Nous avons passé la nuit là-bas et elle a oublié de prévenir ses parents. Ils étaient fous d'inquiétude et ont averti la police. Par la suite, Kat prenait toujours soin de les prévenir lorsqu'elle envisageait de ne pas rentrer de la nuit. C'est pour cela qu'ils sont si inquiets aujourd'hui.

— Ils n'ont pas l'air de savoir que Mlle Kinoshita et vous êtes séparés.

— Je n'ai pas eu le cœur de le leur dire lorsqu'ils m'ont appelé pour me signaler sa disparition. J'ignore pourquoi elle ne les a pas informés de notre rupture, en revanche.

— Est-ce que Mlle Kinoshita avait d'autres amis proches ? Une meilleure amie, par exemple ?

Pascua secoua la tête.

— Elle ne s'entend pas très bien avec les filles. La plupart de ses amis sont des hommes.

L'ironie que Logan sentait percer dans la voix de Pascua l'intrigua.

— C'est une femme très séduisante, lâcha-t-il.

— Oui et elle le sait. Elle aime être au centre de toutes les attentions. C'est ce qui fait que la plupart des femmes la jalousent. Quant aux hommes, ils lui tournent autour comme des papillons de nuit attirés par une lampe…

— Ce ne doit pas être très agréable lorsque l'on est son petit ami.

— J'avais parfaitement conscience de ce défaut en sortant avec elle, déclara-t-il. J'espérais peut-être un peu naïvement qu'avec moi ce serait différent.

— Pensez-vous que l'un des hommes qui lui tournaient autour aurait pu vouloir lui faire du mal ? Par jalousie, peut-être…

Pascua haussa les épaules.

— Très franchement, inspecteur, je suis convaincu que Kat a dû passer la nuit avec son nouveau petit ami ou avec l'un de ses nombreux admirateurs. Elle resurgira tôt ou tard. Je sais que ses parents sont inquiets mais, à votre place, je ne perdrais pas trop mon temps avec cette histoire.

— En temps normal, je suivrais peut-être vos conseils, répondit sobrement Logan. Mais il se trouve qu'un tueur en série se promène actuellement sur l'île et qu'il s'en prend exclusivement à des femmes dont le signalement correspond à celui de Mlle Kinoshita.

— Vous ne pensez quand même pas qu'elle ait pu se faire attaquer par le tueur de la Grande Île ? s'exclama Pascua, très pâle.

— Je l'ignore. Et tant que je n'en aurai pas le cœur net je suis bien décidé à faire tout ce qui est en mon pouvoir pour la retrouver.

Pascua s'affaissa légèrement sur sa chaise.

— Je ne veux pas que vous vous mépreniez sur mon compte, inspecteur : je ne veux aucun mal à Kat. Et j'espère sincèrement qu'elle va bien et qu'elle réapparaîtra très bientôt.

— Moi aussi. En attendant, je vous conseille de ne pas quitter la ville. Nous pourrions avoir à rediscuter, tous les deux.

— Je n'ai pas l'intention de m'en aller, lui assura Pascua. Et si vous avez besoin de quoi que ce soit n'hésitez pas à m'appeler, ajouta-t-il en lui tendant une carte de visite.

Logan la prit et la glissa dans la poche intérieure de sa veste avant de se lever.

— Je vais vous laisser, déclara-t-il. Inutile de me raccompagner.

Sur ce, il quitta le bureau de Pascua. Il n'avait toujours aucune idée de l'endroit où pouvait bien se trouver Kakalina Kinoshita. Et il avait la désagréable impression que plus il s'écoulait de temps et moins il avait de chances de la retrouver vivante. Il allait donc devoir très rapidement identifier le mystérieux nouveau petit ami de la jeune femme et déterminer si c'était bien avec lui qu'elle avait passé la soirée.

# 10

Dans l'après-midi, Elena reçut un SMS de Logan l'informant qu'il était toujours à la recherche de la jeune femme qui avait disparu. Il se disait un peu moins pessimiste depuis qu'il avait rencontré son ex petit ami, qui avait laissé entendre qu'elle était coutumière de ce genre de disparitions.

La nouvelle rassura un peu Elena. Avec un peu de chance, tout cela n'était qu'un malentendu et la disparue referait surface d'ici quelques heures en expliquant qu'elle avait un peu trop bu cette nuit-là et qu'elle avait trouvé refuge sur le canapé de l'un de ses amis.

Malheureusement, cette petite incartade coûterait de précieuses heures à Logan, qui aurait sans doute préféré les consacrer à la traque du tueur de la Grande Île. Elle savait en effet combien cette affaire l'obnubilait. L'incapacité de ses services à identifier le meurtrier le minait. Elle aurait bien voulu le convaincre qu'il n'y était pour rien, mais elle savait qu'un tel plaidoyer serait vain.

Ce profond sens des responsabilités était indéniablement ce qui faisait de Logan un excellent policier. Il prenait à cœur chacune des affaires qui lui étaient confiées. De son propre aveu, c'était même la raison pour laquelle il avait fini par demander une mutation après son passage par le département chargé de la lutte contre les trafics humains.

Elle se rappelait aussi qu'il lui avait dit que cette implication était à l'origine de son divorce. Si tous deux devaient sortir ensemble, laisserait-il de nouveau son travail prendre le pas sur sa vie affective ? Ou parviendrait-il à rééquilibrer ces deux pans de son existence ?

Sans doute était-il encore trop tôt pour se poser ce genre de questions – particulièrement tant que le tueur de la Grande Île était toujours en liberté. Mais Elena savait déjà que, tôt ou tard, tous deux devraient trouver des réponses, dont dépendrait leur avenir commun.

En fin d'après-midi, Logan et Ivy se retrouvèrent au pub de Waianuenue Avenue où Kakalina Kinoshita avait été aperçue pour la dernière fois, la veille au soir, en compagnie d'un homme qu'ils n'étaient pas encore parvenus à identifier.

— Je suis sûr que c'était elle, déclara Marcelo Tahutini, le gérant de l'établissement.

C'était un colosse d'une quarantaine d'années au crâne rasé, qui arborait un fin collier de barbe et une véritable panoplie de bagues de motard à chaque doigt.

— Elle avait un petit coup dans le nez, si vous voulez mon avis. Et elle nous a fait une sacrée démonstration de danse.

— Est-ce que vous vous rappelez l'homme avec lequel elle se trouvait ?

— C'était un local, un Polynésien. La vingtaine, je dirais, plutôt grand, assez beau garçon, avec les cheveux un peu longs… Je ne peux pas vous en dire beaucoup plus.

— Est-ce que vous avez des caméras de sécurité ?

— Oui, bien sûr. Ce n'est pas comme si on avait réellement le choix, de nos jours…

— Est-ce que nous pourrions jeter un coup d'œil aux enregistrements ?

— Je n'y vois pas d'inconvénient, répondit Marcelo.

Ils le suivirent dans une petite pièce à l'arrière du bâtiment, qui tenait lieu tout à la fois de bureau et de réserve. Une imposante pile de caisses d'alcool était entreposée contre l'un des murs.

Marcelo activa l'ordinateur auquel était connecté le système de surveillance du bar et chercha l'enregistrement de la soirée précédente. Il le fit défiler à vitesse accélérée jusqu'à ce que Kakalina apparaisse à l'écran.

— C'est bien elle, murmura Ivy.

Logan observa attentivement Kakalina. Elle paraissait effectivement un peu éméchée et dansait de façon plus que suggestive. Il n'y avait pourtant pas trace de son compagnon. Mais, au bout de quelques minutes, alors que l'un des autres danseurs se faisait un peu entreprenant, un homme portant une chemise hawaïenne entra dans le champ de la caméra et passa un bras protecteur autour de la taille de Kakalina, comme pour signifier qu'elle était avec lui.

Il tourna alors son visage en direction de la caméra et Logan sentit les battements de son cœur s'emballer dans sa poitrine. Car il venait de reconnaître le cavalier de Kakalina Kinoshita, qui n'était autre que Tommy, le propre frère d'Elena Kekona.

Il lui fallut tout son sang-froid pour ne pas trahir sa surprise et maintenir son impassibilité. L'espace de quelques instants, il débattit intérieurement de ce qu'il devait faire de cette information.

Théoriquement, il aurait dû signaler immédiatement à Ivy qu'il connaissait celui qui était désormais leur principal suspect dans une affaire de disparition inquiétante.

Mais l'idée que la police puisse venir arrêter Tommy

sans même qu'Elena ait été mise au courant de la situation le mettait terriblement mal à l'aise. Il estimait devoir la prévenir de ce qui risquait de s'ensuivre. C'était la moindre des choses après ce qui s'était passé entre eux cette nuit-là.

Et puis, il y avait une chance non négligeable pour que Kakalina se trouve chez Tommy. Si tel était le cas, ce malentendu serait dissipé avant de prendre une tournure plus dramatique que nécessaire.

— Ivy, est-ce que tu peux finir de visionner les enregistrements d'hier avec M. Tahutini. Vérifiez notamment avec qui Kakalina est partie, en fin de compte. Et tâchez de trouver le numéro de plaque de la voiture dans laquelle elle est montée.

— Que vas-tu faire ?

— Retourner voir l'ex de Kakalina, mentit Logan. Il pourra peut-être identifier avec qui elle se trouvait. Pouvez-vous imprimer une capture d'écran ? ajouta-t-il à l'intention de Marcelo.

Ce dernier s'exécuta et Logan quitta le club à la hâte pour se rendre chez Elena. En chemin, il lui envoya un nouveau SMS pour la prévenir de son arrivée et, sans entrer dans les détails, il indiqua qu'il s'agissait d'une visite à caractère professionnel.

En arrivant devant chez elle, il constata qu'un Volkswagen Atlas noir était garé devant l'*ohana,* ce qui semblait indiquer que Tommy se trouvait bien chez lui. Il résista à la tentation d'aller frapper à sa porte pour vérifier si Kakalina Kinoshita était en sa compagnie.

Au lieu de cela, il traversa le jardin et gravit les marches qui menaient à la maison d'Elena. Avant même qu'il ait pu sonner, la porte s'ouvrit, révélant la silhouette de la jeune femme. En l'apercevant, il ne put s'empêcher de repenser à ce qui s'était passé entre eux, cette nuit-là, et sentit un brusque élan de désir le parcourir.

— Que se passe-t-il ? lui demanda-t-elle avec une pointe d'inquiétude. Est-ce que vous avez retrouvé la jeune femme disparue ?

— Il faut que je te parle, répondit sobrement Logan.

Il ne tenait pas à ce que Tommy puisse surprendre leur conversation. S'il était arrivé quelque chose à Kakalina et qu'il en fût responsable, Logan ne devait pas lui laisser la possibilité de fuir.

Elena s'écarta pour le laisser entrer. Son expression indiquait clairement l'inquiétude croissante qui l'habitait.

— Je ne comprends pas, lui dit-elle en refermant la porte derrière eux. Pourquoi m'as-tu écrit que tu venais ici à titre professionnel ? Est-ce que vous avez besoin de mes services ? Est-ce que quelqu'un est mort ?

Logan ne put réprimer un soupir. Il avait cruellement conscience de jouer les corbeaux de mauvais augure. Mais il savait aussi qu'il n'avait pas le choix.

— La jeune femme qui a disparu s'appelle Kakalina Kinoshita, lui indiqua-t-il. Ses parents ont signalé qu'elle se trouvait en compagnie d'un ami, hier soir. Nous avons pu remonter sa trace jusqu'à un pub appelé le Southside. Là, nous avons visionné les vidéos de surveillance de l'établissement. Et j'ai reconnu l'homme qui se trouvait en compagnie de Kakalina : il s'agit de ton frère, Tommy.

Elena le considéra avec stupeur.

— Tu en es sûr ?

— Absolument certain. À notre connaissance, Tommy est la dernière personne à avoir aperçu Kat avant qu'elle ne disparaisse.

— Kat ? répéta Elena d'une voix blanche.

Il hocha la tête.

— C'est le surnom de Kakalina.

Il vit Elena pâlir brusquement.

— Qu'y a-t-il ? lui demanda-t-il.

— Je la connais, balbutia-t-elle. Tommy me l'a présentée pas plus tard qu'hier soir. Ils étaient effectivement ensemble.

— Où ça ?

— À l'*ohana*. Je suis passée lui emprunter du sel pour notre dîner au moment où ils étaient sur le point de partir danser tous les deux. Kat et lui jouent dans le même groupe de musique hawaïenne. Je crois qu'il en pince pour elle. Si ça se trouve, ils ont passé la nuit ensemble…

— Il faut que je parle à ton frère. Avec un peu de chance, Kakalina sera toujours avec lui et nous en serons tous quittes pour une grosse frayeur…

Il laissa sa phrase en suspens, préférant ne pas considérer l'autre possibilité.

— Est-ce que je peux venir avec toi ?

— Je ne suis pas sûr que ce soit une bonne idée, objecta Logan.

— Tommy est mon frère, protesta-t-elle. S'il a des problèmes, je veux être là pour pouvoir l'aider.

Logan savait qu'il aurait dû s'y opposer. Mais il avait déjà enfreint les règles en venant la prévenir avant d'aller trouver Tommy. Il estima donc qu'il n'en était plus à une infraction près.

— Je préfère te prévenir, prit-il soin de lui dire. Je vais devoir l'interroger en tant qu'inspecteur de police. Et s'il est suspect d'un crime quelconque je n'aurai d'autre choix que de l'arrêter.

— Je comprends, murmura Elena, troublée. Espérons seulement que les choses n'en arriveront pas là.

Tandis que Logan et elle traversaient le jardin en direction de l'*ohana,* Elena sentait monter en elle une tension presque insoutenable. Elle avait parfaitement conscience de la menace qui pesait sur Tommy.

Si Kat ne se trouvait pas avec lui et s'il était incapable de dire où elle se trouvait, il deviendrait le principal suspect dans ce qui ressemblait de plus en plus à une disparition inquiétante.

Le pire, c'était que Kat était de type maori. De là penser que les policiers soupçonneraient son frère d'être le tueur de la Grande Île, il n'y avait qu'un pas. Bien sûr, elle ne doutait pas du fait que cette méprise serait rapidement dissipée. Mais un tel incident risquait de mettre à mal la réputation de Tommy. Le laisserait-on encore travailler au contact des enfants et des touristes si on le soupçonnait d'être un tueur en série ?

Un frisson glacé dévala le long de son échine. Comment les choses avaient-elles pu virer ainsi au cauchemar en l'espace d'une seule journée ? Elle se rappelait encore les rires, les coups d'œil en coin et l'évidente complicité de son frère et Kat, la veille au soir. Elle s'était même presque laissée aller à croire que cette fille était peut-être la bonne…

Elle s'efforça de se rassurer, se répétant que Kat et Tommy avaient sûrement passé la journée dans les bras l'un de l'autre, comme Logan et elle l'auraient peut-être fait s'il n'avait pas été appelé pour s'occuper de cette affaire.

Ils parvinrent tous deux devant la porte de l'*ohana* et Elena frappa. Elle sentait distinctement la tension qui émanait de Logan à ses côtés. En cet instant, il n'était plus l'amant merveilleux de cette nuit, ni même le patient qui était venu consulter à son cabinet. C'était un policier prêt à tout. Et elle pria pour que la situation ne dégénère pas plus avant.

La porte s'ouvrit alors sur Tommy, qui les considéra tous deux avec un mélange d'étonnement et de méfiance.

— Que se passe-t-il ? leur demanda-t-il.

— L'inspecteur Ryder voudrait te poser quelques questions au sujet de Kat, expliqua Elena.

Tommy jeta un regard surpris au policier.

— Qu'est-ce que vous lui voulez ? s'enquit-il.

— Pouvons-nous entrer ? suggéra Logan.

Ce n'était pas vraiment une question et Tommy se raidit légèrement. Elena craignit un instant qu'il ne refuse, mais il finit par s'écarter pour les laisser passer. Malheureusement, elle ne vit pas trace de la jolie claviériste à l'intérieur de l'*ohana*.

— Est-ce que vous allez enfin me dire ce qui se passe ? demanda Tommy. Est-ce que Kat a fait quelque chose de mal ?

— Les parents de Kakalina Kinoshita ont signalé la disparition de leur fille, ce matin même. Or, il semble qu'elle ait été vue pour la dernière fois cette nuit, au Southside Pub, en votre compagnie. Où est-elle, à présent, Tommy ?

— Je n'en ai pas la moindre idée, répondit ce dernier.

Cette réponse dissipa l'espoir que la jeune femme puisse se trouver dans la chambre de son frère.

— Après avoir quitté le pub, nous nous sommes disputés, Kat et moi.

Tommy avisa le regard ouvertement soupçonneux de Logan et crut bon de se montrer plus précis.

— C'était juste une dispute verbale, indiqua-t-il. Rien de plus. Mais elle avait passé la moitié de la soirée à flirter avec la moitié des hommes présents dans le pub. Lorsque je lui en ai fait la remarque, au lieu de faire amende honorable, elle s'est moquée de moi.

— Quand l'avez-vous vue pour la dernière fois ? poursuivit Logan.

Tommy haussa les épaules.

— Elle m'a dit qu'elle préférait rentrer chez elle à pied.

Alors, je l'ai laissée descendre de voiture et je suis rentré à la maison.

— Tommy ! s'exclama Elena, horrifiée. Comment as-tu pu faire une chose pareille ? Tu savais bien pourtant qu'un tueur en série se promenait en liberté à Hilo et qu'il s'attaquait à des femmes comme Kat !

— Nous n'étions qu'à deux pâtés de maisons de chez elle, protesta Tommy en détournant le regard.

— Est-ce que vous l'avez tuée, Tommy ? demanda alors Logan d'un ton glacial.

— Non ! s'exclama son frère. Je n'aurais jamais fait une chose pareille ! Elle était bien vivante lorsque je l'ai déposée. Je vous le jure !

Il se tourna vers Elena et lui jeta un regard implorant.

— Je sais que j'ai commis une erreur, lui dit-il. J'aurais dû la ramener jusque devant sa porte… Mais je suis sûr qu'elle va bien. Elle a dû aller chez l'un de ses amis pour finir la soirée…

— Je l'espère pour vous, déclara Logan. Et en attendant qu'elle réapparaisse je vous conseille instamment de ne pas quitter la ville.

— Je ne compte aller nulle part, répliqua Tommy, furieux. Maintenant, à moins que vous ne vouliez m'arrêter, je vous demande de sortir de chez moi.

Logan soutint son regard durant de longues secondes avant de hocher la tête.

— Nous n'en avons pas fini, déclara-t-il avant de se détourner.

Il se dirigea vers la porte.

— Comment as-tu pu la laisser seule, en pleine nuit, alors qu'elle avait bu ? demanda Elena à son frère d'un ton accusateur.

Tommy détourna les yeux, se sentant à la fois mortifié et coupable. Ses remords étaient évidents, mais ils n'excusaient pas la lourde erreur qu'il avait commise. Elena espérait de tout son cœur qu'elle n'avait pas coûté la vie à Kat. S'éloignant à son tour, elle rejoignit Logan, qui se tenait près du portillon d'entrée.

— Si ton frère a fait du mal à Kakalina, je ne pourrai rien pour lui, lui dit-il.

Elena fronça les sourcils.

— Personne ne te demande d'enfreindre la loi, objecta-t-elle.

— Tant mieux. Espérons que nous retrouverons Kat saine et sauve.

— Écoute, quoi que tu puisses penser de Tommy, sache qu'il serait incapable de faire du mal à quelqu'un, a fortiori à une femme. Ce n'est tout simplement pas dans son ADN.

Elena n'avait strictement aucun doute à ce sujet : si son frère avait pu commettre des erreurs par le passé, ce n'en était pas moins quelqu'un de fondamentalement bon. Elle se rappelait encore le jour où il avait plongé dans une mer déchaînée pour sauver une surfeuse qui était en train de se noyer. Il avait refusé d'être traité en héros, après ça, assurant qu'il n'avait fait que son devoir.

— J'espère que tu ne te trompes pas, répondit gravement Logan.

— J'en suis certaine. Mais j'aimerais pouvoir me rendre utile et participer aux recherches si vous en organisez.

— Nous n'en sommes pas encore là. Et si nous devions vraiment rassembler une équipe de volontaires pour passer au crible les environs je te déconseille de t'y joindre. Tu es la sœur de Tommy, qui est désormais un suspect, que tu le veuilles ou non. Et cela risquerait de créer un conflit d'intérêts.

Logan laissa échapper un soupir.

— Et puis, ajouta-t-il, tu ne dois pas oublier que, tant

que le tueur de la Grande Île rôde toujours, il vaut mieux que tu restes à l'abri.

Au moins, songea Elena, Logan ne semblait pas penser que Tommy puisse être l'assassin en question.

— Bien, répondit-elle. Dans ce cas, j'espère que vous allez la retrouver et que Tommy sera rapidement innocenté.

— Nous allons commencer par partir du principe qu'il m'a dit la vérité et nous concentrer sur les abords du domicile de ses parents.

— Si tu as du nouveau…

— Tu seras parmi les premières personnes à être averties, lui assura Logan. Je suis vraiment désolé que les choses se passent de cette façon. Et j'espère que tu comprends que je ne fais que mon travail.

— Je sais, fit-elle posément. De ton côté, j'espère que tu comprends que je ferai tout ce qui est en mon pouvoir pour protéger mon frère.

# 11

En quittant la maison d'Elena, Logan regretta de n'avoir pas su gérer la situation différemment. Il avait bien conscience du fait que ses soupçons à l'encontre de Tommy avaient creusé un gouffre entre Elena et lui.

Pourtant, il avait beau retourner dans sa tête ce qui s'était passé, il ne voyait pas comment il aurait pu agir autrement. Ce n'était tout de même pas sa faute si Tommy était sorti avec Kakalina Kinoshita la veille du jour où celle-ci avait disparu.

Il avait déjà pris des risques en venant en parler avec Elena et son frère avant même de communiquer cette information à sa hiérarchie. Ce genre de traitement de faveur aurait très bien pu lui valoir un blâme ou même un renvoi pur et simple.

Il était néanmoins prêt à accorder à Tommy le bénéfice du doute en se concentrant sur la recherche de Kakalina. S'il parvenait à la retrouver, le frère d'Elena serait *de facto* innocenté. Et de cette façon il préserverait deux familles à la fois…

Fort de cette décision, il appela le central pour demander qu'une équipe vienne le retrouver sur Hawaii Belt Road. Moins d'une demi-heure plus tard, il fut rejoint par une dizaine d'hommes auxquels s'était jointe une brigade canine.

Ils se déployèrent aux alentours de la résidence des

Kinoshita et entreprirent d'effectuer une fouille systématique, à la recherche du moindre indice qui aurait pu permettre de comprendre ce qu'était devenue Kakalina après avoir quitté le véhicule de Tommy.

Moins d'un quart d'heure plus tard, Ivy le rejoignit à son tour et, sans surprise, lui annonça qu'elle était parvenue à identifier le cavalier de Kakalina.

— Tu avais raison, lui dit-elle. Les vidéos de surveillance du parking nous ont permis de déterminer dans quelle voiture Kakalina a quitté le Southside Pub. Il s'agit d'un Volkswagen Atlas noir immatriculé au nom de Tommy Nagano.

— Je m'en doutais effectivement, reconnut Logan.

Il hésita quelques instants avant de poursuivre.

— J'ai parlé avec Nagano, il y a trois quarts d'heure.

Ivy le considéra avec étonnement.

— Comment as-tu su que c'était lui ? s'enquit-elle.

— Il me semblait bien l'avoir reconnu sur la vidéo du pub, avoua-t-il. Mais je voulais en avoir le cœur net.

Ivy savait comme lui que ce n'était pas du tout conforme au protocole habituel. Croisant les bras sur sa poitrine, elle attendit qu'il s'explique.

— Il se trouve que je sors avec sa sœur, Elena Kekona.

— La psy que Watanabe t'a forcé à aller consulter ? s'exclama Ivy, sidérée.

Il hocha la tête.

— C'est tout récent, précisa-t-il.

À vrai dire, il n'était même pas certain que ce fût encore d'actualité.

— Quoi qu'il en soit, Tommy Nagano habite une *ohana* située sur la propriété d'Elena. Je suis donc allé l'interroger directement.

— Et que t'a-t-il dit ?

— Il a reconnu qu'il était bien allé au pub avec elle,

hier soir. Ils sont partis ensemble. Nagano prétend qu'ils se sont disputés et qu'il a laissé Kakalina descendre de sa voiture à proximité de chez ses parents. Il affirme que quand il l'a quittée elle était bien vivante.

— Est-ce que tu le crois ? lui demanda Ivy d'un ton plus que sceptique.

Logan repensa à ce que lui avait dit Elena. Elle semblait totalement convaincue de l'innocence de son frère. Mais il devait bien reconnaître que leur lien de parenté ne faisait pas forcément d'elle un juge de caractère impartial. D'autant que, de l'aveu même de Tommy, Kakalina et lui s'étaient disputés. Et qu'ils avaient bu. Il pouvait très bien s'agir d'un crime passionnel sous l'effet combiné de la jalousie et de l'alcool.

— Disons que je préfère réserver mon jugement jusqu'à ce que nous ayons retrouvé Kakalina. J'espère juste que lorsque ce sera le cas elle sera vivante et en bonne santé…

Avant qu'Ivy ait pu lui répondre, ils furent rejoints par un officier de police qui arborait une mine grave.

— Nous avons trouvé quelque chose, leur dit-il.

Logan s'efforça de réprimer l'inquiétude croissante qu'il sentait monter en lui tandis qu'Ivy et lui emboîtaient le pas à leur collègue. Celui-ci les mena jusqu'à une barrière en bois, qu'ils enjambèrent. Elle délimitait une propriété visiblement à l'abandon.

Les fenêtres de la maison étaient condamnées et le jardin était envahi d'herbes folles. À quelques mètres de là, l'équipe cynophile retenait ses chiens, qui aboyaient frénétiquement, tirant sur leurs laisses.

En s'approchant, Logan aperçut la silhouette qui gisait dans l'herbe. Elle était étendue sur le dos, ses yeux fixant le ciel, son beau visage entouré d'un halo de longs cheveux bruns. Les pires craintes de Logan venaient de se réaliser. Ils avaient retrouvé le corps sans vie de Kakalina Kinoshita.

Le Dr Bert Swanson était penché sur le cadavre qu'il venait d'inspecter avec attention.

— La victime est bien décédée des suites de blessures contondantes portées à l'arrière du crâne. Et, avant même que vous ne me posiez la question, je vous confirme aussi qu'elles correspondent en tout point à celles retrouvées sur les corps des précédentes victimes du tueur de la Grande Île.

Logan n'était malheureusement pas surpris le moins du monde par ces conclusions qu'il redoutait depuis qu'il avait reçu le coup de téléphone d'Ivy, ce matin-là.

— Cette fois-ci, ajouta le médecin légiste en se redressant, l'arme du crime est un tuyau métallique.

Logan considéra pensivement l'arme du crime qui gisait près du corps, maculée de sang. Il se demanda si le tueur l'avait trouvée sur place ou s'il l'avait apportée avec lui. Dans un cas comme dans l'autre, elle ne leur permettrait probablement pas de remonter jusqu'à lui.

Mais, cette fois-ci, ils avaient un suspect tout trouvé en la personne de Tommy Nagano. Et il n'y avait plus grand-chose que Logan puisse faire pour protéger le frère d'Elena. Même s'il l'avait pu, il ne l'aurait pas fait. Il ne pouvait en effet se permettre d'écarter l'éventualité, si mince soit-elle, que Tommy et le tueur de la Grande Île ne fassent qu'un.

— Je n'ai pas besoin d'autopsie détaillée pour vous donner mon intime conviction, cette fois-ci, déclara Swanson. Votre psychopathe a encore frappé.

Le légiste s'écarta pour laisser Martin Campanella photographier la scène de crime sous tous les angles.

— Prends aussi quelques clichés de la route, lui demanda-t-il lorsqu'il eut terminé.

— C'est comme si c'était fait.

Logan rejoignit alors Aretha Kennedy, qui considérait attentivement les lieux, une tasse de café fumant à la main.

— Intéressant, murmura-t-elle pensivement.

— Quoi donc ?

— La localisation du corps par rapport au domicile de la victime peut indiquer deux choses : soit Nagano a menti au sujet de l'endroit où il a déposé la victime, soit quelqu'un l'a volontairement amenée jusqu'ici pour la tuer. Mais une fois de plus il n'y a pas de traces de bagarre…

— Il s'agissait peut-être de quelqu'un qu'elle connaissait, approuva Logan.

Évidemment, cette hypothèse ne faisait que renforcer les soupçons qui pesaient déjà sur Tommy. Mais il avait du mal à croire que Kakalina, si ivre fût-elle, serait montée dans la voiture d'un inconnu alors qu'il était de notoriété publique qu'un tueur en série sévissait dans les parages. Il devait donc s'agir de quelqu'un qui avait su gagner sa confiance. Tommy, par exemple, ou l'un de ses voisins…

— Le tueur l'a peut-être menacée à l'aide d'une arme à feu pour la conduire jusqu'ici, suggéra à son tour Ivy. Ensuite, il l'a frappée avant qu'elle n'ait le temps de comprendre ce qui lui arrivait.

— Dans ce cas, il pourrait s'agir de quelqu'un qui l'a suivie depuis le pub, comme c'était le cas pour Yancy Otani, fit remarquer Logan.

— Possible, en effet, concéda Aretha. Mais vous connaissez le principe du rasoir d'Ockham : la solution la plus simple est la plus probable. Nous savons que Tommy Nagano se trouvait avec la victime, qu'ils étaient ivres et qu'ils se sont disputés…

— Cela pourrait expliquer qu'il l'ait tuée, reconnut Logan. Mais de là à penser qu'il est le tueur de la Grande Île…

Aretha haussa les épaules.

— Ce ne serait pas la première fois que quelqu'un se servirait d'un crime pour en dissimuler un autre.

— Vous voulez dire que Tommy espérait faire passer ce meurtre pour l'œuvre du tueur de la Grande Île ? s'exclama Ivy.

— Possible. Ou alors c'est bien lui, le tueur. Mais cette fois il a commis l'erreur de s'en prendre à quelqu'un de trop proche de lui…

Logan était bien forcé de reconnaître qu'aucune de ces théories ne pouvait être écartée d'un simple revers de la main. Et aucune d'entre elles ne plaidait en faveur du frère d'Elena. Plus que jamais, Tommy Nagano était sur la sellette. Et cette fois-ci il n'avait pas vraiment d'autre choix que de le mettre en garde à vue.

Logan avait préféré demeurer derrière le miroir sans tain tandis qu'Ivy Miyamoto et Aretha Kennedy interrogeaient Tommy Nagano. Il avait en effet conscience du fait que son implication personnelle créait un conflit d'intérêts susceptible de compromettre l'impartialité de l'investigation. Or, en tant que responsable de cette enquête, il tenait à ce qu'elle se déroule en toute impartialité.

Évidemment, cette garde à vue ne contribuerait sans doute pas à le réconcilier avec Elena. Il ne lui restait plus qu'à espérer que cet interrogatoire permettrait d'établir l'innocence de Tommy. Dans le cas contraire, il pourrait sans doute tirer un trait sur sa relation avec la jeune femme. Et cette idée lui fendait le cœur.

— Vous avez bien fait de laisser Miyamoto et Kennedy se charger de l'interroger, déclara Watanabe comme s'il avait perçu sa détresse. J'ai du mal à croire que le frère d'Elena puisse avoir commis un meurtre, sans parler de l'éventualité qu'il soit le tueur de la Grande Île…

— Elena ne croit pas non plus qu'il puisse être coupable, acquiesça Logan. Elle est convaincue qu'il se trouvait juste au mauvais endroit, au mauvais moment.

— Malheureusement, cela ne veut pas dire grand-chose. Je sais bien qu'elle est psy. Mais la plupart des gens ont du mal à admettre qu'un membre de leur famille puisse avoir commis un crime, et a fortiori un meurtre.

Logan savait bien que son supérieur avait raison. Il avait souvent été confronté à un tel biais cognitif.

— Le mandat de recherche que nous avons obtenu pour fouiller l'*ohana* et le véhicule de Tommy n'a rien donné, rappela-t-il néanmoins.

— Nous savons déjà que le tueur ne conserve pas les armes de ses crimes, répliqua Watanabe. Il se peut qu'il se débarrasse aussi de tout ce qui pourrait le compromettre.

— Aucune des victimes en dehors de Kakalina Kinoshita ne semblait avoir le moindre lien avec Tommy.

— Peut-être n'en avaient-elles pas. Qui sait ? C'est peut-être juste leur ressemblance avec elle qui a motivé ces crimes.

— Sauf que rien n'indique non plus que sa relation avec Kinoshita ait pu être toxique. Ils ne se connaissent que depuis peu.

Watanabe ouvrit la bouche pour lui répondre, mais la referma aussitôt. Aretha Kennedy avait fini d'informer Tommy Nagano de ses droits et l'interrogatoire proprement dit était sur le point de débuter.

— Si j'ai bien compris, attaqua l'agente spéciale du FBI, vous prétendez avoir déposé Mlle Kinoshita à proximité de son domicile en pleine nuit, alors que vous saviez qu'elle était ivre et qu'un tueur en série sévissait en ville…

Tommy ne put réprimer un soupir.

— C'est exact, acquiesça-t-il. Croyez-moi, je le regrette

amèrement, mais il n'y a malheureusement rien que je puisse faire pour changer ce qui s'est passé…

— Est-ce vous qui l'avez battue à mort ? demanda posément Aretha.

— Non ! protesta vivement Tommy. Je n'aurais jamais fait une chose pareille !

— Comment expliquez-vous qu'elle ait été retrouvée morte à plusieurs pâtés de maisons de l'endroit où vous prétendez l'avoir déposée ?

— Je ne l'explique pas, soupira Tommy. Quelqu'un a dû la prendre en stop et la tuer ensuite.

— C'est possible, en effet. Mais c'est plus compliqué que de penser que vous l'avez emmenée sur cette propriété abandonnée pour la tuer. Après tout, vous avez reconnu que vous vous étiez disputés, que vous étiez jaloux parce qu'elle avait passé sa soirée à flirter avec d'autres hommes. Est-ce pour cela que vous l'avez tuée ? Parce que vous ne supportiez pas l'idée qu'elle puisse être avec quelqu'un d'autre que vous ?

— Je vous l'ai dit : je ne l'ai pas tuée. Au lieu de harceler un innocent, vous feriez mieux de chercher celui qui a fait ça. À moins que vous ne préfériez me mettre ça sur le dos pour vous faciliter le travail…

Ivy prit la parole, usant d'un ton plus conciliant qu'Aretha.

— Tout ce que nous voulons, monsieur Nagano, c'est découvrir ce qui s'est réellement passé, cette nuit-là. D'autant que quatre femmes sont mortes dans des circonstances quasiment identiques, au cours de ces dernières semaines. Nous pensons qu'elles ont pu être victimes du même assaillant. Ce que nous cherchons à déterminer, c'est s'il s'agit de vous.

Tommy la considéra d'un air horrifié avant de secouer doucement la tête.

— Je ferais peut-être mieux d'exiger un avocat, à ce stade, murmura-t-il.

Logan ne put réprimer une grimace. Tommy avait sans doute raison de demander à se faire représenter. Mais cela ne ferait que ralentir la procédure. Et, s'il était réellement innocent, le véritable tueur en série aurait toute latitude pour frapper de nouveau.

Logan se tourna vers Georgina Machado, la profileuse du FBI, qui était venue assister à l'interrogatoire.

— Qu'est-ce que vous en pensez ? lui demanda-t-il.

Elle se mordilla pensivement la lèvre avant de lui répondre.

— Très sincèrement, ce Nagano ne me fait vraiment pas l'impression d'être un tueur en série. Peut-être a-t-il tué cette Kakalina, mais je doute fort qu'il soit le tueur de la Grande Île. Il a fait preuve de remords et de contrition à plusieurs reprises, ce qui ne correspond pas du tout à l'attitude d'un psychopathe. Franchement, j'ai même du mal à imaginer qu'il ait pu entraîner cette fille dans un jardin abandonné pour la tuer. Un crime passionnel sous l'effet de l'alcool et de la jalousie, ce n'est pas la même chose qu'une exécution à coups de barre de fer…

— Je suis d'accord, acquiesça Logan.

Il savait cependant que ni son intime conviction ni celle de la profileuse ne suffiraient à innocenter Tommy Nagano.

— Pourquoi ne lui proposerions-nous pas de passer au détecteur de mensonge ? suggéra-t-il.

— Ce serait pour lui une façon plus efficace de démontrer son innocence que de faire appel à un avocat, concéda Machado.

Logan se tourna vers Watanabe, qui haussa les épaules.

— Nous n'avons rien à perdre, déclara-t-il.

Logan se leva et sortit de la salle d'observation pour rejoindre la salle d'interrogatoire. En le voyant entrer, Ivy et

Aretha le toisèrent avec une pointe d'étonnement. Tommy, quant à lui, le foudroya du regard. Il était évident qu'il le considérait comme la principale source de ses ennuis.

— Monsieur Nagano, seriez-vous prêt à vous soumettre à un test polygraphique avant d'appeler votre avocat ? S'il confirme ce que vous nous dites, cela contribuera très nettement à démontrer votre innocence.

— Je dis la vérité, déclara posément Tommy. Et je n'ai rien à cacher.

Il fallut moins d'une heure à Pauline Alvarado, leur spécialiste en polygraphie, pour mettre au point le test qu'elle ferait passer à Tommy. Elle expliqua à ce dernier la façon dont il se déroulerait, lui demandant de ne lui répondre que par oui ou par non.

Elle commença par des questions de routine qui lui servirent à calibrer son appareil. Dès qu'elle s'estima satisfaite, elle passa aux choses sérieuses.

— Avez-vous tué Kakalina Kinoshita ?

— Non, répondit Tommy sans hésiter.

— Savez-vous qui a tué Mlle Kinoshita ?

— Non.

— Avez-vous tué Liann Nahuina ?

— Qui ça ?

— Répondez simplement à la question : avez-vous tué Liann Nahuina ?

— Non.

— Avez-vous tué Daryl Renigado ?

— Non.

— Êtes-vous le tueur que la presse a surnommé le tueur de l'Île ?

— Non.

— Avez-vous tué Yancy Otani ?

— Non.

— Avez-vous déjà tué quelqu'un ?

— Non.

Pauline continua à lui poser des questions, répétant celles qui lui paraissaient les plus importantes. Puis elle prit le temps d'analyser en détail les courbes tracées par le polygraphe. Enfin, elle rejoignit Logan et son équipe pour leur annoncer les conclusions auxquelles elle était parvenue.

— À moins que M. Nagano n'ait été formé à tromper le polygraphe, il m'a dit la vérité. Je suis quasiment certaine qu'il n'est pas le tueur de la Grande Île et qu'il n'a pas assassiné Mlle Kinoshita.

Logan ne put réprimer un soupir, dont il n'aurait su dire s'il trahissait plus de soulagement ou de déception. Certes, il se réjouissait pour Elena que son frère ne soit pas le tueur qu'ils cherchaient. Mais cela signifiait aussi que ce dernier était toujours en liberté – et, pire encore, qu'il venait d'infliger à la police un véritable camouflet. Il s'en était fallu de peu pour qu'ils inculpent un innocent.

— Je vais raccompagner Nagano chez lui, déclara Logan.

Pendant de longues minutes, un lourd silence pesa dans l'habitacle de la voiture de Logan. Depuis qu'ils avaient quitté le poste de police, Tommy n'avait pas décroché un mot, se contentant de fixer d'un air sombre le paysage qui défilait à sa fenêtre.

Logan se décida enfin à parler. Il savait en effet que, s'il voulait renouer le fil de la relation qu'Elena et lui avaient commencé à tisser, il allait devoir trouver un moyen de faire la paix avec son frère.

— Votre sœur n'a jamais douté de vous, lui dit-il.

— Je sais. Mais cela ne vous a pas empêché de me traîner au commissariat et de m'interroger comme si j'étais un criminel. Que dis-je ? Un meurtrier !

— Ce n'était pas personnel.

— Ça l'était pour moi.

Logan réprima à grand-peine un soupir d'exaspération. Tommy était visiblement décidé à ne pas lui simplifier la tâche. Et le pire, c'est que lui-même aurait probablement réagi de la même façon si les rôles avaient été inversés.

— Écoutez, Tommy, plaida-t-il, l'homme que nous recherchons a tué quelqu'un que vous fréquentiez et avec qui vous jouiez de la musique, une femme pour qui vous avez eu des sentiments, même. J'imagine que vous tenez au moins autant que nous à ce qu'il soit arrêté.

— Oui.

— Eh bien, pour avoir une chance de le retrouver, nous devions tout d'abord nous assurer que votre histoire tenait la route, que vous aviez bien déposé Kakalina où vous le disiez. Est-ce que vous comprenez ça ?

— J'imagine, répondit Tommy d'une voix légèrement hésitante.

Il demeura quelques instants silencieux avant de reprendre la parole.

— Je ne comprends vraiment pas comment quelqu'un peut faire une chose pareille, soupira-t-il enfin.

— Moi non plus, avoua Logan. Et je ne suis même pas sûr que la profileuse qui travaille avec nous et étudie les tueurs en série depuis des années le comprenne vraiment. Mais cela ne nous empêchera pas de faire tout ce qui est en notre pouvoir pour arrêter celui-ci. Même si nous devons pour cela secouer quelques témoins pour être certains qu'ils sont bien innocents.

— C'est votre façon de me dire qu'on ne fait pas d'omelettes sans casser d'œufs ?

— En quelque sorte. Je sais que vous avez eu des problèmes avec la police dans le passé, Tommy. Mais je tiens à ce que vous sachiez que je ne suis pas votre ennemi.

— Si vous le dites…

— Je tiens beaucoup à votre sœur, vous savez.

— C'est ce que j'ai cru comprendre, acquiesça Tommy. Et apparemment c'est réciproque.

Tommy en resta là. Mais le simple fait qu'il ne marque pas sa réprobation à cette idée fit à Logan l'effet d'une première victoire. Le frère d'Elena et lui ne seraient peut-être jamais des amis mais, au moins, ils étaient capables de trouver un terrain d'entente et de se traiter mutuellement de façon respectueuse.

Restait à savoir si la sœur de Tommy lui pardonnerait d'avoir arrêté ce dernier…

Cela faisait des heures que la police était venue arrêter Tommy et, depuis lors, Elena n'avait pas eu la moindre nouvelle de lui. Bien sûr, elle avait conscience du fait qu'en tant qu'inspecteur chargé de l'enquête Logan n'était pas tenu de lui fournir des explications. Ce devait même être contraire aux règles auxquelles il était soumis.

Mais elle avait espéré qu'en tant que petit ami – ou qu'amant, à tout le moins – il ferait un geste. Elle ne savait même pas si Tommy avait été inculpé, s'il était toujours en garde à vue, s'il existait des preuves tangibles contre lui ou s'il avait besoin d'un avocat…

Si tel était le cas, elle était bien décidée à lui en fournir un, quoi qu'il pût lui en coûter. Car elle était intimement convaincue de l'innocence de son frère. Tommy était fondamentalement bon et jamais il n'aurait tué qui que ce soit, même en proie à une crise de jalousie.

Comme elle hésitait à contacter le poste de police pour demander des nouvelles, elle entendit une voiture se garer devant la maison. Jetant un coup d'œil par la fenêtre de la cuisine, elle reconnut le véhicule de Logan.

Elle sentit alors les battements de son cœur s'emballer dans sa poitrine. Avait-il décidé de venir en personne lui annoncer l'inculpation de son frère ? L'idée fit naître en elle une désagréable sensation de vertige et elle s'appuya contre le rebord de l'évier de peur que ses jambes ne se dérobent sous elle.

C'est alors qu'elle vit s'ouvrir la portière du côté passager, et Tommy sortit du véhicule, bientôt suivi par Logan. Les deux hommes franchirent le portillon et s'avancèrent dans le jardin, déclenchant l'éclairage automatique le long de l'allée. Elle remarqua alors que Tommy n'était pas menotté.

Éperdue de soulagement, elle se précipita vers la porte pour aller leur ouvrir.

— Bonne nouvelle, lui dit Tommy avec un sourire teinté d'ironie. Je ne suis plus considéré comme un suspect dans cette affaire.

— Tommy est libre, acquiesça Logan comme pour conférer un caractère officiel à ce que son frère venait de dire.

Elena demeura sans voix. Elle aurait voulu les serrer tous les deux dans ses bras, mais se contenta d'étreindre son frère.

— Si tu savais comme j'ai eu peur, murmura-t-elle.

Elle s'écarta légèrement et interrogea Logan du regard.

— Je vais laisser l'inspecteur Ryder t'expliquer ce qui s'est passé, déclara Tommy. Pour le moment, j'ai vraiment besoin d'aller prendre une douche et de dormir un peu. On se voit plus tard, Elena. Si tu as besoin de quoi que ce soit, je serai à l'*ohana*.

Il se tourna alors vers Logan, qu'il regarda droit dans les yeux.

— Quand vous aurez attrapé ce salopard, je tiens à assister à son procès et à sa condamnation.

— J'espère que ce vœu sera bientôt réalisé, répondit gravement Logan.

Tommy hocha la tête et se détourna pour se diriger vers sa maison. Logan, quant à lui, semblait hésiter sur le seuil.

— Est-ce que je peux entrer ? demanda-t-il enfin, un peu gauchement.

Elle lui fit signe de la suivre et tous deux gagnèrent le salon.

— Que s'est-il passé, exactement ? s'enquit Elena en se laissant tomber sur le canapé.

Logan prit place dans l'un des fauteuils qui lui faisaient face.

— La perquisition de sa voiture et de sa maison n'a rien donné. Et rien ne laissait supposer qu'il puisse être le tueur de la Grande Île. Tout comme moi, la profileuse du FBI était convaincue de son innocence. Nous aurions certainement fini par lui trouver des alibis pour certains des meurtres et nous l'aurions laissé partir. Mais Tommy a accepté de se soumettre au détecteur de mensonge. Et ça nous a permis de gagner un temps précieux.

— Bien, murmura Elena. Je suis seulement contente qu'il soit innocenté.

— Moi aussi. Et j'espère que tu comprends que je n'ai fait que mon travail en le mettant en garde à vue. Tommy est la dernière personne à avoir vu Kakalina vivante, peu de temps avant qu'elle ne se fasse assassiner. Je ne pouvais pas ne pas le considérer comme un suspect potentiel. Et je me devais d'éliminer cette éventualité avant de pouvoir me consacrer à d'autres pistes.

— Je sais, soupira Elena. Je comprends.

De fait, intellectuellement, elle ne pouvait lui en faire le reproche. Sur le plan émotionnel, en revanche, c'était loin d'être aussi facile.

— Tu as fait ce que tu avais à faire, se força-t-elle à lui dire.

— Alors tu ne m'en veux pas ? lui demanda-t-il gravement.

Elle lui décocha un pâle sourire.

— Non, je ne t'en veux pas.

— Tant mieux, soupira-t-il, visiblement soulagé.

Elle sentit son cœur se serrer dans sa poitrine. De toute évidence, Logan avait tout autant envie qu'elle de poursuivre le voyage qu'ils avaient entamé ensemble. Mais elle avait bien conscience de la pression que faisait peser sur leur couple l'affaire du tueur de la Grande Île.

Elle avait déjà failli causer la perte de Tommy. Elle constituait également une menace de chaque instant pour Elena, comme pour toutes les femmes d'origine polynésienne. Et surtout elle exerçait sur Logan une pression terrible.

Leur relation pourrait-elle réellement y survivre ? Elena aurait aimé en être certaine.

— Maintenant que vous avez écarté la piste de Tommy, où en êtes-vous exactement ? demanda-t-elle. Avez-vous la moindre idée de qui a pu tuer Kat et les autres ?

Logan se rembrunit.

— Non, avoua-t-il à regret. Cette fois encore, le tueur ne nous a laissé aucun indice qui permettrait de remonter jusqu'à lui.

— Ça ne s'arrêtera donc jamais ?

— Je suis sûr que si, lui assura Logan. Les cas de meurtres en série irrésolus sont rarissimes. Tous ces tueurs finissent par commettre une erreur, tôt ou tard. Et dès que ce sera le cas nous le coincerons.

La détermination qui se lisait dans son regard était sans faille et Elena voulait croire à cette promesse.

— Tout ce que j'espère, reprit Logan en se redressant,

c'est que cela se produira avant que d'autres innocentes soient tuées.

Elena se leva à son tour.

— J'imagine qu'après cette journée forte en émotions tu as besoin de repos, lui dit-il. Je vais te laisser.

Elena faillit lui proposer de rester et de passer la nuit avec elle. Mais, à la réflexion, elle estima que tous deux avaient probablement besoin d'un peu de temps pour tourner la page après ce qui venait de se passer.

Elle raccompagna donc Logan jusqu'à la porte.

— Bonne nuit, Elena, lui dit-il.

Elle hésita un instant avant de se pencher vers lui pour effleurer ses lèvres d'un baiser.

— Bonne nuit, Logan.

Il lui décocha le plus doux des sourires avant de se détourner pour descendre les marches. Elle le suivit des yeux tandis qu'il traversait le jardin, priant pour que ce cauchemar prenne rapidement fin.

# 12

En ce lundi matin, ayant définitivement écarté l'hypothèse que Tommy Nagano puisse être le tueur de la Grande Île, l'équipe de Logan se remit à pied d'œuvre avec une urgence encore accrue. Tous étaient parfaitement conscients du fait que le nombre de victimes s'élevait à présent à quatre et que le compte risquait d'augmenter de façon exponentielle à mesure que le tueur s'enhardissait.

Logan et Ivy avaient donc passé la matinée en compagnie de Marcelo Tahutini, le gérant du Southside Pub, à visionner les bandes des caméras de sécurité placées à l'intérieur et sur le parking pour tenter de trouver une image du tueur. Ce n'est qu'au bout de deux heures fastidieuses qu'ils eurent enfin la confirmation de leur intuition.

À plusieurs reprises, ils aperçurent fugacement la silhouette d'un client grand et mince qui portait un sweat à capuche de couleur sombre. Ce dernier devait connaître le positionnement des caméras, car il se tenait sciemment à la limite du champ, ce qui empêchait de distinguer son visage.

Logan demanda alors à Marcelo de basculer sur la caméra extérieure, au moment où Kakalina et Tommy avaient quitté le pub. Il s'écoula un peu moins d'une minute après la sortie du couple avant que quelqu'un d'autre émerge à son tour. Il s'agissait bien de l'homme au sweat-shirt. Mais, une fois de plus, il avait pris soin de garder la tête baissée de façon que sa capuche dissimule entièrement ses traits.

Il traversa très rapidement le champ de la caméra avant de disparaître. Logan attendit, le cœur battant, jusqu'à ce que la voiture de Tommy apparaisse à l'écran. Et, comme il l'espérait, elle fut suivie quelques instants plus tard par un deuxième véhicule, un SUV Buick Envision de couleur noire.

Le chauffeur n'était pas visible, mais Logan était prêt à parier qu'il s'agissait bien du tueur qui avait repéré Kakalina dans le pub et la prenait en chasse. Par miracle, ils purent même entrevoir la plaque d'immatriculation du véhicule tandis que celui-ci s'éloignait.

Instantanément, les choses s'accélérèrent. Ivy communiqua le numéro et obtint rapidement une identification. Le SUV appartenait à un certain Julian Gaskell qui résidait à Hilo, sur Haili Street. Il fallut moins de vingt minutes à Logan pour obtenir du juge des mandats d'amener et de perquisition. Avant même de les recevoir, il avait réuni son équipe ainsi qu'une escouade du SWAT, la force d'intervention de la police.

Tous convergèrent vers le domicile de Gaskell. Logan avait brièvement hésité à mettre les lieux sous surveillance, le temps de s'assurer que leur nouveau suspect se trouvait bien chez lui. Mais sa hantise était que le tueur profite de ce délai pour assassiner une autre femme.

Après avoir disposé ses troupes tout autour de la maison pour prévenir toute tentative de fuite, Logan fit signe à ses hommes de se mettre en position dans le jardin, à portée de tir. En cas de résistance, ils avaient ordre de donner l'assaut en passant par la porte de service et les fenêtres du rez-de-chaussée.

Suivi d'Ivy et d'Aretha, Logan gravit le perron qui

conduisait à la porte principale. Prenant soin d'effacer son corps pour éviter de se faire tirer dessus à travers le battant, Logan frappa.

Quelques instants plus tard, la porte s'ouvrit, révélant un homme qui devait avoir entre trente et quarante ans. Il commençait à perdre ses cheveux, mais arborait une barbe épaisse et méticuleusement taillée ainsi que des lunettes à monture d'écaille qui lui donnaient des airs de hipster.

En apercevant les trois policiers armés qui se tenaient sur son perron et tous ceux qui étaient positionnés dans le jardin, il leva aussitôt les mains, les yeux agrandis par un mélange d'inquiétude et d'étonnement.

— Ouah ! s'exclama-t-il. J'ai l'impression que vous vous êtes trompés de maison.

— Êtes-vous Julian Gaskell ? lui demanda Logan.

— Euh… oui, c'est bien moi…

— Sortez de la maison et avancez vers nous, lui ordonna Logan. Et gardez bien vos mains en évidence.

— D'accord, acquiesça Gaskell.

Il fit quelques pas sur le perron et Ivy s'avança vers lui pour vérifier qu'il n'était pas armé. Lorsqu'elle s'en fut assurée, Logan abaissa légèrement son arme. Aretha, elle, le tenait toujours en joue.

— Je suis l'inspecteur Logan Ryder, de la police de Hawaï, déclara-t-il. Y a-t-il quelqu'un d'autre à l'intérieur ?

— Non, je suis seul, répondit Gaskell. Puis-je savoir ce qu'on me reproche ?

Logan ne prit pas le temps de répondre à sa question. Il adressa un signe à l'équipe qui était chargée de fouiller la maison. Ses hommes s'élancèrent aussitôt à l'intérieur et commencèrent leurs recherches.

Ils se concentreraient sur tout élément potentiellement incriminant : sweat-shirts de couleur sombre, bien sûr, armes contondantes, mais aussi et surtout éventuels trophées que Gaskell aurait pu prendre sur ses victimes. Machado avait insisté sur ce point, leur expliquant que la majorité des tueurs en série collectaient de tels souvenirs.

— Est-ce votre voiture ? demanda Logan en désignant la Buick Envision qui était garée dans l'allée.

— Oui, répondit Gaskell, nerveux.

— Est-ce que d'autres personnes que vous la conduisent ?

— Non, juste moi. Pourquoi cette question ?

— Étiez-vous au Southside Pub, vendredi soir ?

— Oui, répondit Gaskell. Ce n'est pas interdit, que je sache…

— Tout dépend de ce que vous y avez fait, répondit Logan.

— Est-ce que je peux baisser les mains ?

— Oui, mais je vous préviens, si vous faites le moindre mouvement brusque, mes hommes ont ordre d'ouvrir le feu.

— C'est de la folie ! s'exclama Gaskell en abaissant très lentement les bras.

Logan brandit les mandats qu'il venait d'obtenir.

— Ces documents nous donnent l'autorisation de fouiller votre maison et votre véhicule.

— Mais pourquoi ?

— Parce que votre SUV a été repéré en train de suivre une autre voiture en sortant du club. La passagère du véhicule en question, Kakalina Kinoshita, a été retrouvée battue à mort le lendemain.

— Je n'ai rien à voir avec ça ! s'exclama Gaskell. Vous dites que cette fille était la passagère de la voiture. Est-ce que vous avez interrogé la personne qui conduisait ?

— Bien sûr, et elle a été innocentée. Pourquoi suiviez-vous ces gens ?

— Mais je ne suivais personne. Ce doit être une simple coïncidence… Et je ne ferais jamais ce dont vous m'accusez. J'ai eu mon content de violence du temps où j'étais déployé en Irak et en Afghanistan, croyez-moi. En rentrant au pays, je me suis juré de ne plus jamais faire de mal à personne…

L'homme paraissait sincère, mais Logan savait que nombre de vétérans de retour de zones de combat avaient du mal à se réinsérer. Certains souffraient de troubles post-traumatiques qui pouvaient déclencher des épisodes de violence incontrôlée.

— Où êtes-vous allé après avoir quitté le Southside Pub, vendredi ? demanda alors Ivy.

— Chez ma petite amie, répondit Gaskell sans hésiter. Et j'ai passé la nuit avec elle.

— Comment s'appelle-t-elle ?

— Lorraine Fuentes. Elle habite sur West Lanikaula Street.

— Nous vérifierons, acquiesça Logan. Pouvez-vous nous remettre les clés de votre véhicule ?

— Elles sont à l'intérieur, acquiesça Gaskell.

— Je vous suis.

Ils pénétrèrent donc dans la maison. Sur une petite console de l'entrée se trouvait un vide-poches dans lequel Gaskell prit un trousseau, qu'il tendit à Logan. Ce dernier le remit à l'un de ses hommes, qu'il chargea d'aller fouiller la voiture.

Tandis que cette inspection se poursuivait, Logan contacta Lorraine Fuentes sur son portable. Elle lui confirma que Julian Gaskell avait bel et bien passé la nuit chez elle. Après plus d'une demi-heure de fouille intensive, les policiers durent se rendre à l'évidence : aucun indice ne permettait d'incriminer l'ancien militaire.

Une fois de plus, la piste qu'ils avaient suivie s'était révélée être une impasse. Julian Gaskell n'était pas le tueur de la Grande Île.

Est-ce que ça te dirait de venir dîner à la maison, ce soir ?

Elena considéra le SMS que Logan venait de lui envoyer, partagée entre la tentation qu'elle avait d'accepter immédiatement son invitation et l'angoisse rétrospective qu'elle éprouvait au souvenir de ce qui était arrivé à son frère.

Bien sûr, elle comprenait parfaitement que Logan n'avait fait que son travail. Elle devait même reconnaître qu'il avait fait preuve de beaucoup de tact en venant l'avertir avant que Tommy ne soit placé en garde à vue. Il n'en demeurait pas moins que son petit ami avait fait arrêter son frère.

Cet incident lui avait surtout fait prendre conscience du gouffre que creusait entre eux le métier de Logan. Bien plus qu'une simple profession, c'était un véritable sacerdoce qui impactait profondément sa vie privée. Et elle ne savait pas si elle était réellement prête à l'accepter.

Dans le doute, elle décida d'appeler Logan, qui répondit à la première sonnerie.

— Alors ? lui demanda-t-il en décrochant. Qu'est-ce que tu en dis ? Un dîner fait maison et une promenade romantique dans la forêt de Waiākea. Ça ne se refuse pas !

Elle ne put s'empêcher de rire.

— Je me suis dit qu'après toutes les émotions de ces derniers jours cela nous ferait du bien, poursuivit-il, visiblement bien décidé à plaider sa cause.

— C'est une bonne idée, reconnut-elle.

Cela leur laisserait le temps de se retrouver et peut-être même d'oublier, l'espace d'une soirée, l'ombre menaçante du tueur en série qui rôdait sur l'île.

— D'accord, lui dit-elle. Je suis partante.

— Parfait ! Et comme je ne compte vraiment courir aucun risque c'est moi qui me chargerai des courses au marché, cette fois-ci.

— C'est sans doute préférable, en effet, acquiesça-t-elle en souriant. Je me charge du vin.

— Marché conclu. Disons vers 8 heures, si ça te convient ?

— Tu peux compter sur moi.

— Bon, je vais devoir te laisser. La journée n'a pas été de tout repos et ça n'est pas parti pour s'arranger.

— Tu me raconteras ça ce soir, acquiesça-t-elle avant de raccrocher.

Le reste de l'après-midi lui sembla s'écouler au ralenti. Après sa dernière consultation de la journée, elle repassa par chez elle pour prendre une douche et se changer. Malgré elle, elle se sentait terriblement nerveuse. Il lui semblait en effet que cette deuxième soirée en tête à tête conférerait à leur relation un caractère presque officiel.

Lorsqu'elle arriva enfin chez Logan, elle tomba instantanément sous le charme de sa maison, dont l'architecture traditionnelle rappelait un peu la sienne, mais qui se dressait juste en bordure de la réserve forestière de Waiākea. C'était un endroit magnifique et sauvage qui n'était pas dénué d'une pointe de mystère.

Lorsque Logan lui ouvrit la porte, elle sentit les battements de son cœur s'accélérer dans sa poitrine. À chaque fois qu'elle le voyait, elle était frappée par le charme qui émanait de lui. Et la franche admiration avec laquelle il la contempla ne fit rien pour atténuer son trouble.

— Salut, lui dit-il d'une voix grave et un peu rauque, qui fit courir sur sa peau un frisson d'impatience.

— Salut, répondit-elle.

— Entre, je t'en prie.

Elle le suivit à l'intérieur et lui tendit la bouteille de vin rouge qu'elle avait apportée.

— Une sélection avisée, approuva-t-il. Je vais aller poser ça dans la cuisine et puis je te ferai faire le tour du propriétaire.

— Avec plaisir, répondit-elle, curieuse de découvrir l'endroit où il vivait.

Il lui fit visiter l'endroit, commençant par l'immense salon-salle à manger décoré dans un style typiquement polynésien. Elle ne put qu'admirer le goût très sûr dont il avait fait preuve pour choisir chaque meuble. La plupart avaient été fabriqués en bois brut par des artisans locaux. À l'étage, on trouvait une chambre d'amis, un bureau et la chambre de Logan.

Elle était aménagée dans un style qui lui correspondait parfaitement, à la fois sobre et élégant. L'armoire et le coffre de marin étaient sculptés de motifs maoris. Mais ce qui attira immédiatement l'attention d'Elena, ce fut le grand lit dont les pieds et la tête étaient réalisés en fer forgé.

Elle ne put s'empêcher d'imaginer Logan étendu sur le matelas dans toute la splendeur de sa nudité. Et cette seule image alluma en elle un irrépressible élan de désir.

— Tu veux jeter un coup d'œil à la vue ? proposa Logan, la tirant de cette rêverie érotique.

Elle hocha la tête en rougissant légèrement et le suivit jusqu'à la porte-fenêtre qui s'ouvrait sur une vaste terrasse en bois. De là, on avait une vue extraordinaire sur le grand jardin, la réserve forestière de Waiākea qui s'étendait au-delà et, plus loin encore, sur le volcan Mauna Loa.

— C'est magnifique, murmura-t-elle.

— Je suis content que ça te plaise, lui dit-il.

En réalité, elle n'aurait eu aucun mal à s'imaginer vivre dans cette belle maison, auprès de cet homme qui, en l'espace de quelques jours, avait pris une place aussi importante dans sa vie.

— Et je suis heureux que tu aies accepté mon invitation, ajouta-t-il gravement.

Se détournant du panorama qu'elle était en train de contempler, elle fit face à Logan et fut saisie par l'expression qu'elle surprit dans son regard, en cet instant. C'était bien plus que du désir. Il y avait de l'admiration, de la tendresse et peut-être bien plus encore. Ce regard la frappa en plein cœur, dissipant ses derniers doutes.

— Nous devrions peut-être descendre, lui dit-il, semblant s'arracher à sa rêverie. Le repas risque de refroidir…

— Ce n'est pas grave, fit-elle en le regardant droit dans les yeux.

— Non, sans doute pas, murmura-t-il.

Elle couvrit la distance qui les séparait et posa les mains sur sa poitrine.

— J'ai envie de toi, déclara-t-elle d'une voix que le désir rendait légèrement rauque.

Sans un mot, Logan se pencha vers elle et l'embrassa. Il y avait dans ce baiser une ardeur et une intensité qui la prirent de court. Et tandis qu'elle s'y abandonnait sans espoir de retour elle comprit que, tout comme elle, Logan avait eu peur de la perdre.

Elle lui rendit le baiser avec passion et, toujours enlacés, tous deux revinrent dans la chambre de Logan. Ils basculèrent sur le lit, se déshabillant l'un l'autre, et firent l'amour avec une fougue qui disait mieux que des mots à quel point ils tenaient l'un à l'autre.

Une fois de plus, Elena s'émerveilla du parfait accord physique qui existait entre eux. Chacun d'eux semblait anticiper le moindre désir de son partenaire, comme s'ils étaient amants depuis toujours.

Momentanément rassasiés l'un de l'autre, ils redescendirent ensuite pour dîner. Elena s'aperçut alors que Leilani n'avait pas exagéré les talents de cuisinier de Logan. Le repas qu'il lui avait préparé ce soir-là était tout bonnement divin et elle y fit honneur.

Tout en mangeant avec appétit, ils discutèrent de littérature, de cinéma, de voyages ou de leurs plats préférés, évitant soigneusement toute allusion au tueur de la Grande Île. Cette soirée était pour eux comme un port au milieu de la tempête. L'espace de quelques heures, ils voulaient oublier le chaos et la cruauté du monde, ne vivre que pour ces sentiments qu'ils sentaient grandir en eux sans oser encore les nommer.

Lorsqu'ils eurent terminé leur repas, ils remontèrent dans la chambre de Logan et firent de nouveau l'amour, prenant cette fois tout leur temps, comme pour faire durer ce moment magique qui n'appartenait qu'à eux.

— Tu sais que nous avons oublié de faire la promenade en forêt que tu m'avais promise, fit remarquer Elena lorsque tous deux se séparèrent enfin, le corps vibrant toujours de l'extase qu'ils avaient partagée.

— Il faut croire que nous avons trouvé mieux à faire, répondit Logan en souriant. Mais, si tu restes dormir, nous pourrions aller marcher un peu demain matin, avant de partir travailler.

C'était là une invitation qu'elle ne pouvait refuser.

# 13

Le lendemain, Elena et Logan se levèrent de bonne heure pour profiter de la lumière magnifique du petit matin, qui conférait à la forêt avoisinante un surcroît de magie. La vue sur le volcan Mauna Loa était particulièrement saisissante, à cette heure.

Logan était heureux de pouvoir profiter de ce bref moment de répit avant que le devoir ne le rappelle à de bien tristes réalités. Il aurait donné beaucoup pour pouvoir demeurer toute la journée aux côtés d'Elena.

Pour la première fois depuis que Gemma et lui s'étaient séparés, il avait trouvé quelqu'un aux côtés de qui il se sentait prêt à faire un bout de chemin, quelqu'un avec qui il s'imaginait partager sa vie.

— Je crois que je pourrais facilement m'habituer à ça, lança Elena, dont les pensées semblaient avoir suivi un cours parallèle aux siennes.

— Je fais mon jogging le long de ce sentier tous les matins, lui dit-il avec un sourire. N'hésite pas à te joindre à moi chaque fois que tu le voudras…

— Ce n'est pas tout à côté de chez moi.

— Eh bien, tu n'auras qu'à venir dormir à la maison, répliqua Logan du tac au tac.

En réalité, l'idée de la voir se réveiller chaque matin à ses côtés était loin de lui déplaire.

— Je pourrais te prendre au mot, tu sais, répondit-elle avec un sourire malicieux.

— N'hésite pas, surtout. Tu seras toujours la bienvenue ici…

Il s'interrompit tout net en avisant l'expression horrifiée qui venait de se peindre sur le visage de la jeune femme. Suivant son regard, il découvrit avec effroi qu'un corps était étendu en travers du sentier, à quelques dizaines de mètres de l'endroit où ils se trouvaient. Le cœur battant à tout rompre, il observa les alentours, regrettant brusquement de ne pas avoir emporté son arme de service.

Il ne distingua aucun mouvement à l'ombre des frondaisons, aucun bruit suspect dans le sous-bois.

— Ne bouge pas, souffla-t-il à Elena.

Pâle comme un linge, elle hocha la tête.

Logan se dirigea vers le corps, craignant déjà de deviner ce qu'il allait découvrir. En approchant, il comprit qu'il ne s'était pas trompé : la femme qui gisait là était très belle, brune et de type polynésien. Le pied-de-biche avec lequel on lui avait défoncé le crâne gisait sur un tapis de feuilles mortes, à quelques pas de là.

Le tueur de la Grande Île avait encore frappé, à quelques centaines de mètres, cette fois, de la maison de Logan.

— Les blessures correspondent, une fois de plus, soupira Bert Swanson en se redressant. Il s'agit probablement de notre homme. En revanche, il y a une différence de taille avec les scènes de crime précédentes…

— Laquelle ? s'enquit Logan, curieux.

— Cette fois-ci, la victime n'a pas été tuée sur place.

— Vous en êtes sûr ?

— Certain. Il n'y a pas assez de sang.

— Il aurait pu être absorbé par la terre, intervint Ivy Miyamoto.

Le médecin légiste secoua la tête.

— Les feuilles autour auraient été beaucoup plus maculées que cela, objecta-t-il. Shirley, ajouta-t-il en se tournant vers la responsable de l'équipe de la police scientifique, demande à tes collaborateurs de prélever des échantillons de terre au niveau de la tête de la victime.

— Ce sera fait, acquiesça Shirley.

— Je suis d'ores et déjà convaincu qu'on ne retrouvera quasiment pas de sang, déclara Swanson. En fait, je suis prêt à parier que la victime a été assassinée ailleurs puis transportée jusqu'ici.

— C'est une provocation, murmura Logan d'une voix blanche.

Ivy lui jeta un coup d'œil interrogatif.

— Le tueur devait savoir que je vais courir sur ce sentier presque chaque matin, expliqua-t-il.

— En tout cas, fit remarquer Aretha, une fois de plus, il n'a pas cherché à dissimuler l'identité de la victime.

Elle venait de passer en revue le contenu du portefeuille que l'on avait trouvé dans la poche arrière du jean de la fille.

— Paula Hekekia, lut-elle sur sa carte d'identité. Âgée de trente-deux ans.

— Ivy, tâche de trouver qui était cette fille. Shirley, récupère tous les échantillons que tu pourras avant que les hommes du coroner ne viennent récupérer le corps. Si le tueur l'a transporté, comme le pense le doc, il a peut-être laissé des indices, cette fois-ci. Je vais aller m'assurer qu'Elena s'est remise de ses émotions. On se rejoint tous au quartier général pour faire le point.

Après qu'ils avaient trouvé le corps de cette femme dans les bois, Logan avait raccompagné Elena jusqu'à sa maison, d'où il avait appelé la police. Son équipe au grand complet était arrivée moins de vingt minutes plus tard et ils étaient tous repartis en forêt, laissant Elena dans la maison et un agent en faction à l'extérieur par acquit de conscience.

Pour s'occuper l'esprit et tenter de chasser la tension nerveuse qui l'habitait, Elena s'était préparé une tasse de thé. Elle alla s'installer sur le *lanai* du rez-de-chaussée et la but à petites gorgées en réfléchissant aux implications de ce qui s'était passé ce matin-là.

Il paraissait évident que le corps de cette nouvelle victime n'avait pas été abandonné là par hasard. Le tueur devait savoir que Logan Ryder était chargé de l'enquête. Visiblement, il savait aussi où il habitait. L'avait-il observé ? Les avait-il espionnés, cette nuit-là, tandis qu'ils s'embrassaient sur la terrasse de Logan ?

Un frisson glacé la parcourut. Cette idée était d'autant plus terrifiante qu'elle avait parfaitement conscience de correspondre au profil type des victimes du tueur. La femme qu'ils avaient retrouvée ce matin-là ne faisait d'ailleurs pas exception.

En entendant s'ouvrir la porte d'entrée, elle ne put réprimer un léger tressaillement, s'imaginant déjà que le tueur avait réussi à se débarrasser du policier en faction et qu'il venait pour l'assassiner à son tour. À son grand soulagement, ce fut Logan qui pénétra dans le salon.

— Est-ce que ça va ? demanda-t-il d'une voix très douce.

Il avait dû percevoir l'inquiétude qui se lisait dans son regard.

— Ça va aller, affirma-t-elle avec plus d'assurance qu'elle n'en éprouvait réellement. Seulement, je t'avoue que je ne m'attendais pas à cela…

— Moi non plus, acquiesça Logan d'un air sombre.

— Ça n'est pas un hasard, n'est-ce pas ?

— Que veux-tu dire ?

— Je ne crois pas que le tueur de la Grande Île ait décidé par hasard d'assassiner sa dernière victime à deux pas du domicile de l'inspecteur chargé de l'enquête.

Un pâle sourire se dessina sur les lèvres de Logan.

— Tu as raison. Il s'agit même d'une mise en scène. Le corps a semble-t-il été délibérément transporté jusque-là.

— Savez-vous où elle a été tuée ?

Logan secoua la tête.

— Ça pourrait être n'importe où. Nous en saurons peut-être un peu plus lorsque nous connaîtrons l'emploi du temps récent de la victime.

— Est-ce que vous connaissez son identité ?

— Elle avait ses papiers sur elle.

— Tu crois qu'il le fait exprès, à chaque fois ?

— C'est peut-être une façon de jouer avec nous. À moins qu'il ne se moque totalement de savoir qui sont ces femmes parce que, de toute façon, il s'en prend à elles en se fondant sur des critères purement physiques.

— C'est presque encore plus déprimant, soupira Elena.

— Je suis d'accord, concéda Logan. Quoi qu'il en soit, je vais devoir me rendre au poste. N'hésite pas à rester ici aussi longtemps que tu le voudras.

En d'autres circonstances, Elena se serait probablement réjouie de cette invitation. Mais l'idée que le tueur connaissait cette maison et qu'il s'était trouvé dans les parages très récemment la mettait mal à l'aise.

— Je crois que je vais rentrer chez moi, dit-elle à Logan.

— Comme tu veux. En tout cas, tâche d'être très prudente. Tant que ce fou se promène en liberté, ne cours aucun risque inutile, d'accord ?

— C'est promis, répondit-elle avec un pâle sourire.

Elle n'avait absolument pas l'intention de se faire assassiner alors qu'elle venait de rencontrer un homme avec lequel elle envisageait de plus en plus sérieusement de refaire sa vie.

— Jure-moi que toi aussi tu feras attention, lui demanda-t-elle.

— Je te le jure, acquiesça-t-il gravement avant de poser ses lèvres sur les siennes comme pour sceller ce serment.

Malgré la douceur de ce baiser, Elena ne parvint pas à se départir complètement de l'angoisse qui s'était emparée d'elle.

— La dernière adresse connue de la victime se situait sur Laukona Street, indiqua Ivy lorsque l'équipe se retrouva au grand complet dans la salle de réunion du quartier général de la police de Hilo. D'après la propriétaire de son appartement, elle a déménagé, voici quelques semaines. Plus personne ne semble l'avoir revue depuis. Avant même de disparaître, elle était sans emploi et avait du mal à payer ses factures. Il est donc probable qu'elle se soit retrouvée à la rue.

— Cela explique au moins que personne n'ait signalé sa disparition, fit remarquer Logan.

Il observa pensivement la photo de la victime qui s'affichait à l'écran, derrière Ivy. Elle avait été donnée à l'enquêtrice par la propriétaire de l'appartement et montrait une très jolie jeune femme polynésienne.

Ses longs cheveux délicatement ondulés retombaient librement sur ses épaules, encadrant un visage en amande, avec d'immenses yeux brun-vert, un nez légèrement mutin et une bouche sensuelle.

Une fois de plus, il fut frappé par la ressemblance de la victime avec Elena Kekona. Et il ne put s'empêcher de se demander ce qu'il éprouverait, en cet instant même, si c'était elle que l'on avait retrouvée morte au fond des bois.

Cette simple idée fit naître en lui une sensation nauséeuse. Il détestait se sentir aussi impuissant face à ce déferlement de violence insensée.

— Est-ce que ça va ? lui demanda Ivy, à qui ce brusque changement d'expression n'avait pas échappé.

— Il faut que ça cesse, déclara-t-il d'une voix sourde. Nous ne pouvons pas continuer à regarder les victimes défiler les unes après les autres. Nous devons trouver une piste, n'importe quoi qui puisse nous mettre sur la bonne voie…

Logan s'aperçut que tous les regards convergeaient à présent dans sa direction. Il lut dans les yeux de ses collègues une approbation qui le réconforta quelque peu. Tous ici avaient parfaitement conscience de l'urgence de la situation. Tous savaient que des vies se trouvaient dans la balance.

Mais il lisait aussi dans tous ces regards du doute et une pointe de désarroi. Car, tout comme lui, ils avaient douloureusement conscience du manque cruel d'indices que le tueur aurait pu laisser derrière lui.

— Ça a dû être horrible ! s'exclama Tommy, à qui Elena venait de raconter ce qui lui était arrivé le matin même.

— C'était atroce. Et si tu avais vu cette pauvre fille… Elle me ressemblait tellement que ça aurait pu être ma propre sœur.

Tommy ne put réprimer un frisson.

— Je n'aurais jamais pensé dire ça un jour, mais je suis content que l'inspecteur Ryder se soit trouvé avec toi, déclara-t-il.

Elena partageait ce sentiment. Et elle était heureuse

d'entendre son frère le dire. Peut-être finirait-il par accepter le fait qu'elle ait choisi de sortir avec Logan Ryder – et le fait qu'elle envisage de plus en plus sérieusement la possibilité de vivre un jour avec lui.

Mais en cet instant elle pensait moins à son avenir qu'à la peur qui planait actuellement sur la ville. En rentrant de chez Logan, elle avait jeté un coup d'œil à la chaîne d'information locale et elle avait pu constater l'ampleur du vent de panique qui soufflait sur la Grande Île.

Toutes les femmes d'origine maorie étaient terrifiées à l'idée de sortir de chez elles. Des voix commençaient à s'élever, taxant la police d'incompétence.

Elena était bien placée pour savoir que celle-ci ne ménageait pas ses efforts pour tenter d'identifier le tueur en série qui faisait régner la terreur. Mais Logan lui avait avoué à plusieurs reprises que ses collègues et lui ne disposaient que de très peu d'indices.

Combien de temps les habitants de l'île accepteraient-ils cette situation ? Certains parlaient déjà de prendre les choses en main et de former des groupes armés pour patrouiller dans les rues. Les autorités appelaient au calme, craignant que de telles milices ne s'en prennent à de malheureux innocents.

— C'est un véritable cauchemar, reprit Tommy en secouant doucement la tête. D'abord Kat et maintenant cette pauvre fille que tu as retrouvée… Est-ce que ça finira par s'arrêter ?

— J'étais précisément en train de me poser cette question, avoua Elena. Logan m'a dit que tous les tueurs en série finissaient par commettre des erreurs. Plus ils multiplient les victimes et plus ils s'enhardissent. Vu sous cet angle, le fait que le tueur ait déposé le corps de cette femme près de chez Logan est même plutôt encourageant.

Cela prouve qu'il veut jouer avec la police. En agissant de la sorte, il s'expose encore un peu plus.

— Malheureusement, ce petit jeu du chat et de la souris peut encore causer pas mal de dégâts. Combien d'innocentes vont encore devoir mourir avant que la police ne parvienne à lui mettre la main dessus ?

Elena n'avait pas la réponse à cette question, hélas. Elle ne pouvait qu'espérer que le nombre de victimes serait aussi réduit que possible.

Le lendemain, à la demande de son frère, Elena se rendit avec lui à l'enterrement de Kakalina Kinoshita. En dépit de la pluie qui tombait dru ce jour-là, de nombreuses personnes avaient décidé d'assister à la cérémonie. Il n'y avait pas seulement la famille et les amis, mais aussi des dizaines d'inconnus qui avaient été touchés par son sort tragique et voulaient apporter leur soutien aux parents de la jeune femme.

Ceux-ci étaient effondrés et, au moment de leur présenter ses condoléances, Elena les informa qu'elle était spécialisée dans le soutien aux personnes endeuillées et qu'elle était prête à les recevoir à titre gracieux s'ils en éprouvaient le besoin.

Elle s'efforça aussi de soutenir Tommy qui était très affecté. La cérémonie semblait lui avoir fait prendre réellement conscience de ce qui s'était passé ce soir-là. Et il était rongé par le remords à l'idée que, pour avoir laissé partir Kat seule dans la nuit, il avait une part de responsabilité dans ce qui lui était arrivé.

Tandis qu'ils se rendaient en procession jusqu'au cimetière, Elena observa la foule rassemblée autour d'eux, se demandant si, parmi ces visages anonymes, se trouvait celui de l'assassin. Était-il venu se délecter de la souffrance qu'il avait causée à tous les proches de sa victime ? Cela faisait-il partie des motivations qui le poussaient à tuer ?

Peut-être était-ce aussi pour lui une façon de narguer les policiers qui se trouvaient sur place pour éviter tout risque de débordement.

Le plus étrange, c'était que le meurtrier aurait pu être quasiment n'importe qui. Tout ce qu'on savait de lui, c'était qu'il était grand, plutôt mince, qu'il affectionnait les sweats à capuche de couleur sombre et que, tôt ou tard, il tuerait de nouveau quelqu'un qui ressemblerait beaucoup à Elena…

# 14

— Tu avais raison, Logan ! s'exclama Shirley Takaki avec un enthousiasme qui ne lui était pas coutumier.

Lors de leurs réunions, la responsable de l'unité de police scientifique faisait généralement preuve d'un détachement tout professionnel.

— Cette fois, nous avons retrouvé sur les vêtements de la victime des cheveux qui ne lui appartenaient pas. Ils ont très probablement été laissés par le tueur lorsqu'il a déplacé le corps.

Toute l'équipe avait les yeux rivés sur la jeune experte et l'espoir que ses paroles avaient suscité au sein de la petite assemblée était presque palpable.

— Est-ce que les échantillons d'ADN que vous avez recueillis étaient exploitables ? s'enquit Logan, refusant de se laisser aller à cette vague d'optimisme.

— Non seulement ils l'étaient, mais ils nous ont même permis de trouver une correspondance. Et c'est là que les choses deviennent un peu étranges… La personne à qui correspond cet ADN est un certain Mark Teale. Il a été arrêté il y a un an de cela pour effraction. C'est à cette occasion qu'un prélèvement a été réalisé. Mais la plainte a finalement été retirée…

Tout en parlant, Shirley avait fait apparaître à l'écran la photographie d'un homme qui devait être âgé d'une trentaine d'années. Il avait des yeux bleu-gris et des cheveux mi-longs châtain clair un peu filasse.

— Teale n'en était pourtant pas à ses premiers démêlés avec la justice, reprit Shirley. Il avait déjà été arrêté en Californie pour détention de drogue.

— Pas d'antécédents violents ? s'enquit Logan, curieux. Meurtre ? Coups et blessures ?

— Rien de tout cela, répondit Shirley. Mais ce n'est pas le plus bizarre…

Elle échangea un coup d'œil avec Ivy, qui se leva à son tour pour prendre la parole.

— Le plus étrange, déclara-t-elle, c'est qu'il n'y a théoriquement aucune chance pour que l'on retrouve des cheveux appartenant à Mark Teale sur le corps d'une femme qui s'est fait assassiner hier soir.

— Où veux-tu en venir ? s'enquit Logan, que ces précautions oratoires rendaient de plus en plus nerveux.

Il avait le fâcheux pressentiment que quelque chose clochait.

— Mark Teale s'est suicidé, il y a six mois de cela, indiqua enfin Ivy.

Un murmure stupéfait courut dans la salle de réunion. Ivy projeta alors une nouvelle diapositive. Il s'agissait d'un article du journal local, dont le titre était parfaitement explicite :

**Suicide dans le parc national des volcans de Hawaï**

— Teale était âgé de trente-quatre ans, reprit Ivy. D'après l'article, il était en proie à une profonde dépression et a décidé d'en finir. Il s'est servi pour cela d'un pistolet semi-automatique 357 Magnum. J'ai vérifié avec les services du Dr Swanson et ils m'ont confirmé que le corps de Teale avait bien été autopsié après ce suicide.

— Et on est sûrs qu'il s'agissait bien de lui ?

— Son identité n'a jamais été mise en doute. Donc, à moins qu'il ne se soit relevé d'entre les morts, je ne vois pas très bien comment il aurait pu assassiner Paula Hekekia ou les autres victimes, s'il s'agit bien du tueur de la Grande Île.

— Je ne crois pas au surnaturel, déclara Logan. Particulièrement lorsqu'il est question de meurtre. Que sait-on de ce Mark Teale, au juste ?

— Pas grand-chose, à ce stade. D'après ce que laisse entendre l'article, il enchaînait les petits boulots à temps partiel à droite et à gauche depuis qu'il était arrivé sur l'île.

Logan se mordilla pensivement la lèvre, s'efforçant de considérer le problème sous tous les angles. Il doutait que le tueur ait poussé le vice jusqu'à récupérer les cheveux d'un mort dans le seul but de se jouer d'eux ou de les lancer sur une fausse piste.

— Se pourrait-il que Mark Teale ait un frère jumeau ? demanda-t-il enfin.

— Je n'avais pas pensé à ça, avoua Ivy.

Logan se tourna vers Shirley.

— Je ne me trompe pas, n'est-ce pas ? Les jumeaux partagent bien le même ADN ?

— Les jumeaux monozygotes, oui, répondit Shirley. Ceux que l'on appelle les vrais jumeaux.

— Donc, si Mark Teale avait un frère jumeau, les cheveux que vous avez retrouvés sur le corps de Paula Hekekia pourraient lui appartenir.

— En effet. Ce serait même la seule explication logique, au vu des circonstances.

— Bien, acquiesça Logan. Dans ce cas, je pense que nous devrions nous pencher au plus vite sur la généalogie de ce Mark Teale…

Elena avait été très surprise lorsque Logan l'avait appelée pour l'informer que son enquête venait de prendre un tour des plus inattendus. Sans entrer dans les détails, il lui avait donné rendez-vous Chez Audra, un café situé sur Kinoole Street. Lorsqu'elle arriva sur place, elle le trouva attablé dans un coin discret de la salle. Il se leva pour l'accueillir et l'embrassa chastement sur la joue.

— J'ai commandé deux tasses de café vert, lui dit-il. J'espère que tu aimes ça.

— Beaucoup, lui assura-t-elle en prenant place en face de lui. Alors ? Que se passe-t-il ?

— C'est au sujet de la femme que nous avons retrouvée dans la forêt de Waiākea.

— Qu'avez-vous découvert ?

— Eh bien, tout d'abord, il s'agit d'une certaine Paula Hekekia. Elle était âgée de trente-deux ans et était sans domicile fixe, ce qui explique que personne n'ait signalé sa disparition.

— C'est triste, soupira Elena.

Logan hocha la tête.

— A priori, la façon dont elle a été tuée cadre parfaitement avec le mode opératoire du tueur de la Grande Île : blessures contondantes portées à l'arrière du crâne, arme du crime retrouvée sur les lieux, absence de sévices sexuels ou de blessures défensives… Nous sommes donc à peu près convaincus qu'il s'agit bien de notre tueur en série. En revanche, comme je te l'ai dit, il y a une différence notable avec les autres crimes : cette fois-ci, le meurtrier a déplacé la victime post mortem.

— Parce qu'il espérait que tu la trouverais, acquiesça Elena.

— Probablement, concéda Logan. Mais, ce faisant, il a enfin laissé un échantillon d'ADN exploitable, des cheveux, pour être précis.

— Est-ce que vous avez pu l'identifier ? s'enquit Elena, pleine d'espoir.

Si tel était le cas, il ne resterait plus à la police qu'à procéder à l'arrestation du tueur et cet affreux cauchemar prendrait fin. Les femmes de l'île seraient de nouveau libres de se promener, sans craindre de se faire assassiner en pleine rue.

— Oui et non, répondit Logan.

Elena lui jeta un regard étonné.

— L'ADN a bien permis d'identifier quelqu'un. Malheureusement, il s'est suicidé, il y a six mois de cela. Nous sommes en train de rechercher si cet homme avait un frère jumeau qui pourrait être responsable des meurtres.

— Incroyable ! s'exclama Elena.

— Je ne te le fais pas dire.

Elle le considéra d'un air hésitant.

— Je ne comprends pas pourquoi tu me dis tout ça, en revanche, avoua-t-elle.

— Parce que tu peux peut-être nous aider à y voir plus clair dans cette histoire.

— Moi ? Mais comment ?

— Si j'en crois ce que j'ai pu lire dans l'un des articles concernant ce suicide, l'homme en question était l'un de tes patients.

À ces mots, Elena sentit les battements de son cœur s'emballer dans sa poitrine.

— Tu veux parler de Mark Teale ? balbutia-t-elle.

— Exact. Que peux-tu me dire à son sujet ?

Elena hésita quelques instants avant de lui répondre. Théoriquement, ses relations avec Mark tombaient sous le coup du secret professionnel. Mais Mark s'était effectivement suicidé, six mois plus tôt. En revanche, ce qu'elle savait de lui permettrait peut-être de sauver des vies.

— Il est venu me voir, il y a… environ sept mois. Il se

sentait déprimé. J'ai accepté de le prendre comme patient. Malheureusement, j'ai grandement sous-estimé l'ampleur de sa dépression. Jamais je n'ai envisagé qu'il puisse se suicider. Jusqu'au jour où un journaliste m'a appelée pour m'interroger à son sujet… Probablement celui qui a écrit l'article que tu as lu.

Elena ne put réprimer un soupir. Ce cas demeurait son pire échec, le plus amer aussi. Elle avala une gorgée de café pour se donner le courage de poursuivre.

— Si j'avais su que les choses étaient aussi graves, je l'aurais adressé à un psychiatre. Il aurait peut-être pu faire quelque chose…

— Est-ce que Teale a mentionné l'existence d'un frère jumeau au cours de vos entretiens ? s'enquit Logan.

— Non, répondit Elena. Il n'avait pas de frère. En revanche, il avait une sœur jumelle.

— Une sœur ? s'enquit Logan. Tu en es sûre ?

— Certaine. Elle s'appelait Marlene.

— Que t'a-t-il dit à son sujet ?

— D'après lui, c'était elle qui était la cause de tous ses problèmes. Elle était très possessive à son égard et s'efforçait de contrôler sa vie. Elle ne supportait pas notamment qu'il puisse être proche de quelqu'un d'autre. Il m'a dit par exemple qu'il avait eu une petite amie et qu'il était terrifié à l'idée que sa sœur ne s'en prenne à elle. Il se sentait piégé et il voulait que je l'aide à échapper à cette emprise psychologique. J'ai fait tout ce que j'ai pu mais, malheureusement, je n'ai pas réussi à l'aider…

— Tu ne peux pas te le reprocher. Lorsque quelqu'un décide réellement d'en finir, il n'y a pas grand-chose que l'on puisse faire. Teale devait vraiment se sentir piégé. Il s'est dit que sa seule porte de sortie était la mort.

Elena hocha la tête. C'était effectivement la conclusion à laquelle elle était parvenue. Mais cela ne l'empêchait pas de s'en vouloir de n'avoir pas su évaluer correctement la gravité de la situation.

— Est-ce que tu as eu l'occasion de rencontrer la sœur en question ? s'enquit Logan.

— Très brièvement. Je suis allée à l'enterrement de Mark et elle était là, bien sûr. Je ne l'ai vue que de loin, en revanche. Je n'ai pas eu le courage d'aller lui parler, parce qu'il aurait fallu que je lui explique comment j'avais connu son frère. Et je ne me sentais pas prête à le faire. D'autant que je me rappelais parfaitement tout ce que Mark m'avait dit à son sujet…

— À quoi ressemblait-elle ?

Elena haussa les épaules.

— Elle était blonde, très grande, mince… Je ne peux pas te dire grand-chose de plus.

— D'après toi, est-ce qu'elle pourrait correspondre à l'image du tueur qui a été diffusée par les médias ?

— La personne au sweat à capuche ? s'étonna Elena. Eh bien, j'avais toujours imaginé qu'il s'agissait d'un homme… Mais, oui, je suppose que c'est possible… Est-ce que tu crois que l'échantillon d'ADN que vous avez retrouvé pourrait appartenir à Marlene ?

— Théoriquement, c'est impossible, répondit Logan, pensif. Les chromosomes ne devraient pas correspondre. Mais je trouve quand même la coïncidence un peu énorme. Il faudrait que je pose la question à un spécialiste. Il y a peut-être des cas de vrais jumeaux de sexes différents…

— Même si tel était le cas, pourquoi tuerait-elle ces femmes ?

— Je ne suis pas sûr que les tueurs psychopathes aient besoin de véritables raisons. La personne que t'a décrite Mark Teale ne me fait pas l'impression d'être quelqu'un de très équilibré. Et la mort de son frère n'a rien dû arranger…

— J'imagine, murmura Elena.

— Il faut que je file, déclara Logan. Je dois aller vérifier cette histoire de chromosomes. Surtout, fais bien attention à toi, Elena. Si c'est bien la sœur de Teale qui a commis ces meurtres, elle pourrait très bien s'en prendre à la psy de son frère.

Elena frissonna violemment, se demandant s'il était possible que sa ressemblance avec les victimes du tueur de la Grande Île ne soit pas une simple coïncidence, en définitive.

— Je ferai très attention, promit-elle à Logan.

Il hocha la tête et se pencha vers elle pour déposer un petit baiser sur ses lèvres. Quelques instants plus tard, elle le vit quitter le bar à grands pas, plus déterminé que jamais à résoudre cette affaire.

# 15

En rentrant au poste de police, Logan était directement allé trouver Shirley Takaki pour lui demander s'il était possible que deux faux jumeaux aient le même ADN.

— Non, répondit-elle sans hésiter. C'est impossible. Seuls les jumeaux homozygotes possèdent le même capital génétique.

Logan se rembrunit.

— J'imagine qu'il y a peu de chances pour qu'un individu ait à la fois un jumeau homozygote et un autre hétérozygote.

— Je n'ai jamais entendu parler d'un tel cas de figure, répondit Shirley. Mais pourquoi cette question ?

— Parce qu'il se trouve que Mark Teale avait une sœur jumelle appelée Marlene.

Shirley fronça les sourcils.

— Attends une minute…, murmura-t-elle.

Elle se tourna vers son ordinateur et tapota quelques instants sur le clavier avant de hocher la tête.

— C'est bien ce qu'il me semblait.

Elle se tourna vers Logan, qui attendait avec impatience qu'elle s'explique.

— Il existe bien des cas de jumeaux homozygotes de sexes différents, lui indiqua-t-elle. C'est excessivement rare, de l'ordre de 0,01 % des cas de gémellité. Mais cela se produit parfois.

Ce n'était pas le genre de probabilités qu'appréciait particulièrement un enquêteur comme Logan. Mais il avait depuis longtemps fait sienne la maxime de Sherlock Holmes : « Lorsque l'on élimine l'impossible, ce qui reste, si improbable soit-il, est nécessairement la vérité. »

— Comment est-ce possible ? demanda-t-il.

— Eh bien, il arrive que deux jumeaux homozygotes mâles soient conçus, avec des chromosomes XY, mais que l'un des deux perde le second chromosome, devenant ainsi une femme. C'est ce que l'on appelle le syndrome de Turner.

— Est-ce que cela pourrait expliquer que la jumelle en question soit de taille supérieure à la moyenne ?

— Oui et non, répondit Shirley. Les enfants souffrant du syndrome de Turner sont souvent plus petits que la moyenne, à la naissance. En revanche, la plupart d'entre eux reçoivent des traitements à base d'hormones de croissance pour compenser ce handicap. En cas de mauvais dosage, cela peut effectivement conduire à un rattrapage excessif.

— Donc, pour résumer, tu me confirmes qu'il est possible que deux individus mâle et femelle aient une signature génétique suffisamment proche pour qu'elle ait pu être confondue.

— Théoriquement, oui. Je pourrais demander un séquençage plus détaillé de l'échantillon que nous avons pour le vérifier. Mais, pour nous assurer que nous nous trouvons dans un tel cas de figure, il faudrait aussi avoir accès à un échantillon d'ADN appartenant à la sœur en question.

— Étant donné les circonstances, je ne pense pas que j'aurai de problème à obtenir du juge une autorisation de prélèvement biologique, déclara Logan.

Évidemment, il leur faudrait pour cela commencer par localiser la mystérieuse Marlene. Sans attendre, Logan chargea Ivy de se renseigner à ce sujet.

De son côté, il contacta le bureau du juge pour demander l'autorisation de prélèvement puis convoqua donc une nouvelle réunion du groupe de travail dédié à l'enquête. Il commença par rapporter la discussion qu'il avait eue avec Elena puis laissa Shirley présenter sa théorie génétique.

Ivy prit alors la parole.

— J'ai réussi à obtenir quelques informations au sujet de Marlene Teale, la sœur jumelle de Mark Teale, indiqua-t-elle. Elle est âgée de trente-quatre ans et semble avoir passé une bonne partie de sa vie dans des services psychiatriques pour traiter divers troubles du comportement, à commencer par des accès de colère incontrôlables. Il y a deux ans, elle a été hospitalisée de force après avoir agressé son frère Mark, qui avait demandé une ordonnance restrictive à son encontre.

Ivy fit apparaître un cliché à l'écran.

— Voici une photographie de Marlene prise à cette époque.

Logan observa attentivement le visage de leur suspecte. Elle était blonde, les cheveux mi-longs, avec de grands yeux bleus rêveurs et un visage anguleux mais non dénué d'un certain charme. Il se demanda s'il pouvait réellement s'agir du tueur de la Grande Île.

— La dernière adresse connue de Mlle Teale se trouvait sur Pulima Drive, à Hilo, reprit Ivy. Avec un peu de chance, elle habite toujours là-bas et nous pourrons aller lui rendre directement visite. Sinon, il nous sera toujours possible de lancer un avis de recherche pour la Chrysler Pacifica immatriculée à son nom.

— J'ai obtenu du juge une autorisation de prélèvement

biologique, indiqua Logan. Je vais demander des mandats de perquisition pour son domicile et son véhicule.

Il se tourna vers Aretha Kennedy. Jusqu'alors, la représentante du FBI avait écouté leurs exposés respectifs en silence. Mais il avait remarqué la moue qui se peignait sur son visage.

— Qu'est-ce que vous en pensez ? lui demanda-t-il.

— Eh bien… j'avoue que je suis un peu dubitative. 0,01 % d'occurrence… un excès d'hormones de croissance… Tout ça pour une empreinte génétique retrouvée uniquement sur un des corps des victimes… Sans mauvais jeu de mots, cela me paraît un peu tiré par les cheveux.

Logan lui décocha un sourire sans joie.

— Je ne prétendrai pas le contraire, acquiesça-t-il. Tout cela est hautement improbable, j'en conviens bien volontiers. Mais c'est la seule piste que nous ayons, dans cette affaire, et je ne me vois pas la négliger alors que des vies innocentes sont en jeu. D'autant que le profil psychologique de notre suspecte semble potentiellement correspondre.

— C'est vrai, reconnut Aretha Kennedy en jetant un coup d'œil à la photo de Marlene Teale qui s'affichait toujours à l'écran. Et vous avez raison : à ce stade, c'est malheureusement notre seule piste.

Elle haussa les épaules.

— De toute façon, lui rappela-t-elle, c'est vous qui êtes chargé de cette enquête, inspecteur. Le FBI fera tout ce qui est en son pouvoir pour vous soutenir, quoi que vous décidiez.

— Merci, lui dit-il avant de se tourner vers Georgina Machado, la profileuse. Que pensez-vous de cette hypothèse de travail ?

— Très franchement, je la trouve fascinante, déclara Machado. L'idée qu'il puisse s'agir de vrais jumeaux de sexes différents est en soi assez extraordinaire. Et les implications sur le plan psychologique sont plus que troublantes. Évidemment, on a coutume de penser que les tueurs en série sont surtout des hommes. Statistiquement, c'est vrai. Mais il existe de très nombreux contre-exemples : Martha Beck, Rosemary West, Judy Buenoano, Charlene Gallego, Karla Homolka… Je pourrais continuer encore longtemps. Et je suis d'accord avec l'inspecteur Ryder : le profil psychologique qui se dessine à la lumière de ce que dit Elena Kekona et de ce qu'a découvert Ivy correspond parfaitement à ce que je m'attendrais à trouver chez un tueur psychopathe. Je pense donc que nous ne pouvons nous permettre de négliger cette piste, si ténue soit-elle.

— Très bien, conclut Logan. Dès que nous aurons obtenu les mandats de perquisition nécessaires, nous irons donc rendre visite à cette Marlene Teale. Avec un peu de chance, elle est bien celle que nous cherchons et nous mettrons enfin un terme à cette vague de crimes qui terrifie la population de l'île.

Depuis qu'ils avaient quitté le poste de police pour se rendre à la dernière adresse connue de Marlene Teale, Ivy était restée plongée dans les recherches qu'elle effectuait sur sa tablette.

— Il me semblait bien que ce nom m'était familier, murmura-t-elle enfin.

— Qu'as-tu découvert ?

— Tu te rappelles Liann Nahuina, la femme que nous avons rétrospectivement identifiée comme la première victime du tueur de la Grande Île ?

— Bien sûr.

— Eh bien, parmi les tout premiers suspects qui avaient

été recensés par l'équipe chargée de l'enquête a brièvement figuré le nom de Mark Teale.

Logan lui lança un regard interloqué.

— Figure-toi que Liann et lui vivaient ensemble avant qu'il ne se suicide.

— Tu crois que c'était elle, la petite amie dont Mark a parlé à Elena ?

— Peut-être, opina Ivy.

— Cela expliquerait que Marlene l'ait tuée : elle la tenait peut-être pour responsable du suicide de son frère.

— Possible, en effet. Et elle aura pris goût à la chose et décidé de renouveler l'expérience… Ce qui expliquerait qu'elle choisisse des victimes qui ressemblent à Liann, renchérit Ivy.

Une fois de plus, Logan ne put s'empêcher de penser à Elena. Le fait que celle-ci ait été la psy de Mark Teale, juste avant sa mort, ne contribuait guère à le rassurer.

— Peut-être cherchait-elle au contraire à nous égarer en nous faisant croire que nous avions affaire à un tueur en série, suggéra encore Ivy.

— Si c'est le cas, elle a bien failli réussir son coup, répliqua Logan. Depuis que nous considérions que nous avions affaire à un psychopathe, nous ne cherchions plus de mobile.

— Pour filer la métaphore d'Aretha, il s'en est fallu d'un cheveu pour que nous passions à côté, une fois de plus, ironisa Ivy.

Logan hocha la tête. Il avait vraiment hâte que toute cette histoire se termine et qu'Elena ne coure plus aucun risque.

Ils ne tardèrent pas à atteindre la maison de Pulima Drive qu'Ivy leur avait indiquée. C'était un bungalow de taille modeste, planté au milieu d'un jardin bordé de bambous et dans lequel poussaient quelques ramboutans.

L'abri de garage était désert, ce qui semblait indiquer que les résidents étaient absents.

Logan ne comptait cependant courir aucun risque et il procéda de la même manière qu'il l'avait fait chez Julian Gaskell. Une fois encore, ce fut lui, suivi par Ivy et Aretha, qui traversa la pelouse pour aller frapper à la porte d'entrée. Il déclina simultanément son identité d'une voix forte.

Aucune réponse ne lui parvint et il fit une seconde tentative qui se révéla tout aussi infructueuse. Il ordonna alors à deux de ses hommes d'enfoncer la porte à l'aide d'un pied-de-biche et pénétra dans le bungalow, arme au poing. Ivy et Aretha étaient toujours derrière lui et le couvraient.

La maison était chichement meublée et l'odeur de poussière et de moisi qui flottait dans l'air semblait indiquer qu'elle n'avait pas été aérée depuis longtemps. Elle paraissait déserte et Logan se prit à douter que Marlene y vécût encore. Mais en jetant un coup d'œil dans la cuisine il aperçut de la vaisselle sale dans l'évier ainsi qu'une boîte de céréales entamée posée sur la table.

— Logan, vous devriez venir voir ça ! fit la voix d'Aretha derrière lui.

Il se dirigea vers la chambre à coucher que l'agente spéciale du FBI était en train d'inspecter. Le lit était défait, semblant indiquer que quelqu'un y avait dormi récemment. Aretha se tenait devant une armoire qu'elle venait d'ouvrir.

— Je vous dois des excuses, Logan, déclara-t-elle. Il semblerait que nous ayons frappé à la bonne porte, cette fois-ci.

Elle s'écarta légèrement pour lui laisser voir le contenu de l'armoire. Il y avait là une panoplie hétéroclite d'armes contondantes en tous genres : marteau, maillet, *tonfa,* batte de base-ball, tuyau métallique, pied-de-biche, matraque et même un casse-tête traditionnel maori.

— Je comprends maintenant pourquoi elle ne prend même pas la peine de récupérer les armes du crime, dit Logan. Elle a toute une collection qui l'attend chez elle…

— Ce qui signifie qu'elle était probablement loin d'en avoir terminé, lui fit observer Aretha. Dieu seul sait combien de victimes elle aurait encore pu faire si nous n'avions pas fini par l'identifier.

— Appelez Shirley et son équipe et dites-leur de nous rejoindre au plus vite, lui demanda Logan.

Il était prêt à parier que les policiers de la brigade scientifique trouveraient tout le matériel génétique dont ils auraient besoin sur les couverts de la cuisine ou les brosses à cheveux de la salle de bains.

— J'ai trouvé quelque chose ! signala alors Ivy, qui inspectait la pièce attenante.

Ils la rejoignirent dans une chambre d'amis qui avait été reconvertie en bureau. Une grande table de travail était disposée contre le mur du fond. Juste au-dessus était accroché un tableau en liège sur lequel étaient piquées plusieurs photographies.

Au centre se trouvait un cliché sur lequel Mark et Marlene Teale posaient côte à côte. Tous deux paraissaient beaucoup plus jeunes que sur les photos que Logan avait vues d'eux. Ils se tenaient par les épaules et arboraient de larges sourires, semblant témoigner d'un temps où ils étaient encore très proches, tous les deux.

Tout autour de cette image étaient disposées d'autres photos que Logan identifia aussitôt : Liann Nahuina, Daryl Renigado, Yancy Otani, Kakalina Kinoshita et Paula Hekekia. Chacun de leurs visages était barré d'une croix. Logan ne put réprimer un tressaillement d'angoisse en avisant le dernier cliché qui avait été épinglé et n'était pas encore barré.

— On dirait que Marlene compte s'en prendre à Elena Kekona, constata Ivy d'une voix blanche.

— Il faut que je l'avertisse, murmura Logan, le cœur battant à tout rompre.

La seule idée de perdre la femme qu'il aimait le rendait malade.

— Je crois que nous devrions la placer sous protection policière, le temps que nous capturions Marlene, suggéra Aretha.

— Je vais lancer un avis de recherche pour Marlene et la Chrysler Pacifica qu'elle conduit, déclara Ivy en sortant son téléphone.

Logan était déjà en train d'appeler Elena, mais il tomba sur son répondeur. Il essaya de se rassurer en se disant qu'à cette heure elle était probablement au beau milieu d'une consultation et qu'elle avait donc dû couper son portable.

Il lui laissa un message la mettant en garde contre Marlene Teale, lui conseillant de ne pas quitter son cabinet et lui assurant qu'il la rejoignait dès que possible. Par acquit de conscience, il lui envoya aussi par SMS la photo la plus récente qu'ils avaient de la tueuse.

Elena avait donné rendez-vous à Tommy pour que tous deux aillent déjeuner ensemble dans un restaurant de fruits de mer situé dans le centre de Hilo. Étant donné les circonstances, elle préférait en effet éviter d'aller manger seule. De plus, elle était curieuse de savoir comment s'était passée la visite guidée qu'il avait organisée ce matin-là.

Elle se réjouissait qu'il se soit remis au travail en dépit du choc que lui avait causé la mort de Kakalina. Elle savait qu'il lui faudrait encore sans doute du temps avant de se relever complètement de ce traumatisme. Mais elle était également convaincue que reprendre une activité professionnelle ne pouvait s'avérer que salutaire pour lui.

Cela l'avait beaucoup aidée, au lendemain de la mort d'Errol. Ce deuil lui avait même permis d'aider d'autres personnes à surmonter le leur. Et, lentement, elle était parvenue à remonter la pente jusqu'à être capable de retomber amoureuse.

Cette idée lui arracha un petit sourire. C'était la première fois qu'elle se formulait aussi clairement ce qui tenait pourtant de l'évidence. Elle était bel et bien tombée amoureuse de Logan Ryder. Et même si cette perspective avait quelque chose d'un peu effrayant elle lui paraissait aussi terriblement excitante.

Quittant son cabinet, Elena se dirigea vers sa voiture garée sur le parking. Sortant son téléphone portable de son sac, elle le ralluma pour voir si Tommy lui avait laissé un message. Tel n'était pas le cas, mais elle en trouva un émanant de Logan.

— Elena, c'est moi. La piste dont je t'ai parlé était la bonne. Nous avons fouillé le domicile de Marlene Teale, la sœur de Mark, et cela ne fait plus aucun doute : c'est bien elle qui a tué toutes ces femmes. Et nous avons tout lieu de croire qu'elle va essayer de s'en prendre à toi. Surtout, ne bouge pas de ton cabinet. J'arrive dès que possible. Je t'aime.

À ces mots, Elena sentit son cœur se serrer dans sa poitrine en dépit de l'angoisse qu'avait fait naître en elle ce message. Elle constata alors que Logan lui avait également envoyé un SMS et faisait mine de l'ouvrir lorsqu'une voix se fit entendre derrière elle.

— Madame Kekona ?

Elena sursauta légèrement et se tourna vers la femme qui venait de l'interpeller. À son grand soulagement, elle reconnut Marybeth Monaghan, la patiente qui était venue la voir au sujet de sa mère récemment décédée d'un cancer du pancréas.

— Vous pouvez m'appeler Elena, lui rappela-t-elle. Que puis-je pour vous, Marybeth ?

— Je suis désolée de passer comme cela à l'improviste. Mais je me demandais s'il serait possible de prendre rendez-vous. Ce que vous m'avez dit la dernière fois m'a beaucoup aidée.

— Si vous voulez, répondit Elena. Voyons quel créneau je pourrais vous proposer.

Avant d'activer son agenda, elle ouvrit le SMS de Logan et vit s'afficher à l'écran la photo d'une femme blonde dont le visage lui parut étrangement familier.

Pour info, voici la photo la plus récente que nous ayons de Marlene Teale.

Le cœur battant à tout rompre, Elena comprit soudain pourquoi ce visage lui paraissait si familier. Si l'on faisait abstraction de ses longs cheveux noirs et des lunettes qu'elle portait, ce n'était autre que celui de Marybeth Monaghan.

Avant même qu'Elena ait eu le temps de relever les yeux, elle sentit un choc d'une violence terrible la percuter en pleine tête. Sans un cri, elle s'effondra sur elle-même.

# 16

Lorsque Elena rouvrit les yeux, elle ne put réprimer un gémissement de douleur. Sa tête la faisait atrocement souffrir et, pendant plusieurs dizaines de secondes, elle demeura immobile, les yeux rivés sur le plafond qui semblait tournoyer au-dessus d'elle.

Où se trouvait-elle ? Comment était-elle arrivée là ?

Luttant contre la souffrance qui lui vrillait le crâne, elle s'efforça de reconstituer ce qui s'était passé. Et brusquement tout lui revint en mémoire. Le message de Logan. L'arrivée impromptue de Marybeth Monaghan. La photo du SMS.

Un frisson glacé dévala le long de sa colonne vertébrale tandis qu'elle prenait réellement conscience de la situation dans laquelle elle se trouvait. Elle était tombée entre les mains d'une tueuse en série qui avait déjà fait pas moins de cinq victimes.

Elena essaya de se redresser, mais constata alors qu'elle était attachée sur une chaise, les mains derrière le dos. Elle se trouvait dans une salle à manger meublée de façon assez rustique. Les rideaux étaient tirés, ne laissant filtrer que quelques rayons de soleil, mais la pièce était éclairée par une lampe à huile posée sur la grande table en bois brut.

Marybeth – ou plutôt Marlene – ne se trouvait nulle part en vue. Elena tira sur ses liens, s'efforçant de libérer ses mains, en vain. Ses poignets étaient solidement liés.

Il fallait pourtant à tout prix qu'elle trouve un moyen de s'échapper de cet endroit. Qu'elle alerte Logan du danger qu'elle courait.

Sans doute la cherchait-il, en ce moment. Après tout, il ne la trouverait pas à son cabinet, où il avait prévu de venir la rejoindre. Et Tommy devait s'inquiéter de ne pas la voir arriver au restaurant où ils avaient rendez-vous.

Il fallait qu'elle découvre où elle se trouvait exactement de façon à pouvoir leur transmettre au plus vite l'information. Malheureusement, elle n'avait aucune idée de sa localisation, ni même du temps qui s'était écoulé depuis qu'elle avait perdu connaissance. Elle ignorait aussi pourquoi Marlene l'avait amenée ici plutôt que de l'achever sur le parking de son cabinet.

Alors même qu'elle se posait cette terrifiante question, la porte de la maison s'ouvrit, laissant apparaître la sœur de Mark. Elle avait ôté la perruque noire et les lunettes dont elle s'était servie pour altérer son apparence et portait un grand sac de sport de couleur sombre.

Elena fut tentée de feindre l'inconscience, mais il était trop tard pour cela.

— Vous êtes enfin réveillée, constata Marlene en laissant tomber son sac sur le sol.

Elle s'avança vers Elena et se planta devant elle pour l'observer avec un sourire amusé.

— J'espère que vous n'avez pas trop mal à la tête, lui dit-elle d'un ton goguenard. Remarquez, ce n'est rien, comparé à ce qui vous attend. Je vous promets qu'avant que j'en aie fini avec vous vous me supplierez de vous achever.

Elena s'efforça de dominer la terreur qui menaçait de la submerger. Si elle voulait avoir la moindre chance de s'en sortir, elle ne pouvait se permettre de perdre ses moyens.

— Pourquoi est-ce que vous faites ça, Marybeth ?

répondit-elle. Je ne vous ai jamais fait de mal. Au contraire, même, j'ai essayé de vous aider.

— Inutile de jouer les imbéciles, répliqua Marlene d'un ton méprisant. J'ai vu le message que vous a envoyé votre petit ami, le flic. Je commençais vraiment à me demander si j'allais devoir tuer la moitié des femmes de cette île avant qu'il ne comprenne qui j'étais... Mais apparemment il est un peu moins stupide que je ne le croyais. Cela n'a pas d'importance, remarquez. Tout ce qui compte, c'est que je vous aie trouvée avant lui. Et au cas où vous espéreriez que Ryder et ses sbires viennent vous délivrer je préfère vous ôter tout de suite vos illusions. Je me suis débarrassée de votre portable pour éviter qu'il ne soit localisé. Et le temps que la police comprenne où je vous ai emmenée vous serez déjà morte. Quant à moi, je serai loin.

Elena comprit que son seul espoir était de gagner du temps. Et, pour cela, elle allait devoir faire parler Marlene aussi longtemps qu'elle le pourrait.

— D'accord, admit-elle. Je sais qui vous êtes. Mais cela n'explique pas plus pourquoi vous m'en voulez à ce point. Je ne vous ai rien fait, ni à vous ni à votre frère. Au contraire, j'ai essayé d'aider Mark. Ce n'est pas ma faute s'il a décidé de mettre fin à ses jours...

Marlene l'interrompit d'un éclat de rire hystérique.

— Je vous rassure tout de suite : ce n'est pas parce que Mark s'est suicidé que je vous en veux. Et pour cause, d'ailleurs : ce n'était pas un suicide.

Elena la considéra avec stupeur, craignant de ne comprendre que trop bien ce qu'elle voulait dire.

— Je peux bien vous le dire, reprit Marlene. Ce n'est pas comme si vous alliez pouvoir le raconter à qui que ce soit... Mon frère voulait couper les ponts avec moi, comme si je n'étais plus rien pour lui. Il prétendait être tombé amoureux de cette fille. Après tout ce que nous

nous étions juré tous les deux, après toutes les épreuves que nous avions traversées, après tout ce que j'avais fait pour lui… Il voulait se débarrasser de moi, sa propre sœur jumelle, sa moitié… Pour cette catin de Liann Nahuina ! Je ne pouvais tout de même pas le laisser faire une chose pareille. Alors, je lui ai dit que je voulais le voir une dernière fois pour lui dire adieu. Je lui ai donné rendez-vous dans ce parc et, là, je l'ai tué. Je lui ai tiré une balle dans la tête. Et sur le moment, je ne sais pas trop pourquoi, j'ai décidé de faire croire qu'il s'agissait d'un suicide.

Marlene s'interrompit, brusquement songeuse.

— Je crois que j'ai trouvé ça plus poétique, reprit-elle. Je pense vraiment que c'est ce qu'il aurait dû faire plutôt que de m'abandonner comme il l'a fait. Quoi qu'il en soit, tout le monde a cru qu'il s'était réellement suicidé. À commencer par Liann…

Elena prenait brusquement toute la mesure de la folie de Marlene. Bien sûr, elle savait déjà qu'elle avait tué plusieurs femmes. Mais le fait d'assassiner son propre frère jumeau par jalousie lui paraissait encore plus insensé.

Elle ne pouvait cependant se laisser distraire par l'horreur qu'elle éprouvait en cet instant. Elle devait continuer à faire parler Marlene aussi longtemps que possible pour laisser une chance à ceux qui la recherchaient de la localiser.

— Et toutes ces femmes que vous avez tuées ensuite ? Que vous avaient-elles fait ?

Marlene la foudroya du regard.

— La première d'entre elles était Liann, la petite amie de Mark, celle qui m'avait volé mon propre frère. Je ne pouvais pas la laisser vivre. Elle devait payer. Les deux suivantes, dont je ne connais même pas les noms, devaient servir de leurre pour faire croire à la police qu'il n'y avait aucun mobile à chercher, qu'elle avait affaire à un tueur en série… Je n'ai eu qu'à trouver des femmes qui ressemblaient à Liann. Ce n'était pas difficile, sur cette île.

— Mais pourquoi avoir continué, ensuite ?

Marlene la regarda droit dans les yeux et Elena fut frappée par la démence qui se lisait dans son regard.

— Parce que j'y ai pris goût, répondit-elle. Vous ne pouvez pas comprendre ce que l'on ressent lorsqu'on prend une vie. C'est grisant. Cela vous fait vous sentir terriblement puissant, comme si une partie de la force vitale de vos victimes passait en vous. J'ai enfin trouvé ma voie, Elena. Je l'ai cherchée durant toute mon existence mais, désormais, je sais qui je suis vraiment.

— Mais la police sait que c'est vous la tueuse, à présent.

— Oh ! mais je ne compte pas m'attarder sur cette île beaucoup plus longtemps. Pour quelqu'un comme moi, le monde entier est un gigantesque terrain de jeu. Et je ne me contenterai plus de viser des femmes correspondant à un seul et unique profil. Je peux tuer des hommes aussi. Et pourquoi pas des enfants ? Je ne ferai pas l'erreur de signer mes crimes, la prochaine fois. Et la police n'y verra que du feu.

— Alors pourquoi est-ce que vous vous en prenez à moi ? Je n'ai rien de plus que toutes ces femmes que vous avez déjà tuées.

Marlene secoua la tête d'un air réprobateur.

— Votre cas est très différent, objecta-t-elle. J'ai toujours su que je vous tuerais. Depuis le début, vous êtes sur ma liste. C'est la raison pour laquelle je vous ai approchée sous une fausse identité.

— Mais pourquoi ? insista Elena, qui avait de plus en plus de mal à réprimer son angoisse.

— À cause de ce que m'a dit mon frère, juste avant que je ne le tue. Il m'a dit qu'il était allé voir une psy et qu'elle l'avait aidé à trouver le courage de tourner la page, de devenir la personne qu'il avait toujours rêvé d'être et d'en finir avec moi.

Elena ferma les yeux, en proie à des sentiments contradictoires : le soulagement de ne pas avoir conduit son patient au suicide, la fierté de l'avoir aidé à se libérer de Marlene et la conscience terrible que, ce faisant, elle avait probablement signé son arrêt de mort.

— Imaginez ma stupeur lorsque je suis venue vous voir et que je me suis aperçue que vous ressembliez à toutes mes autres victimes. J'ai su alors que je n'avais pas le choix : vous deviez être la dernière de la liste. Celle que je tuerais avant de quitter cette île, pour finir ce que j'y avais commencé. C'est pour cela que je vous ai amenée ici, où tout a débuté, dans cette maison où mon frère a cru pouvoir être heureux sans moi…

Elena comprit alors qu'elle se trouvait dans la maison de Liann, la première victime. Toute la question était de savoir par quel moyen elle pourrait bien transmettre cette information à Logan avant qu'il ne soit trop tard.

L'idée de devoir mourir sans l'avoir revu une dernière fois, sans lui avoir dit ce qu'elle éprouvait, lui était intolérable. À l'âge de trente-deux ans, après des années de deuil et de solitude, elle avait enfin retrouvé le bonheur. Et elle était bien décidée à faire tout ce qui était en son pouvoir pour le garder.

— Laissez-moi partir et je vous promets de ne rien dire à la police, mentit-elle.

Marlene se pencha vers elle. Son visage n'était plus qu'à quelques centimètres du sien.

— Je suis peut-être folle, mais je ne suis pas idiote, répondit-elle avec un sourire de travers. C'est votre nouveau petit ami qui est chargé de me capturer. Mais la question n'est même pas là. Vous devez mourir. Et ce n'est pas à moi qu'il faut le reprocher : c'est Mark qui vous a choisie.

Il considérait que vous étiez une psy extraordinaire. Et c'est d'ailleurs la raison pour laquelle je ne vous ai pas *encore* tuée. Avant de le faire, j'aimerais que vous me donniez quelques conseils pour m'aider à surmonter la mort de mon frère…

Elena lutta contre le sentiment d'irréalité qu'elle éprouvait en cet instant. Si elle voulait vivre, elle devait continuer à jouer le jeu aussi longtemps que possible. Chaque minute, chaque seconde de gagnée pouvait faire la différence entre la vie et la mort. Et si Marlene voulait une psychothérapie Elena était prête à relever le défi. Qui sait ? Au fil de leurs discussions, elle parviendrait peut-être même à la dissuader de la tuer…

Lorsque Logan arriva en vue du parking jouxtant le cabinet d'Elena et qu'il aperçut Tommy qui se tenait près de la voiture de la jeune femme, il fut pris d'un très mauvais pressentiment. Sans même prendre la peine de se garer, il immobilisa son véhicule et en sortit pour se porter à la rencontre du frère d'Elena.

— Est-ce que vous savez où est ma sœur ? lui demanda ce dernier.

— J'allais vous poser la question.

Tommy secoua la tête. L'inquiétude qui se lisait dans ses yeux était évidente.

— Nous avions rendez-vous au restaurant, expliqua-t-il. Ne la voyant pas arriver, j'ai essayé de l'appeler, mais je suis tombé sur son répondeur. Alors j'ai décidé de venir ici, au cas où l'une de ses sessions aurait duré plus longtemps que prévu. Mais j'ai frappé et sonné à la porte du cabinet sans obtenir de réponse. Et puis, j'ai remarqué que la portière de sa voiture était restée ouverte. Ça n'est pas normal.

Le récit de Tommy n'avait fait que décupler l'angoisse de Logan.

— Ne sautons pas aux conclusions, dit-il, autant à l'intention de Tommy que pour lui-même. Il se peut qu'il y ait une explication parfaitement anodine…

Le cœur battant à tout rompre, il s'approcha de la voiture d'Elena, dont la portière du côté conducteur était effectivement entrouverte. Utilisant son coude pour ne pas effacer d'éventuelles empreintes, il la repoussa et jeta un coup d'œil à l'intérieur. Il ne vit rien d'anormal.

S'écartant légèrement, il s'agenouilla pour observer le sol. Et la première chose qu'il aperçut fut le trousseau de clés d'Elena, qui avait roulé sous la voiture. Puis il distingua une tache sombre, dont la couleur ne lui était que trop familière. Il l'effleura du bout du doigt et porta celui-ci à ses narines.

L'inquiétude céda la place à une panique presque insoutenable. Il se força à respirer profondément pour tenter de conserver un semblant de self-control. Le pire qu'il pourrait faire en cet instant était de perdre son sang-froid.

— Qu'est-ce que c'est ? lui demanda Tommy d'une voix légèrement tremblante.

— Du sang, lâcha Logan en sortant son téléphone portable de sa poche.

Il contacta aussitôt Ivy pour l'informer de ce qui venait de se produire.

— Je pense que Teale a enlevé Elena, conclut-il.

— Si c'est le cas, nous devons la retrouver le plus rapidement possible, répondit Ivy, dont la voix trahissait une inquiétude qu'elle ne parvenait pas complètement à dissimuler.

— Il le faut, murmura Logan.

Il n'y avait pas d'autre option. Elena ne pouvait pas mourir. C'était aussi simple que cela.

— J'ai déjà diffusé l'avis de recherche pour Marlene et pour sa voiture, lui indiqua Ivy. Je vais en rajouter un pour Elena, au cas où. Il ne faut pas perdre espoir, Logan : si Marlene avait voulu la tuer, ce serait déjà fait. Le fait qu'elle l'ait enlevée est plutôt bon signe. Cela signifie que nous avons un peu de temps devant nous.

— Exact, acquiesça-t-il. Malheureusement, nous l'avons coupée de sa base arrière et elle le sait probablement. Du coup, nous ignorons totalement où elle va bien pouvoir l'emmener.

Il réfléchit à la question sans parvenir à trouver de réponse.

— Appelle-moi dès que tu auras du nouveau, dit-il à Ivy. Je vais essayer de chercher des indices du côté du parking où elle a été enlevée. Envoie-moi aussi une équipe de la scientifique. Et tâche de contacter le fournisseur d'accès d'Elena pour que nous puissions localiser son portable.

C'était une piste qu'ils ne pouvaient se permettre de négliger, même si Marlene s'était probablement débarrassée de l'appareil pour éviter qu'on ne les piste.

— Je m'en occupe. Je vais aussi envoyer des patrouilles dans tous les endroits où Marlene aurait pu conduire Elena : entrepôts déserts, campings fermés pour la saison, maisons abandonnées…

— Bonne idée, approuva Logan sans se faire trop d'illusions à ce sujet.

Procéder de cette façon revenait à chercher une aiguille dans une botte de foin. Mais tant que personne ne leur signalerait la voiture de Marlene ou ses occupantes c'était toujours mieux que rien. Il ne pouvait qu'espérer que dans l'intervalle Elena serait assez forte et inventive pour gagner du temps.

— On se tient au courant, conclut-il avant de raccrocher.

— Que se passe-t-il ? lui demanda alors Tommy d'une voix blanche.

Il avait attendu avec impatience la fin de son appel, mais n'y tenait plus. Logan prit une profonde inspiration avant de poser les mains sur les épaules de Tommy et de le regarder droit dans les yeux.

— Je pense qu'Elena s'est fait enlever, lui dit-il gravement.

— Par cette Marlene ?

— Marlene Teale est la véritable identité du tueur de la Grande Île.

Tommy encaissa le coup. Logan avait bien conscience de la violence de cette révélation. Mais il savait qu'à la place de Tommy il aurait voulu connaître toute la vérité.

— Elle l'a tuée ? prononça Tommy d'une voix que l'horreur rendait méconnaissable.

— Si elle l'avait fait, nous aurions retrouvé Elena étendue sur ce parking. À notre connaissance, c'est la première fois que le tueur de la Grande Île enlève quelqu'un. Cela signifie probablement que nous avons encore un peu de temps pour agir.

— Qu'est-ce que je peux faire ? lui demanda Tommy.

— Cela ne va pas vous plaire, mais il faut que vous rentriez chez vous. Au cas où Marlene chercherait à vous contacter pour négocier quelque chose en échange de la vie de votre sœur.

— Pourquoi ferait-elle une chose pareille ?

— Parce qu'elle doit savoir que nous connaissons son identité. Elle va probablement chercher à quitter l'île. Pour cela, elle aura besoin d'argent et d'un sauf-conduit.

En réalité, il n'y avait que très peu de chances pour que Marlene cherche à contacter Tommy. Si elle voulait réellement négocier, elle le ferait sans doute directement avec la police. Mais Logan ne pouvait pas laisser un civil aussi proche de la victime interférer avec son enquête à un moment où elle allait devenir particulièrement délicate.

Fort heureusement, Tommy parut convaincu par ses explications.

— D'accord, répondit-il. Mais si vous apprenez quoi que ce soit de nouveau…

— Vous serez le premier informé, c'est promis, lui assura Logan. Je vais vous envoyer deux agents qui resteront à vos côtés, au cas où Marlene se manifesterait.

L'équipe de la police scientifique que Logan avait demandée arriva quelques minutes seulement après le départ de Tommy. Tandis qu'ils se déployaient sur le parking pour y chercher d'éventuels indices, Logan gagna le bureau du concierge de l'immeuble dans lequel se trouvait le cabinet d'Elena.

Il présenta son badge à Diego Holokai, l'homme qui était de permanence ce midi-là, et lui expliqua la situation.

— Il faudrait que je jette un coup d'œil aux enregistrements des vidéos de surveillance du parking, expliqua-t-il.

Diego lui fit signe de contourner le comptoir pour venir prendre place à ses côtés et désigna la rangée d'écrans qui se trouvait sur sa droite.

— En temps normal, nous sommes deux et l'un de nous regarde les écrans, expliqua Diego. Mais nous prenons notre pause déjeuner à tour de rôle. Quand cette agression se serait-elle produite, à votre avis ?

— Il y a moins d'une heure, répondit Logan en se fondant sur le rendez-vous d'Elena avec Tommy.

Diego rembobina l'enregistrement d'une heure et quart puis passa en lecture accélérée. Ils surveillèrent tous deux l'écran jusqu'à ce que Logan voie Elena apparaître à l'écran.

— C'est elle ! indiqua-t-il à Diego, qui rétablit la vitesse normale.

Ils virent Elena s'approcher de sa voiture, l'oreille

collée à son téléphone portable. Elle ne parlait pas et Logan supposa qu'elle était en train d'écouter le message qu'il lui avait laissé un peu plus tôt. Machinalement, elle ouvrit la portière de sa voiture avant de se retourner vers une autre femme qui était entrée à son tour dans le champ de la caméra.

Il mit quelques instants à la reconnaître à cause de la perruque brune et des lunettes qu'elle portait. Mais quand on l'observait plus attentivement le doute n'était plus permis. Les deux femmes discutèrent durant quelques instants puis Elena baissa la tête pour regarder son téléphone portable.

Marlene en profita pour sortir de son sac à main une matraque télescopique, qu'elle déploya d'un geste avant d'en asséner à Elena un coup d'une telle violence que la jeune femme fut projetée sur le côté avant de s'effondrer sur le bitume.

Diego ne put réprimer un cri d'effroi et Logan sentit ses entrailles se nouer. À l'écran, Marlene, elle, n'avait pas perdu une minute. Se penchant vers Elena, elle la souleva avec une facilité déconcertante et la jeta en travers de son épaule, ramassant au passage le portable qui avait échappé aux mains d'Elena. Elle s'éloigna ensuite à grands pas et sortit du champ.

— Y a-t-il une autre caméra ? s'enquit Logan.

Diego hocha la tête. Mémorisant le *timecode* de la vidéo, il bascula sur une autre vue du parking et la rembobina pour atteindre l'heure correspondante. Ils virent Marlene entrer dans le champ et porter Elena jusqu'à la Chrysler Pacifica qui était garée non loin de là. Elle déposa la jeune femme sur le siège passager avant de s'installer au volant de la voiture. Quelques instants plus tard, elle avait disparu.

Il était évident que rien de tout cela n'avait été improvisé : Marlene avait probablement répété dans sa tête chaque étape de son plan et il s'était déroulé sans le moindre accroc.

— Où l'a-t-elle emmenée ? murmura Diego.

— Je donnerais cher pour pouvoir répondre à cette question, murmura Logan. Je vais avoir besoin d'une copie de ces bandes. Je vous enverrai quelqu'un pour les récupérer.

— Bien sûr.

Après l'avoir remercié pour son aide, Logan quitta le bureau à grands pas pour aller s'entretenir avec les membres de l'équipe scientifique. Malheureusement, ils n'avaient rien découvert de plus que les clés et la tache de sang que lui-même avait repérées. Après avoir chargé l'un des agents de récupérer les vidéos, Logan regagna sa voiture et quitta le parking pour se diriger vers le poste de police.

Il était à mi-chemin lorsque son téléphone se mit à sonner. Avisant le nom d'Ivy à l'écran, il activa le haut-parleur.

— Du nouveau ? lui demanda-t-il, s'efforçant de dominer l'inquiétude qui le minait intérieurement.

— On a repéré la voiture de Marlene Teale sur Komohana Street, il y a peu de temps. Elle se dirigeait vers le sud de Hilo. J'ai envoyé toutes les patrouilles disponibles dans cette direction.

Logan fronça les sourcils.

— Komohana Street, répéta-t-il, songeur. Ce n'est pas dans ce quartier que résidait la première victime ?

— Liann Nahuina ? Si, en effet.

— Dans mon souvenir, c'est une maison assez isolée.

— Effectivement.

— Ce serait l'endroit idéal pour conduire Elena, si la maison n'a pas encore été rachetée. D'autant que c'est là que le frère de Marlene habitait, à la fin de sa vie.

— Tu as raison, opina Ivy.

— Il n'y a qu'une façon de nous en assurer, déclara Logan. Je file directement là-bas.

— Je t'envoie une unité du SWAT et je te rejoins avec Aretha.

— On se retrouve là-bas.

Logan raccrocha. Il savait déjà qu'il n'attendrait pas l'arrivée des renforts pour passer à l'action, si Elena se trouvait effectivement là-bas. Marlene pouvait la tuer à tout moment et il était bien décidé à ne pas la laisser faire.

Parvenu en vue du cottage où Liann Nahuina avait été tuée, il se gara à prudente distance pour être sûr de ne pas se faire repérer. Descendant de voiture, il sortit son arme de service et fit sauter le cran de sûreté avant de se diriger vers la maison.

Il passa par-dessus le petit muret d'enceinte et s'avança dans le jardin. Un mélange de soulagement et d'anxiété l'envahit lorsqu'il avisa la Chrysler Pacifica garée dans l'allée. La plaque d'immatriculation correspondait à celle de Marlene Teale. De toute évidence, il avait vu juste.

Logan jeta un coup d'œil au véhicule pour s'assurer qu'aucune des deux femmes ne se trouvait à l'intérieur. Lorsqu'il en fut certain, il s'avança avec précaution vers la maison. Il ignorait si Marlene avait une arme à feu et ne tenait à courir aucun risque inutile. Car s'il se faisait tuer à présent il ne pourrait plus rien pour Elena.

S'approchant de l'une des fenêtres, il aperçut l'intérieur d'un salon dans lequel se trouvait Elena, assise sur une chaise, les mains attachées derrière le dos. Logan ne put réprimer un soupir de soulagement en constatant qu'elle était toujours en vie. Il n'osait imaginer ce qu'il aurait éprouvé s'il était arrivé trop tard.

Mais il ne pouvait se permettre de perdre une minute. Il devait passer à l'action avant que Marlene ne s'en prenne à la jeune femme. La tueuse se tenait juste à côté de sa captive, visiblement ravie de se trouver en position de pouvoir.

Elle n'avait pas d'arme à la main, mais Logan était convaincu qu'elle en conservait une à proximité. Il ne se rappelait que trop le contenu du placard de sa chambre. Il allait donc devoir agir très vite pour ne pas lui laisser le temps de s'en emparer.

— Vous n'êtes pas obligée de me tuer, plaida de nouveau Elena, toujours décidée à gagner du temps.

Elle était toujours convaincue que Logan s'était lancé à sa recherche et que, tôt ou tard, il finirait par la retrouver. La seule chose qui comptait, c'était de demeurer vivante jusqu'au moment où il y parviendrait. Elle avait également commencé à faire jouer ses liens ; ils s'étaient progressivement relâchés, mais pas encore assez pour qu'elle puisse espérer se libérer.

— Je n'ai pas le choix, répondit gravement Marlene. Je le dois à Mark. Nous restons liés, lui et moi, même par-delà la mort. J'aurais pensé que vous, au moins, vous pourriez le comprendre. Vous avez bien un frère, n'est-ce pas ? Tommy, je crois…

Elena se raidit légèrement en entendant prononcer son nom. L'idée que Marlene puisse s'en prendre à son frère la rendait malade.

— C'est amusant, vous savez. Je n'ai pas imaginé une seule seconde que ce pouvait être lui que je suivais, en sortant du Southside Pub. La vie est pleine de coïncidences, vous ne trouvez pas ? Je lui suis très reconnaissante d'avoir laissé descendre son amie avant qu'ils ne soient arrivés devant chez elle. Je commençais à me dire que je serais obligée de la suivre à l'intérieur. Mais Tommy m'a facilité la vie. Et Kakalina était ravie de trouver quelqu'un pour la raccompagner. Elle était tellement ivre qu'elle ne s'est rendu compte qu'au tout dernier moment que nous n'étions pas devant sa maison.

Marlene secoua la tête d'un air amusé.

— Imaginez ma surprise quand j'ai appris que la police soupçonnait Tommy d'être le tueur de la Grande Île ! Je regrette que ce malentendu n'ait pas duré un peu plus longtemps. J'aurais pu vous enlever avant et votre petit ami le flic n'aurait pas compris ce qui lui arrivait avant qu'il ne soit trop tard.

— Vous êtes malade, murmura Elena, partagée entre sidération et répugnance.

— Je suppose que oui, acquiesça gravement Marlene. Tous les gens qui sortent de la norme sont considérés comme des fous, qu'il s'agisse d'artistes ou de tueurs. Ce n'est peut-être pas si différent, d'ailleurs. Un crime réussi est une forme d'art. Quoi qu'il en soit, je compte bien finir ce que j'ai commencé. Vous serez la dernière victime de ma toute première série. Et pour célébrer l'événement je vais même vous laisser le choix de l'arme du crime.

Marlene alla chercher le sac de sport, qu'elle posa sur la table de la salle à manger. Elle l'ouvrit et en sortit successivement une batte de base-ball, une pierre volcanique, un tuyau métallique, un marteau et un pied-de-biche.

— Qu'est-ce que vous préférez ? demanda-t-elle à Elena.

— Il n'est pas question que je choisisse, protesta celle-ci en sentant monter en elle une panique irrépressible.

Elle avait bien conscience que le temps de la conversation touchait à sa fin.

— Si vous ne le faites pas, c'est moi qui le ferai. Qui sait ? Je pourrais même choisir deux outils différents : un pour commencer en douceur et le second pour vous achever en beauté.

Elena luttait à présent de toutes ses forces pour tenter d'arracher les liens qui entravaient ses poignets. Elle n'avait aucune envie de mourir – surtout pas maintenant qu'elle avait rencontré Logan. Elle n'avait même pas eu le temps de lui dire qu'elle l'aimait. Et elle ne voulait pas non plus abandonner Tommy.

Elle sentit soudain la boucle de corde céder sous ses efforts répétés. Sachant qu'elle n'aurait qu'une seule chance, elle décida de détourner l'attention de Marlene avant de passer à l'action.

— Si je suis vraiment forcée de choisir, je crois que je préfère la pierre, déclara-t-elle.

— Excellent choix, approuva Marlene. J'aurais probablement fait le même si je m'étais trouvée dans votre situation.

Lorsqu'elle se détourna pour récupérer la pierre en question, Elena se leva d'un bond, bien décidée à vendre chèrement sa peau. Marlene se tourna vers elle, surprise. Mais elle se ressaisit rapidement et s'empara du tuyau métallique.

— Vous ne faites que perdre du temps, dit-elle avant d'asséner un coup à Elena.

Celle-ci esquiva de justesse le tuyau. Sans hésiter, elle mit à profit les années qu'elle avait passées à s'entraîner au kickboxing et décocha un violent coup de pied, qui atteignit Marlene en plein visage, manquant lui faire perdre l'équilibre.

La tueuse poussa un cri de douleur, suivi d'un juron bien senti. Folle de rage, elle frappa de nouveau mais, une fois de plus, Elena parvint à éviter le coup. Elle contre-attaqua encore, cueillant cette fois Marlene au creux de l'estomac. Profitant de son avantage, Elena enchaîna avec un coup de poing en plein visage.

Marlene tituba sur elle-même. Il était évident qu'elle ne s'était pas attendue à faire face à une telle opposition. Elena savait que ses précédentes victimes ne lui avaient opposé aucune résistance. Sans doute les avait-elle attaquées par surprise.

Forte de ces premiers succès, Elena frappa le bras de Marlene, lui faisant lâcher son tuyau. Mais la tueuse n'entendait pas en rester là. Se ruant vers la table, elle attrapa le pied-de-biche et chargea à son tour Elena.

Celle-ci dut reculer précipitamment. Malheureusement, son pied glissa sur le tuyau qui était tombé et elle perdit l'équilibre, se retrouvant assise par terre. Le cœur battant, elle vit Marlene s'approcher, arborant une expression victorieuse.

Mais à cet instant précis la porte d'entrée s'ouvrit à la volée, laissant apparaître Logan, pistolet au poing.

— Lâchez votre arme ! hurla-t-il à Marlene. C'est terminé !

Au lieu de lui obéir, la tueuse laissa échapper un feulement de rage et, faisant brusquement volte-face, elle se précipita vers Logan en brandissant son pied-de-biche. Un coup de feu assourdissant résonna dans le salon, suivi d'un second, et Marlene s'effondra sur le sol.

Logan se rapprocha prudemment d'elle et repoussa du pied l'arme qu'elle avait laissé échapper. S'agenouillant à ses côtés, il posa la main sur sa gorge.

— Est-ce qu'elle est morte ? s'enquit Elena en se relevant.

Logan secoua la tête. Il sortit son téléphone pour appeler Ivy et lui faire part de la situation. Dès qu'il eut raccroché, il rengaina son arme et s'approcha d'Elena pour la serrer très fort dans ses bras.

— C'était moins une, lui dit-il.

— Oui, répondit-elle d'un ton mal assuré. Merci d'être arrivé juste à temps.

— Content d'avoir pu me rendre utile…

Le léger tremblement de sa voix trahissait la terreur qu'il venait d'éprouver à l'idée qu'elle avait bel et bien failli se faire tuer sous ses yeux. Durant de longues minutes, ils demeurèrent enlacés, sans bouger, puisant un peu de réconfort dans ce simple contact. Lorsqu'ils s'écartèrent enfin, Logan tendit la main pour effleurer tendrement sa joue.

— Tu saignes, lui dit-il.

— Ce n'est rien, lui assura-t-elle avec un grand sourire. J'ai juste besoin de quelques points de suture, d'une aspirine et d'une bonne nuit de sommeil. Ensuite, tout ira bien.

— Je n'aurais jamais imaginé que tu étais une championne de kickboxing ! s'exclama-t-il alors.

— Il y a encore des tas de choses que tu ignores à mon sujet, répondit-elle avec un large sourire.

— On dirait bien, acquiesça Logan. Mais j'espère que j'aurai tout le temps de les découvrir, à présent.

Elena ne demandait pas mieux.

— Comment m'as-tu retrouvée ? s'enquit-elle, curieuse.

— La voiture de Marlene a été aperçue dans les parages. Je me suis dit qu'elle profiterait peut-être de cette maison qu'elle savait déserte.

Elena hocha la tête.

— Elle m'a dit qu'elle trouvait poétique de finir sa série de meurtres là où tout avait commencé.

Logan ne put réprimer un frisson.

— Charmant, fit-il.

— Il faut aussi que tu saches que c'est elle qui a tué son frère. Apparemment, Mark voulait couper les ponts avec elle et elle ne l'a pas supporté. Elle a maquillé ce meurtre en suicide.

— Cette femme est décidément dénuée de tout sens moral, commenta Logan en secouant la tête d'un air incrédule.

— Tu n'as pas idée. Elle m'a dit qu'elle avait l'intention

de quitter l'île pour pouvoir continuer à tuer dans un endroit où personne ne la connaîtrait.

— Heureusement que nous avons pu l'arrêter à temps !

Elena hocha la tête.

— J'avais si peur qu'elle ne me tue sans que j'aie pu te dire ce que je ressentais pour toi…

Logan la regarda avec étonnement.

— Je t'aime, lui dit-elle. Je sais que ça peut paraître étrange… Nous ne nous connaissons pas depuis très longtemps. Mais c'est ce que je ressens et je tenais à ce que tu le saches.

Elle se sentit rougir malgré elle.

— Tu n'es pas obligé de me répondre, ajouta-t-elle précipitamment.

Le large sourire qui se dessina alors sur les lèvres de Logan la rassura un peu.

— Moi aussi je t'aime, Elena, répondit-il. Je crois même que je suis tombé amoureux de toi dès le jour où je suis venu te voir à ton cabinet. Et mes sentiments pour toi n'ont fait que grandir depuis lors. Je ne sais pas de quoi demain sera fait, mais je crois que nous avons vraiment une chance de vivre quelque chose de très fort, tous les deux. Et je suis bien décidé à la saisir, si c'est ce que tu veux, bien sûr.

Elena sentit ses yeux se brouiller de larmes. Après le cauchemar éveillé qu'elle venait de vivre, il lui semblait soudain qu'une vie nouvelle était sur le point de commencer pour elle.

— Oui, je le veux, répondit-elle d'une voix vibrante d'émotion. Je veux m'endormir à tes côtés chaque soir et me réveiller chaque matin dans tes bras. Et je veux faire avec toi tous ces merveilleux voyages dont nous avons parlé…

Elle fut alors interrompue par le hurlement des sirènes des voitures de police et des ambulances qui se rapprochaient à vive allure. Quelques instants plus tard, des dizaines de personnes envahirent les lieux.

Tandis que deux urgentistes emmenaient Marlene Teale, Logan informa Ivy Miyamoto et Aretha Kennedy de ce qui venait de se passer.

— Bien, conclut-il lorsqu'il eut terminé son récit. Si vous n'avez plus besoin de moi, je crois que je vais vous laisser.

Elena, Ivy et Aretha le considérèrent avec une pointe de stupeur. Toutes trois s'étaient attendues à ce qu'il prenne en charge la scène de crime et à ce qu'il réponde aux questions des journalistes qui commençaient déjà à affluer. Après tout, c'était son moment de gloire, celui pour lequel il n'avait pas ménagé sa peine au cours de ces derniers jours.

— J'ai promis à Elena que, dès que cette affaire serait bouclée, je m'accorderais quelques jours de vacances bien mérités, expliqua-t-il. Et je compte bien tenir parole.

Sur ce, il prit la main d'Elena dans la sienne et l'entraîna en direction de sa voiture, à l'écart de la foule.

— Tu sais, je ne t'en voudrais pas du tout si tu restais, lui dit Elena.

— Je sais. Mais j'ai beaucoup réfléchi à la conversation que nous avons eue près de la cascade de l'Arc-en-Ciel. Je crois qu'il est grand temps que je prenne exemple sur mon ami Hideo et que je donne la priorité à la femme que j'aime.

Elena sentit son cœur se serrer dans sa poitrine.

— Et puis, ajouta gravement Logan, j'avais quelque chose de bien plus urgent à faire que de répondre aux questions de tous ces journalistes.

— Quoi donc ? s'enquit-elle, curieuse.

— Ça, répondit-il en se penchant vers elle pour l'embrasser.

Le rire d'Elena ne résista pas très longtemps à la passion brûlante que le baiser de Logan fit naître en elle. Et comme elle y cédait corps et âme elle se prit à songer qu'elle devait être la plus heureuse des femmes.

Vous avez aimé *Mortelle ressemblance* ?
Découvrez la suite de votre série
« Enquêtes dans le Pacifique »
dès le mois prochain, dans votre collection Black Rose.

LARA LACOMBE

# Le bébé de l'ombre

*Traduction française de*
CATHERINE VALLEROY

BLACK ROSE

HARLEQUIN

*Titre original :*
COLTON BABY HOMECOMING

# 1

Au volant de son pick-up, Ridge Colton se frotta les yeux. Il était levé depuis l'aube, fouillant les bois autour de Granite Gulch avec son équipe. Archie Johansen, un chauffeur de bus scolaire à la retraite, avait été réveillé en pleine nuit par des bruits de pas sur sa terrasse couverte. Prenant sa carabine, Archie était sorti effrayer à grands cris celui qui avait osé s'introduire dans son jardin. À la seconde où il avait ouvert la porte, leur avait-il raconté, une silhouette avait dégringolé du perron et filé entre les arbres. Le vieil homme jurait ses grands dieux que l'intrus avait un fusil, ce qui l'avait poussé à appeler la police. Les habitants de Granite Gulch étaient plutôt confiants d'ordinaire, mais avec le tueur de l'Alphabet toujours en liberté ils avaient peur.

Ridge avait donc été tiré de son lit pour ratisser la région en quête d'un homme armé et probablement dangereux.

Ils n'avaient trouvé personne, ce qui n'était pas une énorme surprise. Ridge se disait que le vieil homme avait sans doute aperçu un animal. Après tout, il ne portait pas ses lunettes et n'avait pas allumé l'éclairage extérieur. Il était difficile de percer l'obscurité, et Ridge savait d'expérience que l'émotion pouvait faire voir des choses qui n'y étaient pas. Mais ils ne pouvaient prendre aucun risque.

Un jour, le tueur de l'Alphabet commettrait une erreur, et Ridge serait là pour l'arrêter.

*La lutte sera chaude,* songea-t-il avec un petit sourire. À l'exception de son frère Ethan et de sa plus jeune sœur Josie, ses autres frères et sœur étaient tous dans les forces de l'ordre et se concentraient actuellement sur cette affaire. Dans un sens, c'était agréable de savoir qu'ils collaboraient, même si les raisons de ce rassemblement étaient loin d'être idéales. Les familles normales n'avaient pas besoin d'un tueur en série pour se réunir. Mais leur propre père étant aussi un tueur en série, *normal* n'était pas exactement le terme qui s'appliquait à eux.

Avec un soupir, Ridge repoussa cette pensée. Matthew Colton ne tenait aucune place dans sa vie, et il refusait de perdre son temps à penser à lui. Il lui avait fallu des années pour dépasser les problèmes de son enfance, et revenir sur ce qui ne pouvait être changé ne lui ferait aucun bien.

Une caresse sur son bras attira son attention et, en tournant la tête, il s'aperçut que sa coéquipière, Penny, le fixait de ses grands yeux marron.

— Ça va, ma fille ? dit-il en tendant la main pour la gratter derrière les oreilles.

Penny, un labrador chocolat, était le meilleur chien de l'équipe et elle était toujours sensible à son humeur. En vérité, Ridge se sentait plus proche d'elle que de beaucoup de gens. Peu importait qui était son père, elle ne murmurait pas dans son dos et ne posait pas de questions indiscrètes. Elle restait simplement à ses côtés, en amie loyale et fidèle. Elle avait fait fondre son cœur dès l'instant où il l'avait trouvée, jeune chiot abandonné, et il aurait fait n'importe quoi pour elle.

— Tu es prête à rentrer à la maison ? demanda-t-il.

Cela avait été une longue journée pour elle aussi, mais elle ne se plaignait jamais. Elle émit un doux aboiement en guise de réponse, et il démarra. Gardant une main sur sa tête, il caressa sans y penser ses oreilles veloutées tout en conduisant.

— Et si on prenait un bain, ce soir ?

Après avoir passé la journée dans les bois, ils sentaient fort tous les deux. Et il devait vérifier qu'elle n'avait pas attrapé de tiques. Autant faire d'une pierre deux coups.

La chienne dressa les oreilles en entendant le mot *bain*. En vrai labrador, Penny adorait l'eau. Bien qu'elle préférât de loin nager dans un lac ou s'ébrouer dans un torrent, elle tolérait le bain et le shampoing qui l'accompagnait avec patience.

L'humeur de Ridge s'améliora lorsqu'il pensa aux activités de la soirée. D'abord, se laver et laver Penny. Ensuite, il préparerait un bon feu et jetterait un steak sur le gril. Et après dîner il reprendrait son livre. Oui, cela semblait une manière parfaite d'achever une journée décevante.

Il lui fallut vingt minutes avant de tourner sur le long chemin rectiligne menant à son chalet. Sa sœur aînée, Annabel, ne faisait pas mystère du fait qu'elle trouvait sa maison trop isolée, mais Ridge aimait cette solitude. La paix régnait autour de son chalet, niché à l'orée de la forêt. Et il préférait de loin les bruits de la nature au vacarme de la ville. Bien que Granite Gulch ne soit pas une métropole comme Houston, c'était une ville en constant développement, avec sa circulation, ses chantiers et ses foules. Ce n'était qu'une question de temps avant que l'étalement urbain ne gagne son oasis, mais il était résolu à profiter du calme tant qu'il le pouvait.

Il s'arrêta près du chalet et coupa le moteur avant d'ouvrir la portière à Penny. La chienne sauta d'un bond gracieux, mais Ridge vit à la position de ses oreilles et à l'expression de son regard qu'elle était aussi fatiguée que lui.

Prenant son sac et verrouillant la portière du pick-up, il

se dirigea vers la porte de derrière. Au bout de quelques pas, il réalisa cependant que la chienne n'était pas à ses côtés. Le nez levé, elle était restée en arrière, flairant l'air printanier.

*Probablement un raton laveur ou un écureuil,* pensa-t-il en faisant halte pour l'observer. Penny était très bien dressée, mais c'était tout de même un animal. Quand elle était au travail elle maintenait une concentration sans pareille, mais lorsqu'elle était libre elle pourchassait les petites créatures comme tous les autres chiens. Il allait lui donner quelques minutes pour s'amuser, mais ensuite il faudrait qu'ils se lavent.

Il s'attendait à ce qu'elle se roule dans l'herbe, mais elle se tenait toujours la truffe au vent. C'était le comportement qu'elle avait quand elle détectait l'odeur d'un être humain, et Ridge sentit sa nuque se hérisser. Quelqu'un était-il venu rôder près du chalet ? Il n'avait pas de voisins sur des kilomètres à la ronde, et il n'y avait aucune raison pour qu'on soit venu le voir ce jour-là. Pourquoi Penny se comportait-elle ainsi ?

Après ce qui lui parut une éternité, la chienne baissa la tête et croisa son regard. Elle laissa échapper un bref aboiement aigu et pointa les oreilles en avant, signe qu'elle était sur quelque chose. Intrigué, Ridge lui donna l'ordre qu'elle attendait :

— Cherche !

Elle s'élança en courant autour de la maison. Ridge la suivit sans se presser. Penny s'assiérait dès qu'elle aurait trouvé la source de son intérêt et son aboiement lui dirait où elle se trouvait.

Il s'avéra qu'il n'eut pas à aller bien loin. En tournant le coin de la maison, il la vit qui sautait sur la terrasse couverte. Elle se dirigea droit vers le banc en bois qui faisait face au chemin, posa le derrière sur les planches usées et lança son aboiement caractéristique avec l'enthousiasme d'une chanteuse d'opéra.

Ridge gravit les marches et posa la main sur sa tête pour lui faire comprendre qu'elle pouvait cesser d'aboyer. Elle se calma immédiatement, mais garda les yeux fixés sur le plancher derrière le banc. Ridge se pencha en avant, scrutant la pénombre. La terrasse faisait face à l'est, et des nuages d'orage obscurcissaient les derniers rayons du soleil couchant. Il était presque impossible de distinguer ce que Penny avait découvert. Il prit sa torche dans son sac et l'alluma. Il faillit la laisser tomber en comprenant ce qu'il avait sous les yeux.

— Oh ! mon Dieu ! souffla-t-il.

Un siège-auto reposait sur les planches, recouvert d'un drap. Impossible de dire s'il était occupé. Mais Penny ne l'aurait pas signalé s'il avait été vide.

Ridge avança la main, le cœur serré. Il repoussa le drap et ravala un juron. Comment ce bébé avait-il atterri sur sa terrasse ?

Ridge contempla l'enfant qui dormait paisiblement. Le bébé avait remué lorsque Penny avait aboyé, mais s'était rendormi dès qu'il avait soulevé le siège-auto et l'avait fait rentrer dans le chalet. Il ne connaissait pas grand-chose aux bébés, mais celui-ci lui paraissait anormalement calme. N'étaient-ils pas censés pleurer tout le temps ?

Il jeta un coup d'œil à Penny, mais elle ne lui offrit aucune explication. Elle le regardait d'un air d'attente, et il prit conscience qu'il avait oublié de la récompenser de sa trouvaille. Avec un pincement de culpabilité, il alla chercher son jouet favori dans son sac.

— C'est bien, Penny, roucoula-t-il en lui présentant le jouet.

Les chiens pisteurs étaient motivés par le renforcement positif, et il n'avait jamais oublié de la récompenser. Bien sûr, il n'avait jamais trouvé de bébé chez lui non plus.

— D'où viens-tu ? murmura-t-il.

Il n'y avait aucune trace autour du chalet, aussi ignorait-il depuis combien de temps le bébé était là. Il sentit son estomac se nouer à l'idée que cet enfant sans défense était resté à la merci des éléments, et un éclair de colère le traversa. Quelle personne saine d'esprit laissait un bébé sur la terrasse d'un inconnu ? Il jeta un coup d'œil au-dehors, remarquant la teinte verdâtre du ciel. Le temps s'était détérioré. Ils allaient certainement avoir un orage. S'il n'était pas rentré à temps…

Il frémit, refusant de penser à cette éventualité.

— On dirait que ton ange gardien fait des heures supplémentaires, dit-il en secouant la tête.

Il tira la couverture vert pâle, révélant le petit corps sanglé dans le siège-auto. Le bébé portait une grenouillère et de petites moufles roses.

— J'imagine que tu es une fille, dit-il doucement.

Il lui fallut quelques secondes pour comprendre comment détacher les lanières, mais après quelques tentatives il put la prendre doucement. Le bébé laissa pendre la tête en arrière et émit un petit cri de détresse qui fit battre son cœur. L'avait-il blessée ? Et si elle était déjà blessée et qu'il ait aggravé les choses ? Il sentit ses paumes se couvrir de sueur.

*Ne la laisse pas tomber,* s'admonesta-t-il, en resserrant les mains. Il sentit ses battements de cœur, aussi rapides que les ailes d'un oiseau-mouche. Était-ce normal ? Peut-être était-elle stressée ou malade ?

Il la coucha au creux de son bras, soutenant son dos et sa tête de sa grande main. Elle gigota un peu, et il fut ravi de sentir sa chaleur contre son torse. Elle n'avait donc pas froid. C'était déjà quelque chose.

Il remarqua alors un morceau de papier plié au fond du siège. Il était un peu froissé, mais le message était lisible. *S'il vous plaît, prenez soin d'elle jusqu'à ce que je revienne. F.*

La mère du bébé avait donc l'intention de revenir le chercher. Mais quelles circonstances avaient forcé cette femme à l'abandonner sur la terrasse d'un inconnu ? Pourquoi ne pas l'emmener au commissariat ou à l'hôpital ? Après tout, il n'y avait aucune garantie qu'on la trouve. La mère devait être vraiment désespérée pour recourir à un acte pareil.

Elle avait signé d'un *F.* Sans doute l'initiale de son prénom. Craignait-elle d'être la prochaine victime du tueur de l'Alphabet ? Avait-elle abandonné le bébé pour se sauver ?

C'était possible, songea-t-il. Jusque-là, le tueur ciblait les femmes par ordre alphabétique. Le prénom de la dernière victime commençait par un *E,* aussi le *F* était-il le suivant sur la liste. La mère connaissait peut-être le tueur ou avait une bonne raison de supposer qu'elle serait la prochaine victime.

Le bébé se tortilla, et il posa la main sur elle pour mieux la retenir. Puis il la redressa contre lui et fut récompensé par la vue de deux yeux sombres qui le fixaient en louchant. Ses mouvements avaient fait glisser son bonnet, aussi, il le retira et vit qu'elle avait de fins cheveux noirs.

Comme les victimes du tueur de l'Alphabet. Il sentit ses doigts devenir gourds. Était-ce un indice quant à l'identité du tueur ? Si on pouvait identifier ce bébé et sa mère, cela les mènerait-il au tueur de l'Alphabet ? Peut-être était-ce la percée qu'ils attendaient tous.

— Mais pourquoi es-tu ici ? demanda-t-il au bébé.

Elle pinça ses petites lèvres comme pour répondre. Sa mère était-elle liée au mystérieux rôdeur qu'il avait pourchassé toute la journée ? Le tueur de l'Alphabet jouait peut-être à cache-cache avec cette *F,* et la mère avait profité de la première occasion pour mettre son bébé en sécurité. Mais cela n'expliquait pas pourquoi Archie Johansen avait entendu du bruit sur sa terrasse.

La petite fille émettait maintenant une série de couinements de plus en plus aigus. Le cœur battant, Ridge prit conscience qu'il n'avait aucune idée de ce qu'il fallait faire. Apparemment mécontent de son absence de réaction, le bébé ouvrit grand la bouche et lâcha un cri perçant. Penny laissa tomber son jouet et considéra Ridge d'un air plus parlant que tous les mots : *Que vas-tu faire à ce propos ?*

— Allons, allons, dit-il en tapotant maladroitement le petit dos. Ne pleure pas. Tout va bien.

Cela n'eut pas l'effet désiré. Le bébé se mit à pleurer de façon régulière, exprimant clairement un besoin. *Elle a probablement faim,* comprit-il avec un temps de retard. *Qui sait depuis combien de temps elle n'a pas mangé ?*

Mais comment nourrissait-on un bébé ? Il n'y avait absolument rien dans son garde-manger qui convienne à une enfant de cet âge. Et il ne pouvait courir au supermarché acheter du lait en poudre. Il ignorait lequel prendre et n'avait pas de biberon. Il était désespérément hors de son élément. Il était temps de faire appel à des professionnels.

Remettant la petite fille dans le siège-auto, il l'emporta dans son pick-up, en esquivant les grosses gouttes de pluie qui commençaient à tomber. Penny le suivit et sauta devant le siège passager, gardant un œil attentif sur le bébé qui hurlait maintenant de toutes ses forces, le visage écarlate.

— Au temps pour une soirée tranquille, marmonna Ridge, en passant une vitesse. Allez, ma petite, dit-il un peu plus fort. Je suis sûr qu'ils ont de quoi te nourrir à l'hôpital, et on va en profiter pour te faire examiner.

Et peut-être trouverait-il son bulletin de naissance là-bas. On avait vu des choses plus étranges.

# 2

Penchée en avant, le Dr Darcy Marrow noua le dernier point de suture avant de sourire à son patient.

— Tu as été très courageux, assura-t-elle au petit garçon.

Il la fixa, ses yeux bleus écarquillés par la surprise.

— Je n'ai rien senti ! s'écria-t-il.

— C'est bien, dit-elle en posant ses instruments sur un plateau en métal. Ça veut dire que le médicament a marché.

— Est-ce que je vais avoir une cicatrice ?

Il semblait l'espérer, ce qui tira un soupir à sa mère. Darcy dissimula un sourire en rassemblant les emballages.

— Peut-être, dit-elle. L'important, c'est de bien laver et sécher les points. Et quand le médicament ne fera plus effet tu vas avoir un peu mal.

— Génial !

Elle croisa le regard de la mère et haussa imperceptiblement les épaules.

— Il faudra l'emmener chez le pédiatre dans une semaine, pour ôter les points. Dans l'intervalle, s'il a de la fièvre ou si la blessure a l'air infectée, ramenez-le-moi.

— Merci, dit la femme.

Elle était visiblement épuisée. Elle venait de rentrer du travail et avait commencé à préparer le dîner lorsqu'elle avait été interrompue par un fracas dans le salon. La petite table en verre s'était brisée en mille morceaux. Le petit

Johnny avait décidé de s'exercer au karaté en attendant le dîner.

— Plus de films de kung-fu pour toi, dit sa mère tandis qu'ils sortaient de la salle d'examen.

— Mais, maman…, protesta le petit garçon.

Darcy leur souhaita mentalement bonne chance. La blessure n'était pas trop grave, mais étant donné le goût de l'aventure du petit garçon ce ne serait probablement pas la dernière.

Tirant le rideau, elle sortit de la principale salle d'examen des urgences. Le service était disposé en U autour du poste central, où les infirmières et les médecins prescrivaient des analyses, accédaient aux résultats de laboratoire et buvaient du café quand les choses ralentissaient. L'une des infirmières lui adressa un sourire amical lorsqu'elle s'assit.

— Dois-je comprendre que Johnny est remis sur pied ?

Darcy hocha la tête.

— Il sera en pleine forme en un rien de temps. Je suis sûre qu'il va continuer à rendre sa mère dingue.

La femme se mit à rire.

— C'est un vrai petit diable.

— Ils ne sont que tous les deux ?

Darcy ne se souvenait pas d'avoir vu le nom d'un père dans le dossier médical.

— Oui. Son mari est parti travailler à Odessa lors du boom pétrolier, il y a quelques années. Quelques mois plus tard, il l'a appelée et lui a dit qu'il ne reviendrait pas. Autant que je sache, elle n'a plus jamais eu de nouvelles de lui.

— C'est terrible, dit Darcy, se sentant encore plus navrée pour cette femme. Pas étonnant qu'elle ait l'air si fatiguée. Y a-t-il quelque chose qu'on puisse faire pour l'aider ? Une garde d'enfant ou quelque chose comme ça ?

L'infirmière lui jeta un regard curieux.

— Elle est sur liste d'attente pour la garderie périscolaire.

Mais j'ignore combien de temps il faudra pour que Johnny puisse y entrer.

— Je pourrais peut-être les appeler et insister, hasarda Darcy.

— Peut-être, dit l'infirmière, mais je croyais que vous ne restiez pas assez longtemps pour des choses comme ça.

Darcy se sentit rougir. C'était vrai, elle ne faisait qu'un remplacement de quelques semaines au centre médical régional de Granite Gulch. Son père, chef du personnel, lui avait suggéré cette vacation lorsqu'il avait appris que son poste à New York ne serait pas libre avant le mois de mai.

— Pour ne pas perdre la main, avait-il dit, d'un ton qui suggérait qu'elle oublierait tout ce qu'elle avait appris si elle prenait quelques semaines de vacances.

Cette critique implicite l'avait piquée, mais elle avait écarté sa remarque d'un haussement d'épaules. Elle n'avait de toute façon pas de bonnes relations avec ses parents. Durant son enfance, son médecin de père avait été plus absent que présent et sa mère plus intéressée par les événements mondains que par l'éducation de sa fille. Il en résultait que les conversations familiales consistaient en échanges raides et formels.

Surtout après que Darcy avait commencé à sortir avec Ridge Colton. Ils s'étaient rencontrés au lycée, et elle avait immédiatement été attirée par son magnétisme tranquille. Sa confiance en lui suggérait qu'il se fichait de ce que les autres pensaient de lui. Et comme elle venait d'une famille obsédée par les apparences cette attitude lui plaisait et l'intriguait à la fois. Elle était au courant de ses antécédents familiaux, tout le monde l'était, mais son lien avec le tristement célèbre Matthew Colton ne la dérangeait pas. Ridge était d'une grande gentillesse et, en lui parlant, elle avait compris que l'air de calme souverain que tout le monde prenait pour de l'arrogance était en fait une défense contre le rejet. Ridge était tellement habitué à ce qu'on le juge à l'aune des méfaits de son père qu'il avait cessé d'essayer de se rapprocher des autres. Mais, lorsqu'il avait décidé de faire confiance à Darcy, il avait laissé tomber ses défenses et lui avait fait entrevoir une personnalité rayonnante.

Ses parents étaient sortis de leurs gonds en découvrant cette relation. C'était la seule fois où ils s'étaient intéressés de fait à ses activités et ses amis. Ils lui avaient ordonné de rompre immédiatement avec Ridge, mais elle avait refusé. Son obstination avait mené à un refroidissement supplémentaire de leurs rapports et, même si elle avait fini par quitter Ridge, ses parents et elle ne s'étaient jamais vraiment réconciliés. C'était en partie la raison pour laquelle elle avait choisi d'assurer ce remplacement à Granite Gulch. Elle ne voulait pas entamer sa nouvelle vie à New York sans faire au moins une tentative pour recoller les morceaux avec eux.

Repoussant ces pensées, Darcy revint à l'infirmière.

— C'est vrai que je ne suis pas là pour très longtemps, mais j'aimerais me rendre utile tant que je suis là.

La femme hocha la tête, un petit sourire aux lèvres.

— Donnez-moi une minute, je vais vous trouver le numéro.

— Merci.

Darcy se tourna vers l'ordinateur pour afficher la liste des patients en attente. Ils avaient été répartis en fonction du degré de sévérité de la maladie ou de la blessure, et comme personne n'était en danger de mort elle les recevait par ordre d'arrivée.

Elle venait juste d'afficher le dossier de sa prochaine patiente – une jeune femme présentant un syndrome grippal – quand elle entendit des pleurs de bébé.

— En voilà un qui n'est pas heureux, murmura-t-elle en s'immobilisant pour écouter.

C'était le pleur d'un bébé affamé, aussi reporta-t-elle son attention sur l'ordinateur. Un bruit de voix s'éleva dans la salle d'attente, accompagné de lambeaux de conversation.

— Monsieur, vous ne pouvez pas…, disait Carol, la réceptionniste, manifestement irritée.

— Je ne la laisse pas…

Une voix rocailleuse, probablement celle du père du bébé.

— Tout simplement interdit…

Carol s'échauffait maintenant, son ton devenait autoritaire. Darcy se la représenta penchée en avant, ses lunettes glissant sur le bout de son nez, toisant l'homme qui osait la défier. Carol dirigeait la réception des urgences d'une main de fer et ne tolérait pas les bêtises. L'homme allait devoir se plier à sa volonté.

— Animal de service…

Les mots étaient secs et formels, terminant effectivement la conversation.

Eh bien, *ça* c'était intéressant. La loi stipulait qu'on ne pouvait refuser l'entrée à un chien d'accompagnement, ce que Carol savait forcément. Toutefois, la plupart des chiens d'accompagnement portaient un harnais, qui les identifiait en tant que tels. Le fait que Carol ait tenté d'expulser celui-ci signifiait que l'animal en question n'était pas en uniforme, pour ainsi dire. Alors était-ce un vrai chien d'accompagnement, ou le propriétaire essayait-il de le faire passer pour tel parce qu'il ne voulait pas le laisser dans sa voiture ?

Sa curiosité piquée, Darcy se leva et se dirigea vers la salle de répartition. Carol semblait avoir besoin de renfort. En outre, les pleurs du bébé avaient pris une note désespérée, et elle savait d'expérience que les cas pédiatriques pouvaient s'aggraver rapidement.

L'infirmière lui jeta un regard interrogateur quand elle pénétra dans la salle.

— Je voulais juste savoir à quoi rimait ce bruit…

Les mots moururent sur ses lèvres quand elle vit le patient dont il s'agissait, ou plutôt le parent du patient.

Ridge Colton.

Sa vue lui coupa le souffle, la laissant bouche bée. Au fond d'elle, elle savait que ce n'était qu'une question de temps avant qu'elle tombe sur lui. Granite Gulch était une petite ville, où tout le monde connaissait tout le monde. Pourtant, elle avait espéré que cette rencontre aurait lieu à l'heure et à l'endroit de son choix, non quand elle venait de faire huit heures de garde.

— Ridge…

Son prénom lui échappa dans un murmure, mais cela aurait pu aussi bien être un hurlement. Il lui jeta un coup d'œil, et une lueur de reconnaissance passa dans ses yeux sombres, de même qu'un éclair d'émotion, qu'elle ne put déchiffrer. Surprise ? Colère ? Déception ? Peu importait. Cela disparut en une fraction de seconde et il lui tourna le dos, revenant au bébé.

L'infirmière continua son examen préliminaire de l'enfant, énonçant des données au fur et à mesure. L'écoutant d'une oreille, Darcy se força à détourner le regard de Ridge et à contempler le bébé. Il y aurait tout le temps plus tard de chercher en lui le garçon qu'elle avait connu.

Un rapide examen physique ne révéla rien d'inhabituel. Elle jeta un coup d'œil interrogateur à Ridge.

— Quel est le problème ?

Ridge la regarda puis détourna les yeux.

— Je ne sais pas. Je me faisais du souci parce qu'elle est restée dehors.

— Dehors ? Combien de temps est-elle restée dehors ?

Il secoua la tête.

— Je l'ignore.

— Où est sa mère ?

Une petite part de son cœur se serra. Bien sûr que Ridge s'était marié et avait fondé une famille. Pourquoi ne l'aurait-il pas fait ? Il était stupide de croire qu'elle serait la seule femme à régner sur son cœur.

— Je ne sais pas.

Un muscle palpita sur sa mâchoire. Apparemment, la mère du bébé était un sujet sensible pour lui. Étaient-ils séparés ? Avait-elle abandonné le bébé et était-elle partie sans le lui dire ? Mais quel genre de mère ferait ça ? Le Ridge qu'elle avait connu était bon juge des caractères – il n'avait sûrement pas eu un enfant avec une femme irresponsable ?

— Tu peux l'appeler ? J'ai besoin d'un peu plus d'informations.

— Non.

Darcy haussa un sourcil devant ce refus.

— Non ?

Il croisa son regard avec des yeux impénétrables.

— Je te l'ai dit, je ne sais pas où elle est.

Il avait pratiquement craché ces mots. *D'accord, essayons une autre approche*. Darcy se tourna vers l'infirmière.

— On va faire des analyses complètes, pour être sûrs de ne rien manquer. En attendant, est-ce qu'on a un biberon ?

La pauvre petite cherchait à téter depuis le début de l'examen, et Darcy soupçonnait qu'une grande partie du vacarme était due à sa colère qu'on lui refuse son dîner.

L'infirmière hocha la tête et se dirigea vers les placards à l'autre bout de la salle. Il ne lui fallut qu'un moment pour préparer un biberon. Darcy prit le bébé dans ses bras et se mit en devoir de le nourrir. Ses pleurs cessèrent dès qu'il avala de grandes goulées du biberon.

Ridge poussa un soupir de soulagement et Darcy vit ses

épaules se détendre. Il y eut un aboiement approbateur en provenance du plancher et, en baissant les yeux, elle vit un chien marron la regarder avec des yeux étonnamment intelligents. *Ce doit être le fameux chien d'accompagnement.*

— Joli chien, dit-elle.

Ridge baissa les yeux d'un air surpris, comme s'il avait oublié la présence de l'animal.

— Oh ! merci.

Il semblait distrait. Il n'était visiblement pas habitué à s'occuper d'un enfant, et si la mère du bébé – sa femme ? sa petite amie ? – était partie sans prévenir il pensait sans doute davantage à elle qu'à autre chose.

— On ne laisse normalement pas entrer les animaux ici, continua-t-elle, essayant de prendre un ton normal.

— C'est une chienne d'assistance, répondit-il, l'air un peu plus présent.

— Ah bon ? Comme un chien d'aveugle ?

Il secoua la tête et ses cheveux bruns effleurèrent le col de sa chemise.

— Non. Un chien de recherche et de secours.

Il se pencha et gratta la chienne derrière les oreilles.

— C'est elle qui a trouvé le bébé.

Darcy releva vivement la tête.

— Trouvé le bébé ? Tu veux dire qu'elle n'est pas à toi ?

Il lui adressa un regard perplexe.

— Non. Je croyais l'avoir dit.

Un étrange soulagement envahit Darcy à l'idée que Ridge n'avait pas refait sa vie, mais ce n'était pas le moment de se laisser aller à l'égoïsme. Alors qu'elle luttait pour reprendre contenance, une pensée plus sinistre lui passa par la tête.

— Ridge, d'où vient ce bébé ?

Le jeune homme qu'elle avait connu n'était pas capable de méchanceté, mais les gens changeaient. Cela faisait des années qu'elle ne l'avait pas vu. Et s'il avait craqué et avait enlevé cette enfant à sa mère, puis concocté une histoire comme quoi il l'avait « trouvée » ? Mais pourquoi aurait-il fait ça ?

— Je ne l'ai pas volée, si c'est ce que tu veux dire, lâcha-t-il froidement.

Darcy se sentit rougir et détourna les yeux. Dix ans auparavant, son père avait accusé Ridge d'avoir volé une montre ancienne dans le tiroir de son bureau. Darcy ne l'avait pas cru, mais lorsque Ridge avait renversé son sac à dos la montre en était tombée. Elle l'avait supplié de s'expliquer, mais Ridge n'avait rien répondu. Il était resté silencieux, le visage de marbre. Il l'avait complètement ignorée – il n'avait pas croisé son regard ni montré autrement qu'il savait qu'elle était dans la pièce. Et Darcy n'avait pas eu d'autre option que de rompre avec lui. Cela lui avait brisé le cœur, mais elle ne pouvait rester avec quelqu'un qui avait volé sa famille. Elle n'avait jamais oublié cet horrible moment, et Ridge non plus, apparemment.

— Je ne pense pas que tu l'as volée, dit-elle d'un ton égal.

Il n'avait aucun droit d'être en colère contre elle – c'était lui qui avait fait quelque chose de mal. Mais lui hurler dessus n'allait pas l'aider à se renseigner sur le bébé et, pour l'instant, c'était la priorité. Elle prit une profonde inspiration.

— On dirait qu'il y a toute une histoire, fit-elle, essayant de prendre un ton gentil. Concentrons-nous sur le bébé, d'accord ?

Ridge acquiesça d'un geste.

— Bon, reprit-elle, sentant la tension la quitter. Alors à qui appartient ce bébé ?

Ridge serra les dents, ravalant une réponse sarcastique. La journée avait été longue, et aboyer sur Darcy ne résoudrait aucun de ses problèmes. Pourtant, la manière dont elle le regardait, comme s'il avait fait un truc horrible… ça faisait mal. Autrefois, ils comptaient l'un pour l'autre. C'était la seule qui ne lui avait pas reproché sa filiation, la seule qui avait essayé de le connaître. Ils avaient passé de bonnes années ensemble, et il avait stupidement pensé que leur amour juvénile suffirait à les protéger de toutes les vicissitudes.

Comme il s'était trompé. Elle s'était détournée de lui comme tout le monde, le jugeant pour quelque chose qu'il n'avait pas fait.

Cela faisait des années qu'il ne l'avait pas revue. Il savait qu'elle était revenue à Granite Gulch, mais il n'avait pas cherché à la voir. Elle avait pris sa décision, et il n'était pas du genre à pourchasser un rêve défunt.

Mais à la voir maintenant… Elle était magnifique. Ses cheveux étaient plus longs qu'il ne s'en souvenait, attachés en queue-de-cheval, ce qui accentuait ses pommettes saillantes. Ses yeux étaient les mêmes, toutefois. De grands lacs marron qui l'attiraient et lui donnaient envie de s'y noyer.

Secouant la tête, il reporta son attention sur le bébé, qui vidait rapidement le biberon. Il sentit son cœur palpiter en contemplant la femme qu'il aimait autrefois occupée à nourrir le bébé. C'était comme la réalisation d'un vieux rêve.

— Je vais te dire ce qui s'est passé, commença-t-il. Mais d'abord il faut que j'appelle quelques personnes.

— Qui ?

Le mot était assez innocent, mais il perçut un changement subtil dans sa voix.

— Mon frère et ma sœur. Sam et Annabel sont policiers. J'ai eu une journée d'enfer, et je n'ai pas envie de raconter plusieurs fois la même histoire.

Darcy pinça les lèvres, une expression qu'il reconnut.

Elle avait quelque chose à dire, mais tenait sa langue. Elle se contenta d'un signe de tête, et il sortit son téléphone.

Il ne lui fallut que quelques minutes pour contacter Sam et Annabel et, heureusement, ils ne lui demandèrent pas de détails. Ridge raccrocha avec un soupir et se laissa tomber sur la chaise placée à côté du lit. Penny s'avança vers lui et posa la tête sur ses genoux. Il la caressa d'un air absent, se rejouant les moments qui avaient mené à la découverte du bébé. Peut-être y avait-il quelque chose qu'il avait négligé, un indice qui l'aiderait à identifier l'enfant et la personne qui l'avait déposée sur sa terrasse.

Mais rien ne ressortait de ses souvenirs. Il n'avait vu aucune trace autour de son chalet ni rien senti d'inhabituel, pas de parfum s'attardant dans l'air. Bien sûr, Penny était meilleure pour détecter ce genre de choses. Ce n'était pas la première fois qu'il regrettait qu'elle ne soit pas douée de parole.

— Ridge ?

Il leva les yeux et vit que Darcy le contemplait. Son expression disait que ce n'était pas la première fois qu'elle l'interpellait, et il marmonna une excuse.

— Comme je disais, j'ai eu une longue journée.

— Ça ne fait rien. Mais il faut que nous nous déplacions dans une salle d'examen. Cette salle doit rester disponible pour la répartition.

— Aucun problème.

Il se leva et s'étira, tentant de se débarrasser de ses crampes. Il fit un geste rapide et Penny se leva, prête à le suivre. Puis il se tourna pour faire face à Darcy, et elle détourna les yeux, rosissant légèrement. Était-elle en train de le regarder ?

Une petite part mesquine en lui espérait qu'elle aimait ce qu'elle voyait. C'était idiot, il le savait, mais la pensée qu'elle puisse le trouver toujours attirant plaisait à son ego. C'était agréable de songer qu'il n'était pas le seul à souffrir de regret quant à la manière dont les choses avaient fini entre eux.

— C'est par où ? demanda-t-il avec décontraction.

La dernière chose qu'il voulait, c'était qu'elle comprenne combien il était ébranlé par leur rencontre. Sa présence évoquait trop de souvenirs, d'émotions. Il n'avait pas le temps maintenant – il devait se concentrer sur la recherche des parents du bébé et la capture du tueur de l'Alphabet.

En outre, il n'était pas stupide. Si leur seule option était l'amitié, il n'allait pas baisser sa garde au nom de la nostalgie. Cela n'en valait tout simplement pas la peine.

Darcy le conduisit dans la principale travée des urgences, puis dans une salle à gauche du poste des infirmières.

— Assieds-toi donc, lui dit-elle en indiquant une chaise. Je vais demander un berceau pour cette petite.

— Tu veux que je la tienne pendant qu'on attend ?

— Vraiment ?

Elle avait haussé les sourcils, comme s'il était la dernière personne dont elle attendrait qu'elle puisse tenir un bébé. Une fois encore, il repoussa la peine que lui causaient ces préjugés. L'avait-elle toujours mésestimé ou ne l'avait-il jamais remarqué avant ? On disait que l'amour rendait aveugle…

— Ça ne me dérange pas.

À dire vrai, il se sentait un peu possessif. Il ignorait qui était ce bébé, mais par un tour du destin il avait atterri dans sa vie. Désormais, c'était à lui de s'assurer qu'il était en sécurité.

Darcy s'avança et lui déposa doucement le bébé dans les bras. Il le serra contre lui, émerveillé par la chaleur de son petit corps. Comment une si petite chose pouvait-elle émettre tant de chaleur ? L'enfant poussa un soupir et se blottit contre lui. Il sentit son cœur faire un drôle de petit bond.

— Laisse-moi aller chercher une couverture, murmura Darcy.

Elle revint une seconde plus tard et borda une pièce de flanelle autour du bébé, puis recula d'un pas et sourit.

— Tu es beau, comme ça.

Il croisa son regard et, durant une fraction de seconde, ce fut comme s'ils étaient toujours ensemble, planifiant leur avenir et partageant leurs rêves. Le sentiment de déjà-vu était si intense qu'il lui fit un peu tourner la tête. Darcy l'éprouvait-elle, elle aussi ? Ou la fatigue de la journée le rendait-elle spécialement sensible ?

Dans tous les cas, Penny choisit cet instant pour émettre un petit bruit inquisiteur, brisant le charme de l'instant. Elle s'approcha de lui et du bébé, et Darcy recula pour la laisser passer.

*C'est peut-être aussi bien,* songea Ridge. *Inutile de soupirer après ce qui aurait pu être.*

Penny flaira le bébé, puis sa jambe. Apparemment satisfaite, elle décrivit deux cercles étroits, puis s'installa sur le plancher et ferma les yeux avec un soupir.

— C'est vraiment une bonne chienne, dit Darcy.

— La meilleure, répondit-il.

— Comment s'appelle-t-elle ?

— Penny.

— Un choix intéressant. Mais elle n'est pas vraiment de la couleur d'un penny.

Il rit doucement.

— Je l'ai appelée comme ça parce qu'elle mangeait des pennies.

Darcy fit la grimace. Il sentit le sourire quitter son visage en repensant au jour où il avait trouvé la chienne.

— Je me promenais dans les bois quand je suis tombé sur elle. C'était un chiot. Tout ce qu'on voyait d'elle, c'étaient deux grands yeux et quatre grosses pattes. Un psychopathe l'avait attachée à un arbre et abandonnée.

— C'est horrible ! s'exclama Darcy.

Il acquiesça.

— C'est une bonne chose que je sois passé par là. Je ne sais pas depuis combien de temps elle était là, mais elle n'allait pas durer beaucoup plus. Alors je l'ai mise dans mon pick-up et je l'ai emmenée chez le vétérinaire. Elle était visiblement affamée, et avant que je m'en aperçoive elle a commencé à manger la monnaie que j'avais laissée entre les sièges.

— Pauvre petite. Mais c'était ingénieux de sa part.

Darcy contempla Penny avec une expression de sympathie et d'amusement.

— Elle a eu de la chance que tu la trouves avant qu'il soit trop tard.

— En réalité, nous avons eu de la chance tous les deux.

Il n'essaya pas d'expliquer que la chienne avait comblé le vide de son cœur et s'était révélée sa meilleure amie. C'était peut-être triste qu'il fasse confiance à un chien plus qu'à n'importe qui d'autre, mais c'était la vérité.

Ridge remua sur sa chaise et regarda le bébé, soulagé de voir que ses mouvements n'avaient pas perturbé son sommeil. Pauvre petite chose, elle avait eu une sacrée journée elle aussi.

Comme si elle avait lu dans ses pensées, Darcy reprit la parole :

— Tout ira bien pour elle.

Son ton était apaisant, et soudain il fut renvoyé à

l'époque où il pouvait tout lui dire. Combien de fois lui avait-il confié des choses qu'il n'avait jamais dites à personne ? Il avait du mal à l'admettre, mais malgré les années Darcy le tenait encore sous son emprise. Au moins, il était capable de le reconnaître avant de tomber à nouveau amoureux d'elle.

Son téléphone bourdonna et il consulta l'écran.

On est là. Où es-tu ?

— Sam et Annabel sont arrivés. Dans quelle salle sommes-nous ?

— Je vais les chercher, proposa Darcy. Ça ira pour toi ?

Il sourit d'un air ironique.

— Je n'ai pas encore cassé le bébé.

Elle acquiesça.

— C'est juste. Je reviens.

Ridge attendit qu'elle s'éloigne, puis contempla le bébé dans ses bras. La petite fille dormait paisiblement, recroquevillée comme une petite crevette. Elle était si petite, ses traits de chérubin incarnaient l'innocence. Une série d'expressions traversèrent son visage en une succession rapide, comme si elle les essayait une à une. Tandis qu'il la regardait, sa bouche s'épanouit en un sourire d'une douceur infinie, et il sentit le poids de la responsabilité s'abattre sur ses épaules. Même s'il ignorait d'où elle venait, elle était à lui désormais.

— Je ne sais pas qui t'a laissée sur le pas de ma porte, lui dit-il doucement, mais je te promets de prendre soin de toi.

C'était sa vocation de prendre soin de ceux qui étaient perdus, la raison même pour laquelle il était entré dans cette unité de recherche et de secours. Son frère Trevor, profileur au FBI, lui avait dit une fois qu'il était attiré par ce métier parce qu'il n'avait pas pu aider leur jeune sœur, Josie. Ridge n'était pas certain de croire à ce baratin psychologique, mais il était sûr d'une chose : il s'occupait des siens.

Se penchant, il déposa un baiser sur les doux cheveux du bébé.

— Je te protégerai, murmura-t-il.

# 3

En sortant de la salle d'examen, Darcy tenta d'organiser ses pensées. Les événements de la dernière demi-heure lui faisaient tourner la tête, et elle avait une liste sans fin de questions. D'où venait ce bébé ? Pourquoi l'avait-on laissé à Ridge ? Qu'avait-il fait ces dix dernières années ? S'était-il casé ou était-il encore célibataire ?

*Commence par le début,* se dit-elle fermement. *Résous le mystère du bébé. Tout le reste peut attendre.*

Les nerfs en pelote, elle se rendit dans la salle d'attente. Elle n'avait jamais rencontré les frères et sœurs de Ridge, car ils avaient été élevés dans différentes familles d'accueil. Pour des raisons qu'elle ne voulait pas examiner de trop près, elle tenait à faire bonne impression à ces gens. Elle savait que Ridge était encore en colère contre elle. Peut-être que si son frère et sa sœur l'aimaient bien il s'adoucirait ? Bien qu'il soit impossible qu'ils se remettent ensemble, ce serait agréable s'ils pouvaient devenir amis. Ils avaient trop compté l'un pour l'autre pour laisser cette amertume perdurer.

Ce ne fut pas difficile de trouver Sam et Annabel, et pas seulement parce que la salle d'attente était vide. Elle les aurait reconnus au milieu d'une foule, car ils avaient la même expression sérieuse que Ridge. Ce devait être l'expression habituelle des Colton, se dit-elle, ce regard sobre et pensif, continuellement en train d'évaluer l'environnement.

Sam tourna la tête lorsqu'elle s'approcha. Il avait les mêmes cheveux et les mêmes yeux noirs que son frère, mais là où Ridge était grand et large d'épaules Sam avait la carrure élancée d'un coureur longue distance.

— Sam Colton ?

Il hocha la tête et la dévisagea en lui serrant la main. Darcy se tourna vers la femme qui l'accompagnait.

— Vous devez être Annabel ?

La sœur de Ridge lui adressa un sourire crispé qui n'éclaira pas ses yeux bleus.

— Où est Ridge ?

— Par ici, dit Darcy en leur indiquant le chemin. Merci d'être venus si vite.

— Ridge n'a pas l'habitude de crier au loup, indiqua Sam. Il n'aurait pas appelé si ce n'était pas important.

Darcy tapota à la porte de la salle d'examen, puis l'ouvrit et fit signe à Sam et Annabel d'entrer. Tous deux pénétrèrent dans la pièce et s'arrêtèrent net en voyant leur frère avec un bébé dans les bras. Sam fut le premier à se reprendre.

— Eh bien, fit-il d'un ton traînant, je te quitte quelques heures et te voilà déjà avec un bébé.

Il y avait un drôle d'accent dans sa voix, comme s'il avait reçu un coup de pied dans le ventre. Était-il en colère ? Quelque chose remuait dans la mémoire de Darcy, mais avant qu'elle puisse préciser cette pensée Sam sourit.

— C'est Penny qui l'a trouvé, répondit Ridge.

En entendant son nom, la chienne leva la tête et poussa un grognement de bienvenue. Annabel se pencha et la caressa.

— Ça ne ressemble pas à tes aventures habituelles, lui dit-elle.

— Très drôle, répliqua Ridge.

— Tu veux nous donner les détails ? demanda Sam.

Ridge jeta un coup d'œil à Darcy et désigna la porte de la tête. Elle la referma doucement pour préserver la confidentialité.

Il ne lui fallut pas longtemps pour raconter comment il avait découvert le bébé. Darcy dut se mordre la langue pour ne pas l'interrompre avec des questions. Sam et Annabel, il fallait le reconnaître, se contentèrent d'écouter en silence jusqu'à ce qu'il ait fini. Lorsqu'il se tut, le frère et la sœur échangèrent un regard.

— Où est le message, maintenant ? demanda Sam.

— Je l'ai laissé dans la voiture, dit Ridge. Je ne voulais pas qu'on y touche.

— Bien pensé, approuva Annabel. Tes clés ? Je vais aller le chercher et l'emporter pour analyse.

Ridge décolla une fesse de la chaise et prit les clés dans sa poche.

— Je suis garé sur le parking, près de l'entrée.

Annabel attrapa les clés qu'il lui lançait.

— J'ai vu ton pick-up quand on est arrivés. Je reviens.

Après un instant de silence, Sam poussa un soupir.

— Tout ça n'a aucun sens, dit-il en fourrageant dans ses cheveux.

Ridge laissa échapper un petit rire.

— Ne m'en parle pas. Je suis le dernier à qui on devrait confier un bébé.

— Oh ! je ne sais pas, rétorqua Sam, une étincelle d'humour dans les yeux. Tu t'es bien occupé de cette chienne. Est-ce vraiment plus difficile de s'occuper d'un bébé ?

Une fois encore, son ton était forcé, comme s'il essayait d'alléger l'atmosphère. Tout à coup, Darcy se rappela un commérage qu'elle avait entendu à son sujet. Son ancienne fiancée avait prétendu être enceinte de lui pour l'obliger à l'épouser. Il était sur le point d'officialiser les choses quand elle avait été tuée. C'était l'une des premières victimes du tueur de l'Alphabet.

Darcy le considéra avec une touche de pitié. Bien que sa fiancée n'ait pas été enceinte, Sam avait cru qu'elle l'était et avait voulu bien faire pour son enfant. Quelle tristesse pour lui de découvrir la vérité, sans plus pouvoir confronter sa compagne à ses mensonges.

Ridge lui adressa un sourire compatissant, et son frère hocha la tête.

— Donc on a un bébé aux cheveux noirs et une mère dont le prénom commence par la lettre *F,* dit Sam, comme s'il pensait à voix haute. Tu parles d'une coïncidence.

— C'est ce que je me suis dit aussi, répondit Ridge.

— Le tueur ne s'en est jamais pris à une femme avec enfants jusqu'ici.

*Ils doivent parler du tueur de l'Alphabet,* pensa Darcy. Croyaient-ils vraiment que la mère du bébé était visée ?

— Il y a une première à tout, dit Ridge. En outre, nous ne savons pas comment il choisit ses victimes. En dehors de leurs similarités physiques, je veux dire.

— C'est vrai.

Les hommes se turent, visiblement perdus dans leurs pensées.

— Et vous n'avez trouvé personne aujourd'hui ? reprit Sam.

Ridge secoua la tête.

— Aucune trace du visiteur de M. Johansen.

— Comme il n'y a pas de corps, on peut supposer que la mère est toujours en vie. Pour l'instant, du moins.

— Soit ça, soit le tueur l'a laissée dans les bois.

Sam inclina la tête.

— C'est possible. Mais Penny s'est arrêtée après avoir trouvé le bébé, n'est-ce pas ?

— C'est ça.

— Aurait-elle continué s'il y avait un cadavre alentour ?

C'était une bonne question, et Darcy était curieuse d'entendre la réponse. Elle n'avait jamais rencontré de chien de recherche et de secours et n'avait aucune idée de la manière dont ils se comportaient.

Ridge haussa les épaules.

— Elle aurait sans doute indiqué qu'il y avait une autre odeur. Mais elle n'est pas dressée à la détection des cadavres. Ce sont les vivants qu'elle cherche, pas les morts.

— On peut envoyer une équipe fouiller la zone autour de ton chalet. Mais je ne pense qu'ils trouveront quoi que ce soit.

Sam fit quelques pas dans la petite pièce, les mains sur les hanches.

— Alors où est allée la mère après avoir laissé le bébé ? Les gens ne disparaissent pas comme ça.

— Bien sûr que si, répondit Ridge. Tu le sais aussi bien que moi.

*Que veut-il dire par là ?* se demanda Darcy. Puis la réponse lui vint : sa sœur Josie avait disparu. Son absence lui pesait, car ils avaient été très proches.

Sam lança un regard réprobateur à son frère.

— Ce n'est pas le moment de plaisanter. Il faut retrouver cette femme. Elle pourrait être la clé de toute l'affaire.

Il se tourna vers Darcy.

— Commençons par ce qu'on sait effectivement. Vous avez une idée de l'âge de ce bébé ?

Darcy pencha la tête, méditant sa question.

— Je dirais qu'elle a une ou deux semaines, répondit-elle. Cela correspond à sa taille, son poids et ses réflexes.

— D'accord, dit Sam.

Il désigna l'ordinateur de la salle d'examen.

— Vous pouvez afficher le registre des naissances pour cette période ?

— Ça devrait être possible.

Il lui fallut quelques instants, mais elle l'ouvrit sans trop de problèmes.

— Apparemment, il y a eu neuf naissances, dont quatre étaient des filles.

Annabel se glissa dans la salle.

— C'est une bonne chose que tu aies mis le message dans un sachet en plastique, lança-t-elle en repoussant ses cheveux mouillés. C'est le déluge, dehors.

— Un déluge qui va effacer les traces de la personne qui a laissé le bébé, commenta Ridge sombrement.

— Vous pouvez imprimer la liste des parents ? demanda Sam, ignorant son frère et sa sœur.

Darcy lui jeta un coup d'œil.

— Je ne peux pas faire ça. C'est une violation de la vie privée des patients. Je pourrais perdre mon droit d'exercer.

Sam la dévisagea d'un air froid.

— Vous comprenez ce que nous essayons de faire ? La mère de ce bébé est sans doute visée par un meurtrier. J'ai besoin de cette information.

— Ce sera peut-être inutile, objecta Darcy. Il n'y a aucune garantie que ce bébé soit né ici. Elle a pu venir au monde dans un autre hôpital ou même à domicile.

— Peut-être, répliqua Sam, mais il faut bien commencer quelque part.

Darcy secoua la tête.

— Je suis désolée. J'aimerais vous aider, mais si je fais ça et qu'on le découvre ça anéantira ma carrière.

— Vous me faites perdre du temps.

Il avait parlé bas, mais l'impatience était là, dans sa voix. Il avait l'air d'un homme habitué à obtenir ce qu'il voulait. Darcy respectait sa détermination, mais il n'était pas question qu'on la force à faire quelque chose de contestable. Elle était toutefois partagée : et si son refus coûtait la vie à cette femme ? Pourrait-elle encore se regarder en face sachant qu'une femme était morte parce qu'elle se souciait davantage de sa carrière que de sa vie ?

— Sam…

Le calme de Ridge fit retomber la tension croissante.

— Tu sais qu'elle a raison. Ne lui demande pas d'enfreindre la déontologie. Combien de temps faudrait-il pour obtenir un mandat du juge ?

— Trop longtemps, riposta Sam. Mais, d'accord, on fera comme tu veux.

Darcy lança un regard de gratitude à Ridge, qui n'y répondit pas.

— Je vous propose une chose, dit-elle en s'éloignant du bureau. Il faut que j'aille chercher un berceau pour le bébé. Cela va me prendre un moment pour en trouver un.

Elle orienta l'écran pour qu'il soit face à Sam. Reconnaissant une offre de paix, celui-ci lui adressa un sourire crispé.

— Nous tiendrons compagnie à Ridge jusqu'à votre retour.

Darcy sortit, les paumes des mains humides. Elle n'avait jamais rien fait de cette sorte. Même si c'était la chose à faire, cela la rendait nerveuse.

— C'est un policier, pas un inconnu, marmonna-t-elle.

En outre, elle savait qu'un juge lui accorderait ce droit. Elle ne faisait qu'esquiver la paperasse, se dit-elle. Mais elle avait toujours suivi les règles, et cet écart par rapport à la norme la rendait fébrile.

— Tout va bien ? lui demanda George, l'autre médecin de garde. J'ai entendu qu'il y avait du grabuge tout à l'heure.

Darcy tenta de lui sourire, mais ne réussit à produire qu'une grimace. George fronça légèrement les sourcils devant son expression. *Reprends-toi,* s'admonesta-t-elle. *Arrête de te comporter bizarrement.*

— Tout va bien, lui dit-elle. Quelqu'un a trouvé un bébé abandonné ce soir, alors la police est venue.

— Oh ! bon sang !

George secoua la tête.

— Il va bien ?

— Oui. Nous avons eu de la chance. J'essaye de trouver un berceau pour elle.

— Je crois que j'en ai vu un par là.

Il s'éloigna d'un pas pressé, et revint un instant plus tard, poussant un berceau en plexiglas.

— Voilà.

— Merci.

Cette fois, son sourire était sincère.

— Pas de problème. Tu veux que j'appelle la protection de l'enfance ?

— Euh, non. Je vais laisser la police gérer ça.

George hocha la tête.

— Tiens-moi au courant si tu as besoin de quelque chose.

Elle agita la main et repartit vers la salle d'examen, essayant de ralentir pour donner le temps à Sam de consulter les dossiers.

Lorsqu'elle ouvrit la porte, trois visages se tournèrent vers elle. Sam se tenait près de Ridge, regardant le bébé. L'écran était revenu à sa position originale, et Sam lui adressa un hochement de tête pour la remercier. Annabel se tenait dans un coin, le téléphone à l'oreille. Elle fit un geste vague et recula pour faire de la place au berceau.

— Comment va-t-elle ? demanda doucement Darcy.

— Elle a l'air d'aller très bien, répondit Ridge.

— Tu es prêt à la mettre dans son berceau ?

Il contempla le bébé et son expression s'adoucit.

— Je suppose que oui.

Ridge se leva et arpenta la pièce de long en large sur un rythme réconfortant. Puis, avec des mouvements lents, il déposa le bébé endormi sur le matelas. Enfin il se redressa, mais resta près du berceau, absorbé par la vue de l'enfant.

Une fois encore, Darcy fut frappée par son comportement. À sa connaissance, Ridge n'avait jamais eu à s'occuper d'un bébé. Et pourtant il agissait comme si ce rôle lui était parfaitement naturel. Et pour le bébé d'une inconnue, en plus.

Annabel raccrocha et rejoignit ses frères près du berceau.

— On a un problème, dit-elle d'un ton bref.

Ridge haussa un sourcil.

— Lequel ?

— La protection de l'enfance ne peut pas venir ce soir. Les orages ont inondé les routes menant à Granite Gulch.

— Génial, gronda Sam. Alors quelles sont les options ?

— Il va falloir qu'elle reste ici, répondit Darcy. Je peux la faire admettre dans la nurserie.

— Elle sera seule ? demanda Ridge.

— Pas vraiment, dit Darcy, touchée par sa sollicitude. Il y a du personnel vingt-quatre heures sur vingt-quatre. Laisse-moi faire les papiers…

Elle se connecta au système, mais ce qu'elle vit la fit froncer les sourcils.

— Qu'est-ce qu'il y a ? demanda Ridge.

— La nurserie est pleine, répondit-elle en fixant l'écran. Je n'arrive pas à y croire.

— Comment est-ce possible ? questionna Sam.

Darcy secoua la tête.

— Nous sommes à court de personnel, ce qui veut dire que nous ne pouvons admettre qu'un certain nombre de bébés. La nurserie en a déjà le maximum autorisé.

— Alors quelles sont les possibilités ? demanda Annabel.

Ridge contempla la petite fille, l'air songeur.

— Je vais la prendre.

— Quoi ?

Le mot était venu de Darcy, Sam et Annabel en même temps.

— Tu n'es pas sérieux, dit Sam.

— Tu ne connais rien aux bébés, protesta Annabel.

Tous deux se tournèrent vers Darcy, attendant qu'elle fasse entendre raison à leur frère.

— Vous pouvez lui expliquer ça ? dit Sam.

— Eh bien, commença-t-elle. Les bébés sont très exigeants. Ils doivent être nourris toutes les deux ou trois heures, ce qui veut dire que tu ne dormiras pas beaucoup.

— Le besoin de sommeil est très surestimé, répliqua Ridge.

— Tu n'as pas les affaires nécessaires, intervint Annabel. Du lait en poudre, des couches, un berceau… Tu n'as rien de tout ça.

— Sois raisonnable, ajouta Sam. Ce n'est pas ton domaine.

— Je ne peux pas l'abandonner, dit simplement Ridge.

Ces mots coupèrent le souffle à son frère et sa sœur. Ils oscillèrent sur leurs talons, fixant Ridge comme s'ils ne l'avaient jamais vu.

— Je sais que ça a l'air insensé, continua-t-il, mais ce bébé est sous ma responsabilité, maintenant. Je vais m'occuper d'elle jusqu'à ce qu'on retrouve sa mère.

Annabel se tourna vers Sam.

— Est-ce que c'est légal, déjà ?

Il pinça les lèvres, réfléchissant.

— Je ne sais pas. Mais étant donné les circonstances je ne vois pas ce qu'on peut faire d'autre.

— Alors c'est décidé, conclut Ridge, l'air résolu. Je la ramène à la maison. On se voit demain matin.

Sam et Annabel échangèrent un regard, puis Annabel haussa les épaules d'un air d'impuissance.

— Si tu es sûr, dit lentement Sam.

— Je le suis.

La voix de Ridge était ferme, et il était clair qu'il n'accepterait pas d'autre objection.

— D'accord, fit Sam.

Il se tourna vers Annabel.

— Il vaut mieux qu'on retourne au commissariat et qu'on transmette le message au service scientifique. On a du boulot.

— Oui. Je crois que qu'on devrait aussi faire appel à Chris. Il pourra commencer à vérifier les accouchements à domicile.

Sam hocha la tête.

— Je veux aussi que Trevor s'en occupe. Il a accès aux indices du FBI. Il peut parcourir les lettres et avec un peu de chance trouver un indice qui nous aidera à identifier la mère.

Annabel s'avança pour donner une accolade à Ridge.

— Bonne chance, lui dit-elle en se mettant sur la pointe des pieds pour l'embrasser sur la joue.

— Merci, répondit-il doucement.

Sam asséna une claque dans le dos de son frère.

— Appelle si tu as besoin de quelque chose, dit-il. Nous serons au commissariat.

— Parfait. Merci pour votre aide.

— Quand tu veux, frangin.

Ridge attendit qu'ils quittent la pièce avant de se tourner vers Darcy.

— Eh bien, je crois qu'on devrait se mettre en route.

— Tu es sûr de ce que tu fais ?

L'expression de Ridge ne se modifia pas, mais son

regard devint froid, et elle se mordit la langue d'avoir posé la question.

— Ce n'est pas que je doute de tes capacités, reprit-elle, essayant d'aplanir les choses, mais un bébé c'est beaucoup de travail.

— J'en suis conscient. Et, oui, je suis sûr que je peux faire face.

Darcy soutint son regard un instant, lisant sa détermination dans ses yeux noirs. Ridge avait une volonté de fer, et quand il avait décidé quelque chose il s'y tenait quelles que soient les conséquences. Sachant qu'elle avait perdu la bataille, elle résolut de faire ce qu'elle pouvait pour se rendre utile.

— Au moins, laisse-moi te donner quelques affaires.

Ridge acquiesça, et elle passa les minutes suivantes à rassembler couches et biberons. Elle revint dans la salle les bras chargés, et découvrit que Ridge avait déjà remis le bébé dans le siège-auto.

— Ce n'est pas beaucoup, indiqua-t-elle en déposant le tout sur le lit. Mais ça devrait durer un jour ou deux.

— Merci, dit Ridge. Je te suis reconnaissant de ton aide.

— Je t'en prie.

Maintenant que le moment était arrivé, elle éprouvait une bizarre réticence à laisser partir Ridge. Le revoir l'avait déstabilisée, mais une petite part d'elle-même était réconfortée par sa présence. *Ne fais pas l'idiote,* se dit-elle. *Tu es juste fatiguée.*

— Tu as besoin d'aide pour tout transporter dans ta voiture ?

Ridge secoua la tête, et elle réprima une bouffée de déception.

— Je vais y arriver, dit-il. Viens, Penny.

La chienne se leva et s'étira, regardant Ridge d'un air d'attente. Ridge se tourna vers Darcy.

— Merci encore, dit-il.

Il fit un pas vers la porte, puis s'arrêta.

— C'était sympa de te revoir, Darcy. Prends soin de toi.

— Toi aussi, fit-elle doucement.

Elle le regarda s'éloigner. Son absence provoquait en elle à la fois du soulagement et de la tristesse.

— Ça vaut mieux, déclara-t-elle dans la pièce vide. Je m'en vais bientôt et je n'ai pas besoin d'une complication comme ça.

C'était la vérité, mais cela ne la réconforta pas. Même si leur relation s'était terminée des années auparavant, il y avait des choses non résolues entre eux.

Secouant la tête, elle repoussa une mèche de cheveux derrière son oreille. Revoir Ridge lui avait donné un choc, mais elle ne pouvait ruminer le passé pour toujours. Il était temps de se remettre au travail.

— Je ne comprends pas quel est le problème. Les conditions de remboursement sont imprimées ici, sur le reçu : trente jours à partir de la date d'achat. J'ai acheté cette robe la semaine dernière.

Sourcil haussé, Francine Gibbons fixa la vendeuse.

— Oui, madame, je comprends bien. Mais la robe a une tache de vin. Je crains de ne pas pouvoir accepter le retour d'un article abîmé.

La vendeuse avait pris un ton d'excuse qui n'apaisa pas Francine. Ne savait-elle donc pas à qui elle parlait ?

— Je ne vais pas en discuter avec vous. Je veux voir votre responsable.

Ce n'était pas sa faute si la robe était sale. Ted était toujours entreprenant quand il avait bu quelques verres et, dans son impatience, il avait renversé son vin rouge. La nappe avait absorbé la plus grande partie du liquide, mais il en était tombé assez sur la robe pour qu'elle ne puisse plus la porter. Mieux valait la rapporter et l'échanger contre un autre article.

— Madame, c'est la politique du magasin, commença la vendeuse.

Francine la coupa :

— Je croyais avoir été claire. Je vous ai dit que je voulais parler à la responsable. Pourquoi êtes-vous encore là ?

— Puis-je vous aider, madame Gibbons ?

Une femme plus âgée venait d'arriver, un sourire plaqué sur le visage. Francine jeta un regard triomphant à la vendeuse, qui se tassa sur elle-même, l'air vaincu.

— Oui. Comme je le disais, je veux rendre cette robe et être remboursée. Mais votre vendeuse me fait des difficultés.

— J'en suis désolée, répondit la femme d'un air onctueux. Laissez-moi m'en occuper.

Elle jeta un regard d'avertissement à la vendeuse, qui ouvrit la bouche, sans doute pour se défendre.

— C'est si difficile de trouver de bons employés de nos jours, fit remarquer Francine, tout en consultant ses messages sur son téléphone. Vous connaissez cette nouvelle boutique qui vient d'ouvrir sur Main Street ? Ils ont des vêtements fantastiques, et le service est impeccable.

Tout en achevant d'opérer le remboursement, la gérante sourit, lèvres pincées.

— Je n'ai pas encore eu l'occasion d'y aller.

— Vous devriez, dit Francine. C'est exactement le genre de magasin dont nous avons besoin à Granite Gulch.

— Magnifique, murmura l'autre femme.

Elle glissa un reçu et un stylo sur le comptoir.

— Si vous voulez bien signer le reçu, je vais recréditer le prix de la robe sur votre compte.

— Merci, dit sèchement Francine.

Elle gribouilla sa signature et rendit le reçu à la femme.

— Tout le plaisir est pour moi. Puis-je vous aider pour autre chose ?

— Non, ce sera tout.

Fourrant le téléphone dans son sac, elle rejeta ses cheveux par-dessus son épaule.

— Merci de votre visite. Nous sommes impatients de vous revoir.

— Hmm. Je vous donnerai peut-être une autre chance. Mais vous devriez mieux former vos vendeuses, surtout lorsqu'il s'agit d'une aussi bonne cliente que moi.

Elle lança un dernier regard à ladite vendeuse avant de tourner les talons et de sortir de la boutique.

Le culot de ces gens ! Comment osaient-ils la traiter comme une cliente ordinaire ! Elle avait dépensé des milliers de dollars dans ce magasin. Le moins qu'ils puissent faire était de se comporter comme s'ils appréciaient sa clientèle.

Un éclair zébra le ciel tandis qu'elle se hâtait sous les auvents. Les sourcils froncés, elle s'efforçait d'éviter les mares pour ne pas mouiller ses Louboutin. Elle avait eu l'intention de rentrer avant l'orage, mais les gens étaient si incompétents de nos jours. On l'avait retenue dans tous les magasins. Pour un peu, elle en aurait engagé une conseillère shopping, mais personne ne lui inspirait confiance dans ce domaine.

— Je devrais les obliger à remplacer mes chaussures, marmonna-t-elle, toujours remontée contre la vendeuse. C'est le moins qu'ils puissent faire pour me dédommager.

Ayant atteint l'extrémité d'un auvent, elle fit halte pour sortir son parapluie de son sac. Les réverbères censés éclairer le parking étaient grillés, ce qui le laissait dans l'obscurité.

— Cette ville va vraiment à vau-l'eau, grommela-t-elle

en s'efforçant d'ouvrir son parapluie. Ils ne se donnent même pas la peine d'entretenir l'éclairage public.

Elle en parlerait à Jill Winthrop – le mari de celle-ci était au conseil municipal et il devait savoir que cette partie de la ville nécessitait des aménagements.

Enfin elle s'avança sous la pluie, scrutant l'obscurité et souhaitant avoir une lampe torche. Une pression sur la télécommande alluma les feux de la Mercedes, ce qui l'aida à se guider. Un bruit de pas se fit entendre sur le gravier derrière elle, mais Francine était trop pressée pour y prêter attention.

— Hé…

Elle ignora cette interjection et continua d'avancer.

— Hé !

Francine serra les dents et leva les yeux au ciel. Elle ne répondait pas à ce genre de salut, surtout venant d'un inconnu.

— Francine !

Ça, c'était bizarre. Elle s'arrêta et se retourna, essayant de voir qui l'interpellait. Une silhouette s'approcha, enveloppée d'un large trench-coat et d'un chapeau à large bord.

— Qui êtes-v…

Avant qu'elle puisse achever sa question, l'inconnu leva le bras et un *pop* sonore retentit. Quelque chose heurta la poitrine de Francine, la renversant. Elle resta allongée une seconde par terre, étourdie. Puis la douleur arriva, atroce, irradiant de sa poitrine dans tous ses membres.

— Quoi ? haleta-t-elle.

La silhouette s'approcha et se pencha sur elle, l'abritant temporairement de la pluie. Francine cilla, essayant de reconnaître l'inconnu.

— Pourquoi ? réussit-elle à formuler avec des lèvres engourdies.

Le meurtrier sourit avec cruauté.

— Pourquoi pas ?

La vision de Francine commençait à se rétrécir, mais elle vit le bras de l'inconnu se lever à nouveau. Il y eut une détonation assourdissante, et elle sombra dans l'obscurité.

# 4

Ridge faisait les cent pas devant les fenêtres donnant sur les bois, tapotant régulièrement le dos du bébé.

— C'est un vrai déluge, lâcha-t-il sans s'adresser à personne.

Comme pour souligner sa remarque, un éclair illumina le ciel, révélant le torrent impétueux qu'était devenue son arrière-cour.

— J'espère que la grange tient le coup, marmonna-t-il.

Ridge aimait travailler de ses mains et avait éprouvé une grande fierté à bâtir son chalet. Mais après en avoir achevé la construction il s'était senti désœuvré. Il avait alors entrepris de construire une grange, qu'il pourrait utiliser comme telle et comme atelier. Le projet était bien avancé, mais était désormais ralenti par la chasse au tueur de l'Alphabet.

Il jeta un coup d'œil au bébé qu'il tenait.

— C'est toi, la clé de cette affaire ?

La petite fille bâilla, et il sentit ses mâchoires le démanger de faire pareil. Il était rattrapé par la fatigue et n'avait qu'une envie, coucher l'enfant et dormir. Mais chaque fois qu'il la posait dans son lit elle se mettait à pleurer. La seule chose qu'il avait trouvée pour la calmer était de faire les cent pas.

Il regarda le panier du chien près de la cheminée. Penny s'était assoupie des heures plus tôt, étendue sur le dos.

— Veinarde, marmonna-t-il.

Il aurait bien aimé que la chienne l'aide à distraire le bébé.

— On retrouvera ta mère, dit-il doucement. Je voudrais juste qu'elle ait écrit ton prénom dans son message. Comment dois-je t'appeler ?

Le bébé remua légèrement et poussa un petit cri, aussi accéléra-t-il le rythme de ses tapotements jusqu'à ce qu'elle se rendorme.

— Je trouve que tu as l'air d'une Sara, dit-il, sentant son cœur se serrer un peu.

Saralee était le prénom de sa mère, et il lui semblait approprié que cette petite porte le prénom d'une femme qui avait tant compté dans sa vie.

Sara poussa un soupir, et Ridge décida de tenter à nouveau de la coucher. Il s'approcha lentement du matelas qu'il avait confectionné avec plusieurs édredons et la posa. Puis il remonta la couverture sur elle et se redressa, essayant de dénouer les tensions de son dos. *S'il te plaît, ne te réveille pas,* supplia-t-il silencieusement.

La petite fille fronça les sourcils, une expression adorablement déplacée sur le visage d'un bébé. Ridge retint son souffle, espérant contre toute attente qu'elle resterait endormie.

Ce ne fut pas le cas. La petite fille gigota comme pour tester les limites de son nouvel environnement. Ne le trouvant pas à son goût, elle ouvrit la bouche et laissa échapper un pleur qui éveilla Penny, laquelle émit un aboiement stupéfait.

Résigné à son sort, Ridge se pencha et reprit le bébé. Lorsqu'il l'eut contre lui, elle se calma, et ses pleurs se réduisirent à de petits hoquets. Penny se retourna dans son panier avec un soupir, et Ridge reprit sa marche.

*Darcy avait peut-être raison,* songea-t-il. Peut-être s'était-il chargé d'une trop grosse responsabilité. Mais il était hors de question qu'il montre une quelconque faiblesse. Il avait commis cette erreur une fois et ne le ferait plus jamais.

Un énorme coup de tonnerre claqua, les faisant sursauter tous deux.

— Celui-là est tombé tout près, lui dit-il en baissant la voix pour ne pas la réveiller totalement.

Suivant de près le tonnerre, un tambourinement se fit entendre à la porte d'entrée. Ridge fronça les sourcils. Il n'avait pas beaucoup de visiteurs, et les gens qui venaient chez lui faisaient normalement le tour par-derrière. C'était donc un étranger, et étant donné les événements du jour il n'avait pas envie d'ouvrir la porte avec un bébé dans les bras.

— Qui tu penses que ça pourrait être ? questionna-t-il doucement.

La mère du bébé venue réclamer son enfant ? Si c'était le cas, elle devrait s'expliquer. Bien qu'elle ne fasse pas partie de sa vie depuis longtemps, Ridge s'était attaché à la petite Sara, et il n'allait pas la remettre à la première venue.

Il y avait une autre possibilité, qui lui fit froncer les sourcils. Et si son visiteur n'était pas la mère de Sara, mais le tueur de l'Alphabet, venu achever sa tâche ? Ce serait intrépide, mais son chalet était relativement isolé. Et avec ce temps il se passerait des jours avant qu'on s'inquiète de lui. Plus il y pensait, plus il se disait que c'était l'opportunité parfaite pour un meurtrier.

Il reposa Sara sur le lit et la borda, espérant qu'elle ne crierait pas pendant quelques minutes. Puis, prenant la batte de base-ball qui reposait dans un coin, il se dirigea vers la porte. Peut-être devenait-il paranoïaque, mais il ne voulait pas ouvrir sans arme.

Les coups cessèrent, puis reprirent avec une vigueur renouvelée, comme si son visiteur s'impatientait. Il alluma la lumière extérieure et fit halte pour jeter un coup d'œil derrière le voilage. Malheureusement, la pluie tombait toujours, et il était difficile de distinguer quoi que ce soit. Il vit une silhouette, sans pouvoir dire s'il s'agissait d'un homme ou d'une femme. Inspirant à fond et serrant la batte, Ridge déverrouilla la porte et l'entrouvrit.

— Ridge ?

— Darcy ?

La stupéfaction lui avait donné un ton aigu. Elle était la dernière personne qu'il s'attendait à voir, surtout par une nuit comme celle-ci.

— Qu'est-ce que tu fais là ?

— Puis-je entrer ?

Elle frissonna légèrement et repoussa ses cheveux humides.

— Oh ! bien sûr. Désolé.

Ridge posa la batte contre l'encadrement de la porte et recula, faisant signe à Darcy d'entrer. Sara choisit ce moment pour pousser un cri sonore, et Darcy sourit en franchissant le seuil.

— Comment ça se passe ?

Ridge fit la grimace.

— Elle n'aime pas que je la pose.

Il referma vivement la porte puis, traversant la pièce, reprit Sara. Comme auparavant, elle s'arrêta de pleurer dès qu'elle fut dans ses bras. Il reprit son va-et-vient, l'œil fixé sur Darcy, qui examinait la pièce avec une franche curiosité.

— C'est une très jolie maison, commenta-t-elle en

errant lentement d'un côté à l'autre. J'ignorais tout à fait où c'était. Comment l'as-tu trouvée ?

— Je l'ai construite, dit-il simplement.

C'était étrange de la voir chez lui. Son chalet était son havre. Il n'avait jamais amené de femme chez lui, et la présence de Darcy lui donnait un sentiment de vulnérabilité.

— Tu l'as construite ?

Elle n'avait pas tenté de cacher son incrédulité. Puis elle secoua la tête et se mordit la lèvre.

— Désolée… C'est la deuxième fois que je sous-entends que tu n'es pas capable.

Il cilla, surpris par ses excuses.

— Euh, ça ne fait rien. La plupart des gens sont surpris que je l'aie bâtie.

— Combien de temps ça t'a pris ?

Elle semblait authentiquement intéressée, et il éprouva cet élan familier qui le poussait à se livrer à elle.

— Six mois, répondit-il.

Darcy siffla doucement, apparemment impressionnée, et il se sentit rougir devant cette approbation.

— Comment m'as-tu trouvé ?

Il était temps de remettre la conversation sur ses rails. Darcy haussa un sourcil.

— Tu as rempli des papiers à l'hôpital, tu te rappelles ?

Il acquiesça, se morigénant pour avoir oublié.

— Je me suis dit que j'allais passer pour voir comment vous vous en sortiez, toi et le bébé.

— Parce que tu crois que je ne peux pas m'occuper d'elle ?

Il avait ouvert la bouche avant de réfléchir et il prit conscience de l'amertume de son ton. Tant pis. Il était las qu'on scrute chacun de ses mouvements. Toute sa vie, il avait eu l'impression d'être sous un microscope, en butte au jugement des autres. Alors qu'il avait consacré sa vie d'adulte à aider autrui, les gens l'évitaient. Ils le traitaient comme un chien galeux, dont ils craignaient qu'il ne les attaque quand ils auraient le dos tourné.

Darcy soutint son regard un moment, l'observant.

— Non, dit-elle pensivement. Parce que je pensais que tu aimerais un peu de compagnie. S'occuper d'un enfant, ça donne l'impression d'être seul.

Sa réponse le laissa coi, et l'irritation le quitta, le laissant bizarrement vide.

— Oh ! dit-il bêtement.

Comment savait-elle cela ? S'était-elle occupée d'un bébé, ou était-ce juste une supposition ? Il prit conscience qu'il voulait en savoir plus sur ce qu'elle avait fait toutes ces années. Elle lui montra un sachet en plastique.

— Je suis venue avec des cadeaux, aussi.

Elle posa le sac sur la petite table du salon et en sortit des paquets de couches, des lingettes et plusieurs biberons.

— J'ai fait une descente dans la nurserie avant de partir. Je sais que je t'ai donné quelques affaires, mais je me suis dit que tu pourrais en avoir besoin de davantage.

— Merci, dit-il, se sentant plus stupide de minute en minute.

Darcy essayait seulement de l'aider, et il avait failli la mordre pour sa peine. Il secoua la tête, essayant de mettre sa mauvaise humeur de côté.

Darcy sourit.

— Tu veux que je tienne le bébé pour que tu puisses t'asseoir ?

Il hocha la tête avant même qu'elle ait fini la question.

— Oui, s'il te plaît.

Sa résolution de tout faire tout seul s'effrita à la pensée de se ressourcer un peu. Bien qu'il se considérât comme un homme indépendant, il n'était pas stupide. Il avait compris que s'occuper de Sara relevait du marathon, et qu'il serait sage d'accepter l'aide qu'on lui offrait.

Darcy s'approcha de lui et s'arrêta à quelques centimètres. Avec des mouvements mesurés, Ridge lui transféra le petit paquet qu'il avait dans les bras, s'efforçant d'ignorer les petits éclairs de sensations qui le parcouraient chaque fois qu'ils se touchaient accidentellement. Il s'ordonna de reculer dès qu'elle eut Sara dans les bras, mais ses pieds ne voulaient pas obéir. Ils ne s'étaient pas tenus aussi près l'un de l'autre depuis des années, et son corps voulait savoir si elle éprouvait toujours la même chose quand elle était près de lui.

La chaleur irradiait de sa peau, et il inspira profondément, essayant de s'éclaircir les idées. Une erreur. Elle sentait la pluie et l'odeur des bois. C'était un parfum réconfortant et familier, qui lui donnait envie de se rapprocher d'elle, et il dut se forcer à s'écarter avant de faire quelque chose qu'il regretterait.

Darcy leva les yeux sur lui, la peau humide, brillant sous la lumière de la lampe.

— C'est un bébé magnifique, murmura-t-elle avec un sourire.

— Oui, c'est vrai.

— Elle a eu de la chance de te trouver.

Il sentit son cœur se réchauffer, et la sensation escalada son cou jusqu'à ses oreilles, les rendant brûlantes. Il s'éclaircit la gorge et fit un pas en arrière.

— C'est le contraire, en fait, dit-il. C'est Penny qui mérite tout le crédit.

Ils se retournèrent tous deux pour contempler la chienne, qui s'était rendormie et ronflait doucement en tressaillant. Ridge sentit son cœur se remplir d'affection, et il se demanda pour la millième fois ce qu'il ferait sans elle.

— Pourquoi ne t'assieds-tu pas ? suggéra Darcy. Je peux marcher avec elle un petit moment.

— Merci.

Il se laissa tomber sur le canapé avec un soupir. Darcy se mit à fredonner doucement en marchant, une jolie mélodie qui lui donna envie de fermer les yeux.

— Je crois que le temps se lève finalement, dit-elle.

Elle avait raison, la pluie semblait avoir ralenti. *Je devrais aller voir la grange,* songea-t-il. Darcy le regarda quand il se leva.

— Ça t'ennuie de la tenir encore quelques minutes ? Je construis une grange et je veux m'assurer qu'elle est toujours debout avec ces intempéries.

— Pas de problème, répondit-elle. Prends ton temps.

Prenant une torche, il fit halte près de la porte et contempla Darcy avec Sara dans les bras. Elle était l'image même du réconfort maternel. Dans la lumière de la lampe, la scène avait quelque chose d'onirique. Ce serait facile de rester là et de les regarder pour toujours, mais il ne devait pas se laisser piéger. Ni Darcy ni le bébé n'étaient à lui, et il ferait bien de s'en souvenir.

La pluie était froide et Ridge accueillit avec plaisir les grosses gouttes sur son visage et son cou. Le choc l'aida à s'éclaircir les idées. Il avait bien failli embrasser Darcy, ce qui était une erreur. *Nous avons eu notre chance,* se rappela-t-il fermement. Et les choses n'avaient pas marché entre eux. C'était idiot de penser qu'il en irait différemment aujourd'hui.

Il examina le sol devant lui, essayant de choisir le chemin le moins traître. Son jardin verdoyant était devenu un lac de boue, parsemé de grandes mares d'eau. Rien à faire, il allait devoir se mouiller.

Résigné à son sort, il avança d'un pas lourd, pataugeant

dans la boue. Ce serait l'enfer de nettoyer ses bottes, mais il devait vérifier s'il y avait des dégâts.

Il se faufila à l'intérieur et passa le faisceau de sa torche le long des murs, satisfait de constater qu'il n'y avait pas de taches d'humidité. Puis il examina le plancher. Pas autant de chance. Il y avait plusieurs petites mares, ce qui voulait dire qu'il allait devoir réparer le toit lorsque le soleil reviendrait.

Il embrassa une dernière fois l'espace du regard, imaginant la grange terminée. La tondeuse irait dans le coin gauche, de même que les autres équipements de jardin. Il y aurait de la place pour ses outils dans le coin droit. Et encore de l'espace, où il pourrait caser un vélo ou deux, se dit-il. Il ferma les yeux : deux grands vélos et un petit, prêts à être utilisés les soirs d'été, lorsque les lucioles s'élèvent au-dessus des herbes.

L'envie de fonder une famille le frappa et il s'adossa à l'encadrement de la porte. D'où cela venait-il ? Était-ce le fait de s'occuper du bébé qui lui donnait ce sentiment ? Ou de revoir Darcy ? *Peut-être les deux,* s'avoua-t-il. À dire vrai, Darcy était la seule femme avec laquelle il avait rêvé de fonder une famille, et après qu'elle l'avait quitté il avait renoncé à faire de ce rêve une réalité.

Mais peut-être était-il temps d'y repenser. Sara avait rallumé en lui le désir d'avoir ses propres enfants. Des enfants qui grandiraient avec leurs deux parents, pas comme lui et ses frères et sœurs. Il se représenta sa jeune sœur, Josie, et ressentit un pincement au cœur en se rappelant la dernière fois qu'il l'avait vue. De douce petite fille, elle était devenue une jeune femme froide et distante. Il secoua la tête. Leurs vies auraient été tellement mieux s'ils avaient eu un autre père. Mais ça ne fonctionnait pas comme ça.

Le bruit de la pluie s'était modifié, devenant plus rapide et plus fort. Il jeta un dernier coup d'œil à la grange avant de refermer, puis baissa la tête et s'élança vers la maison, essayant d'éviter les plus grosses flaques.

Il avait parcouru la moitié du chemin quand un hurlement perçant lui glaça le sang.

# 5

— Non !

Le cœur battant, Darcy recula face à l'intrus masqué qui venait de s'introduire dans la maison. Il se jeta sur elle, mais elle esquiva, échappant de peu à son élan. Grognant de frustration, il avança encore, ne lui laissant d'autre choix que de reculer à nouveau.

— Donnez-moi le bébé, exigea-t-il.

Ses mains étaient partout, agrippant, empoignant. Darcy lui lança un coup de pied, mais il l'évita et continua d'avancer.

Penny aboyait et grondait, montrant les dents à l'homme. Elle se débrouillait bien, mais la méchanceté n'étant pas dans sa nature elle semblait réticente à l'idée de le mordre. Voyant son hésitation, l'intrus lui décocha un coup de poing dans le flanc. Elle poussa un glapissement et s'éloigna, mais pour mieux revenir lui mordre la main.

Darcy profita de cette diversion pour fuir. L'homme lui bloquait l'accès à la porte, aussi fonça-t-elle au fond de la pièce et posa-t-elle le bébé pour se libérer les mains. Puis elle fit face à l'intrus, cherchant des yeux quelque chose qui pourrait lui servir d'arme.

Une batte de base-ball était appuyée au mur près de la porte. Trop loin pour lui être d'une quelconque utilité, mais peut-être y avait-il autre chose ? Elle fit un pas en avant, dans l'intention d'attirer l'intrus à l'écart du bébé. Son pied heurta quelque chose et, en baissant les yeux, elle vit un gros os en cuir près du panier de Penny. Elle le ramassa et le tint en l'air, prête à frapper. Ce n'était pas grand-chose, mais il était solide et effilé d'un côté. Il faudrait que l'homme s'approche pour qu'elle s'en serve, mais c'était mieux que rien.

Penny faisait de son mieux pour tenir l'homme occupé, mais il était maintenant plus près du bébé. Darcy devait l'éloigner de la petite, mais comment ? Une attaque frontale ne marcherait pas – il était trop grand. Elle devrait l'attaquer de biais, le prendre par surprise. Mais cela voulait dire laisser le bébé sans défense.

Où était Ridge ? Elle hurla à nouveau, espérant que cette fois il l'entendrait. Elle ne pourrait pas retenir l'intrus éternellement. À moins que Ridge n'arrive, l'homme allait la maîtriser et prendre l'enfant.

C'était maintenant ou jamais. Se déplaçant aussi vite qu'elle le pouvait, Darcy contourna l'intrus. Un pas, deux, et elle fut à portée de frappe. Elle leva son arme improvisée au-dessus de sa tête et s'apprêtait à l'abattre quand l'homme se retourna. Elle vit la lueur de satisfaction dans ses yeux et comprit son erreur : il savait depuis le début ce qu'elle allait faire !

Il lui asséna un coup de pied dans le tibia. La douleur explosa, menaçant de la priver de conscience. Elle inspira un bon coup et repoussa l'obscurité. Si elle tombait, tout serait fini.

Elle balança sauvagement l'os, mais manqua son coup. Pour aggraver encore les choses, son geste l'avait déséquilibrée, et elle se sentit chuter. Elle agrippa le dossier du fauteuil pour se rattraper, mais sa jambe ne la supportait plus.

Sentant son avantage, l'intrus s'avança et la jeta à terre.

Elle heurta le plancher avec rudesse et essaya de s'éloigner à quatre pattes. Mais elle heurta le fauteuil. Il n'y avait plus nulle part où aller.

L'homme se dressa au-dessus d'elle, le bras levé. Darcy eut à peine le temps de ciller que sa main s'abattit sur sa tempe, déclenchant un feu d'artifice dans son crâne. Elle battit des paupières pour éclaircir sa vision, juste à temps pour le voir lever à nouveau le bras.

Ses muscles se tendirent pour se préparer à l'impact. Mais celui-ci ne vint jamais. Il y eut un choc assourdi et, en ouvrant les yeux, elle vit que Ridge s'était jeté sur l'homme. Tous deux roulèrent sur le plancher et s'écrasèrent contre la petite table, la renversant et envoyant voler cadres et bibelots. C'étaient des adversaires égaux. Ridge était plus grand, mais l'autre était plus lourd. Darcy n'attendit pas de voir qui gagnait le match. Se remettant sur pied, elle boita jusqu'à la porte et s'empara de la batte de base-ball. L'utilisant comme béquille, elle revint jusqu'aux hommes et attendit sa chance.

Cela ne prit pas longtemps. Ridge poussa un cri étouffé et retourna l'intrus, puis pressa un genou sur son dos pour l'immobiliser. Penny vint se placer à côté de son maître, un grognement sourd dans la gorge.

— Darcy, dit Ridge d'une voix tendue.

— Oui ?

— Prends le bébé, s'il te plaît.

Elle battit des paupières, essayant de comprendre ce qu'il disait. Puis elle entendit les pleurs et prit conscience que le bébé s'époumonait. Se déplaçant aussi vite que possible, elle retourna près du fauteuil et prit le bébé qui hurlait, le visage cramoisi. Fredonnant doucement, elle serra la petite fille sur sa poitrine. Le bébé s'arrêta de crier presque immédiatement, et le calme relatif parut agrandir la pièce.

— Tu veux la batte ? demanda-t-elle sans quitter l'homme allongé des yeux.

— Ce ne sera pas nécessaire, répondit Ridge.

Il empoigna l'homme fermement.

— Maintenant, voyons qui tu es.

L'homme n'offrit aucune résistance quand il le fit rouler sur le dos. Mais alors qu'il s'apprêtait à lui arracher son masque de ski l'intrus poussa un hurlement à briser les vitres et balança son bras. Darcy remarqua trop tard le saladier en céramique qu'il tenait.

— Attention ! hurla-t-elle, essayant d'avertir Ridge.

Glacée d'horreur, elle vit les événements se dérouler au ralenti. Ridge regarda l'homme et écarquilla les yeux en enregistrant ce qui se passait. Il tenta de dévier le coup, mais l'intrus avait la surprise de son côté. Le saladier heurta la tête de Ridge avec un craquement sinistre. Ridge tomba d'abord sur l'homme puis heurta le sol, les traits déformés par la douleur.

L'intrus se releva et contempla Darcy une seconde. Elle lui retourna un regard noir et leva la batte, prête à se battre. Il la fixa un moment, comme s'il pesait le pour et le contre. Il se pencha en avant, mais avant qu'il puisse compléter son mouvement Ridge laissa échapper un gémissement et se mit à quatre pattes.

Décidant apparemment que ça n'en valait pas la peine, l'intrus prit la porte. Darcy continua de serrer la batte jusqu'à ce qu'il soit bel et bien parti. Puis, le cœur battant, elle traversa la pièce et verrouilla la porte. C'était peu de chose, mais cela la réconforta.

— Ridge…

Elle se tourna vers lui et boita jusqu'au canapé, s'y laissant tomber avec une grimace.

— Parle-moi, Ridge.

Le coup qu'il avait pris à la tête était très sérieux, et elle voulait savoir s'il était blessé. Il poussa un grognement, de douleur autant que de frustration.

— Ça va. Comment va le bébé ?

— Elle va bien.

Darcy ne put s'empêcher de sourire. Qu'il en ait conscience ou non, Ridge se comportait déjà en père.

Il se remit lentement sur ses pieds, la main pressée sur sa tête.

— Viens t'asseoir à côté de moi, lui dit-elle. Il faut que je regarde ta tête.

— Ça va, marmonna-t-il en se frottant le crâne.

— Tu m'en diras tant.

Il se laissa tomber à côté d'elle avec un soupir.

— Je devrais poursuivre ce type.

— Non, répondit-elle, le cœur serré à l'idée qu'il pourchasse un homme masqué dans la nuit. Ça n'en vaut pas la peine. Appelle ton frère et laisse la police gérer ça.

— C'est ce que je vais faire.

Elle lui tendit le bébé tandis qu'il composait le numéro et tournait la tête de côté pour qu'elle examine sa blessure.

Une marque violacée s'étalait là où le saladier l'avait heurté. Elle tâta la zone du bout des doigts, ce qui le fit tressaillir et aspirer l'air en sifflant.

— Désolée, dit-elle doucement.

— Ça va, répéta-t-il, en achevant sa conversation avec Sam.

— La bonne nouvelle, c'est que tu n'as rien de cassé, à première vue.

Elle vérifia ses réflexes neurologiques pour confirmer son diagnostic, puis se renversa contre les coussins du canapé.

— Prends un analgésique et mets de la glace dessus. Tu auras mal quelques jours.

— Et toi ?

La question lui fit prendre conscience de son corps, et son tibia l'élança à nouveau quand elle bougea.

— Ça va, lâcha-t-elle en essayant de ne pas montrer sa douleur.

Ridge étrécit les yeux en la regardant bouger.

— Je ne pense pas.

Il posa les doigts sur son menton et lui renversa gentiment la tête en fronçant les sourcils.

— Il t'a frappée.

Ce n'était pas une question.

— Ce n'est rien, lui assura-t-elle.

— Pour moi, si.

Sa voix était basse et menaçante, promettant des représailles. Elle frissonna à cette pensée. Ridge était normalement calme et maîtrisé, mais le voir ainsi lui fit prendre conscience qu'il pouvait être dangereux s'il le voulait.

— Il t'a frappée ailleurs ?

Darcy envisagea une seconde de lui mentir, mais y renonça. Il le découvrirait très vite.

— À la jambe, avoua-t-elle. Il m'a donné un sacré coup de pied.

Ridge émit un grognement.

— Que puis-je faire ?

— Rien. Reste juste tranquille, je vais aller nous chercher une poche de glace.

Ridge ouvrit la bouche comme pour protester, mais Darcy se leva avant qu'il puisse la stopper.

— Je reviens tout de suite.

Il lui fallut quelques minutes pour trouver ce qu'elle voulait dans la cuisine. Quand elle revint au salon, Ridge caressait gentiment Penny et lui parlait à voix basse. La chienne leva la tête et la posa sur ses genoux, puis s'appuya contre ses jambes avec un soupir de contentement.

Ridge continua de la caresser, et Penny tendit l'oreille

pour écouter ses paroles. Darcy resta sur le seuil, observant l'homme et son chien. C'était un moment de douceur qu'elle ne voulait pas interrompre. Mais sa jambe commençait à protester, et elle voulait appliquer la poche de glace sur la tête de Ridge pour prévenir le gonflement.

— Est-ce qu'elle va bien ?

Darcy tendit à Ridge un paquet de maïs congelé, enveloppé dans une serviette de toilette.

— Elle a pris un coup à l'épaule lorsqu'elle nous protégeait.

— Où ? demanda Ridge en jetant un regard préoccupé à la chienne.

— Du côté gauche.

Sans un mot, Ridge ôta le sachet de maïs congelé et l'appliqua sur l'épaule de Penny. Darcy ne dit rien, sachant qu'il ferait de toute façon passer le bien-être de la chienne avant le sien.

— Je suis désolé.

Les mots avaient été prononcés si doucement qu'au début Darcy ne fut pas sûre de les avoir entendus. Mais Ridge se tourna pour la regarder, et elle vit ses yeux troublés.

— Je suis désolé d'avoir mis tant de temps à revenir.

Elle secoua la tête.

— Tu ne pouvais pas savoir.

— Tu m'as dit qu'il portait un masque, mais est-ce que tu as pu voir son visage à un moment donné ?

— Non. Et je n'ai pas reconnu sa voix non plus.

Darcy n'était pas revenue depuis longtemps à Granite Gulch, et les gens qu'elle pouvait identifier à la voix se comptaient sur les doigts d'une main.

— Mais tu le connais peut-être, ajouta-t-elle, en y réfléchissant.

— Pourquoi dis-tu ça ?

— Il n'a pas parlé après ton arrivée. Il n'a parlé que quand nous étions tous les deux.

— Qu'a-t-il dit ?

Elle secoua la tête, incapable de s'en souvenir.

— Mais qui voudrait enlever un bébé ? Et, plus important, qui sait qu'elle est ici avec moi ? Les seuls à qui je l'ai dit, ce sont Sam et Annabel. À moins que tu ne penses à quelqu'un de l'hôpital ?

Darcy secoua la tête.

— Non. Je l'aurais reconnu. Et je ne peux pas imaginer que quiconque ait un mobile pour enlever un bébé abandonné.

— Je suis d'accord. Ce qui veut dire que, qui que soit ce type, il doit avoir un lien quelconque avec la mère. Ou avec le tueur en série, ajouta-t-il comme s'il venait d'y penser.

Darcy sentit un frisson glacé lui parcourir le dos.

— Si le tueur de l'Alphabet veut s'en prendre à cet enfant, alors tu ne peux pas rester ici. Il faut que tu emmènes le bébé dans un endroit sûr. Tu ne pourrais pas loger chez ton frère ou ta sœur ? Ou peut-être à l'hôtel ?

— Peut-être, dit pensivement Ridge. La même chose vaut pour toi… Maintenant qu'il t'a vue, il sait que tu as un lien avec nous. Il faut que tu t'en ailles, et le plus tôt sera le mieux.

Il lui passa le bébé et se leva, puis commença à rassembler les affaires qu'elle avait apportées. Il ne lui fallut que quelques minutes pour empaqueter l'essentiel.

— Tu as un endroit sûr où aller ?

— Je loge chez mes parents. Ça devrait aller, ils ont un système d'alarme plutôt sophistiqué.

Ridge fronça légèrement les sourcils, mais ne protesta pas.

— Parfait. N'hésite pas à appeler la police si tu remarques quelque chose de suspect.

— Et toi, où vas-tu ?

Elle lui tendit le bébé, qu'il sangla dans le siège-auto.

— On va trouver un motel pour la nuit, dit-il en se redressant. Si ce type décide de nous suivre, je ne veux pas mettre mon frère et ma sœur en danger.

— Mais toi ?

Ne comprenait-il pas que partir seul le laissait sans protection ?

— Tu es blessé, tu ne pourras pas te défendre s'il revient effectivement.

— Merci pour ce vote de confiance, dit sèchement Ridge.

— Ce n'est pas le moment de laisser ton ego prendre les décisions, riposta Darcy.

Ridge lui adressa un demi-sourire ironique.

— Ne t'inquiète pas. Je trouverai quelque chose. Maintenant, à ton tour de te mettre en route.

Il fit un geste de la main et Penny bondit, toujours en alerte quand il s'agissait des signaux de son maître.

— Allons-y, mesdames.

Darcy n'eut pas d'autre choix que de le suivre, mais elle répugnait à se séparer de lui. Prendre soin d'un bébé était déjà difficile. Si on ajoutait un coup à la tête et l'intrusion d'un fou, la tâche devenait presque impossible. Pourtant, ils ne pouvaient rester au chalet : il était impossible de savoir quand l'homme reviendrait.

Ridge ouvrit la porte juste au moment où un éclair zébrait le ciel. Il s'arrêta net et poussa une bordée de jurons.

— Qu'est-ce qu'il y a ?

Darcy tentait de voir, mais ses larges épaules emplissaient son champ de vision.

— La route est inondée.

Darcy sentit son cœur se serrer et le contourna, pour constater par elle-même. Elle contempla sans un mot le torrent de boue qui avait envahi le jardin de Ridge.

— On est coincés ici.

Elle sentit son haleine dans son cou lorsqu'il soupira.

— On dirait bien.

— Mais ça veut dire…

Elle se tourna vers lui, le cœur battant.

Ridge hocha la tête d'un air sombre.

— Que l'intrus est toujours dans les parages, oui.

Ridge tendit un mug de thé fumant à Darcy et se laissa tomber à côté d'elle sur le canapé.

— Ça va, toi ?

Elle ne répondit pas immédiatement, et durant une seconde Ridge se demanda si elle l'avait entendu. Puis elle acquiesça d'un geste un peu nerveux.

— Oui. Je suis juste en train de… digérer.

— C'était une sacrée soirée.

Il jeta un coup d'œil à Sara, qui dormait paisiblement. En ce qui le concernait, Darcy avait fait des miracles. Elle avait nourri la petite et l'avait enveloppée dans une couverture – emmaillotée, avait-elle appelé cela –, et maintenant le bébé dormait profondément dans le berceau improvisé.

— Tu devrais essayer de dormir, dit-il, notant les marques de fatigue autour de ses yeux. J'ai une chambre d'amis où tu seras très bien.

Elle émit un bruit qui pouvait passer pour un rire.

— Impossible que je dorme après ce qui s'est passé ce soir.

— Il ne reviendra pas cette nuit, dit Ridge en feignant une confiance qu'il n'éprouvait pas.

Il avait rappelé Sam après avoir bouclé le chalet, mais la météo rendait les routes impraticables. Tout ce qu'il pouvait faire, c'était rester vigilant et espérer qu'une crue emporterait l'individu.

Mais il ne voulait pas que Darcy devine ses soupçons.

Mieux valait pour elle penser que la menace avait disparu. Il était effectivement peu probable que l'homme revienne. Il avait échoué, et maintenant qu'ils connaissaient son existence ils seraient prêts pour sa prochaine tentative. En outre, le temps était si mauvais que, même s'il enlevait la petite Sara, il ne pourrait aller nulle part. Non, il léchait probablement ses plaies dans un coin, planifiant sa prochaine attaque.

Darcy prit une gorgée de thé et fit la grimace.

— Il est trop fort ? demanda-t-il. Je peux rajouter de l'eau.

— Non, ça va.

Elle se pencha en avant pour poser la tasse sur la petite table, et il remarqua que sa main tremblait.

— Je n'avais pas aussi soif que je le croyais.

Ridge posa une main sur sa jambe et sentit ses muscles vibrer de tension.

— Hé, dit-il doucement. Tu es en sécurité, maintenant. Je ne le laisserai pas te faire du mal, ni à toi ni au bébé.

Elle acquiesça en cillant.

— Je sais. C'est juste que je ne cesse de revoir le moment où il est entré.

Elle leva les yeux vers lui.

— Il a ouvert la porte comme si la maison lui appartenait. Je n'arrivais pas à y croire.

— C'est ma faute, dit Ridge. Je ne l'ai pas verrouillée en sortant.

— Comment aurais-tu pu deviner ? J'espère juste qu'il ne reviendra pas.

Elle frissonnait, et Ridge passa un bras autour d'elle. Elle posa la tête au creux de son épaule et poussa un soupir.

Son odeur était si familière que Ridge en eut le cœur serré. Comment se faisait-il qu'après dix ans elle sente toujours la même chose – shampoing à la noix de coco et cette douceur sucrée qui lui appartenait en propre ? Combien de fois l'avait-il tenue ainsi, lorsqu'ils étaient assis sur le canapé ? Son corps se souvenait de comment placer sa main, comment orienter son épaule pour qu'elle soit parfaitement à l'aise.

— Ça m'a ôté des années de vie de le voir penché sur toi comme ça, avoua-t-il en lui caressant le bras de bas en haut.

L'image de Darcy, par terre, sans défense était imprimée sur sa rétine. Il avait entendu des gens parler de « voir rouge » quand ils étaient en colère et n'avait jamais compris cette expression. Mais à ce moment-là, lorsqu'il avait vu Darcy à la merci de l'homme, son champ de vision était devenu écarlate et l'adrénaline s'était ruée dans ses veines. C'était une sensation grisante, il avait eu l'impression de pouvoir soulever le monde.

Il s'était jeté sur l'homme dans un mouvement que n'aurait pas désavoué un *linebacker.* Et s'il avait eu la satisfaction de le frapper il aurait mieux valu l'interroger et lui arracher des réponses. Pourquoi s'en prenait-il à Sara ? Que voulait-il à cette enfant sans défense ?

— Si ça peut te consoler, j'ai eu la même sensation quand il t'a frappé avec le saladier, dit Darcy, le tirant de ses pensées.

Elle tendit la main pour toucher gentiment sa bosse.

— Je suis tellement contente que ce ne soit pas grave.

— Sam dit toujours que j'ai la tête dure, plaisanta-t-il.

— Oui, bon. Quelques centimètres de plus et il t'aurait énucléé.

Elle frémit et il lui serra l'épaule.

— Mais il ne l'a pas fait, dit-il doucement. Cesse de penser à ça.

— Je voudrais bien, répondit-elle. Mais je n'y arrive pas. Ça repasse en boucle dans ma tête, comme un mauvais rêve.

La détresse était manifeste dans sa voix et, levant la tête, Penny laissa échapper un doux gémissement.

— Tout va bien, leur dit-il à toutes deux.

Penny reposa la tête sur ses pattes et il sentit le sourire de Darcy contre son bras.

— Tu n'arrêtes pas de dire ça, mais ce n'est pas très convaincant.

Ridge se tut, essayant de trouver quelque chose de réconfortant à dire. Mais les mots magiques ne lui venaient pas.

— Je n'arrête pas de le dire parce que ça finira par devenir vrai, avoua-t-il. C'est la seule chose que je sais faire.

Elle recula pour le dévisager.

— Feindre jusqu'à ce que ça devienne vrai ?

Il acquiesça sobrement.

— Oui, quelque chose comme ça.

— Ce n'est pas une mauvaise philosophie. Ça a certainement fonctionné pour toi jusqu'ici.

Une curieuse sensation traversa le ventre de Ridge. Sa grand-mère aurait dit que quelqu'un avait marché sur sa tombe.

— Qu'est-ce que tu veux dire ?

Darcy reposa la tête sur son épaule.

— Tu as toujours été comme ça, Ridge. Tu faisais semblant que tout allait bien même quand ce n'était pas le cas. Quand nous sortions ensemble, au début, je me disais que tu étais dans le déni, mais quand je t'ai mieux connu j'ai compris que c'était comme ça que tu faisais front.

— Oh…

Il ne sut quoi dire d'autre. Sa remarque lui avait donné une sensation de vulnérabilité, comme si elle avait dénudé son âme. Maintenant qu'elle l'avait souligné, Ridge prenait conscience qu'il s'efforçait toujours d'agir comme si tout était normal. Cela venait sans doute de ses antécédents familiaux – avoir un tueur en série pour père l'avait marqué, comme s'il était forcé de porter une lettre écarlate sur la poitrine. Son enfance avait été un enfer, d'abord avec le meurtre de sa mère par son père, puis avec le placement, loin de ses frères et sœurs. Sans parler des autres enfants, qui l'évitaient ou se moquaient de lui. Rétrospectivement, il ne pouvait les en blâmer. Quel parent aurait voulu que son enfant s'associe au rejeton d'un fou criminel ? Mais cela avait été une enfance solitaire, et le seul moyen qu'il avait trouvé pour en sortir relativement indemne était de feindre que tout était normal. À un âge assez précoce, il avait compris que se complaire dans un sentiment d'injustice serait céder à une vie entière de colère et d'amertume. C'étaient ces émotions qui avaient gouverné son père. Il ne laisserait pas l'histoire se répéter.

— Qu'est-ce qui te passe par la tête ? demanda Darcy.

— Désolé. Je réfléchissais seulement.

— On dirait qu'on réfléchit beaucoup, ce soir.

— Sans doute à cause du temps. La pluie pousse les gens à faire un retour sur eux-mêmes.

— La plupart regardent la télévision, dit-elle d'un ton taquin, mais j'ai remarqué que tu n'en as pas.

Il secoua la tête, et le chaume de sa barbe crissa sur les cheveux de Darcy.

— Je n'ai jamais aimé la télé.

— Je m'en souviens.

Ils restèrent silencieux un moment, écoutant le martèlement de la pluie sur le toit et les légers ronflements de Penny.

— Tu as eu peur ?

Elle avait parlé doucement, lui laissant la possibilité de feindre de ne pas avoir entendu.

— J'ai eu peur après, reconnut-il. Mais sur le moment, quand j'ai vu ce qui se passait, j'étais plus en colère qu'autre chose. Et ça m'a effrayé.

Darcy se renversa en arrière pour croiser son regard.

— Tu n'es pas ton père, dit-elle fermement, devinant avec justesse ce qu'il avait à l'esprit.

Le fait qu'elle puisse encore lire en lui après toutes ces années aurait dû le déranger. Mais c'était si bon d'être avec quelqu'un qui le comprenait, qui saisissait ce qu'il ressentait.

— C'est facile pour toi de dire ça, répliqua-t-il en tournant la tête pour éviter son regard sagace. Mais quand j'ai pris le dessus j'ai eu terriblement envie de lui faire mal. Même si j'ignorais encore qu'il t'avait frappée.

Il secoua la tête.

— Si ce n'est pas le caractère de mon père qui ressort, je ne sais pas ce que c'est.

— Hé…

Voyant qu'il ne la regardait pas, elle reprit :

— Je ne prétends pas savoir ce qui énerve ton père. Mais je peux te dire que tu ne te deviens agressif que quand tu te défends. C'est normal et c'est sain. Tu ne peux pas te reprocher ce que tu ressens quand tu protèges ce qui est à toi.

Il ouvrit la bouche pour protester, mais elle poursuivit, lui coupant la parole :

— Et l'autre raison pour laquelle je sais que tu n'es pas ton père, c'est que tu ne vas jamais trop loin. Matthew aurait tué l'homme sans autre avertissement. Mais tu ne l'as pas fait. Tu avais toutes les raisons de l'achever, mais tu t'es retenu. Parce que ce n'est pas dans ta nature de faire du mal aux autres.

Elle posa une main sur sa joue, un contact doux et chaud sur sa peau.

— Tu as bon cœur. N'en doute jamais.

Ridge battit des paupières, touché par ses paroles. Le voyait-elle vraiment ainsi ? Il lui était difficile de l'accepter.

Surtout si on prenait en compte la manière dont ça s'était terminé entre eux. Elle disait qu'il avait bon cœur, mais elle avait cru qu'il avait volé la montre de son père. Comment réconciliait-elle cette défiance et son propos actuel ?

— J'aimerais pouvoir te croire, dit-il.

Il ne voulait pas ranimer une vieille dispute, aussi posa-t-il la tête contre le dossier et fixa-t-il le plafond.

— Oh ! Ridge, soupira-t-elle, l'air déçu.

Elle remua contre lui et, avant qu'il comprenne ce qu'elle faisait, elle fut sur ses genoux, les lèvres pressées sur les siennes.

Il inspira fortement, sentant la tête lui tourner. Son corps réagit instantanément, savourant le poids de ce corps si familier. Sa bouche était chaude et invitante, et l'embrasser lui donna l'impression de rentrer chez lui.

Il emmêla les doigts dans ses cheveux, dont les mèches glissaient sur sa peau comme de la soie. Elle poussa un petit soupir et agrippa ses épaules. Il sentit ses ongles lui entrer un peu dans la chair. Cette petite douleur ne faisait que souligner le plaisir de l'avoir à nouveau entre ses bras.

Le baiser commença lentement et gentiment, mais se transforma rapidement en quelque chose de torride, tandis que ses mains refaisaient connaissance avec les courbes de Darcy. Il eut une intense impression de déjà-vu en passant le bout de ses doigts le long de sa mince silhouette. C'était le même corps qu'autrefois, et pourtant il était différent. Ses courbes étaient plus prononcées. Il s'émerveilla de ces changements, souhaitant avoir tout le temps de les explorer. Il avait envie de connaître la nouvelle Darcy. L'intérieur de son poignet était-il toujours aussi sensible ? La zone sur sa nuque la faisait-elle toujours trembler de désir ? C'étaient des questions auxquelles il souhaitait ardemment une réponse.

Il posa une main sur la taille de son pantalon et, soulevant l'ourlet de son T-shirt, trouva sa peau. Elle était tellement tiède et satinée, impossiblement lisse. Avait-elle toujours été comme ça ou avait-il oublié ce que c'était de la toucher ?

Ses doigts à elle se déplacèrent sur les boutons de sa chemise. Il eut la chair de poule quand elle les défit, exposant sa poitrine à l'air froid. Puis elle reposa les mains sur lui, le touchant ici et là, passant ses ongles dans les creux. Elle était partout à la fois, mettant le feu à ses nerfs.

Et il était heureux de brûler.

Dans sa tête une petite voix l'avertit que ce n'était pas une bonne idée. Ils allaient trop vite, empruntant une voie dangereuse. Mais son corps s'en fichait. Cela faisait si longtemps qu'il n'avait pas senti une femme le toucher. Il était sorti avec d'autres femmes après Darcy, mais aucune ne pouvait se comparer à elle. Aucune ne lui échauffait le sang comme elle. Il s'était souvent demandé si leur relation était vraiment extraordinaire ou s'il avait simplement idéalisé le temps qu'ils avaient passé ensemble. Mais il savait à présent qu'il n'avait pas exagéré. Au contraire, il avait oublié les détails qui rendaient leur lien si spécial. Ses souvenirs étaient en noir et blanc, tandis qu'il vivait ce moment en technicolor.

Ridge changea de position et captura sa lèvre inférieure entre ses dents, la mordant gentiment. Elle gémit, ce qui le fit sourire. Apparemment, il n'était pas le seul à qui cela avait manqué. Et même s'il était conscient que cette excitation physique ne déboucherait sur rien il décida d'en profiter. Il n'y avait pas beaucoup de plaisir dans sa vie actuelle. Il n'allait pas refuser ce cadeau, surtout venant de Darcy.

Comme si elle avait lu dans ses pensées, elle se pencha en arrière et croisa son regard.

— Je sais que c'est un peu soudain, dit-elle, les lèvres

encore gonflées par leurs baisers, mais j'ai eu envie de faire ça dès que je t'ai vu entrer aux urgences.

Ses paroles firent beaucoup de bien à son ego. C'était un peu mesquin, mais le fait de savoir qu'il lui avait manqué et qu'elle le désirait toujours ressemblait à une revanche.

— Ça ne m'ennuie pas, dit-il d'une voix enrouée.

Le sourire qu'elle lui adressa fit battre son cœur.

— Ravie de l'entendre.

Elle se rapprocha, mais avant qu'elle puisse le toucher un énorme coup de tonnerre secoua la maison, ébranlant les vitres et réveillant à la fois Penny et le bébé. La chienne laissa échapper un aboiement surpris et s'ébroua. Puis, comprenant qu'elle n'était pas en danger, elle se rendormit. Le bébé ne fut pas aussi facile à apaiser. La petite fille poussa un hurlement, et Ridge et Darcy s'arrachèrent au canapé pour la rejoindre.

Ridge arriva le premier, la prit et entama le doux bercement qui l'avait calmée auparavant. Il fallut quelques minutes, mais elle se détendit graduellement et cessa de pleurer.

Ridge leva les yeux et surprit Darcy qui les observait d'un air étrange. Il aurait pu penser que c'était un regard d'envie, mais il savait que ce n'était pas ça. Darcy n'avait jamais été du genre à s'extasier sur les bébés, et la seule fois où ils avaient parlé d'avoir des enfants elle s'était montrée plutôt tiède. Sa passion avait toujours été la médecine. Même quand ils étaient tout jeunes, elle savait qu'elle deviendrait médecin, et elle avait fait de gros efforts pour atteindre ce but. Elle n'était pas femme à remettre ses choix en question. Il l'avait compris à ses propres dépens.

Elle remarqua qu'il la regardait, et son expression s'évanouit, remplacée par un regret embarrassé. Il était clair qu'elle reconsidérait son enthousiasme.

— Ridge…, commença-t-elle.

— Il est tard, coupa-t-il.

Maintenant qu'ils avaient eu le temps de se reprendre, mieux valait ne pas s'aventurer sur ce terrain.

— Tu devrais dormir, continua-t-il. La chambre d'amis est par là et la salle de bains juste à côté. Tu y trouveras tout ce qu'il te faut, serviettes, savon, brosse à dents neuve…

Elle jeta un coup d'œil au couloir, visiblement tentée.

— Et toi ? Tu vas rester debout toute la nuit ?

— Non. Je vais lui donner le biberon et la recoucher, puis j'irai moi-même au lit.

Elle acquiesça, apparemment satisfaite de sa réponse.

— C'est moi qui me lève pour le biberon suivant ?

— D'accord.

Elle fit quelques pas dans le couloir, puis s'arrêta et se retourna.

— Ridge, à propos de ce qui s'est passé…

— Bonne nuit, Darcy, dit-il, mettant un terme à la conversation.

Il n'avait pas besoin de l'entendre dire que c'était une erreur et que ça ne se reproduirait pas. Il savait déjà tout cela.

Elle soupira, hocha la tête et s'éloigna. Ridge attendit d'entendre la porte de la chambre se refermer avant de soupirer à son tour. Darcy et lui avaient eu leur chance, ils ne repartiraient pas de zéro. Plus tôt il l'accepterait, mieux ce serait.

Sara gigota contre lui et pressa le nez sur sa poitrine, en quête de quelque chose qu'il n'avait pas.

— Je vais te donner le biberon, petite, dit-il doucement. Ensuite, c'est au lit pour tout le monde.

Mais il savait qu'il ne fermerait pas l'œil de la nuit.

# 6

Vers 2 heures du matin, Darcy renonça finalement à dormir. Cela n'avait rien à voir avec le lit, le bruit de l'orage ou le fait qu'elle porte encore sa blouse. Elle avait dormi dans de bien pires conditions avant et après être devenue médecin. Non, son insomnie était due à l'homme qui dormait plus loin et à l'intrépidité de son propre comportement.

— Mais qu'est-ce qui m'est passé par la tête ? marmonna-t-elle pour la millième fois.

Embrasser Ridge avait été une erreur de proportions épiques. Et elle avait fait beaucoup plus que l'embrasser. Encore maintenant, le souvenir de s'être assise sur ses genoux et d'avoir déboutonné sa chemise la faisait se recroqueviller d'embarras. En parlant de se jeter à la tête d'un homme !

Le problème, c'était qu'elle n'avait pas réfléchi. Si son cerveau avait pris les rênes, elle serait restée de son côté du canapé. Au lieu de cela, elle avait cédé à son émotion, et son corps avait pris le relais.

L'entendre parler de sa peur concernant son père l'avait émue et être pressée contre lui avait fait le reste. Normalement, sa maîtrise d'elle-même aurait suffi, mais l'agression dont elle avait été victime l'avait laissée vulnérable. Était-ce étonnant qu'elle ait agi irrationnellement ?

Cependant, elle ne pouvait nier que cela avait été une merveilleuse erreur.

Elle avait passé dix ans avec le souvenir des baisers de Ridge pour la réchauffer la nuit. Même si elle était sortie quelques fois avec des hommes, aucun d'eux n'arrivait à la cheville de Ridge. Ils ne faisaient pourtant rien de mal. Ils étaient gentils, intelligents, drôles, tout ce qu'elle recherchait chez un partenaire. Mais ils n'étaient pas Ridge.

Encore maintenant, elle ne pouvait définir ce qui rendait Ridge si spécial. Ce n'était pas son corps. Il était beau, bien sûr, et elle avait incontestablement éprouvé du plaisir à refaire connaissance avec lui, mais beaucoup d'hommes avaient de larges épaules, des hanches étroites et des cheveux noirs. Quant à sa personnalité, eh bien… Il avait toujours été taciturne, difficile à comprendre. Comment avait-elle fait pour renverser ses défenses et pénétrer dans son intimité ? Si elle le comprenait, elle trouverait peut-être le moyen de résister à cette attirance renouvelée.

En soupirant, elle se retourna et donna un coup de poing à l'oreiller. Ce serait tellement bon de débrancher son cerveau, ne serait-ce que quelques minutes. Mais c'était peu probable tant que Ridge serait dans les parages.

Un pleur léger se fit entendre, et elle se redressa. C'était son tour de donner le biberon. Enfilant son pantalon, elle emprunta le couloir et s'arrêta net sur le seuil du salon.

Vêtu uniquement d'un bas de pyjama, Ridge était debout devant les fenêtres, tenant le bébé dans ses bras. Le halo jaune de la lampe illuminait son visage, soulignant son air absorbé. Sa peau avait l'air dorée à côté de la pâleur de l'enfant, et les poils noirs sur sa poitrine ne faisaient que souligner leur différence.

Darcy aurait dû lui proposer de le relayer, mais il était si beau, dans cette posture, qu'elle ne put l'interrompre. Aurait-il cet air lorsqu'il tiendrait son propre enfant ?

Avec un pincement au cœur, elle comprit qu'elle contemplait l'incarnation d'un avenir qui ne s'était pas réalisé. Si elle avait pris une autre décision, cela aurait pu être leur bébé que Ridge tenait. Ce chalet aurait pu être leur maison. Ils auraient pu fêter leur douzième anniversaire ensemble. Comme leur vie aurait été différente !

Tandis qu'elle l'observait, le doute s'insinua en elle. Avait-elle pris la bonne décision ? Elle avait toujours adoré la médecine et ne pouvait imaginer ne pas être médecin. Mais qu'avait-elle sacrifié pour atteindre ce but ? Elle aimait ses patients, mais ce n'étaient pas eux qui l'attendaient le soir chez elle. Et si elle ne s'était jamais sentie particulièrement solitaire, Ridge et le bébé la rendaient douloureusement consciente que quelque chose manquait à sa vie.

Mais que pouvait-elle y faire ? Même si elle éprouvait toujours des sentiments pour Ridge, elle s'en irait dans quelques semaines. Son poste l'attendait à New York, et elle ne pouvait pas tout laisser tomber parce que son célibat la rendait triste. En outre, si les paroles de Ridge étaient à prendre au pied de la lettre, il trouvait aussi que leur baiser avait été une erreur. Il l'avait pratiquement chassée de la pièce. Non qu'elle le lui reproche. Ils ne s'étaient pas quittés en bons termes, et il éprouvait sans doute encore du ressentiment.

Elle fronça les sourcils, se rappelant ce moment. Ridge n'avait pas dit un mot après que son père avait renversé son sac à dos et que la montre en était tombée. Elle avait pris son silence pour un aveu de culpabilité, mais était-ce bien le cas ? Et s'il avait été tellement surpris qu'il n'avait pas su quoi dire ? Son estomac se noua lorsqu'elle examina ce souvenir sous un nouveau jour. Avait-elle commis une erreur à cet instant-là ?

Le visage de son père lui revint en mémoire, son air

triomphant quand Ridge était parti sans un regard en arrière. Ses parents n'avaient jamais fait mystère de leur aversion pour Ridge. Et si son père avait mis lui-même la montre dans le sac et avait accusé Ridge de vol ? La pensée d'une telle duplicité était affreuse, mais elle devait admettre que c'était une possibilité.

Devait-elle tenter de découvrir la vérité ? Ses rapports avec ses parents étaient déjà tendus. Si elle les accusait d'avoir piégé Ridge, cela n'améliorerait pas la situation. En outre, quel bien pouvait en sortir après tant d'années ?

Mais comment pouvait-elle s'abstenir de poser la question ? S'ils avaient menti, elle devait à Ridge et à elle-même d'apprendre ce qui s'était passé. L'idée qu'elle ait été manipulée pour satisfaire l'égoïsme de ses parents lui noua l'estomac. Et aussi tentant que cela soit d'enterrer ses soupçons elle devait en avoir le cœur net.

Un doux murmure rompit le silence de la pièce, et elle prit conscience que Ridge parlait au bébé. Darcy recula d'un pas, se sentant brusquement comme une intruse. Sa voix était trop basse pour qu'elle distingue ce qu'il disait, mais cela lui semblait mal d'écouter. Elle leur jeta un dernier coup d'œil, mémorisant l'image de ce grand corps berçant un petit corps avec une gentillesse incroyable. Puis, tournant les talons, elle retourna sur la pointe des pieds à sa chambre, les laissant tous deux dans le cocon tiède de l'instant.

Il y avait de la lumière dans la maison.

Il consulta sa montre. Deux heures et demie. Sans doute le moment de nourrir le bébé. Il avait oublié que les bébés mangeaient à toute heure – cela faisait dix-huit ans qu'il n'en avait pas eu un sur les bras. C'étaient des créatures dont il fallait constamment s'occuper. Mais cela pouvait jouer en sa faveur. Si Ridge et son amie tombaient de sommeil en prenant soin du petit parasite, ils seraient plus susceptibles de baisser leur garde. Et c'est alors qu'il frapperait.

La femme représentait une complication imprévue. Tout le monde savait que Ridge Colton était célibataire. Il avait vu les femmes en ville tenter d'attirer son regard. Mais Colton restait sourd à leurs avances, comme s'il était trop bien pour elles. C'était ridicule, cette manière dont ce rejeton de tueur en série se donnait des airs. Il serra les poings, repris par l'envie de frapper Ridge Colton. Pourquoi quelqu'un comme lui profiterait-il de toute l'attention alors que les hommes corrects comme lui restaient seuls ? Ce n'était tout simplement pas juste.

Alors qui était cette femme, et que faisait-elle là ? Son cœur se mit à battre plus fort quand il envisagea une autre possibilité. Peut-être n'avait-elle rien à voir avec Ridge et était-elle mandatée par l'État pour prendre le bébé en charge. La peur lui serra la poitrine comme un étau à l'idée de perdre l'enfant. Il ne fallait pas que ça arrive, ce serait un désastre. Il aurait de gros ennuis s'il ne pouvait tenir sa promesse.

Qui qu'elle soit, il n'avait pas eu trop de mal à la maîtriser. Et il pouvait s'occuper de Ridge – il l'avait presque fait. Mais deux contre un, ça faussait le jeu. Il pouvait encore avoir le dessus, mais ce serait plus difficile. Il lui fallait un meilleur plan. Ce ne serait pas trop difficile, maintenant qu'il savait à qui il avait affaire.

En plus, ils étaient tous deux blessés. Cette pensée le fit sourire. Le seul problème était qu'il n'avait plus l'avantage de la surprise. Ils savaient qu'il était là, même s'ils ne savaient pas exactement où. Au moins, il avait le temps de son côté. Ils étaient coincés et n'iraient nulle part. Mieux encore, la police ne pouvait pas non plus arriver jusqu'à eux. L'homme sourit, se félicitant d'avoir pensé à dissimuler sa voiture parmi les arbres à un kilomètre. Ce serait pénible d'y retourner à pied avec le bébé sur les bras, mais c'était possible.

Il s'accouda au rebord de la fenêtre et se pencha, essayant de distinguer l'intérieur. Il y avait une silhouette qui passait et repassait devant la fenêtre en façade, mais il ignorait si c'était Ridge ou la femme. Bien qu'il soit impatient de s'emparer de l'enfant, il ne pouvait faire une seconde tentative maintenant. Mieux valait attendre que tout le monde soit endormi.

Dans l'intervalle, il ferait aussi bien de prendre un peu de repos lui aussi. Une fois qu'il aurait le bébé, il devrait mettre les voiles. Il ne fallait pas que la fatigue le ralentisse, alors que l'enjeu était si grand. Il leva les bras au-dessus de la tête pour s'étirer et tressaillit en sentant une douleur aiguë dans le bas de son dos, là où Ridge avait appuyé un genou. Que n'aurait-il pas donné pour un verre bien rempli !

Se levant, il examina le sol à la recherche d'un endroit sec. Ce fichu toit fuyait, mais la position de la grange en faisait l'endroit parfait pour surveiller la maison. Et le mieux, c'était que Ridge ne savait même pas qu'il était là.

— Bonne nuit, les petits, chantonna-t-il. Dormez bien. Je viendrai bientôt te chercher, bébé.

Une promesse qu'il avait bien l'intention de tenir.

# 7

Ridge s'éveilla en sursaut. Serrant les poings, il regarda autour de lui, s'attendant à voir l'intrus accroupi dans un coin. Mais il n'y avait personne. Il relâcha son souffle et se détendit. Fausse alerte.

Un battement régulier s'éleva au pied du lit, et en baissant les yeux il vit qu'il n'était pas seul après tout. Penny était là, les yeux braqués sur lui. Lorsqu'elle vit qu'il était éveillé, sa queue commença à battre le matelas sur un rythme plus rapide.

— Bonjour, dit-il en souriant de son air plein d'espoir. Je suppose que tu as faim ?

Elle poussa un doux *ouaf* de confirmation, et il se redressa pour lui caresser la tête.

— On va s'en occuper.

S'asseyant, il se frotta les yeux. Entre le bébé, l'orage et l'intrus, la nuit avait été longue. Ses paupières étaient lourdes, et il avait terriblement envie de se rendormir. Mais Penny avait besoin de manger, et il devait aller voir Darcy et le bébé. Après un arrêt pipi, il se traîna le long du couloir avec une seule pensée en tête : du café.

En passant devant le salon, il s'arrêta net à la vue de Darcy qui donnait le biberon au bébé sur le canapé. Depuis combien de temps était-elle là ? Un petit pincement de culpabilité dissipa son brouillard de fatigue. Il n'avait même pas entendu le bébé pleurer.

— Bonjour, lui dit-elle avec un sourire.

— Euh… salut, répondit-il, soudain conscient du fait qu'il ne portait qu'un bas de pyjama.

Normalement, il n'était pas si pudique, mais après le baiser de la veille il ne voulait pas envoyer de signal équivoque.

— Je reviens tout de suite.

Il revint un instant plus tard, plus habillé et plus réveillé.

— Depuis combien de temps êtes-vous debout toutes les deux ?

Darcy haussa une épaule.

— Une heure peut-être ? Je l'ai entendue remuer, alors j'ai décidé de lui donner le biberon avant qu'elle ne se mette à pleurer. Je voulais te laisser dormir.

— Merci, dit-il, touché par cette attention.

Il avait perdu le compte du nombre de fois il avait fait des allers-retours devant la fenêtre durant la nuit.

— Est-ce qu'elle va bien ?

— Oui. Elle tète encore.

Son estomac gronda, et Penny effleura sa main, lui rappelant qu'elle aussi était affamée.

— Je peux t'apporter quelque chose ? Du café, peut-être ?

— Un café, ce serait génial, merci.

Acquiesçant, il se dirigea vers la cuisine. Dix minutes plus tard, il revint avec un plateau chargé de toasts, de fruits, de yaourt et de café. Darcy haussa les sourcils.

— Waouh, quelle abondance !

— Le petit déjeuner est le repas le plus important de la journée, dit-il avec légèreté.

— C'est vrai. En général, je n'ai pas assez de temps pour manger.

Il la lorgna du coin de l'œil en versant le café.

— J'imagine que tu es très occupée.

Elle pencha la tête en le regardant servir les assiettes.

— C'est tellement facile de s'absorber dans le travail. Je devrais prendre le temps de faire le plus important.

Ridge sourit.

— J'ai appris que le travail est toujours là quand tu reviens.

— Je sais, dit-elle en volant un toast. Mais c'est difficile de s'interrompre quand ton métier est de prendre soin des autres.

Elle mâcha un moment, puis ajouta :

— C'est dur de ne pas se sentir coupable à ce sujet.

Ridge prit une gorgée de café et se renversa sur sa chaise.

— Je comprends ça.

Elle croisa son regard avec une expression pensive.

— Tu sais, je crois que tu es l'une des rares personnes à comprendre. J'imagine que quand tu participes à une battue tu ne prends pas de temps pour toi non plus.

C'était la vérité. Lorsque Penny et lui étaient de service, ils étaient totalement concentrés. Mais il tenait sa chienne à l'œil ; il était important que Penny ne se fatigue pas parce qu'elle était le membre le plus important de l'équipe. Si elle cessait de fonctionner, la battue ralentissait.

— Crois-le ou non, nous avons des pauses obligatoires durant une battue, précisa-t-il.

— Vraiment ? Je l'ignorais.

— C'est vital que Penny garde de l'énergie. Quand elle est épuisée, le travail s'en ressent. Alors toutes les deux ou trois heures nous faisons quelque chose d'autre.

— Comme quoi ?

Darcy semblait sincèrement intéressée.

— Eh bien, ça dépend. Je m'assure qu'elle mange et qu'elle fait ses besoins. Si elle est fatiguée, nous allons dans un coin tranquille où elle peut dormir. Si ça ne l'intéresse pas de faire la sieste, nous jouons.

— Ça ne t'inquiète pas de perdre du temps ?

Ridge avala une cuillérée de yaourt.

— Oui et non. Comme je le disais, elle est plus efficace quand elle est reposée. Si je la poussais trop, ça finirait par nous ralentir davantage. En plus, il y a plusieurs équipes qui couvrent une zone. Ça signifie que même si nous faisons une pause d'autres continuent de chercher.

Il prit une autre bouchée et ajouta :

— Comme à l'hôpital, où il y a toujours un médecin de garde.

Les joues de Darcy rosirent joliment.

— C'est juste. Mais le centre médical régional manque vraiment de bras en ce moment. C'est pour ça que je suis là.

Cela expliquait donc sa présence à Granite Gulch. C'était l'une des questions que Ridge s'était posées, mais il n'avait pas eu encore l'occasion de la verbaliser. Darcy n'avait jamais fait mystère de son désir d'exercer la médecine dans une grande ville. Ridge savait que son père travaillait à l'hôpital, alors il devait avoir tiré des ficelles pour la faire revenir.

— Tu aimes travailler ici ? demanda-t-il, se gardant de faire allusion à ses parents.

— C'est pas mal. Différent de ce à quoi je m'attendais.

Elle goba un grain de raisin.

— Mais je ne vais pas rester longtemps. Je prends un nouveau poste à New York dans quelques semaines.

— Ah…

Il n'était pas surpris d'apprendre que son séjour à Granite Gulch était temporaire. Darcy avait toujours été trop bien pour cette petite ville texane. Elle s'intégrerait parfaitement à New York. Il se la représentait marchant avec confiance dans les rues bondées, prenant le métro le nez dans un bouquin, sortant avec ses amis pour boire un verre. Ce serait bon pour elle de se construire une vie loin de ses parents.

Pourtant cela le chagrinait plus qu'il ne s'y attendait. Après tout, ils n'allaient pas reprendre leur relation. Mais il avait espéré avoir un peu plus de temps pour faire connaissance avec la nouvelle Darcy. Il repoussa sa déception.

— Tu dois être excitée, dit-il avec un sourire.

Elle acquiesça.

— Oh oui ! Mais aussi un peu effrayée.

— Tu te débrouilleras très bien, déclara-t-il de façon automatique.

Il ne disait pas cela pour être gentil : quand elle avait décidé de faire quelque chose, Darcy réussissait toujours. Elle avait de l'intelligence à revendre, n'épargnait pas ses efforts et avait assez de persévérance pour remplir le Texas Stadium. Une fois qu'elle se mettait en marche, il fallait compter avec elle. Elle lui adressa un sourire affectueux.

— Tu as toujours été mon plus grand fan, dit-elle avec une pointe de mélancolie. Je ne crois pas t'avoir jamais remercié pour ça.

Ridge se sentit rougir.

— Inutile de me remercier. Je le pense.

La petite Sara finit son biberon et expulsa la tétine avec un petit rot. Darcy lui sourit.

— Le petit déjeuner était bon ? demanda-t-elle.

— Allez, laisse-moi la prendre pour que tu finisses de manger.

Ridge prit le bébé, qu'il plaça contre son épaule, et lui tapota le dos.

— Tu sais à quelle heure l'orage s'est terminé ? demanda Darcy, la bouche pleine.

— Aucune idée, répondit Ridge en secouant la tête. Je sais qu'il pleuvait encore quand je lui ai donné le biberon.

Elle fronça les sourcils.

— Quand pourrai-je partir, à ton avis ?

— Bientôt, j'espère. Maintenant qu'il ne pleut plus, les routes devraient commencer à sécher. Je dirais deux heures avant que tu puisses rentrer.

Darcy hocha la tête.

— Ça me paraît raisonnable.

Elle prit une gorgée de café et fit la grimace.

— Tu penses qu'il est toujours là-dehors ?

Il n'eut pas à demander de qui elle parlait.

— J'en doute. Il est probablement parti depuis longtemps.

— J'espère, dit-elle avec un petit frisson.

Se levant, elle rassembla les plats sur le plateau, puis emporta celui-ci à la cuisine. Mais en passant devant les fenêtres de l'arrière elle s'arrêta net.

— Oh ! bon sang ! s'exclama-t-elle. Tu as regardé dehors ?

L'appréhension tordit l'estomac de Ridge.

— Non. Qu'est-ce qu'il y a ?

Darcy lui lança un regard compatissant.

— Tout est détruit. Il y a des branches et des débris partout.

Ridge soupira. L'idée d'avoir à nettoyer le jardin sapait son moral.

— Je m'en occuperai plus tard.

— Tu sais quoi ? Faisons ça maintenant, pendant que je suis là. Ensuite tu pourras te détendre le reste de la journée.

— Vraiment ?

Cela le requinqua un peu. À deux, ce ne serait pas long de s'en occuper. Il n'y avait qu'un problème.

— Et le bébé ?

— Elle a le ventre plein, elle va dormir. On peut la laisser dans son berceau et lui jeter un coup d'œil de temps en temps.

Darcy poussa un soupir de soulagement. Le fait qu'il prenne le bébé signifiait qu'il n'allait pas se lancer à la poursuite de l'homme. Pas tout de suite, en tout cas.

— Pourquoi n'appelles-tu pas ton frère ? suggéra-t-elle. Maintenant que l'orage est passé, il peut venir avec quelques hommes.

— Espérons que oui.

Il prit son téléphone dans sa poche, composa le numéro, puis mit Sam au courant en quelques phrases brèves. Après un moment, il raccrocha.

— Il va venir lui-même.

— Tant mieux.

La tension que Darcy sentait au creux de son estomac se dénoua un peu. Elle avait confiance en Ridge et savait qu'il les protégerait, le bébé et elle, mais c'était réconfortant de savoir que la police était en route. Lorsqu'elle était arrivée au chalet la veille au soir, sa situation isolée lui avait paru attirante. Maintenant, elle la rendait nerveuse.

— Tu veux bien lui donner le biberon pour moi ?

Darcy se retourna pour regarder Ridge, qui affichait un air d'innocence suspect.

— Qu'est-ce que tu veux faire ? questionna-t-elle.

— Je veux juste jeter un coup d'œil dehors. Voir dans quelle direction il est parti et en informer Sam.

— Hon-hon. Et je dois croire que tu ne vas pas entreprendre une chasse à l'homme ?

— Je laisse Penny avec toi. Je ne peux pas faire une battue sans ma coéquipière.

Darcy jeta un coup d'œil par la fenêtre puis reporta les yeux sur Ridge.

— Je ne pense pas que ce soit une bonne idée..., commença-t-elle.

Ridge la coupa :

— S'il te plaît, dit-il simplement. Je te promets que je

ne le poursuivrai pas. Mais je dois faire quelque chose. C'est la deuxième fois qu'il s'introduit dans ma maison et qu'il menace ceux que j'aime. Tu ne comprends pas que je dois réagir d'une manière ou d'une autre ?

Saisie d'empathie, elle hocha la tête. Ridge était un homme d'action. Ça devait le rendre malade de rester à l'intérieur, sachant que l'inconnu s'éloignait un peu plus à chaque minute.

Sans un mot de plus, Darcy s'approcha de lui et tendit les bras, lui offrant une bénédiction silencieuse. Le fait que Ridge se soucie assez d'elle pour lui demander la permission était adorable, mais il avait toujours été plein de sollicitude lorsqu'il s'agissait de ses émotions à elle. C'était l'une des nombreuses choses qu'elle aimait chez lui.

— Sois prudent, s'il te plaît, dit-elle doucement.

Les yeux noirs de Ridge croisèrent les siens.

— Oui, je serai prudent.

Il lui toucha la joue, et elle se pencha en avant, fermant les yeux pour savourer ce contact. Puis il se détourna, se dirigeant vers la porte à longues enjambées. Penny émit un petit gémissement lorsqu'il sortit, mais ne tenta pas de le suivre.

— Ça va, Penny, dit Darcy, qui s'assit sur le canapé en essayant de ne pas secouer le bébé. Il va bientôt revenir.

Elle se mit en devoir d'attendre, essayant de repousser les scénarios terrifiants que son cerveau lui présentait. Ridge se faisant agresser. L'homme revenant, cette fois avec une arme. L'inconnu lui arrachant le bébé des bras.

La porte s'ouvrit à la volée et heurta le mur, la faisant sursauter. Elle serra instinctivement le bébé contre elle. Pas encore une fois !

Mais ce fut Ridge qui entra à grands pas. Il était tendu comme une corde de guitare, contenant difficilement son énergie, et son expression montrait clairement son mécontentement. Elle ne l'avait jamais vu aussi en colère.

Il referma la porte d'un coup de pied, fourragea dans ses cheveux et fit quelques pas, essayant visiblement de réprimer son émotion.

— Ridge ? Qu'est-ce qui se passe ?

Il secoua la tête.

— Ce salopard a lacéré nos pneus. Il est parti depuis longtemps.

— Oh…

C'était une nouvelle perturbante, mais elle pouvait difficilement expliquer l'intensité de la colère de Ridge.

— C'est tout ?

Il gigota comme s'il était mal à l'aise, et Darcy comprit qu'elle avait raison : il lui cachait quelque chose.

— Dis-moi, s'il te plaît.

— Il a laissé un message, ajouta Ridge en évitant son regard.

— Qu'est-ce qu'il dit ?

Ridge resta silencieux un instant, et Darcy se demanda s'il allait répondre à sa question. Puis il soupira.

— Il l'a écrit avec de la boue sur mon pick-up. Le pare-brise en est couvert.

Il leva les yeux sur elle, l'air impassible.

— Il a écrit « Elle est à moi », et il a dessiné une cible à côté.

Un frisson parcourut le dos de Darcy.

— Ce n'est pas la marque du…

Elle ne finit pas sa phrase, ne voulant même pas y penser.

Ridge acquiesça d'un air hanté :

— Oui, du tueur de l'Alphabet.

# 8

— Ça vous en a pris un temps de venir ! s'exclama Ridge.

Annabel lui jeta un regard froid tandis que Sam sortait péniblement de son pick-up.

— Arrête, dit ce dernier. On a déjà eu une journée infernale.

Ridge remarqua alors les cernes de fatigue sous les yeux de son frère.

— Qu'est-ce qui se passe ?

Sam jeta un coup d'œil à Darcy, qui se tenait sur la terrasse, Sara dans les bras. Sentant que son frère ne parlerait pas devant elle, Ridge se rapprocha de lui.

— On a un autre cadavre, annonça sombrement Sam.

Ridge sentit son cœur se serrer.

— Bon sang, fit-il doucement.

— On l'a trouvé ce matin. On pense qu'elle a été tuée hier soir, mais à cause du temps personne n'était dehors.

— Vous avez pu l'identifier ?

Était-ce la mère de Sara ? Il jeta un coup d'œil à la terrasse, sentant son estomac se nouer à l'idée que la petite fille était maintenant orpheline.

— Francine Gibbons, révéla Annabel.

Le nom évoquait quelque chose à Ridge, sans qu'il s'en souvienne précisément.

— Pourquoi est-ce que ça me dit quelque chose ?

— C'était une grande bourgeoise, expliqua Sam. Elle faisait du bénévolat, on parlait d'elle dans le journal.

— Ce doit être ça, approuva Ridge.

Ce n'était pas le genre de personne qu'il fréquentait. Et pour autant qu'il sache elle n'avait pas eu d'enfants. Ce qui voulait dire que la mère de Sara était toujours en vie, quelque part.

— Qu'est-ce qui se passe ? demanda Darcy en les rejoignant à pas lents.

Sam lui adressa un petit sourire.

— La matinée a été longue, indiqua-t-il.

Elle l'observa pensivement, puis reporta les yeux sur Annabel et Ridge.

— Que s'est-il passé ? répéta-t-elle.

Sam et Annabel se balancèrent sur leurs pieds, mal à l'aise. Darcy haussa un sourcil à l'adresse de Ridge, qui soupira.

— Vous feriez mieux de lui dire. Elle est mêlée à tout ça, maintenant.

— Le tueur de l'Alphabet a fait une autre victime, annonça Sam, comme s'il avait le poids du monde sur les épaules.

— C'est terrible ! s'exclama Darcy. Vous savez qui c'est ?

Sam pinça les lèvres, manifestement réticent à en dire plus. Ridge lui adressa un signe de tête encourageant, et il soupira.

— Francine Gibbons.

Le visage de Darcy se vida de toute couleur, et Ridge tendit les mains vers le bébé, inquiet à l'idée qu'elle le laisse tomber. Elle lui remit l'enfant sans protester, ce qui lui fit comprendre combien elle était bouleversée.

— Vous en êtes sûrs ? murmura-t-elle.

Sam lui posa une main apaisante sur l'épaule.

— J'en ai bien peur. Vous la connaissiez ?

Elle acquiesça, l'air de flageoler sur ses jambes.

— Entrons, suggéra Annabel, qui se dirigea vers le chalet.

Lorsqu'ils furent tous à l'intérieur, sa sœur alla à la cuisine et revint quelques minutes plus tard avec une tasse fumante qu'elle plaça entre les mains tremblantes de Darcy.

— Toutes mes condoléances, dit-elle doucement. Vous étiez une amie de Francine ?

Darcy prit une gorgée et inspira profondément.

— Nous nous fréquentions sur une base amicale, mais je ne crois pas que Francine ait vraiment eu des amies, si ça ne vous paraît pas contradictoire.

Sam jeta un regard interrogateur à Ridge, mais Annabel se contenta d'acquiescer, comme si c'était tout à fait normal.

— Elle était froide ?

— Plutôt snob, précisa Darcy. Nous étions dans la même école, et même à l'époque elle se prenait déjà pour une princesse. J'espérais que ça passerait en grandissant. Mais nous avons déjeuné ensemble il y a quelques semaines, car nous faisions toutes deux partie du comité d'organisation d'un déjeuner de bienfaisance. Elle s'est montrée affreusement grossière avec la serveuse, au point que j'ai proposé de nous réunir chez mes parents la prochaine fois.

Elle secoua la tête.

— Nous étions censées nous retrouver mercredi prochain pour mettre la touche finale aux détails du déjeuner.

Annabel hocha la tête d'un air de sympathie.

— Francine semblait-elle normale ?

— Maintenant que vous en parlez, elle m'a dit qu'elle avait l'impression qu'on l'épiait, indiqua Darcy, les sourcils froncés.

— Elle vous a dit quelque chose de spécifique ? intervint Sam. Qui la suivait ou pourquoi elle avait cette impression ?

— Pas vraiment.

Darcy se mordit la lèvre inférieure, réfléchissant.

— Je lui ai dit d'être prudente, mais elle a haussé les épaules. Elle croyait avoir un admirateur secret et elle en était flattée.

— A-t-elle reçu quelque chose ? Un cadeau, un message ?

Une note d'excitation s'était glissée dans la voix de Sam, et Ridge se surprit à se pencher en avant, désireux de connaître la réponse. Francine avait peut-être reçu un gage de son « admirateur », quelque chose dont ils pourraient se servir pour identifier le tueur. C'était le genre de percée qu'ils attendaient tous…

Mais Darcy secoua la tête, dissipant ses espoirs.

— Pas que je sache. À la manière dont elle m'en a parlé, il m'a semblé qu'elle était harcelée d'une manière ou d'une autre. Elle se sentait constamment observée, sans pouvoir mettre le doigt sur celui qui l'épiait.

— Il faudrait fouiller chez elle, par sécurité, murmura Annabel à Sam, qui acquiesça.

— Vous êtes sûrs que c'était le tueur de l'Alphabet ? questionna Darcy. Il pourrait y avoir une erreur.

— Je crains que non, répondit Sam. Toutes ses caractéristiques sont là.

Il jeta un regard entendu à Ridge, qui hocha la tête. Mieux valait ne pas entrer dans les détails. Darcy n'avait pas besoin de savoir comment Francine était morte, ni d'apprendre que le tueur avait dessiné une cible sur son corps.

— La cible ? devina Darcy.

Sam se contenta de hocher la tête, mais Ridge songea que Darcy était trop intelligente pour en rester là.

— Vous savez quand elle est morte ?

— Hier soir, répondit Annabel. Nous attendons que le médecin légiste nous donne une heure plus précise.

— Tu penses que le tueur a assassiné Francine puis est venu ici enlever le bébé ? demanda Darcy à Ridge.

— Non, ce n'est pas la même personne.

— Comment peux-tu en être sûr ?

Il jeta un coup d'œil à Sam et Annabel, leur demandant silencieusement la permission. Annabel hocha la tête et, quelques secondes après, Sam fit de même.

— Nous sommes presque certains que le tueur de l'Alphabet est une femme, dit Ridge. Nous avons une… source proche de l'enquête. Plusieurs témoins ont dit avoir vu une femme se disputer avec certaines des victimes.

— Mais, si l'homme qui voulait enlever le bébé n'est pas le tueur, alors pourquoi a-t-il dessiné une cible sur ton pick-up ?

— Je ne sais pas, avoua-t-il. Il est possible que ce soit un complice de la tueuse.

— Aucun des indices que nous avons ne suggère qu'elle a un complice, objecta Annabel, les sourcils froncés.

— Je sais, reconnut Ridge, mais il faut envisager cette possibilité.

— Ou peut-être, intervint Sam, qu'on accorde trop d'importance à ça. Le type qui a fait effraction dans ton chalet a peut-être tracé la cible pour nous tromper.

— On n'en sait pas assez pour écarter quoi que ce soit.

Ridge contempla le bébé et fut surpris de lui voir les yeux ouverts. Ses yeux gris étaient sombres, comme si elle percevait le danger dans lequel elle était.

— Qui est-ce qui t'en veut ? lui demanda-t-il.

Il se tourna vers Sam.

— Des pistes sur sa mère ?

— Pas vraiment. Les bébés nés à l'hôpital ont été identifiés.

Darcy poussa un petit soupir de soulagement.

— Et les naissances à domicile ?

— On essaye de les retrouver. Mais rien jusqu'ici.

— Et je n'ai rien trouvé non plus dans les hôpitaux de la région, ajouta Annabel.

— Vous avez relevé des empreintes sur la note ? demanda Ridge, s'accrochant à ce mince espoir.

— Nous avons bien des empreintes, mais elles ne sont pas répertoriées dans la base, lui apprit Sam.

— Ce qui veut dire qu'elle n'a pas de casier, finit Ridge.

Le découragement pesait sur ses épaules. C'était décevant de savoir qu'ils n'avaient aucune piste.

— C'est comme si elle sortait de nulle part, reprit Darcy. Comment est-ce possible de nos jours ?

— Vous seriez surprise, dit sèchement Sam.

— Donc, pour résumer, intervint Ridge, on a un bébé d'origine inconnue et un homme mystérieux résolu à l'enlever. Par ailleurs, la tueuse de l'Alphabet a encore frappé, et on n'a rien de nouveau de ce côté-là non plus.

— Eh bien, peut-être pas, fit Annabel d'un ton pensif.

— À quoi tu penses ? interrogea Sam.

Annabel regarda Darcy.

— Vous disiez que, la dernière fois que vous avez vu Francine, elle avait été grossière avec la serveuse ?

Darcy acquiesça.

— Oui. J'étais gênée pour elle, et j'ai laissé un mot d'excuse quand j'ai réglé ma part de l'addition.

Le regard d'Annabel se fit plus aigu.

— Elle a payé par carte bancaire ?

— Je crois, dit lentement Darcy. Je suis presque sûre que oui. Francine n'aimait pas avoir du liquide sur elle. Elle disait que ça faisait prolétaire.

Sam souffla par le nez.

— Qu'est-ce que c'est censé signifier ? marmonna-t-il.

— Qui sait ? dit Ridge en secouant la tête.

— Bon, reprit Annabel avec énergie, interrompant leur aparté, vous vous souvenez de quoi avait l'air la serveuse ?

— Pas vraiment.

Darcy pencha la tête, essayant de se rappeler la femme.

— Des cheveux bruns, la quarantaine peut-être ? Je ne pourrais pas dire. Je suis désolée. Je n'ai pas pensé à la regarder vraiment, vous comprenez ?

— Ne vous en faites pas, la rassura Annabel.

— Tù penses que c'est la serveuse, la tueuse ? questionna Sam.

— Peut-être, répondit Annabel. Ou peut-être qu'elle travaille dans un restaurant et garde les noms des clients qui sont grossiers avec elle ou qui la dérangent pour une autre raison. Elle pourrait les obtenir grâce aux paiements par carte, ce qui expliquerait qu'elle s'en prend à ses victimes par ordre alphabétique.

— Attends, dit Sam en levant une main. Laisse-moi appeler Trevor. Je veux son avis là-dessus.

Darcy lui jeta un regard interrogateur.

— Trevor est profileur au FBI, expliqua Ridge.

Il ne fallut qu'un instant pour l'avoir en ligne. Annabel mit le haut-parleur et lui résuma sa théorie concernant la tueuse.

— Ça me plaît, déclara Trevor. C'est une possibilité que nous n'avons pas prise en compte, mais elle est logique. Elle doit bien entrer en contact avec ses victimes d'une manière ou d'une autre ; nous savons qu'il ne s'agit pas de hasard. Il est possible que des clientes avec de longs cheveux noirs déclenchent quelque chose chez elle. Elle avait peut-être des relations affreuses avec une mère ou avec une sœur qui avait de longs cheveux noirs, et c'est pourquoi elle se fixe sur ce trait particulier.

— Tu penses qu'il est possible qu'elle ait été trahie par une amie ? demanda Ridge.

— Ça se pourrait, dit Trevor. Je vais noter ça comme explication potentielle. Laissez-moi mettre l'équipe au boulot là-dessus, et je vous recontacterai aussi vite que possible. Dans l'intervalle, vous pouvez demander à vos agents de ratisser les restaurants ? Je vous enverrai la description que nous avons de la suspecte, pour qu'on soit sûrs qu'elle correspond à la vôtre.

— Pas de problème, dit Sam. On s'y met tout de suite.

Annabel acheva la conversation, et Ridge considéra son frère et sa sœur.

— On dirait bien que vous avez du pain sur la planche.

Une part de lui avait envie de se joindre à la chasse maintenant qu'ils avaient une piste à exploiter. Mais d'un autre côté il se satisfaisait de s'occuper de Sara. Pour finir, ce fut le sens pratique qui gagna. Sam, Annabel et leurs frères pouvaient gérer les recherches de la tueuse de l'Alphabet. Il était le seul qui pouvait veiller à ce que Sara soit en sécurité.

Il la regarda et fut récompensé par un air de confiance absolue dans ses grands yeux gris. Son cœur se serra à l'idée de l'énormité de sa tâche. Il avait pu la sauver jusque-là, mais l'inconnu qui voulait l'enlever était déterminé. Combien de temps pourrait-il la protéger, surtout si la police se consacrait à d'autres tâches ?

Sara bâilla, et son corps se détendit dans ses bras. À cet instant, Ridge comprit qu'il ne se souciait pas de renforts. Il affronterait le monde entier pour cette petite fille.

— Qu'est-ce que tu vas faire ? demanda Annabel, en souriant au bébé, puis à lui.

— Je vais la protéger, dit simplement Ridge.

Il regarda Sam.

— Mais d'abord il faut que tu m'emmènes en ville. J'ai besoin de nouveaux pneus.

— Où étais-tu ?

Au son de la voix de sa mère Darcy se figea au milieu de l'escalier. Elle s'ordonna de se détendre. Elle était adulte et ne devait aucune explication sur ses mouvements.

Mais elle logeait chez ses parents et elle voulait effectivement essayer d'arranger les choses avec eux. Elle plaqua donc un sourire sur son visage et croisa le regard glacé de sa mère.

— J'ai été retenue par un patient, dit-elle, tentant de réprimer son agacement. Alors j'ai dormi à l'hôpital.

Cindy Marrow plissa les yeux.

— Ah bon ?

Le soupçon dégoulinait de ces deux mots. Darcy hocha la tête, refusant de reculer.

— L'orage a inondé la plupart des routes. Je ne voulais pas prendre le risque de conduire par ce temps.

— Je vois.

Voyant que sa mère n'ajoutait rien, Darcy se détourna pour gravir le reste des marches. Après cette nuit éprouvante, elle avait désespérément envie d'une douche et d'une bonne sieste.

— Tu sais, c'est drôle que tu dises ça, lança Cindy en avançant au pied de l'escalier.

Elle considéra sa fille de ses yeux bleus et froids.

— Ton père a dû passer à l'hôpital hier soir. Il ne t'y a pas vue.

— Je ne savais pas qu'il était chargé de me surveiller, rétorqua Darcy d'un ton égal.

Sa mère ouvrit la bouche pour répliquer, mais à cet instant son père pénétra dans le hall.

— Darcy ? C'est toi ?

Il vint se placer aux côtés de sa mère.

— Il me semblait avoir entendu ta voix.

— Bonjour, dit Darcy en hochant la tête.

*Génial. Maintenant, ils sont deux contre moi.*

— Ta mère et moi, nous nous sommes inquiétés, poursuivit-il sur le ton de la remontrance. Où étais-tu ?

Darcy ferma les yeux et soupira en silence, faisant appel à sa patience.

— Comme je l'ai expliqué, j'ai été retenue à l'hôpital, et je ne voulais pas conduire sous l'orage.

Clint Marrow secoua la tête d'un air déçu.

— Je sais que tu n'étais pas à l'hôpital hier soir. Pourquoi ne nous dis-tu pas où tu étais ?

Ignorant le regard de triomphe de sa mère, Darcy s'adossa à la rampe. Ils n'allaient pas laisser tomber le sujet, aussi, mieux valait le leur dire.

— J'ai dormi chez un ami, lâcha-t-elle, espérant qu'ils se contenteraient de cette réponse.

Elle aurait dû savoir que non.

— Qui ? demanda sa mère. Tu n'as pas d'amis ici.

*Ouille.* La vérité faisait mal, mais Darcy n'allait pas donner à sa mère la satisfaction de constater que sa pique avait fait mouche.

— J'ignorais que tu te tenais au courant de ma vie sociale.

— Je n'aime pas ton ton, rétorqua Cindy.

— Quelle surprise, marmonna Darcy.

— Ça suffit, intervint son père avec brusquerie. Jeune fille, tu es une invitée dans cette maison, et nous avons le droit de savoir où tu étais cette nuit. Maintenant, cesse de tourner autour du pot, et dis-nous franchement ce qu'il en est.

Durant un instant, Darcy envisagea de fournir une demi-vérité. Plus tôt cette conversation s'achèverait, mieux ce serait. Mais une part d'elle avait envie de voir comment ils réagiraient à la mention de Ridge. Elle avait pensé à leur rupture la plus grande partie de la nuit, et elle ne pouvait se débarrasser du soupçon que Cindy et Clint avaient joué un rôle là-dedans.

— Pour être honnête, j'ai dormi chez Ridge.

Il y eut un moment de silence, le temps que ses parents digèrent la nouvelle. Puis les yeux de sa mère s'écarquillèrent de façon comique.

— Tu as *quoi* ?

Son père referma la bouche et secoua la tête.

— Tu as dormi chez Ridge Colton ? Je croyais t'avoir mieux élevée que ça.

Darcy se cabra, offensée pour Ridge.

— Qu'est-ce que ça veut dire ? Qu'est-ce qu'il a fait de mal ?

— Eh bien, pour commencer..., dit son père.

Ayant repris contenance, sa mère lui coupa la parole.

— Tu sais très bien quel est notre avis sur ce garçon, rappela-t-elle d'un ton venimeux.

— Ce n'est plus un garçon, répliqua Darcy, se sentant rougir de colère.

C'était quoi, leur problème ? Cela faisait des années qu'ils n'avaient pas revu Ridge, et pourtant leur haine à son égard était plus puissante que jamais.

— Ce n'est pas la question, tu le sais très bien, lança Cindy. Tu ne te souviens pas de qui il descend ? De son père ?

— Il n'est pas comme son père.

Darcy savait que ses protestations tombaient dans l'oreille de sourds, mais elle ne pouvait s'empêcher de défendre Ridge. Elle avait cru qu'avec les années les préjugés des habitants de la ville déclineraient, surtout maintenant que Ridge et ses frères et sœur étaient dans les forces de police. Comment pouvait-on les juger alors qu'ils avaient consacré leur vie au bien public ? Mais les habitudes avaient la vie dure et, si ses parents étaient représentatifs de la manière dont le reste de la population traitait Ridge et ses frères et sœurs, elle voyait bien pourquoi il avait choisi de vivre dans un coin aussi reculé.

— Comment le sais-tu ? répliqua Cindy. Son père n'a pas commencé à tuer avant d'être plus vieux que Ridge ne l'est aujourd'hui. Il porte ça en lui ; ce n'est qu'une question de temps avant qu'il ne fasse comme lui.

Darcy secoua la tête, à court de mots.

— Je ne peux pas croire que tu penses ça, dit-elle finalement.

— Sois raisonnable, ma chérie, intervint son père d'un ton conciliant. Ta mère s'inquiète seulement pour toi.

— Non, elle ne s'inquiète pas pour moi, riposta Darcy. Elle s'inquiète seulement des répercussions sur son statut social. Comme elle l'a toujours fait.

Elle se tourna vers sa mère.

— Ce n'est pas vrai, Cindy ? demanda-t-elle froidement.

Le visage de sa mère s'empourpra.

— Comment oses-tu ? cracha-t-elle. Tout ce que j'ai fait, je l'ai fait pour le bien de cette famille.

Darcy ne put retenir un ricanement.

— C'est vraiment ce que tu penses ?

— Tu n'as aucune idée des sacrifices que j'ai faits pour toi ! J'ai travaillé dur pour que cette famille tienne son rang dans notre communauté, et ça n'a pas toujours été facile. Toi, en tout cas, tu n'y aidais en rien !

— Je ne m'excuserai pas d'être sortie avec Ridge Colton, proféra Darcy, les dents serrées.

Étaient-ils condamnés à se disputer à ce sujet pour le restant de leurs jours ?

— Non, bien sûr que non. Tu ne t'es jamais excusée de rien, riposta Cindy avec sarcasme.

Darcy fronça les sourcils.

— Qu'est-ce que c'est censé vouloir dire ?

— Mesdames, pourrions-nous juste…, commença son père.

Mais c'était trop tard. Cindy était trop en colère pour s'arrêter, et Darcy trop fatiguée pour feindre que tout allait bien.

— Tu n'as aucune idée des difficultés que nous avons eues quand tu as commencé à sortir avec ce garçon. Nos amis nous ont tourné le dos. Ton père a perdu certains de ses patients. C'était une période très éprouvante, mais tu t'en fichais. Nous t'avons demandé d'arrêter, tu as refusé d'écouter. Tu t'es exhibée en public avec lui.

Cindy secoua la tête, lèvres pincées.

— Quelle honte ! Je remercie Dieu que tu ne sois pas tombée enceinte de lui.

Les paroles de sa mère lui firent l'effet d'une douche froide. Darcy ne put que la fixer, stupéfaite de la profondeur de sa haine. Cindy Marrow n'avait jamais caché son dédain pour Ridge Colton, mais cette méchanceté, cette amertume… Entendre de tels propos était perturbant, pour dire le moins. Après tout, Ridge et elle n'étaient plus ensemble. Alors pourquoi sa mère le méprisait-elle avec autant d'intensité ?

— Ton père et moi nous sommes efforcés de te faire entendre raison, poursuivit-elle en s'échauffant. Il nous a fallu une éternité, mais nous avons finalement trouvé le moyen de tout arranger.

— De tout arranger ? l'interrompit Darcy. Qu'est-ce que ça veut dire ?

Elle sentit ses cheveux se hérisser sur sa nuque en comprenant les implications de ce qu'avait dit sa mère. Avaient-ils orchestré d'une manière ou d'une autre sa séparation avec Ridge ? Cindy parut s'apercevoir qu'elle en avait trop dit. Elle se tut et jeta un regard paniqué à son mari.

— Qu'est-ce que vous avez fait ?

Darcy descendit une marche tandis que sa mère reculait, confirmant son soupçon que quelque chose clochait.

— Vous avez piégé Ridge ?

Cindy ne répondit pas, mais la pâleur de son visage et son air coupable répondaient pour elle.

— Je ne peux pas y croire.

La gorge de Darcy se serra, et elle eut du mal à articuler les mots.

— Même pour vous, c'est vraiment bas.

— Ça suffit, coupa son père d'un ton acerbe. Cessez de vous disputer, la femme de ménage pourrait vous entendre.

Darcy leva les yeux au ciel. Seule l'inquiétait l'apparence qu'avait leur dispute aux yeux d'une personne extérieure à la famille. Le ciel les préserve d'avoir une conversation agitée. La famille Marrow ne croyait pas aux émotions, elles étaient trop brouillonnes.

— Oubliez ce que j'ai dit, marmonna Darcy.

Ses parents se contentèrent de lui lancer un regard noir.

— Tu n'as pas quelque chose à dire à ta mère ? demanda Clint.

Il était clair qu'il attendait des excuses, mais Darcy ne lui ferait pas ce plaisir.

— Non, rien du tout.

Se détournant, elle gravit l'escalier sans un regard en arrière. Elle savait que c'était mesquin, mais elle était trop bouleversée pour s'en préoccuper.

*Dix ans,* pensa-t-elle. *J'ai perdu dix ans avec Ridge.*

Même si ses parents n'avaient pas confirmé leur rôle dans sa rupture, la réaction coupable de sa mère suffisait à convaincre Darcy que c'était la vérité. Cela lui brisait le cœur de penser à tout le temps que Ridge et elle avaient perdu. Quel genre de vie auraient-ils eu si elle n'était pas tombée dans le piège de ses parents ? Elle se le représentait avec clarté – deux enfants, avec les yeux et les cheveux noirs de Ridge, jouant avec Penny sur le plancher du chalet. Elle, ouvrant son cabinet sur Main Street, accueillant les habitants de Granite Gulch. Cela aurait pu être sa vie…

C'était un beau rêve, un rêve dont elle ne pouvait se débarrasser. La nostalgie de ce qui aurait pu être la frappa avec tant de force qu'elle sentit son cœur manquer un battement, et elle comprit avec un choc que cet avenir imaginaire avec Ridge était celui qu'elle avait toujours voulu. Elle avait passé les dernières années à se convaincre qu'elle devait exercer dans une grande ville, loin de Granite Gulch. Lorsqu'on lui avait proposé un poste à New York, elle avait sauté sur cette occasion de s'éloigner de ses parents. Mais il était clair qu'elle l'avait fait uniquement pour échapper au rappel constant de ce que Ridge et elle auraient pu vivre ensemble.

Elle entra dans la salle de bains, la vue brouillée par les larmes. Maudits soient ses parents pour s'en être mêlés ! Et maudite soit-elle pour n'avoir pas fait confiance à Ridge ! Une vague de culpabilité l'engloutit, et elle s'appuya contre le lavabo. Elle pouvait faire tous les reproches à Cindy et Clint, c'était en réalité sa faute. Si elle s'était vraiment fiée à Ridge, elle n'aurait jamais cru à leur mensonge pour commencer.

— Je n'aurais jamais dû douter de toi, murmura-t-elle, hantée par le visage de Ridge.

Comment pouvait-il même supporter de la regarder maintenant ? *Il faut que j'arrange ça*, se dit-elle en pénétrant dans la douche et en ouvrant l'eau.

Le jet brûlant fit du bien à ses muscles endoloris. Elle posa le front contre la paroi carrelée avec un soupir. Elle devait des excuses à Ridge. Mais que pourrait-elle lui dire pour lui faire comprendre combien elle était désolée ? Plus important, l'écouterait-il ? Peut-être voulait-il seulement tourner la page. Après tout, il n'avait pas abordé le sujet, alors qu'ils avaient passé beaucoup de temps ensemble. Si la manière dont les choses s'étaient terminées le faisait encore souffrir, il en aurait sûrement parlé ?

*Je dois faire une tentative,* songea-t-elle. Ridge l'écouterait peut-être, ou peut-être pas. Mais dans un cas comme dans l'autre Darcy ne pourrait pas se pardonner de n'avoir pas fait au moins un essai pour réparer les dégâts.

Si seulement ses parents voyaient les choses du même œil. Son humeur s'assombrit lorsqu'elle pensa à eux. Il gèlerait en enfer avant que Cindy et Clint Marrow ne présentent des excuses à Ridge Colton. Ou à elle, en l'occurrence. Même si elle arrivait d'une manière ou d'une autre à leur faire comprendre leurs torts, ils ne reconnaîtraient jamais leur erreur. Les Marrow ne s'excusaient jamais, surtout envers quelqu'un qui était placé en dessous d'eux dans l'échelle sociale.

Le dégoût et la honte se mêlèrent dans son esprit, lui donnant la sensation d'être souillée alors même qu'elle se savonnait. Rien à faire, elle ne comprendrait jamais pourquoi ses parents étaient aussi snobs. Aucun d'eux n'était né avec une cuillère en argent dans la bouche, et on ne pouvait pas dire que Granite Gulch représentait la crème de la société. Mais il était inutile d'y réfléchir : les gens ne changeaient pas, et ses parents ne se réveilleraient pas en ayant soudainement changé d'avis. Elle avait un choix à faire : les exclure de sa vie pour les punir de ce qu'ils avaient fait, ou trouver le moyen de leur pardonner et passer à autre chose.

Elle arrêta l'eau et se tint immobile dans la douche, fixant les robinets jusqu'à ce qu'elle se mette à frissonner. La décision aurait dû être facile. Mais quoi que ses parents aient fait c'étaient toujours ses parents. Pourrait-elle encore se regarder en face si elle rompait complètement avec eux ?

La fatigue lui tomba dessus lorsqu'elle sortit de la douche et se sécha. Ses bras étaient lourds, et il lui fallut toute son énergie pour se brosser les cheveux. Elle avait conscience d'être trop épuisée pour penser normalement. Mais ses émotions ne la lâchaient pas et exigeaient qu'elle fasse quelque chose, n'importe quoi, pour réparer les dégâts.

Son téléphone reposait sur la table de chevet, tentateur. Elle pouvait appeler Ridge et lui révéler ce qu'elle avait appris. Naturellement, elle devrait s'excuser en personne plus tard, mais ce serait un début. Elle prit l'appareil, prête à l'appeler, mais s'immobilisa avant d'avoir tapé le numéro. Ridge était occupé avec le bébé, la dernière chose dont il avait besoin était d'être distrait, surtout avec une affaire depuis longtemps terminée.

Elle se mit au lit, le cœur lourd et les yeux brûlants. Une part d'elle comprenait qu'elle devait se reprendre et avancer. Mais elle n'était pas encore prête à faire cela. La dispute avec ses parents lui avait laissé le sentiment d'un vol, comme s'ils lui avaient retiré une part de sa vie. Mais elle était une Marrow, éduquée dans l'art de réprimer ses émotions et de faire front. Et c'est ce qu'elle ferait. Avec le temps.

Pour l'instant, elle allait prendre le temps de pleurer ce qui aurait pu être.

# 9

Le téléphone de Ridge sonna juste au moment où il couchait Sara pour la sieste. Il traversa la pièce et repêcha l'appareil dans sa poche.

— Allô, dit-il à voix basse pour ne pas déranger le bébé.

— C'est Trevor, répondit son frère.

— Quoi de neuf ? Le FBI a progressé dans l'enquête sur la tueuse ? Ça a été rapide. Mais la théorie d'Annabel est bonne, c'est peut-être ce dont vous aviez besoin pour résoudre le truc.

— C'est au sujet de papa, indiqua Trevor.

Ridge sentit son estomac se nouer.

— À propos de quoi ?

— Il a reçu une autre lettre de la tueuse de l'Alphabet.

— Ah bon ?

Ça ressemblait à une bonne nouvelle. Alors pourquoi son frère semblait-il aussi solennel ?

— Oui. Et tu ne vas pas y croire, l'adresse de l'expéditeur est une boîte postale ici, à Granite Gulch.

— Tu crois que c'est authentique ?

— Je n'en sais rien, avoua Trevor.

— Difficile de croire que la tueuse utilise sa vraie adresse. Elle s'est montrée plutôt maligne jusqu'ici.

— Je suis d'accord, dit Trevor. Mais il faut vérifier. Je suis à la poste avec Annabel et Sam en ce moment. Nous interrogeons les employés. Nous avons déjà appris que la femme qui loue la boîte correspond à la description de notre suspecte, mais elle a utilisé des faux papiers pour la location.

— Ce n'est pas étonnant. Tu vas laisser quelqu'un sur place, au cas où elle se montrerait ?

— C'est déjà réglé. Dans l'intervalle…

Il ne finit pas sa phrase et Ridge comprit deux choses : son frère allait lui demander un service, et il n'allait pas aimer ça.

— Quoi ? fit-il, soudain réticent à poursuivre la conversation.

Peut-être pouvait-il feindre que la réception était mauvaise, ou que le bébé le réclamait.

— Il faudrait que tu lui rendes visite plus tôt.

*Lui* ne pouvait signifier qu'une personne : Matthew Colton. Alors qu'il souffrait d'un cancer et qu'il savait qu'il était condamné, il s'était débrouillé pour que ses enfants lui rendent visite une fois par mois – un seul à chaque fois. Mais ce n'était pas de la tendresse paternelle. Escroc jusqu'au bout des ongles, Matthew s'était servi de la seule chose qu'ils voulaient : pleurer convenablement leur mère. À chacune de leurs visites, il leur fournissait un indice sur l'endroit où il l'avait enterrée.

Jusque-là, il n'avait pas révélé grand-chose. Sam et Ethan étaient déjà allés le voir, et les indices avaient été affreusement vagues. C'était maintenant le tour de Ridge, et il appréhendait cette visite plus que tout. Il n'avait pas revu son père depuis le procès et n'en avait aucune envie.

— Pourquoi ?

Trevor soupira, et Ridge comprit que son frère n'avait pas la moindre envie d'en parler.

— La lettre qu'il a reçue est très similaire à celles que la tueuse a déjà envoyées. D'un autre côté, nous n'avons rien trouvé, en dehors de l'adresse de l'expéditeur. Je me demande donc pourquoi la tueuse continue d'envoyer des variations du même message.

— À moins que ça ne soit pas le cas, poursuivit Ridge, voyant où voulait en venir Trevor. Peut-être qu'elle lui envoie une sorte de code.

— Exactement, conclut Trevor. Et comme on commence à sécher je me demandais si tu pourrais y aller et tailler une bavette avec lui. Lui tirer les vers du nez, en quelque sorte.

— Je vois.

Et il voyait, en effet. S'il y avait une possibilité de contribuer à l'arrestation de la tueuse, il irait voir son père. Il détesterait chaque minute de cette corvée, mais il ne pourrait pas non plus se regarder en face s'il ne faisait pas tout ce qui était en son pouvoir.

— Je suis vraiment désolé de te demander ça.

Trevor semblait bourrelé de remords.

— Mais c'est ton tour, et tu sais qu'il ne coopérera pas si on ne respecte pas ses règles tordues.

— Je sais.

Ridge soupira.

— J'appréhendais cette visite, alors je n'ai vraiment pas envie de l'avancer.

— Je comprends, assura Trevor. Je ferai tout ce que je peux pour que tu n'aies pas à le faire.

— Merci.

Il savait que son frère n'essayait pas seulement d'être gentil. Trevor était l'un des types les plus intelligents qu'il connaisse. S'il avait besoin que Ridge recueille plus d'informations, c'était parce qu'il était bel et bien bloqué.

— Bonne chance à la poste. J'espère qu'elle se montrera, dit-il.

— Moi aussi, répondit Trevor. Mais j'en doute. Elle

doit savoir que nous avons la lettre. J'ai le sentiment que ce n'est pas de l'intrépidité, qu'elle nous provoque.

— Une tueuse avec le sens de l'humour ?

— Si tu veux appeler ça comme ça. Elle voit probablement ça comme un jeu : elle d'un côté et nous de l'autre. Les victimes sont prises entre les deux feux.

— Et Matthew ? questionna Ridge. Quelle est sa place dans tout ça, alors ?

— Elle le voit comme une sorte de mentor, répondit Trevor.

Ridge frémit à l'idée que quiconque admire son père. Quel genre de malade pouvait considérer Matthew Colton comme une personnalité digne de vénération ?

— Je croyais qu'il ne pouvait pas répondre au courrier, reprit-il. Comment pourrait-il agir comme un mentor pour elle si la communication est à sens unique ?

— Nous pensons qu'elle le voit plutôt comme un maître. En gros, elle se vante auprès de lui, en espérant qu'il la désignera comme sa meilleure élève.

— C'est malsain.

— Il faut de tout pour faire un monde. Écoute, il faut que j'y aille, Sam me demande.

Ridge raccrocha et rangea le téléphone dans sa poche. Puis il s'approcha des fenêtres et regarda au-dehors, les yeux fixés sur la ligne familière et réconfortante des arbres. Les pensées se bousculaient dans son esprit : Darcy, la tueuse de l'Alphabet, Sara, l'intrus. Et maintenant la perspective d'une proche visite à Matthew Colton.

Il avait besoin de bouger, de sortir. Mais il ne pouvait pas laisser Sara. Après un instant de réflexion, il alla chercher son équipement dans le placard du couloir. Il lui fallut un petit moment, mais il finit par trouver ce qu'il cherchait. Il retourna alors au berceau et prit le bébé.

Dix minutes plus tard, il verrouillait la porte de derrière

et descendait les marches, Penny à ses côtés, et le bébé sanglé sur sa poitrine. C'était bon de respirer l'air frais, et tandis qu'ils se dirigeaient vers les bois il sentit le calme revenir en lui.

Marcher l'aidait toujours à organiser ses pensées. C'était un réflexe instinctif chez lui de chercher le réconfort de la nature lorsqu'il devait réfléchir. En plusieurs occasions, Annabel l'avait accusé de fuir, mais cela n'aurait pas pu être plus loin de la vérité. Il avait seulement besoin de ce mélange de solitude et d'activité pour progresser dans ses réflexions.

Par exemple au sujet de l'identité du mystérieux intrus. Cet homme savait où était Sara, ce qui voulait dire qu'il connaissait sa mère. Cela n'aidait pas à réduire le nombre des candidates possibles, mais une petite part de Ridge souhaitait que l'homme revienne pour qu'il puisse lui demander qui était la femme qui avait abandonné son bébé. Un enfant avait besoin de sa mère, surtout quand il était aussi jeune que Sara. Dieu merci, Darcy avait été là.

Son cœur fit un drôle de petit bond à la pensée de Darcy. Qu'avait-elle donc pour l'affecter autant, même dix ans après ? Il avait essayé de garder ses distances, mais elle avait enfoncé ses défenses en un rien de temps. Son cœur était tout près de refaire le grand plongeon, mais son cerveau refusait de souscrire à ce plan. Les parents de Darcy n'avaient pas caché qu'ils le détestaient et, même s'il ne pouvait le prouver, il savait au fond de lui qu'ils s'étaient débrouillés pour placer cette montre dans son sac afin que Darcy rompe avec lui.

Au début, son manque de foi en lui l'avait blessé – une douleur profonde qui l'avait fait questionner toute leur relation. Mais avec le temps il avait fini par comprendre que Darcy avait été jouée tout comme lui. La question était : le savait-elle ?

Il était tenté de lui poser la question, mais ce n'était pas à lui de faire des vagues. Darcy avait toujours eu une relation distante avec ses parents, et il doutait que les choses se soient améliorées avec le temps. Il avait égoïstement envie de lui faire part de ses soupçons, afin qu'elle sache combien elle avait eu tort. Et si l'information la poussait à se confronter à ses parents, tant mieux. Après tout, ils lui avaient fait beaucoup de mal, ils méritaient de souffrir à leur tour.

Mais peu importait la satisfaction que lui procurait ce scénario, il n'agirait pas sur une impulsion. Les Marrow n'étaient certes pas une famille idéale, mais il n'avait aucune envie de contribuer à leurs difficultés. Il ne savait que trop bien ce que c'était que de perdre les gens qu'on aimait, et même si Darcy l'avait blessé il ne lui souhaitait pas de mal en retour.

Ses pensées dérivèrent vers ses frères et sœurs, et la manière dont leur vie avait changé après cette nuit fatale, vingt ans auparavant, où Matthew Colton avait assassiné leur mère. En quelques heures, ils avaient été engloutis par le système, arrachés les uns aux autres et à la seule famille qu'ils connaissaient. Chacun d'eux avait trouvé le moyen de supporter cette nouvelle réalité, ils n'avaient pas le choix. Mais Josie avait particulièrement souffert de la situation.

Il lui avait rendu visite aussi souvent que possible. Mais son cœur s'était brisé de voir cette petite fille autrefois vive et curieuse se transformer en une jeune fille triste et solitaire. Elle s'efforçait de faire bonne figure, mais cela ne suffisait pas.

Il n'avait pas été le seul à remarquer ce changement. À mesure qu'ils atteignaient leur majorité, ses frères et sœur avaient chacun leur tour essayé d'adopter Josie, dans l'espoir de faire revivre la petite fille heureuse qu'ils avaient connue. Mais elle leur avait dit non à tous. Puis elle avait disparu.

Ça le tuait de penser qu'elle était quelque part dans le monde, seule et effrayée. Elle était partie sans avertissement six ans auparavant et n'avait jamais essayé de les contacter. Pas même une carte postale pour leur faire savoir qu'elle allait bien. C'était comme si elle avait disparu de la surface de la terre. Pis encore ? Il était possible qu'elle soit la tueuse de l'Alphabet.

Il avait horreur de penser que sa sœur puisse commettre des crimes pareils, mais il devait reconnaître que les preuves circonstancielles étaient troublantes. Josie était partie après que son fiancé l'avait laissée tomber en faveur d'une jeune femme aux longs cheveux noirs. Le même genre de cheveux que toutes les victimes. Cette trahison avait-elle constitué un déclencheur pour Josie ? Il ne voulait pas y croire, mais jusqu'à ce qu'ils puissent prouver l'inverse la police et le FBI la gardaient sur leur liste de suspects.

Le sentier qu'il suivait fit un angle, et Penny commença à remuer la queue. Ils approchaient du torrent. Normalement, il s'arrêtait au bord de l'eau pour qu'elle puisse jouer. Mais comme il portait le bébé ce jour-là il ne voulait pas s'attarder trop longtemps. Sara dormait paisiblement, mais cela pouvait changer d'une minute à l'autre, et il n'avait pas envie d'être dehors lorsqu'elle s'éveillerait et commencerait à s'agiter.

— Au pied, dit-il, malheureux de décevoir sa chienne.

Penny lui obéit sans protester, elle avait compris qu'elle ne folâtrerait pas dans l'eau ce jour-là. Sa queue retomba légèrement, et elle poussa un petit gémissement.

— Je sais, dit-il. Mais on ne peut pas rester aujourd'hui. Il faut rentrer, au cas où le bébé aurait besoin de quelque chose.

Tandis qu'ils approchaient de l'eau, Ridge remarqua

une silhouette sur la rive du torrent. Il avait failli ne pas la repérer. Son jean indigo et son T-shirt vert bouteille lui permettaient de se fondre dans le paysage. Mais il lui trouva quelque chose de familier…

Les poils de ses bras se hérissèrent tandis qu'il observait la jeune femme. Puis cela le frappa comme un coup de tonnerre.

— Josie ?

Le prénom était sorti dans un murmure rauque, à peine audible au milieu des chants d'oiseaux et des glouglous du torrent. Ridge s'arrêta net, incapable d'y croire.

— Josie ?

Cette fois, il avait presque crié.

Elle leva la tête, et durant une fraction de seconde il vit son visage. Son expression était douloureuse, comme si le prénom remuait de mauvais souvenirs. Puis, se mettant en mouvement, elle disparut entre les arbres.

Ridge s'élança, mais il ne pouvait se déplacer très vite sans secouer le bébé. Il maudit la situation et envisagea une seconde de lancer Penny à la poursuite de la fille. Mais ce serait irresponsable. Elle n'avait rien fait de mal.

Au bord du torrent, il s'assit sur un tronc d'arbre et s'efforça d'ordonner ses pensées. Était-elle réelle, ou était-ce une hallucination provoquée par ses émotions ? Il venait juste de penser à Josie. Peut-être était-ce son imagination qui lui avait fait voir sa sœur. Ses cheveux étaient complètement différents pour commencer : Josie avait toujours eu les cheveux longs, alors que la femme les portait courts.

*Elle a pu se couper les cheveux,* se dit-il. C'était la manière la plus rapide de modifier son apparence et, si Josie était en fuite, c'était la première chose qu'elle aurait faite.

*Sois raisonnable,* songea-t-il. Quelles étaient les probabilités qu'il tombe sur sa sœur en randonnant dans les bois ? Il était impossible qu'elle soit à Granite Gulch. Si cela avait été le cas, l'un de ses frères et sœur l'aurait déjà rencontrée. Non, Josie avait depuis longtemps disparu. Il n'avait fait que la projeter sur le visage de l'autre femme. C'était l'explication la plus raisonnable.

Mais pourquoi avait-elle pris la fuite ? Il ne constituait pas une menace, avec un bébé en bandoulière.

— Mais j'ai crié, marmonna-t-il.

Maintenant qu'il y pensait, il devait avoir eu l'air d'un fou. La femme n'avait pas vraiment pris le temps de le regarder avant de fuir, et il ne pouvait le lui reprocher. Avec la tueuse de l'Alphabet en liberté, il n'était pas sain pour les femmes de se promener seules.

Logiquement, cette explication était la bonne. Mais tout en regardant une feuille morte flotter dans le torrent il ne put se débarrasser de l'idée qu'il la connaissait.

Était-ce la mère de Sara ? Il jeta un coup d'œil au bébé, essayant de plaquer les traits de la jeune femme sur son petit visage. C'était possible. La mère avait disparu après avoir laissé Sara sur sa terrasse, ce qui voulait dire qu'elle devait bien connaître ces bois. Et étant donné la vitesse à laquelle la femme s'était évanouie tout à l'heure elle pouvait très bien être celle qu'ils recherchaient.

Mais si c'était le cas pourquoi s'était-elle enfuie ? N'aurait-elle pas voulu voir l'enfant, après avoir été séparée d'elle plusieurs jours ? Ridge serra le bébé contre lui, malheureux à l'idée de le perdre. Il s'était déjà attaché à lui et ne pouvait imaginer la douleur que cette séparation devait procurer à la mère.

Un bruissement de feuilles mortes derrière lui le fit sursauter. Ce n'était sans doute que le vent, mais il prit soudain conscience qu'il était seul avec un bébé dans les bois. Ce qui lui avait paru une bonne idée le frappait maintenant comme profondément stupide. Qui emmenait un bébé dans un coin isolé alors qu'une tueuse en série sévissait dans la région et qu'un inconnu faisait tout son possible pour le kidnapper ?

— Au pied, dit-il à Penny.

La chienne resta collée à lui sur le chemin du retour. Lorsqu'ils furent proches du chalet, il sentit l'énervement le gagner. Il n'était pas plus près de comprendre et, par-dessus le marché, la jeune femme dans les bois l'avait déstabilisé.

Sara souleva les paupières au moment où il gravissait les marches du perron. Tournant la tête, elle ouvrit la bouche, s'attendant à ce qu'il mette quelque chose dedans. Il sourit, émerveillé par son instinct. Elle était si jeune et pourtant elle savait exactement comment exprimer ses besoins. Il n'avait jamais fréquenté de bébé auparavant, et il se sentait ému par la manière dont cette jeune vie se reposait entièrement sur lui. C'était presque comme le lien qu'il avait avec Penny, et ça le surprenait. Quand Darcy lui avait brisé le cœur, il s'était dit qu'il ne ferait plus jamais confiance à personne. Mais ce bébé avait tout remis en cause. Il était forcé de s'avouer qu'il avait cessé de se lier aux gens par peur plutôt que par chagrin.

Sara poussa un petit cri, et il pressa le pas, repoussant ces pensées. C'était l'heure de lui donner le biberon avant qu'elle se mette à pleurer. Cette tâche-là, il pouvait l'effectuer.

— J'ai besoin d'un peu plus de temps.

— Ce n'est pas comme ça que ça marche.

La femme au bout du fil était irritée, mais il était trop désespéré pour s'en soucier. Enlever le bébé prenait plus de temps que prévu, et il avait besoin d'un délai. Mieux valait être honnête dès maintenant. Autrement, ils risquaient de penser qu'il voulait les doubler.

— S'il vous plaît… Je sais où elle est, mais j'ai du mal à m'emparer d'elle.

— Pourquoi ?

La voix s'était faite coupante, et il comprit qu'il avait commis une erreur. S'ils pensaient qu'il en était incapable, ils se débarrasseraient de lui. Pour de bon.

— Ce n'est pas ce que vous pensez, dit-il hâtivement. La mère rétropédale un peu. J'ai besoin d'un peu plus de temps pour la convaincre de prendre la bonne décision.

— Je vois.

Il y eut une pause, tandis que la femme méditait ses paroles. Il retint son souffle, espérant que son excuse était plausible.

— D'accord, lâcha-t-elle enfin. Vous avez vingt-quatre heures de plus pour faire le boulot. Ça suffira ?

Il était clair dans sa voix que si ça ne suffisait pas il le regretterait amèrement.

— C'est formidable, assura-t-il, en essayant de trouver le juste milieu entre gratitude et soulagement.

Un peu trop dans l'une ou l'autre direction ne servirait qu'à éveiller encore les soupçons.

— Je vous appellerai quand ce sera fait.

— Encore une chose, le rappela-t-elle avant qu'il raccroche. Comme vous avez changé les termes du contrat, il est normal que je change les termes de votre paiement. Vingt-quatre heures de plus vous coûteront dix pour cent.

Il ravala une protestation et la maudit silencieusement. Mais il ne pouvait rien faire. S'il se rebellait, elle n'hésiterait pas à réduire encore le paiement.

— D'accord, grinça-t-il.

Elle rit, et il serra le téléphone plus fort pour s'empêcher de le lancer à travers la pièce.

— J'attends votre appel, conclut-elle.

Il se força à reposer doucement le téléphone, puis il

agrippa le bord de la table pour empêcher ses mains de trembler. Il avait besoin d'un verre, d'un petit remontant.

Il y avait une demi-bouteille de whisky sur le plan de travail et, s'en emparant, il s'efforça d'ôter le bouchon avec ses doigts tremblants. Cela prit une éternité, mais il put enfin ouvrir la bouteille. L'odeur âcre frappa ses narines et ses muscles commencèrent à se détendre. Il se força à attendre un instant avant de prendre une goulée. Il était capable de se contrôler. Puis il porta la bouteille à ses lèvres, sans se donner la peine de chercher un verre. Le liquide lui brûla l'œsophage, dispensant sa chaleur réconfortante dans tout son corps.

Il aurait dû comprendre que demander une faveur n'était pas la chose à faire. Dix pour cent, ce n'était pas une grosse somme, mais il avait besoin du moindre *cent.* Il n'était pas stupide, les bébés ne couraient pas les rues, alors il ne pourrait faire ça qu'une fois. C'était normal qu'il reçoive une compensation financière maximale pour sa peine.

Durant un instant, il envisagea de la rappeler et d'argumenter. Mais c'était inutile. Elle dirait que quatre-vingt-dix pour cent étaient mieux que rien et elle réduirait encore sa paye. Mieux valait réfléchir à la manière d'enlever le bébé. S'il le livrait à l'heure convenue, il pourrait peut-être obtenir le paiement intégral. Ce ne serait pas logique de le faire payer pour un délai dont il ne s'était pas servi.

L'alcool commençait à faire effet, éclaircissant son cerveau. Pour enlever le bébé, il fallait qu'il trouve le moyen d'éliminer Ridge Colton du tableau. Ce type s'était manifestement attaché à la petite, et il ne la laisserait pas partir sans se battre. L'assaut dans son chalet n'avait pas été concluant, aussi allait-il devoir emprunter une autre voie…

Le plus important, toutefois, était de s'assurer que le bébé n'était pas blessé. On ne le payerait pas pour une marchandise abîmée. Cela éliminait les armes à feu.

L'idée d'un couteau était attirante, mais impraticable en fin de compte. Il fallait s'approcher de la victime pour l'utiliser. Il préférait tenir Ridge à distance. L'homme était fort, et il avait déjà commis l'erreur de sous-estimer ses capacités physiques.

Ce dont il avait besoin, c'était d'un élément de surprise. Mais, maintenant que Ridge savait qu'il en avait après le bébé, ce serait beaucoup plus difficile pour lui de le prendre au dépourvu. Pourtant, il devait y avoir un moyen…

Il renversa la bouteille pour prendre une autre gorgée et fut surpris de découvrir qu'elle était presque vide. Peu importait. Il y en avait une autre quelque part. Encore un coup, et il se mettrait en route.

Et cette fois il ne reviendrait pas sans le bébé.

# 10

— Tu sais que ce n'est pas elle, hein ? dit Sam.

Ridge hocha la tête, oubliant que son frère ne pouvait pas le voir à l'autre bout du fil.

— Ce n'est pas possible, continua Sam avec une note d'impatience dans la voix. Je sais que Josie te manque ; elle nous manque à tous. Mais il est impossible qu'elle erre dans les bois toute seule.

— Je sais.

Ridge regrettait d'avoir mis le sujet sur le tapis.

— Peut-être que tu manques de sommeil. Tu commences à avoir des hallucinations.

— Ce n'est pas ça, protesta Ridge, irrité.

C'était déjà assez qu'il doute de lui-même, il n'avait pas besoin que son frère pense qu'il devenait fou.

— Qui que ce soit, elle est partie depuis longtemps.

— Bien sûr, mais tu ne trouves pas suspect qu'elle se soit trouvée là ?

— Comment ça ? riposta Sam. Il y a toujours des randonneurs dans les bois, tu le sais aussi bien que moi.

— Naturellement. Mais je ne prends pas la fuite quand je croise quelqu'un sur le sentier. C'est bizarre.

Sam s'esclaffa.

— Tu t'es vu ? Tu es plus costaud que la plupart des

gens. Tu n'as aucune idée de ce que c'est d'être intimidé par la force physique.

Ridge fut forcé de s'avouer que son frère avait raison. Partout où il allait, il était le plus grand, un fait qu'il prenait en général comme acquis Il ne lui était jamais passé par l'esprit que sa taille faisait peur à ceux qu'il rencontrait.

— Peut-être, reconnut-il à contrecœur. Mais je n'arrive pas à me débarrasser de la sensation que je la connais.

Sam soupira.

— Écoute, je suis sensible à ce que tu me dis. Mais nous sommes en sous-effectif en ce moment. Je ne peux pas demander au capitaine de détacher des hommes pour une jeune femme qui a fichu la frousse à mon frère dans les bois.

— Je sais, répéta Ridge. Je me suis juste dit que c'était bizarre au regard de tout ce qui se passe dernièrement.

— Voici ce que je te propose, reprit Sam. Je vais rédiger une description et la distribuer. Si j'entends parler de quelque chose, je te le ferai savoir.

— Merci, dit Ridge. C'est gentil de ta part.

— Je suis un saint, lança Sam.

— Du neuf de votre côté ?

— Non. On a fait chou blanc à la poste. Elle ne s'est pas montrée et elle ne le fera pas.

— Tu en as l'air bien sûr.

— Appelle ça une intuition. Dans l'intervalle, Annabel et moi on écume les restaurants, à la recherche d'une serveuse qui corresponde à sa description.

— Bonne chance. Tiens-moi au courant si je peux vous aider.

— Je n'y manquerai pas. À plus.

Ridge raccrocha et se mit à faire les cent pas devant le canapé, se sentant inutile. Il aurait dû être avec son frère et sa sœur, prêtant la main à l'enquête. Au lieu de ça, il était coincé chez lui, les bras ballants. C'était assez pour le rendre dingue.

Il jeta un coup d'œil au berceau et sentit son impatience diminuer. Ce n'était pas la faute de Sara si elle avait atterri dans sa vie. Et ce n'était certainement pas sa faute s'il fallait s'occuper d'elle. En outre, il ne pouvait prétendre être agacé par la situation, c'était lui-même qui s'était porté volontaire, bien qu'il ne se soit pas vraiment rendu compte du travail que représentait un bébé. Il ne regrettait pas d'avoir pris Sara chez lui, mais il aurait aimé trouver le moyen d'équilibrer ses besoins avec sa propre disponibilité.

*Peut-être y en a-t-il un,* songea-t-il. Certes, il était coincé à la maison, mais ça ne voulait pas dire qu'il ne pouvait pas se servir de son cerveau. Il reprit son téléphone et appela Trevor.

— Ça va ?

— Donne-moi quelque chose à faire pour contribuer à l'enquête, dit Ridge sans préambule.

— Bonjour à toi, plaisanta son frère.

— Allez, mon vieux. Je meurs d'ennui, ici.

— D'accord.

Trevor resta silencieux un instant, réfléchissant.

— J'ai quelque chose. Mais ça ne sera pas marrant, prévint-il enfin.

— Peu importe. Je veux me rendre utile.

— Nous avons des piles de lettres qu'il faudrait examiner.

— Quel genre de lettres ? demanda-t-il en se doutant déjà de la réponse.

— Le courrier des fans de Matthew, lâcha Trevor, d'un ton qui ne laissait aucun doute sur le mépris qu'il vouait audit courrier. Il faut le lire et chercher un lien éventuel avec la tueuse.

C'était une tâche aussi ennuyeuse que perturbante. Mais

elle pouvait être effectuée n'importe où, ce qui voulait dire que Ridge pourrait le faire en prenant soin de Sara.

— Je m'y colle, fit-il, son enthousiasme un peu douché par la perspective de lire le courrier de son père. Tu peux me le déposer aujourd'hui ?

— Naturellement. Merci de t'en charger, ce sera d'une aide majeure.

Ces mots remontèrent un peu le moral de Ridge.

— Ravi de pouvoir me rendre utile.

— Tu seras là, dans quelques heures ? Je vais le rassembler et te le déposer en rentrant chez moi.

— Parfait. À tout à l'heure.

Il raccrocha et vit Penny qui le regardait patiemment. Un éclair de culpabilité le transperça lorsqu'il prit conscience qu'il n'avait pas passé autant de temps à jouer avec elle qu'il en avait l'habitude.

— Et c'est qui, la bonne chienne ? s'exclama-t-il.

L'animal leva la tête, inclina l'oreille et agita la queue sur le plancher.

— Tu veux une friandise ?

Il fit un pas en direction de la cuisine et un tourbillon marron fila entre ses jambes. Il la trouva assise devant le garde-manger, le corps tremblant d'anticipation.

— Pousse-toi, lui dit-il, pour accéder à la porte.

Elle obéit avec un petit gémissement d'impatience.

— Je sais. Ça vient.

Au moment où il pénétrait dans le garde-manger, un petit cri s'éleva dans le salon. Sara se réveillait, ce qui voulait dire qu'il devait préparer un autre biberon pendant qu'il était dans la cuisine. Il jeta un biscuit à Penny, qu'elle goba en un clin d'œil. Elle le regarda en se léchant les babines, l'espoir brûlant au fond de ses prunelles.

— Tu connais les règles, dit-il.

Sara poussa un nouveau cri tandis qu'il prenait le

biberon sur l'étagère du garde-manger. Mais c'était un cri différent. Il y avait une note qu'il n'avait jamais entendue, et il en eut la chair de poule. Oubliant le biberon, il se précipita dans le salon.

Le bébé se mit à pleurer quand il atteignit le berceau. Mais contrairement à ses pleurs habituels, qui croissaient en intensité, ceux-ci semblaient s'affaiblir, comme si elle était trop fatiguée pour continuer. Il la prit dans ses bras et, dès qu'il sentit sa peau, il comprit le problème. Elle brûlait de fièvre.

Le cœur battant, il se hâta de lui enlever la couverture pour la rafraîchir. Quelle était sa température ? Et depuis combien de temps était-elle comme ça ? Elle lui avait paru normale durant leur promenade, aussi devait-elle avoir eu la fièvre plus tard. Son estomac se noua à l'idée que c'était sa faute. Il ne se pardonnerait jamais de l'avoir exposée à un microbe.

Il lui avait retiré la couverture, mais elle restait dangereusement chaude. Aiguillonné par la panique, il réfléchit à ce qu'il devait faire. Pouvait-il lui donner un médicament pour faire baisser sa fièvre ? Il rejeta cette idée presque immédiatement. Il ignorait quel produit et quelle dose convenaient à un bébé, et il ne voulait pas la mettre encore plus en danger.

Un bain, alors. Il l'emporta dans la cuisine, boucha l'évier et le remplit d'eau tiède. Sara continuait de gémir, agitant les bras et les jambes en une faible protestation.

— Tiens bon, ma petite, dit-il. Ça va aller mieux.

Il priait pour que ce soit vrai.

Darcy s'éveilla en sursaut, si soudainement qu'il fallut un moment à son esprit pour se mettre au diapason de son corps.

Le téléphone sonna à nouveau, déchirant le silence de sa chambre. Elle tendit automatiquement le bras et consulta l'écran en cillant. *Ridge.*

La dispute avec ses parents lui revint brusquement. Elle devait s'excuser auprès de lui et, maintenant qu'elle avait dormi un peu, elle pouvait penser normalement. Inspirant profondément, elle prit l'appel.

— Allô ?

— Le bébé a la fièvre.

— Quoi ?

Ces paroles étaient si inattendues qu'il lui fallut une seconde pour saisir de quoi il parlait.

— Le bébé a la fièvre, répéta-t-il d'une voix inquiète.

Darcy se mit immédiatement en mode docteur.

— Combien a-t-elle ?

— Je ne sais pas. Le seul thermomètre que j'ai, c'est celui de Penny. Si je le désinfecte, je peux l'utiliser pour le bébé ?

— Non, répondit-elle avec une grimace. Depuis combien de temps elle est comme ça ? demanda-t-elle en sortant du lit et en enfilant une blouse propre.

— Je ne sais pas, dit-il, une note de désespoir dans la voix. Je lui ai donné le biberon et je l'ai couchée pour la sieste après que nous avons fait une promenade dans les bois. Quand elle s'est réveillée deux heures plus tard, elle était toute chaude.

— D'accord, fit Darcy, essayant de prendre un ton apaisant. Si elle est aussi chaude que tu le dis, il faut lui enlever ses couvertures.

— C'est ce que j'ai fait. Je lui ai donné un bain. Rien n'a l'air de marcher.

— Elle a d'autres symptômes ? La diarrhée ? Des vomissements ?

— Non. C'est bon signe, non ?

— Oui, c'est bon signe. J'arrive, promit-elle en prenant son portefeuille et ses clés.

— Dépêche-toi, s'il te plaît, dit Ridge. Elle ne va pas bien.

— Courage, je me mets en route.

Elle descendit l'escalier en un temps record, ravie que ses parents ne soient nulle part. S'ils découvraient qu'elle retournait chez Ridge, ils l'enfermeraient et l'enchaîneraient probablement à son lit. Une sourde migraine lui enserrait les tempes tandis qu'elle conduisait, souvenir de sa crise de larmes. Comment allait-elle démêler ce bazar ? Et s'il valait mieux laisser les choses en l'état ?

La question l'obséda durant tout le trajet, et elle ne l'avait toujours pas résolue lorsqu'elle s'arrêta devant le chalet. La porte d'entrée s'ouvrit à la volée, et Ridge dévala les marches, le bébé dans les bras. Son expression montrait un mélange de panique et de soulagement, et Darcy sentit son cœur fondre. Il était clair qu'il était profondément attaché à la petite. Elle se demanda brièvement comment il le prendrait quand la mère reviendrait.

— Sa température ne descend pas, annonça-t-il en lui fourrant le bébé dans les bras. Je ne sais pas quoi faire.

— Laisse-moi l'examiner, dit Darcy, employant le ton calme et mesuré dont elle se servait aux urgences.

La petite fille était effectivement chaude, mais il fallait qu'elle l'ausculte avant de décider quoi faire. Elle entra dans le chalet, Ridge sur les talons. Darcy ne l'avait jamais vu aussi bouleversé, et elle se demanda si son émotion était due uniquement à l'état du bébé, ou si quelque chose d'autre le perturbait.

Il ne lui fallut que quelques instants pour achever son examen. La température du bébé était forte, mais pas à un point dangereux. Étant donné l'absence générale d'autres symptômes, Darcy conclut que ce devait être un virus.

— Je pense qu'on va l'emmener à l'hôpital, dit-elle, en retirant les écouteurs de son stéthoscope.

Le visage de Ridge se vida de toute couleur et il tendit la main pour agripper le dossier du canapé.

— Elle va si mal que ça ? questionna-t-il d'une voix rauque.

— Non, répondit Darcy, se demandant si elle allait avoir deux patients au lieu d'une. Elle a l'air d'aller bien, mis à part la fièvre. Mais la température peut être dangereuse pour un bébé aussi jeune. Je veux l'hospitaliser pour lui donner le meilleur traitement et m'assurer que, si quelque chose ne va pas, elle aura des soins immédiats.

— Ça me paraît une bonne idée.

Ridge hocha la tête. Ses joues avaient repris un peu de couleur.

— Tu m'as fait peur pendant une seconde.

— J'ai vu ça.

Darcy l'observa.

— Tu pourras conduire ?

— Oui.

Il semblait sûr de lui, maintenant.

— Allons-y, alors. Je te suivrai dans ma voiture.

Il fronça les sourcils.

— Je peux t'assurer qu'elle ira bien jusqu'à ce qu'on arrive, insista Darcy.

— Ce n'est pas ça. Je me demandais seulement si on ne pourrait pas en profiter.

— De quoi est-ce que tu parles ? s'exclama-t-elle, ébahie à l'idée qu'une maladie infantile puisse être une bonne chose.

— L'intrus, répondit Ridge d'un ton uni. Je serais surpris qu'il ne soit pas par là, attendant l'occasion de frapper. Je n'ai pas pu le poursuivre parce que j'avais le bébé, mais si tu la fais admettre à l'hôpital…

Il laissa sa phrase en suspens, et Darcy comprit immédiatement à quoi il pensait.

— Tu veux le piéger, finit-elle. Lui faire croire que tu as ramené le bébé, pour le faire sortir du bois.

— Exactement.

Ridge la récompensa d'un sourire qui la fit frémir.

— Tu crois qu'on peut faire ça ?

— Ça vaut la peine d'essayer.

Ridge plaça le bébé dans le siège-auto, et fit signe à Penny de les accompagner. Ils descendirent les marches du perron et Darcy l'aida à installer le bébé dans la voiture.

— Je suis sûre qu'elle va bien, dit-elle à voix haute. Ça ne devrait prendre qu'une heure, ensuite tu pourras la ramener à la maison.

Ridge lui lança un regard amusé.

— Très naturel, murmura-t-il. On voit que tu es habituée au travail d'infiltration.

Darcy se sentit rougir.

— Je n'ai jamais prétendu être une actrice, chuchota-t-elle.

Il lui fit un clin d'œil, et elle sentit un éclair parcourir son corps.

— Tu es prête ?

Elle acquiesça d'un signe de tête. Il y avait tant de choses qu'elle aurait voulu lui dire à cet instant, mais ce n'était pas le bon moment. En outre, elle avait besoin de mettre de la distance entre eux avant de soulever la question de ses parents. Chaque fois qu'elle s'approchait de lui, son corps s'éveillait. Si c'était une sensation agréable, Darcy voulait avoir la tête froide pour cette conversation.

Si seulement elle avait su quoi dire ! Elle passa le trajet de retour à Granite Gulch à débattre intérieurement de la meilleure manière d'aborder le sujet. Devait-elle le mettre directement sur le tapis ? Cela serait moins embarrassant si elle faisait d'abord allusion à leur rupture, mais la pensée de la gymnastique verbale nécessaire à cette approche l'épuisait. Mieux valait y aller franchement, alors. Ce serait sans doute un choc pour lui, mais au moins elle ne tournerait pas autour du pot.

Mais devait-elle aussi lui avouer ses sentiments pour lui ? C'était un sujet plus difficile. C'était une chose de s'excuser pour la manière dont ça s'était terminé entre eux, c'en était une autre de lui révéler que ses sentiments n'avaient pas changé. Elle s'imagina lui disant qu'elle l'aimait toujours, mais malgré tous ses efforts elle ne parvint pas à se représenter sa réponse. Serait-il heureux et lui avouerait-il aussi ses sentiments ? Ou bien la rejetterait-il comme elle l'avait rejeté ?

Darcy se gara près de lui et l'aida à sortir le bébé de la voiture. Elle lui jeta un coup d'œil tandis qu'ils marchaient vers l'entrée de l'hôpital. Il se déplaçait rapidement mais calmement, et sa panique semblait avoir reculé. Penny trottait près de lui avec une dévotion évidente, comme toujours.

*Pourquoi mes parents ne comprennent-ils pas ?* se demanda Darcy lorsqu'ils pénétrèrent dans les urgences. Un aveugle aurait pu voir combien Ridge Colton était rempli d'amour. De sa chienne à ce petit bébé, il n'hésitait pas à prendre soin des malheureux. C'était une de ses meilleures qualités, et Darcy avait envie d'en profiter elle aussi.

Il ne lui fallut pas longtemps pour trouver une salle d'examen, et elle prescrivit les analyses standards. Peu après une dose de médicament, la fièvre tomba, et la petite put se reposer. Ridge jeta à Darcy un regard reconnaissant.

— Merci, dit-il en mettant beaucoup de gratitude dans ce mot. C'est un vrai soulagement de voir qu'elle va mieux.

— Il y a quelque chose qui t'ennuie ? demanda-t-elle. En dehors du rhume du bébé, je veux dire.

Il haussa une épaule.

— J'ai cru voir ma sœur aujourd'hui, mais c'est impossible. Ça m'a stupéfié.

— Josie, tu veux dire ?

Il hocha la tête.

— J'ai emmené le bébé faire une promenade dans les bois et je suis tombé sur une femme qui ressemblait à Josie. Mais quand je l'ai appelée elle s'est enfuie.

— Je suis désolée.

Elle posa une main sur son épaule et la serra gentiment. Ridge avait toujours été proche de sa sœur, et Darcy savait qu'il avait essayé de l'adopter quand il avait atteint l'âge légal. Elle se rappelait encore le jour où il avait décidé de poser la question à Josie. Il vibrait d'un enthousiasme palpable. Quelques heures plus tard, il était revenu transformé. Il n'avait jamais raconté à Darcy ce que Josie lui avait dit, mais son rejet l'avait profondément blessé et avait ôté l'éclat de son regard. Puis, quelques semaines plus tard, c'était Darcy qui l'avait abandonné…

Elle secoua la tête, luttant contre une nouvelle vague de culpabilité. Le passé était le passé – elle ne pouvait le changer.

— Ça va ?

En revenant à la conversation, Darcy s'aperçut que Ridge la fixait d'un air inquiet. C'était l'occasion ou jamais de lui dire ce qu'elle éprouvait – il n'y aurait sans doute pas de meilleur moment. Son cœur se mit à battre à coups redoublés, et elle sentit son estomac se nouer. Elle prit une profonde inspiration. *Allez…*

Le bébé remua et poussa un petit cri. L'attention de Ridge se reporta immédiatement sur lui et il posa la main sur son ventre.

— Elle a faim, annonça-t-il. Je peux lui donner le biberon ?

— Bien sûr, dit Darcy.

Ridge prit un biberon dans son sac, puis souleva le bébé et s'assit avec lui en murmurant doucement. Au bout d'un moment, il leva la tête et croisa le regard de Darcy.

— Tu n'as pas répondu à ma question. Est-ce que ça va ?

Darcy acquiesça, sachant que l'instant était passé.

— Je songeais seulement au retour de l'intrus. Ça me rend malade de penser que tu vas essayer de l'affronter seul.

C'était la vérité : l'homme avait déjà réussi à blesser deux fois Ridge. Et s'il revenait avec une arme et lui tirait dessus ? Un frisson lui parcourut le dos quand elle se représenta Ridge allongé sur le plancher dans une mare de sang.

— Tout ira bien, dit-il.

Mais Darcy secoua la tête, refusant d'être rassurée.

— Pourquoi tu n'appelles pas Sam ? Il pourrait faire le guet avec toi.

Ridge repoussa cette idée.

— Non. Si l'inconnu voit sa voiture, il ne tentera rien. Il faut que j'aie l'air d'être seul avec le bébé. En outre, ajouta-t-il après coup, Sam et ses collègues enquêtent sur l'affaire de la tueuse de l'Alphabet. Je ne peux pas lui demander ça alors qu'on n'a aucune garantie que le type va revenir.

Il avait raison, mais elle ne se sentait pas mieux pour autant.

— Je n'aime pas ça.

Le plan de Ridge lui avait paru une bonne idée au début, mais maintenant qu'elle réfléchissait à tout ce qui pouvait mal tourner elle aurait préféré qu'il se tienne à distance de l'inconnu.

— Et s'il a une arme ?

Ridge comprenait certainement qu'il se mettait en

danger. L'intrus était imprévisible, et le chalet était trop loin de la ville pour recevoir de l'aide en cas d'urgence.

— Je pense que s'il avait une arme il s'en serait déjà servi, répondit Ridge, l'air bien trop insouciant au goût de Darcy.

— Mais…

— Darcy, la coupa Ridge, je sais que tu es inquiète. Et je t'en suis reconnaissant. Mais ce truc doit prendre fin. Je ne peux pas vivre en sachant qu'un type cherche à s'introduire chez moi.

Il jeta un coup d'œil au bébé, qui avait presque fini de téter.

— J'ai promis de la protéger, dit-il, d'un ton radouci en la contemplant. C'est le moment de tenir ma promesse.

— Et que va-t-il lui arriver si tu es blessé ? Qui s'occupera d'elle ?

Ridge leva les yeux, avec une expression à la fois triste et résignée.

— Elle ne pourra pas toujours rester avec moi. J'espère lui éviter le placement aussi longtemps que possible, mais l'État finira par me la prendre. À moins qu'on ne retrouve sa mère par miracle.

— Tu crois qu'on y arrivera ? demanda doucement Darcy. La police a l'air plus concentrée sur la tueuse en série et n'a aucune piste pour la mère. J'ai l'impression que leur enquête a calé.

— C'est vrai. Mais j'ai l'espoir que l'intrus nous aidera à cet égard. Il doit être lié à la mère d'une façon ou d'une autre, il faut juste que je trouve comment.

Il posa un biberon vide sur le lit et, prenant doucement le bébé contre lui, se mit à lui tapoter le dos.

— Si ça peut te consoler, j'aimerais qu'il y ait un autre moyen. Ça ne me réjouit pas de me battre encore avec ce type, mais il faut bien que quelqu'un le fasse.

— Je sais, reconnut Darcy, résignée.

L'homme devait être arrêté et, étant donné le sens des responsabilités de Ridge, il voyait comme un devoir le fait de s'en occuper. Elle lui en voulait un peu de prendre de tels risques, mais il lui était difficile de se mettre en colère, sachant qu'il ne le faisait pas par goût de l'adrénaline. Non, il s'en chargeait parce qu'il pensait que c'était ce qu'il fallait faire. Et malheureusement il avait raison.

Le bébé se raidit et émit un petit rot. Il se rendormit presque aussitôt, et Ridge cessa graduellement de lui tapoter le dos. Avec des gestes lents, il posa la petite dans le berceau.

— Tu resteras avec elle jusqu'à ce que je revienne ? demanda-t-il à voix basse pour ne pas réveiller l'enfant. Je ne veux pas qu'elle soit seule, surtout dans un environnement inconnu.

— Bien sûr, dit Darcy.

Elle ne travaillait pas ce jour-là, aussi pourrait-elle s'occuper du bébé jusqu'au retour de Ridge. *Et il reviendra,* se dit-elle fermement, repoussant l'effroi qui la faisait trembler intérieurement.

Il acquiesça et fit signe à Penny de se lever. Ils gagnèrent la porte, suivis de Darcy, qui répugnait à le laisser partir.

— Ridge, dit-elle doucement.

Il fit halte et se retourna, un sourcil levé.

— Sois prudent, s'il te plaît.

Avant de réfléchir, elle se hissa sur la pointe des pieds et déposa un baiser sur ses lèvres.

Ridge cilla, apparemment choqué par son geste. Elle retint son souffle, attendant de jauger sa réaction. Ce baiser était-il le bienvenu ou avait-elle commis une erreur ? Après ce qui lui parut une éternité, il sourit et elle vit son regard se réchauffer.

— Je serai très vite de retour, promit-il en lui caressant le bras.

Les jambes coupées par l'émotion, Darcy hocha la tête. Il se retourna et franchit la porte.

— Tu ferais mieux, dit-elle à mi-voix en le regardant s'éloigner. J'ai déjà perdu dix ans. Je ne veux plus attendre.

# 11

Ridge fit le trajet jusque chez lui en pilotage automatique, l'esprit fixé sur le baiser que Darcy lui avait donné. Signifiait-il quelque chose ou n'était-ce qu'un geste vide de sens ? Plus important, que préférait-il ?

Il aimait l'idée qu'elle ait toujours des sentiments pour lui. Cela rendait sa propre nostalgie moins pathétique. Mais plus il y pensait, plus il devait s'avouer qu'il valait mieux que ça ne signifie rien. Après tout, ils n'avaient aucune perspective. Darcy n'était revenue que temporairement. Et une liaison de courte durée ne l'intéressait pas. Il préférait rester seul plutôt que de la voir le quitter encore. Cela avait déjà été assez dur la première fois, son cœur ne pourrait pas le supporter une seconde fois.

Il tourna dans le long chemin gravillonné. Son pick-up cahotait sur les nids-de-poule creusés par la tempête. Les secousses l'aidèrent à passer de Darcy à l'inconnu qui observait toujours le chalet.

Ridge ne se réjouissait pas d'avoir à affronter l'homme, mais il préférait prendre le risque d'être blessé plutôt que d'attendre. Cela faisait longtemps qu'il n'avait pas vécu à la merci des caprices de quelqu'un d'autre, et il n'aimait pas ça.

Il s'arrêta près de la maison et coupa le moteur. Penny

bondit dès qu'il ouvrit la portière, et il fit le tour du capot pour ouvrir la portière passager.

— Allez, on va rentrer, ma petite, dit-il, feignant d'ajuster la couverture sur le siège-auto.

Darcy avait roulé un drap pour imiter un petit corps, et il avait remonté la couverture pour compléter l'illusion. Cela ne tromperait personne de près, mais de loin l'image était convaincante.

Il gravit les marches du perron, les clés dans sa main libre, et fit halte un instant en repérant de faibles marques sur la serrure.

— Alors c'est ça, ta stratégie, se murmura-t-il.

L'intrus semblait s'être lassé de la confrontation et avait choisi de s'introduire dans la maison pendant son absence. Mais où était-il maintenant ? Derrière la porte, prêt à bondir dès que Ridge la franchirait ? Ou caché dans un placard, attendant le moment opportun pour agir ?

Il sentit l'adrénaline courir dans ses veines. Il fit signe à Penny de rester sur la terrasse – elle avait déjà été frappée une fois et il ne voulait pas qu'elle soit blessée à nouveau. Elle lui lança un regard perplexe, mais s'assit comme il le lui ordonnait. Une chose de moins dont se soucier.

Prenant une profonde inspiration, il ordonna à son cœur de ralentir. Puis il poussa la porte, attendant une seconde pour éviter un coup immédiat. Mais rien ne vint.

Se déplaçant avec prudence, Ridge fit d'abord passer le siège-auto. Il regarda autour de lui en pénétrant dans la pièce, mais rien ne semblait dérangé. Même ainsi, il sentait la présence de l'inconnu chez lui. L'expectative épaississait l'air, comme si les murs l'observaient en retenant leur souffle. C'était une sensation déroutante, qui le mettait en colère. Cette maison était son havre, son sanctuaire. Savoir qu'un inconnu y rôdait anéantissait le réconfort qu'il y trouvait normalement.

*Comporte-toi naturellement,* se dit-il. Mais c'était plus facile à dire qu'à faire. Il pénétra dans le salon et déposa le siège-auto dans un fauteuil.

— C'est l'heure du biberon, annonça-t-il en se dirigeant vers la cuisine, conscient du moindre bruit dans la maison.

Il fournissait à l'intrus l'occasion parfaite pour agir. Allait-il en profiter ?

Il n'eut pas longtemps à attendre. Un craquement du plancher lui signala que l'inconnu était dans la chambre. Il resta dans la cuisine, feignant de s'activer pour l'attirer dans le salon.

L'intrus se montrait de plus en plus audacieux, ses pas se faisaient plus lourds. Soit il se croyait inaudible, soit c'était l'excitation de savoir le bébé sans protection qui le rendait intrépide.

Ridge empoigna la poêle à frire, se déplaçant avec légèreté. Il enjamba la latte qui grinçait devant la cuisine et poursuivit son chemin, suivant les pas de l'inconnu à mesure qu'il approchait du siège-auto. Avec un peu de chance, il n'allait pas s'apercevoir tout de suite de l'absence de l'enfant.

L'intrus s'immobilisa soudain à quelques pas du siège. Ridge sentit sa confusion se transformer rapidement en incrédulité puis en colère quand il comprit la tromperie.

— Tu cherches quelque chose ? lança Ridge en balançant la poêle à frire.

Elle s'abattit sur l'épaule de l'homme, qui tomba à la renverse. Il grogna et roula sur lui-même, essayant de se remettre debout. Ridge le frappa à nouveau et se jeta sur lui pour le plaquer au sol avant qu'il puisse reprendre pied.

L'intrus se fit tout mou sous lui, estimant apparemment qu'il était battu. Une main sur son épaule, Ridge lui arracha son masque de l'autre. Il lui suffit d'un geste pour exposer le visage de l'homme mystère.

— Dennis Hubbard ?

De tous les habitants de la ville, c'était le dernier auquel il s'attendait.

— Mais pourquoi, bon sang ?

Dennis lui jeta un regard noir, les traits déformés par la rage.

— Lâche-moi ! hurla-t-il, avec une haleine si chargée en alcool que Ridge en eut presque les larmes aux yeux.

— Je ne pense pas, riposta-t-il en resserrant sa prise. Qu'est-ce que tu fais là ?

Dennis était une figure bien connue en ville. Après avoir perdu sa femme d'un cancer, il s'était mis à boire pour noyer son chagrin. Son alcoolisme lui avait valu de fréquentes arrestations pour ivresse sur la voie publique. Néanmoins, il n'avait jamais fait preuve de violence auparavant. Et que voulait-il au bébé, au nom du ciel ?

— Tu sais ce que je veux, grogna Dennis, les dents serrées.

— Mais ce que je ne sais pas c'est pourquoi, répliqua Ridge. Et c'est ça qui m'intéresse.

Dennis resta silencieux, bien qu'il le fusillât des yeux. L'affrontement des regards ayant suffisamment duré, Ridge poussa un soupir. Il était clair que Dennis n'allait rien dire, et il n'avait pas envie de passer sa journée à le clouer au sol.

Il se redressa en continuant d'appuyer pour décourager tout mouvement de la part de Dennis. Puis il sortit son téléphone et appela Trevor, car son frère aurait déjà dû être là.

L'instant d'après, il heurta le sol avec force. Instinctivement, il se roula en boule pour éviter un coup, tout en cherchant à comprendre ce qui s'était passé.

Voyant la poêle à frire sur le plancher à proximité, il s'étira pour en attraper la poignée et ne réussit qu'à l'effleurer du bout des doigts. Dennis fut plus rapide que lui. S'en emparant, il fit face à Ridge, un sourire cruel aux lèvres.

Dennis balança la poêle lorsque Ridge se remit sur pied, et le lourd objet s'abattit sur son genou droit. Ridge poussa un cri de douleur et retomba sur le sol, serrant les dents pour ne pas hurler.

— Où est le bébé ?

Dennis avança, tenant toujours la poêle. Ridge rampa hors de portée jusqu'à ce que son dos heurte le fauteuil. Le regard fixé sur Dennis, il réussit à se remettre debout.

— Elle est en sécurité, dit-il, prenant plaisir à voir la frustration dans les yeux de son adversaire.

— Où est-elle ? répéta celui-ci, levant la poêle d'un air menaçant.

— Vas-y, se moqua Ridge. Frappe-moi autant que tu veux, je ne te le dirai pas. Elle est en sécurité, c'est tout ce qui compte.

De rage, Dennis émit un bruit inarticulé et fit un pas en avant, ayant visiblement l'intention de réduire Ridge en purée. Celui-ci se redressa, malgré son genou blessé. D'un geste vif, il prit son couteau dans sa poche et en dégagea la lame. Ce n'était pas une très longue lame, mais elle était aiguisée. Ridge avait espéré ne pas avoir à s'en servir, mais il ne laisserait pas Dennis s'en prendre à lui sans se défendre. Un goût métallique lui emplit la bouche, et il déglutit, essayant de se concentrer.

Dennis s'immobilisa en voyant le couteau. L'indécision se lut sur son visage. Sentant son avantage, Ridge insista :

— Je ne te veux pas de mal. Mais si tu ne t'en vas pas tout de suite je serai forcé de me défendre.

À sa grande surprise, Dennis baissa la poêle.

— Tu ne comprends pas, fit-il avec une note de désespoir. Il me faut ce bébé.

Ridge fronça les sourcils, sans se fier à ce soudain changement de comportement.

— Pourquoi ? répliqua-t-il d'un ton bref.

— Je ne vais pas lui faire de mal, reprit Dennis, esquivant la question. Dis-moi seulement où elle est.

Ridge comprit soudain que Dennis ne voulait pas le bébé pour lui-même. Il était en mission pour le remettre à quelqu'un d'autre. Mais qui l'aurait engagé pour faire une chose pareille ? Et pourquoi ?

Il ouvrit la bouche pour poser la question, mais avant qu'il ait pu prononcer un mot la porte d'entrée s'ouvrit avec fracas et Trevor se rua à l'intérieur, Penny sur les talons. Son frère s'arrêta net, puis s'avança pour se mettre à ses côtés.

— La porte n'était pas fermée, dit Ridge. Inutile de la casser.

— J'aime faire mes entrées, rétorqua Trevor sans quitter Dennis des yeux. Qui est ton ami ?

Dennis se rapprocha de la porte, visiblement prêt à fuir.

— Arrête ! cria Ridge.

C'était inutile. Dennis laissa tomber la poêle et s'élança, se déplaçant à une vitesse surprenante pour un homme de son âge et de sa corpulence. Ridge se jeta à sa suite dans l'intention de le poursuivre. Mais son genou blessé ne put supporter son poids et il chuta, heurtant rudement le plancher.

— Ridge !

Trevor se laissa tomber à genoux à côté de lui, l'air horrifié.

— Ne t'occupe pas de moi, cria Ridge. Course-le !

Trevor considéra la porte puis son frère, visiblement partagé sur ce qu'il devait faire.

— Vas-y ! le pressa Ridge.

Ce serait peut-être leur dernière chance d'obtenir

des réponses. Maintenant que Dennis savait qu'il était recherché, il quitterait probablement la ville, les laissant dans le noir quant aux origines de Sara. Après quelques secondes d'indécision, Trevor secoua la tête.

— Non, tu es blessé. Je ne te laisse pas comme ça.

— Je vais bien, protesta Ridge en s'efforçant de dissimuler une grimace. Vas-y !

Trevor fit un pas vers la porte, mais s'immobilisa quand Penny poussa un gémissement. Se retournant, il haussa un sourcil en voyant la chienne flairer Ridge avec inquiétude. Ridge lui gratta l'oreille et lui dit d'aller se coucher dans son panier, mais elle refusa de le quitter.

— C'est décidé, lança Trevor. Si ta chienne ne veut pas te quitter, moi non plus.

Ridge poussa un grognement de frustration.

— C'est trop tard, maintenant. Dennis est parti depuis longtemps.

Il poussa une bordée de jurons et gifla le sol si fort que la chienne sursauta. Trevor lui tendit la main, et Ridge s'en empara pour se relever.

— Tu peux me dire ce qui s'est passé ?

Ridge boitilla jusqu'au canapé et s'y laissa tomber avec un soupir. Puis il mit son frère au courant, lui racontant les agressions et les tentatives d'enlèvement du bébé.

— Je n'arrive toujours pas à comprendre ce qu'il lui veut, conclut-il.

— Tu disais qu'il avait l'air d'avoir peur ?

— Oui, un peu.

— Tu penses que c'est le père du bébé ?

— J'espère que non, dit Ridge en frissonnant à cette idée. Qu'est-ce qu'il craint, de toute façon ? Ce n'est pas logique.

— Il a pu essayer de vendre le bébé, hasarda Trevor.

— Quoi ?

Ridge secoua la tête, certain d'avoir mal compris.

— La vendre ?

Trevor acquiesça d'un air neutre.

— Le trafic d'êtres humains représente un énorme marché, et les bébés atteignent des prix astronomiques.

Ridge sentit son estomac se contracter et la nausée lui vint.

— C'est horrible. Comment tu sais ça ?

Son frère pinça les lèvres.

— Ne me le demande pas.

— Bon Dieu, souffla Ridge. Ça arrive vraiment ici, à Granite Gulch ?

Trevor haussa une épaule.

— Ça arrive partout.

— Il faut que j'appelle Darcy.

Il devait l'avertir que Dennis courait toujours. Il risquait d'aller à l'hôpital en une dernière tentative pour s'emparer de Sara. Peut-être pourrait-il demander à Sam de poster un garde devant la chambre jusqu'à ce qu'ils aient arrêté Hubbard.

— Darcy ? s'étonna Trevor. La Darcy avec laquelle tu sortais ?

Ridge hocha la tête.

— Elle est médecin, maintenant, et elle s'occupe du bébé à l'hôpital.

— Elle va bien ?

— Elle a eu de la fièvre aujourd'hui. Nous l'avons emmenée à l'hôpital par précaution.

Ridge regarda autour de lui, cherchant son téléphone. Trevor suivit son regard et se baissa pour ramasser l'appareil.

— Merci, dit Ridge.

— Je t'en prie. Mais tu ne devrais pas prendre la peine de l'appeler. Si elle est à l'hôpital, tu vas la voir bientôt.

— De quoi est-ce que tu parles ?

Trevor désigna son genou.

— Il faut qu'on t'examine.

— Je vais bien, affirma Ridge d'un ton catégorique.

Son frère secoua la tête.

— Le genou, c'est sérieux. S'il ne guérit pas comme il faut, tu ne pourras peut-être jamais remarcher sans douleur.

Il jeta un coup d'œil à Penny, puis à son frère.

— Je suppose que vu la nature de ton travail tu dois pouvoir te déplacer facilement à pied.

Son ton était innocent, mais Ridge ne s'y trompa pas. Il lança un regard noir à son frère, furieux qu'il ait raison.

— D'accord. Tu as gagné.

Trevor hocha la tête.

— Sage décision, commenta-t-il.

— Qu'est-ce que tu fais ici, de toute façon ? Tu es tombé à pic, je dois dire.

— Les lettres, tu te rappelles ? Je suis passé te les déposer.

*Ah oui.* Au milieu de toute cette excitation, Ridge avait oublié ça. À dire vrai, il était encore moins enthousiaste. Il ne pourrait pas se concentrer sur autre chose que Sara jusqu'à ce que Dennis Hubbard soit derrière les barreaux. Trevor parut sentir son changement d'avis.

— Je peux demander à quelqu'un d'autre, proposa-t-il. Tu m'as l'air un peu distrait.

Ridge lui lança un regard reconnaissant.

— Merci. Je veux seulement m'assurer qu'on s'occupe du bébé. Une fois qu'elle sera à l'abri de Dennis, je pourrai m'intéresser aux lettres.

— D'accord, dit Trevor. Maintenant, monte dans mon pick-up. J'ai un tas de nouvelles pour toi.

— On dirait que ça avance, dit Ridge.

Il s'efforçait d'ignorer la douleur, Trevor semblant rouler sur tous les nids-de-poule. Serrant les dents, il prit mentalement note d'écrire au maire. Qui aurait cru que les routes de la commune étaient dans un tel état ?

— On a eu de la chance, répondit Trevor. La théorie d'Annabel concernant les restaurants était la bonne.

— Et vous en avez trouvé un ?

— Le Blackthorn Diner, à Rosewood.

— Il y a beaucoup de turnover là-bas, non ?

— Oui, en effet. Mais le gérant a reconnu la description de la suspecte et nous a donné quelques noms. On a pu éliminer certaines femmes d'emblée, mais tu veux savoir le meilleur ?

L'excitation s'entendait dans sa voix, et Ridge ne put s'empêcher de sourire.

— Je suis sur des charbons ardents.

— L'une des serveuses utilisait une fausse identité. Elle prétendait s'appeler Michelle Parker, une femme au foyer morte depuis plus d'un an. Nous pensons que la femme qui travaillait au restaurant s'appelle en réalité Ida Wanto et qu'elle louait une chambre dans une pension de Rosewood.

— Ce n'était pas le lieu de l'un des meurtres ? questionna Ridge, essayant de se rappeler les détails.

— Si. Le gérant de la pension a confirmé sa description, et nous avons surveillé l'endroit pendant un moment. Mais elle n'est jamais revenue.

— C'est quoi ce nom, Ida Wanto ? s'interrogea tout haut Ridge.

— C'est un jeu de mots sur *I don't want to,* répondit Trevor en freinant pour franchir un ralentisseur.

Ridge s'esclaffa.

— Ce n'est pas très subtil.

— Non. Mais ça nous dit quelque chose d'elle.

— Ah bon ?

Ridge était fasciné par la manière dont son frère se servait d'un simple fait pour peindre une image vivante.

— Elle ne s'est pas donné la peine d'inventer un nom moins évident. Ça signifie qu'elle est impulsive. Elle a sans doute des problèmes de contrôle, ce qui suggère une addiction : alcool, cannabis ou quelque chose de plus fort. Ça veut dire aussi qu'elle ne passe pas beaucoup de temps à chercher ses victimes ; elle choisit les femmes qui croisent son chemin, et ne les repère pas à l'avance comme la plupart des tueurs en série.

— Et c'est là où elle travaille qu'elle voit sans doute le plus de gens. Tu sais si toutes les victimes mangeaient au restaurant ?

Trevor poussa un petit soupir.

— Malheureusement non. Le gérant a vérifié les additions, et il s'avère que la deuxième, la quatrième et la cinquième victime y ont payé par carte. Mais il ne semble pas y avoir de lien entre le restaurant et les autres.

— Peut-être qu'elles ont payé en liquide, suggéra Ridge.

— C'est possible. Mais j'ai effectué quelques recherches sur la victime numéro six, Francine Gibbons. Elle ne me frappe pas comme le genre de femme à manger au Blackthorn.

— C'est vrai.

Cela correspondait à ce que Darcy avait dit de ses habitudes. Ce qui signifiait que la meurtrière l'avait sans doute rencontrée dans un autre contexte. Mais où ?

— Il faut que je vérifie si Francine fréquentait le bar de Granite Gulch, poursuivit Trevor, comme s'il ajoutait un point à une liste mentale.

— On n'a pas trouvé une des victimes sur le parking ? questionna Ridge.

— La victime numéro cinq, dit Trevor, Erica Morgan. Les témoins disent qu'elle a eu une dispute avec une femme correspondant à la description de notre suspecte.

— On peut demander à Darcy. Elle connaissait Francine.

— Elles étaient amies ? demanda Trevor d'un air d'espoir.

— Je ne pense pas. Mais elles se connaissaient, et Darcy pourra probablement te donner une idée des endroits que Francine fréquentait. Ça t'aidera à préciser les lieux.

— Ce serait bien. J'ai l'impression de pourchasser une anguille. On s'approche, mais elle se débrouille toujours pour nous glisser entre les doigts.

— On l'aura, dit fermement Ridge.

Trevor lui lança un regard de biais.

— J'aimerais partager ta confiance.

— Elle commettra une erreur. Peut-être pas aujourd'hui, mais elle finira par commettre une erreur. Et on sera là pour l'arrêter.

— Oui, eh bien, j'espère juste que ça se produira avant que d'autres femmes soient tuées.

Une pensée affreuse traversa l'esprit de Ridge.

— Jusqu'ici, elle n'a tué qu'une personne pour chaque lettre de l'alphabet, c'est ça ?

— Pour autant qu'on sache, oui. Pourquoi ?

— La mère du bébé a laissé une note signée *F.* On sait que Francine n'était pas sa mère, mais comme celle-ci n'a pas encore réapparu je me disais que la tueuse avait pu s'en prendre à elle aussi.

Trevor fronça les sourcils.

— C'est improbable qu'elle change de schéma si soudainement. Les tueurs en série s'en tiennent généralement à ce qui fonctionne pour eux.

— Mais si la mère du bébé l'a interrompue ou s'est mise en travers de son chemin d'une manière ou d'une autre ? Sans être la cible principale, elle aurait pu voir quelque chose…

Ridge n'acheva pas sa phrase, laissant son frère imaginer la suite. C'était ainsi que leur mère était morte : elle avait vu les vêtements sanglants de leur père et le marqueur dont il se servait pour estampiller ses victimes. Elle avait commis l'erreur d'ordonner à Matthew de se rendre, et il l'avait tuée pour cela. Était-ce possible que la tueuse de l'Alphabet, désireuse de suivre les traces de Matthew Colton, ait fait quelque chose de similaire ?

— On n'a trouvé aucun autre corps, souligna Trevor, mais son ton manquait de conviction.

— J'espère que ce ne sera pas le cas, reprit Ridge, mais on n'a aucune piste pour la mère du bébé. C'est comme si elle n'existait pas.

— Chris n'a rien déterré avec ses contacts parmi les détectives privés ?

Ridge secoua la tête.

— Comme je le disais, cette femme tient du fantôme.

— Quelle poisse.

— Ça me brise le cœur de me dire qu'on va placer cette petite, déclara Ridge, sentant son estomac se nouer à cette idée. C'était déjà assez dur pour nous, et on était plus vieux.

Trevor resta silencieux, perdu dans ses propres souvenirs. Finalement, il s'éclaircit la gorge.

— Si ça peut te consoler, dit-il, elle sera probablement adoptée très vite. Tout le monde veut les bébés.

C'était vrai. C'était la première leçon que ses frères et sœurs avaient apprise. Les gens voulaient adopter des bébés parce qu'ils les voyaient comme des pages blanches. Personne ne voulait prendre le risque d'adopter un enfant plus vieux : c'était trop de travail de forger un lien avec un enfant qui avait déjà érigé des murs protecteurs autour de son cœur.

Il n'avait pas fallu longtemps à Ridge pour renoncer à l'espoir d'être adopté. Plutôt que de ruminer son amertume, il avait commencé à compter les jours jusqu'à son dix-huitième anniversaire. Mais certains de ses frères et sœurs ne s'étaient pas adaptés si vite. Surtout Josie. Elle n'avait que trois ans quand Matthew avait tué leur mère, ce qui signifiait qu'elle avait été placée plus longtemps qu'aucun d'entre eux. Fallait-il s'étonner qu'elle ait changé ? Quinze ans de rejet affectaient forcément une personne.

Il se rappelait encore en détail leur dernière rencontre. Il était allé la chercher à l'école et l'avait emmenée boire un milk-shake. Fraise-vanille pour elle, chocolat pour lui. Il avait attendu que les milk-shakes soient devant eux pour lui poser la question qu'il avait en tête.

*— Tu serais d'accord pour que je devienne ton tuteur ?*

*Josie s'était immobilisée, la cuillère à mi-chemin de la bouche. Elle l'avait fixé comme si elle ne comprenait pas la question, et s'il s'était demandé s'il devait répéter. Il ouvrait la bouche pour ce faire, quand elle avait remis la cuillère dans son verre et l'avait repoussé.*

*— Non.*

*Le mot était calme mais ferme, l'inverse de ce à quoi Ridge s'était attendu.*

*— Non ? Qu'est-ce que tu veux dire ?*

*La tête penchée, elle avait fixé sur lui un regard hautain.*

*— Tu as dix-huit ans, et tu ne sais pas ce que* non *veut dire ?*

*Elle le provoquait, elle essayait de susciter une dispute pour qu'il change de sujet. C'était un mécanisme de défense courant, qu'elle avait employé à d'innombrables reprises. Il n'allait pas avaler l'hameçon.*

*— Je croyais que tu voulais sortir du placement, avait-il dit, se forçant à prendre une gorgée de son milk-shake.*

*Elle avait haussé les épaules.*

*— Ce n'est pas si mal. Les Carlton sont plutôt gentils.*

*— Mais ils ne sont pas ta famille.*

*Les mots étaient sortis avant qu'il puisse les arrêter, et il avait immédiatement souhaité ne pas les avoir prononcés. Le regard de Josie s'était fait dur, lui donnant un air beaucoup plus vieux que ses douze ans.*

*— C'est ce que j'ai qui ressemble le plus à des parents, avait-elle dit d'un ton bref.*

*Elle avait repris son verre et plongé sa cuillère dedans.*

*— Pourquoi est-ce que je voudrais les quitter ?*

*— Je peux m'occuper de toi, avait-il argué, espérant qu'une autre approche fonctionnerait.*

*La serveuse était venue les voir et il l'avait éloignée d'un geste, concentré sur Josie. Il devait lui faire comprendre combien c'était important. Matthew avait déchiré leur famille, et il était temps de recoller les morceaux.*

*— Ah bon ? Et comment tu ferais ça ? l'avait-elle défié. Tu viens de commencer l'université. Où est-ce qu'on va vivre ? Dans ton dortoir ?*

*Elle s'était esclaffée. Ridge avait pris une profonde inspiration.*

*— Je partage un appart avec Christopher et Trevor. Tu pourrais vivre avec nous.*

*— Génial, avait-elle riposté d'un ton sarcastique. J'ai toujours rêvé de partager la salle de bains avec trois types.*

*— On se débrouillera, avait-il dit, ignorant son ton narquois. Est-ce que tu veux bien y réfléchir ?*

*Josie avait secoué la tête.*

*— Inutile. Ma réponse est non.*

*— Pourquoi ?*

*Elle avait cillé, comme si elle ne s'attendait pas à cette question.*

*— Parce que.*

*— Ce n'est pas une réponse.*

*Son expression s'était refermée d'un coup.*

*— C'est la seule que tu auras.*

*Ridge avait attendu un moment, espérant que le silence l'obligerait à s'expliquer. Mais non. Elle était trop entêtée.*

*Elle s'était remise à manger son milk-shake, se comportant comme si elle n'avait aucun souci. Ridge avait posé sa cuillère, incapable d'absorber une autre bouchée. Rien n'avait tourné comme il l'avait prévu.*

*Il avait passé des heures à se représenter ce moment. Josie était censée être ravie de sa proposition. Elle était censée sauter sur la chance de quitter sa famille d'accueil et de vivre avec ses frères. Même dans ses pires cauchemars, Ridge n'aurait jamais imaginé un refus catégorique. Avait-elle même réfléchi à la question avant de le remballer ?*

*— Ton milk-shake est en train de fondre, avait-elle dit, comme si elle ne venait pas de détruire tous ses plans.*

*— Je n'ai plus faim, avait-il répondu d'un ton abattu.*

*Elle avait haussé les épaules et attiré son verre à elle, piochant dans le milk-shake d'un air affairé.*

*— Quoi ? avait-elle lancé en saisissant son regard. Ça porte malheur de gâcher du chocolat.*

*— Josie…, avait-il commencé, mais elle l'avait coupé :*

*— Non. Et ne me pose plus la question.*

Il ne l'avait plus fait, et peu de temps après Josie avait coupé les ponts avec lui. Il avait essayé de l'appeler, de lui écrire. Il aurait eu recours à des signaux de fumée si cela avait pu marcher. Mais elle n'avait jamais donné suite à ses tentatives de communication. Et puis un jour elle avait disparu.

— Ridge ?

Quelque chose toucha sa jambe et il sursauta, saisi d'un nouvel élancement dans le genou. Trevor l'observait, les sourcils froncés.

— Ça va ?

— Oui.

Ridge repoussa ses souvenirs. Il était inutile de revivre

le passé. Il regarda autour de lui et reconnut le parking de l'hôpital.

— On est arrivés.

— C'est ça, dit Trevor du ton patient qu'on utilise avec un enfant.

Ridge lui jeta un regard noir.

— C'est vraiment nécessaire ?

— Tu es sûr que tu vas bien ? Ça fait un moment que tu ne me parles plus. Tu as reçu un coup sur la tête ?

— Non. Je pensais seulement.

— Hmm.

Trevor retira les clés du contact et ouvrit la portière.

— Essaye de ne pas faire ça jusqu'à ce qu'on soit à l'intérieur. Je ne veux pas que tu tombes. Tu es trop grand pour que je puisse te porter.

Ridge lui adressa un geste grossier, mais Trevor se contenta de rire.

— Allez, dit-il en faisant le tour de la voiture.

Il offrit son bras à Ridge, mais celui-ci l'ignora. Chaque pas était une torture, mais qu'il soit damné s'il s'appuyait sur son frère. Trevor ne finirait jamais d'en parler.

Penny marchait à côté de lui, ralentissant l'allure pour s'accorder à ses enjambées laborieuses. Elle aurait été plus heureuse à la maison, mais il n'avait pas voulu la laisser seule. Dennis était toujours dans les parages, sans doute furieux de la tournure des choses. On ne pouvait prévoir ce qu'il ferait pour se venger de Ridge. Il avait la réputation d'être méchant.

Ridge s'arrêta lorsqu'une nouvelle idée le frappa. Et si la tueuse de l'Alphabet n'avait rien à voir avec la mère de Sara ? Et si cette dernière avait disparu parce qu'elle refusait de donner à Dennis ce qu'il voulait et qu'il le lui ait fait payer ?

— Tu as besoin d'un fauteuil roulant ?

La question de Trevor interrompit le fil de ses pensées, et Ridge prit conscience qu'ils étaient toujours sur le parking.

— Non, ça va. Dis, tu crois que Hubbard a quelque chose à voir avec la disparition de la mère du bébé ?

Trevor pencha la tête, méditant la question.

— C'est possible. Tu penses qu'il l'a approchée pour le bébé et qu'il est sorti de ses gonds ?

— Quelque chose comme ça. Ce serait logique. Comment aurait-il su où chercher un bébé, sinon ? La mère a dû lui dire où elle avait laissé la petite.

Il eut soudain une vision d'une jeune femme, les joues striées de larmes, suppliant Dennis de ne pas lui faire de mal.

— Et si Dennis est allé trop loin…

Il n'acheva pas sa phrase.

— Eh bien, ce n'est pas étonnant qu'elle ne soit pas venue récupérer son enfant.

Trevor hocha la tête.

— C'est une bonne théorie. Maintenant, il faut juste trouver où Dennis a caché son corps, s'il l'a bien tuée.

— Je vous laisse travailler là-dessus, toi et ton équipe. Je n'ai aucune envie d'en apprendre plus sur lui et ses habitudes.

Surtout si la supposition de Trevor était exacte, si Dennis essayait vraiment de vendre Sara au marché noir. Si c'était le cas, était-ce la première fois, ou bien était-il un pro du kidnapping d'enfants et faisait-il du business sur la misère des autres ? Cette pensée lui souleva l'estomac et il déglutit pour ravaler une montée de bile. Jusqu'où allait ce trafic ?

Il pressa le pas, ignorant les protestations de son genou. Les possibilités de trafic humain, le système de placement et la mort de la mère de Sara se mêlaient dans sa tête, créant un tourbillon de pensées sinistres, qui le rendait anxieux de revoir le bébé. Il avait envie de la prendre dans ses bras, de sentir son petit corps contre sa poitrine. Le monde était devenu un lieu effrayant, et il voulait l'envelopper de ses bras et la protéger des maux de la vie aussi longtemps qu'il le pourrait.

Il n'avait pas pu protéger Josie, et la conscience de son échec le hantait. Il était déterminé à ne pas commettre la même erreur.

# 12

Darcy tapota doucement le dos du bébé en se balançant d'avant en arrière.

— Je sais que tu as un rot dans l'estomac, dit-elle gentiment. Allez, fais-le, ma petite.

Le bébé poussa un soupir et se mit à gigoter contre son épaule. Darcy poursuivit son geste, sachant que si le bébé ne rotait pas il aurait un renvoi lorsqu'elle le coucherait. Et elle n'avait pas envie de se remettre à nettoyer après lui avoir changé sa couche.

Il y eut un petit coup à la porte, et une infirmière entra.

— Les résultats des analyses, annonça-t-elle en les lui tendant.

Darcy parcourut les feuilles, soulagée de voir que tout était normal. Le bébé n'avait sans doute attrapé qu'un petit virus, et comme sa température était redescendue il n'y avait pas grand-chose à faire.

— Merci, dit-elle.

L'infirmière lui sourit.

— Je suis ravie que tout aille bien.

— Moi aussi, répondit Darcy.

Le bébé choisit ce moment pour émettre son rot.

— Bravo ! s'exclama Darcy, surprise de constater que cela lui faisait sincèrement plaisir.

Depuis quand s'enthousiasmait-elle pour les rots de

bébé ? Une semaine auparavant, elle n'y aurait attaché aucune importance, mais la fréquentation de Ridge et du bébé avait changé sa perspective sur beaucoup de choses.

Le rappel de Ridge fit battre son cœur. Il était parti depuis un bout de temps, assez longtemps pour être arrivé chez lui. L'inconnu avait-il mordu à l'appât et essayé de l'agresser encore ? Ridge avait-il pu lui soutirer l'information qu'il voulait ? Et, plus important, était-il sain et sauf ?

Le bébé gigota et fit entendre un petit gémissement. Darcy prit conscience qu'elle le serrait trop fort. Relâchant son étreinte, elle le coucha dans le berceau et le borda. Puis elle se mit à faire les cent pas, s'efforçant de ne pas imaginer Ridge inconscient sur le plancher de son chalet. Ou pire.

*Il va bien,* se dit-elle fermement. Ridge Colton était grand et fort. Les chances que quelqu'un le vainque étaient très faibles. Mais les agressions l'avaient pas mal amoché, lui rappelèrent ses nerfs. Et si les coups à la tête et aux côtes l'avaient davantage blessé qu'il ne le montrait ? Cela lui ressemblerait tellement de feindre. S'était-elle laissé abuser par son comportement ?

— Le docteur de l'année, c'est moi, marmonna-t-elle en s'efforçant de repousser son appréhension.

Ridge lui avait fait confiance pour s'occuper du bébé, et elle ne pourrait pas le faire si elle laissait ses émotions la gouverner. En outre, il allait probablement franchir cette porte d'ici peu, ravi d'avoir triomphé du mystérieux intrus.

Oui. D'un moment à l'autre.

Elle fixa la porte, lui ordonnant de s'ouvrir. *Allez, Ridge,* supplia-t-elle silencieusement. *Où es-tu ?* Elle se remit à faire les cent pas. *Je pourrais l'appeler,* songea-t-elle, mais elle rejeta cette idée presque aussitôt. Si Ridge affrontait l'intrus en ce moment même, elle ne voulait pas le distraire. Elle pouvait appeler Sam pour lui demander ce qui se passait, néanmoins.

Prenant son téléphone dans son sac, elle composa le numéro, mais fut distraite par un bruit de voix à l'extérieur.

— Monsieur, vous ne pouvez pas faire entrer ce chien ici !

Darcy se précipita vers la porte et l'ouvrit juste à temps pour voir un homme grand et brun aider Ridge à s'allonger sur une civière. Penny était à leurs pieds, alerte et vigilante, ignorant les protestations de l'infirmière.

— C'est bon, Linda, cria Darcy. Penny est une chienne d'assistance.

La femme se tut, l'air mécontent.

— Que s'est-il passé ? demanda Darcy.

Elle fit un pas dans le couloir, puis se souvint du bébé et s'arrêta, tiraillée entre deux directions. Ridge leva les yeux et lui adressa un sourire ironique.

— Comme d'habitude. Comment va-t-elle ?

— Mieux.

Darcy leva un doigt, se retira dans la salle et revint en poussant le berceau. Ridge jeta un coup d'œil à la petite fille endormie, et son visage s'adoucit immédiatement.

— Salut, ma chérie, dit-il.

Le bébé se tourna vers lui en une reconnaissance inconsciente de sa voix. Darcy sentit son cœur se gonfler d'émotion.

— Elle t'aime, fit-elle doucement.

Un petit sourire timide apparut sur le visage de Ridge.

— C'est réciproque, déclara-t-il d'un air bourru.

L'homme à côté de lui s'éclaircit bruyamment la gorge. Darcy se tourna vers lui, remarquant la forte ressemblance entre eux.

— Darcy, n'est-ce pas ? lança-t-il sur un ton amical.

Elle acquiesça.

— C'est moi. Et vous, vous êtes ?

Elle lui tendit la main. La sienne était chaude et ferme.

— Trevor Colton.

— Le profileur du FBI, dit-elle, le situant aussitôt.

— C'est exact.

S'il était surpris qu'elle connaisse son métier, il n'en montra rien.

— Ravie de vous rencontrer.

Elle connaissait l'existence de Trevor, mais c'était la première fois qu'elle le croisait. Il ouvrit la bouche pour dire autre chose, mais Darcy se tourna vers Ridge.

— Où as-tu mal ? demanda-t-elle.

— Je vais bien.

— Tu n'avais pas besoin d'aide pour marcher, avant.

Ridge tenait les yeux braqués sur le bébé, les dents serrées. Darcy interrogea Trevor du regard.

— Son genou, révéla-t-il. Mais j'ignore si c'est sa seule blessure.

— Merci. Laisse-moi t'examiner, dit-elle en se tournant vers Ridge. S'il te plaît, ajouta-t-elle, espérant qu'il coopérerait ainsi plus facilement.

Il se renversa en arrière, étendant la jambe avec une grimace qui lui apprit combien il souffrait.

— Tu peux enlever ton pantalon ou il faut que je le découpe ?

Malgré sa douleur, Ridge réussit à lui sourire.

— Je parie que tu dis ça à tous les hommes, plaisanta-t-il.

— Non, juste toi, chéri, répliqua-t-elle en rougissant un peu.

Ce n'était pas le moment de lui faire part de ses sentiments, surtout avec son frère debout à côté d'eux, une lueur inquisitrice dans le regard.

— Je vais vous aider, proposa Trevor. Ce serait dommage de gâcher une bonne paire de jeans. En plus, ajouta-t-il avec enjouement, je n'ai absolument pas envie de regarder une femme t'enlever ton pantalon.

Darcy ne put s'empêcher de rire, et les bouts des oreilles de Ridge rougirent.

— Tu n'as pas besoin de dire tout ce qui te passe par la tête, marmonna-t-il.

Trevor se contenta de faire un clin d'œil à Darcy, ignorant son frère.

Il ne fallut que quelques minutes pour rallonger Ridge sur la civière. Il était resté silencieux le temps de la manœuvre, mais son visage était maintenant de la couleur d'un lavabo et un fin voile de sueur couvrait son front. Il n'était pas surprenant qu'il souffre autant : son genou était enflé, violet et brûlant au toucher.

— Ça n'a pas l'air bien fameux, dit-elle sombrement.

— Tu devrais voir l'autre type, répliqua Ridge.

— Je suis sérieuse, Ridge. Il va te falloir une consultation d'orthopédie.

— Ça prendrait trop de temps. Tu peux juste me bander et me donner de l'ibuprofène ou un truc du genre ?

— Tu as perdu l'esprit ? s'écria Darcy. Regarde ton genou, c'est une blessure sérieuse. En outre, où veux-tu aller ? Qu'y a-t-il de si important pour que tu ne prennes pas le temps de te soigner correctement ?

Ridge détourna à nouveau le regard, ce qui la mit en alerte.

— Tu veux poursuivre l'intrus encore une fois, c'est ça ?

Il ne répondit pas, ce qui ne fit que confirmer ses soupçons. Darcy fixa son genou, sentant sa colère enfler comme une tornade.

— Tu as toujours été téméraire, lâcha-t-elle, la gorge serrée, mais je ne t'aurais jamais cru stupide.

Ridge rejeta la tête en arrière, un éclair de colère dans les yeux.

— Qu'est-ce que c'est censé vouloir dire, bon sang ?

— Tu m'as très bien compris, dit-elle d'un ton égal, les bras croisés.

Apparemment, le bébé sentait la tension croissante dans la pièce. Il poussa un cri de détresse, mais ni Ridge ni Darcy ne se calmèrent.

— Je crois qu'on va sortir, intervint Trevor.

Saisissant le berceau, il le poussa hors de la pièce et referma silencieusement la porte derrière lui.

— Je sais qui est l'intrus, dit Ridge à travers ses dents. Il faut que je le retrouve et que j'en finisse.

— Non. Il t'a déjà blessé trois fois, ça ne te suffit pas ?

— Il a eu de la chance.

— Il n'a pas l'air de manquer de chance.

Elle vit Ridge serrer les poings, et elle comprit qu'elle avait blessé son ego. Mais tant pis. Mieux valait heurter ses sentiments que le voir s'enfuir et se faire tuer.

— Darcy…, commença-t-il, une note d'avertissement dans la voix.

— Non, Ridge, coupa-t-elle. Tu es ridicule. Appelle ton frère et dis-lui qui est ce type. Laisse la police s'en occuper.

— C'est ce que je vais faire, expliqua-t-il avec une patience exagérée, mais ils auront besoin de mon aide.

— Oh ! parce que tu es policier, maintenant ?

— Je suis pisteur.

Sa voix était mortellement calme, et Darcy comprit qu'elle était allée trop loin.

— L'homme est déjà venu plusieurs fois. Penny peut repérer son odeur et on le trouvera. C'est notre métier.

Darcy déglutit et tenta une autre approche.

— Ton genou est trop fragile pour l'instant. Si tu marches, tu causeras sans doute des dégâts permanents à l'articulation, ce qui veut dire que tu souffriras de douleurs chroniques à l'avenir. Est-ce que ça en vaut vraiment la peine ?

Ridge l'observa un instant d'un air impénétrable.

— De quoi s'agit-il, en fait ? questionna-t-il enfin.

Ce fut au tour de Darcy de détourner les yeux.

— Je ne vois pas de quoi tu parles.

— Tu es super énervée à propos de ça. Pourquoi te soucies-tu autant de ce que je fais ?

— Ton genou…, commença-t-elle, mais il l'interrompit :

— Au diable mon genou. Ce n'est pas tout, et je veux savoir ce qui se passe. Pourquoi t'inquiètes-tu soudain autant de mon avenir ? Tu ne seras pas là pour le voir.

Elle tressaillit, mais ne put nier la vérité de ses paroles.

— Nous sommes amis, insista-t-elle d'un ton pathétique. Les amis se soucient les uns des autres.

— Oui, c'est vrai, reconnut-il. Mais sommes-nous amis ? Parce que ce n'est pas comme ça que je me rappelle que ça s'est terminé.

Il semblait curieux, à présent, toute trace de colère évanouie. Darcy reprit sa respiration. Autant le lui dire. Si elle laissait passer cette chance, cela mettrait encore plus de distance entre eux.

— J'ai eu tort, lâcha-t-elle.

Rien de subtil là-dedans. Ridge ne réagit pas à cette déclaration. Elle leva les yeux et le vit qui la regardait d'un air patient.

— Rompre avec toi était une erreur. Je le sais maintenant, mes parents t'ont piégé pour me faire penser que tu avais volé la montre. J'ai cru à leurs mensonges et je suis désolée. J'aurais dû te faire confiance à toi, pas à eux.

Le visage de Ridge se vida de toute expression.

— Je vois.

— Ça me rend malade qu'on ait perdu dix ans.

Autant tout lui dire, avant de perdre son courage.

— Mais maintenant que je suis de retour j'espérais que peut-être…

Elle n'acheva pas sa phrase, scrutant son visage pour deviner ce qu'il pensait.

— Peut-être quoi ? demanda-t-il d'un ton un peu las.

Elle sentit son cœur se serrer.

— Eh bien, je me disais que nous pourrions faire une nouvelle tentative.

Elle retint son souffle, attendant sa réponse. Il la dévisagea un instant, essayant d'absorber ce qu'elle disait. Puis il secoua lentement la tête.

— Tu veux reprendre là où on s'est arrêtés il y a dix ans ?

Darcy fronça les sourcils.

— Non, pas exactement. Je sais que nous avons tous les deux changé. Mais je pensais que nous pourrions nous donner une deuxième chance, voir où ça nous mène.

— Je sais déjà où ça mène, dit-il. Ton avenir est à New York, et le mien est ici. Je ne vois pas ce qu'il y a à discuter.

— Est-ce la seule raison pour laquelle tu penses que c'est une mauvaise idée ?

Une étincelle d'espoir s'était allumée dans sa poitrine. Si Ridge avait encore des sentiments pour elle, ils trouveraient le moyen d'arranger les choses. Il la regarda les sourcils froncés.

— Ce n'est pas suffisant ? Je ne suis pas intéressé par une relation à longue distance ni une liaison temporaire. Ça ne nous laisse pas beaucoup d'options.

— Tu n'as pas répondu à ma question, insista-t-elle.

— Qu'est-ce que tu veux dire ?

Elle inspira fortement et parla avant de changer d'avis.

— Je veux savoir si tu as encore des sentiments pour moi.

Il se détourna, et le cœur de Darcy se serra.

— Je ne vois pas en quoi c'est pertinent, répondit-il d'un ton raide.

Les larmes lui montèrent aux yeux, et elle cilla plusieurs fois, résolue à ne pas pleurer devant lui.

— C'est pertinent pour moi, dit-elle, en s'efforçant d'affermir sa voix.

C'était masochiste de sa part, mais elle avait besoin de l'entendre dire qu'il ne ressentait plus rien pour elle. C'était le seul moyen pour qu'elle puisse tourner la page.

— Darcy…, commença-t-il, mais il fut interrompu par un coup bref à la porte.

Ils se retournèrent et virent Sam entrer dans la pièce. Il leur jeta tour à tour un coup d'œil et leva un sourcil.

— J'interromps quelque chose ?

— Oui, dit Ridge, en même temps que Darcy disait « non ».

— Non, répéta Darcy en se forçant à sourire. Pas du tout. Entrez, s'il vous plaît. J'allais sortir, il faut que je voie si nous avons une chambre pour le bébé cette nuit.

— Tu la gardes ? demanda Ridge avec une note d'alarme dans la voix.

— Je pense qu'il vaut mieux qu'elle reste un jour de plus, pour qu'on soit sûrs qu'elle récupère.

Elle lissa ses cheveux de la main et se dirigea vers la porte.

— Je vais aussi demander une consultation d'orthopédie pour toi, dit-elle, et elle se glissa hors de la pièce avant qu'il puisse répondre.

Lorsqu'elle fut à l'abri dans le couloir, Darcy laissa tomber les épaules. S'appuyant au mur, elle ferma les yeux. Tout ce qu'elle voulait c'était s'enfermer dans le placard à balais le plus proche et pleurer un bon coup. Mais ce n'était pas possible. Elle devait s'occuper du bébé. Une fois que ce serait fait, elle pourrait mettre de la distance entre Ridge et elle.

Son rejet faisait mal. Elle savait qu'après dix ans ses

sentiments pour elle s'étaient affadis, surtout étant donné la manière dont ça s'était terminé entre eux. Mais elle ne s'était pas attendue à ce que la réalité fasse si mal. Non qu'elle le lui reproche. Elle lui demandait de faire le grand plongeon. Autrefois, ils avaient été assez proches pour qu'il lui fasse entièrement confiance. Mais elle avait trahi cette confiance et ils avaient passé beaucoup de temps séparés. Ils auraient tout aussi bien pu être des étrangers, aujourd'hui.

Des pas légers se firent entendre sur sa droite, suivis d'une toux tranquille. Darcy rouvrit les yeux et vit Trevor arborer une moue de sympathie, le bébé dans les bras.

— Il a toujours été têtu, parfois au point de devenir idiot.

Il se tourna et s'appuya contre le mur, imitant sa posture, en sorte qu'ils faisaient tous deux face au couloir. Elle apprécia le geste. Elle n'était pas prête à croiser le regard de qui que ce soit.

— Je ne dirai pas le contraire.

— Est-ce Sam que j'ai vu entrer ?

— Oui. Vous voulez que je la prenne pour que vous les rejoigniez ?

— Non, dit-il, la surprenant. J'aime mon frère, mais pour l'instant il se torture la cervelle à propos d'un type qui lui a explosé le genou. Moi, j'ai de plus gros poissons à pêcher.

— La tueuse de l'Alphabet ?

Trevor hocha la tête.

— J'espérais que vous pourriez m'aider.

— Moi ? s'étonna Darcy. Je ne vois pas comment.

— Ridge m'a dit que vous connaissiez Francine Gibbons.

— Oui, c'est vrai. Nous collaborions pour organiser un déjeuner de charité.

Trevor acquiesça, comme si elle confirmait ce qu'il savait déjà.

— Vous vous entendiez bien avec elle ?

Darcy secoua la tête.

— Non. Et je ne veux pas me montrer impolie, mais j'ai déjà dit à Sam et Annabel tout ce que je savais de Francine. Comme je le leur ai expliqué, elle et moi n'avions pas grand-chose en commun et je n'ai pas passé beaucoup de temps avec elle.

— Je comprends. Mais vous me feriez une faveur ? J'aimerais entendre moi-même ce que vous avez à dire. Sam et Annabel sont des policiers formidables, mais je préfère prendre mes informations à la source.

Darcy haussa un sourcil mais accepta. Cette distraction était la bienvenue. Elle ne voulait pas rester à l'hôpital et n'avait certainement pas envie de rentrer chez ses parents. Parler à Trevor serait une bonne manière de passer le temps.

Même s'il avait les mêmes yeux noirs que son frère.

— Avant que nous commencions, il faut que j'aille voir si on a trouvé une chambre pour le bébé.

Elle tendit les bras, et Trevor lui passa l'enfant.

— J'en ai pour quelques minutes. Ça ne vous ennuie pas de m'attendre ?

— Pas du tout. Pourquoi ne pas me rejoindre à la cafétéria ? Je vous offrirai un café et nous pourrons bavarder.

— Volontiers.

*Peut-être,* dit une petite voix dans sa tête, *que Trevor fera la lumière sur ce que Ridge faisait ces dix dernières années.* Malgré son envie de fuir pour lécher ses blessures en paix, il faudrait qu'elle parle à nouveau à Ridge. Et la prochaine fois elle voulait y être émotionnellement prête.

— Dennis Hubbard ?

Sam fixa Ridge avec incrédulité. Celui-ci remua en grimaçant sur le lit.

— Oui, c'était Hubbard, dit-il avec irritation.

Plus vite Sam le croirait, plus vite il commencerait à le chercher. Ridge ne pourrait pas se reposer tant qu'il ne saurait pas Dennis derrière les barreaux.

Sam secoua la tête.

— Mais il ne s'est jamais montré violent jusqu'ici.

— Ah bon ? Alors pourquoi passe-t-il presque tous ses vendredis soir en cellule ?

— Tu sais ce que je veux dire. Il se bagarre dans les bars, mais il ne donne pas dans les cambriolages ou les enlèvements.

— Peut-être qu'il ne s'est jamais fait attraper, répliqua Ridge.

Sam se tut un instant, réfléchissant aux implications. Puis il haussa les épaules.

— C'est peu probable. Nous n'avons eu aucun cambriolage non résolu ces derniers temps.

— Je ne pense pas qu'il voulait voler quoi que ce soit, objecta Ridge.

Il parla à son frère des soupçons de Trevor quant à la possible implication de Dennis dans un trafic d'êtres humains.

Sam se balança sur ses talons, visiblement choqué.

— J'espère qu'il n'y a rien de tout ça ici, à Granite Gulch. On a déjà des gangs et du trafic de drogue en provenance de Dallas et de Fort Worth, ça suffit.

— Ne m'en parle pas, dit sombrement Ridge. Je voudrais juste savoir pourquoi il est tellement obsédé par ce bébé. Et comment le connaît-il de toute façon ?

Sam fronça les sourcils.

— Il ne…, commença-t-il.

Il s'interrompit, comme frappé par une idée.

— Mon Dieu, murmura-t-il.

— Quoi ?

Ridge se redressa sur le lit, le cœur battant.

— Dennis a une fille.

— Une fille ? Quel âge a-t-elle ?

— Je n'en suis pas très sûr. Seize ou dix-sept ans ? Assez vieille pour avoir un bébé.

— Quelqu'un l'a vue récemment ?

Pouvait-elle être la mère de Sara ? Mais, si c'était le cas, où était-elle ? Dennis avait-il fait du mal à sa fille quand elle avait refusé de lui donner son bébé ?

— Je ne sais pas, répondit Sam. Donne-moi une minute.

Il prit son téléphone et composa un numéro. Ridge observa le visage de son frère tandis qu'il parlait, essayant de deviner ce qui se passait. Quelqu'un devait savoir où était la fille, et si elle avait été enceinte. Il espérait juste qu'ils n'arriveraient pas trop tard…

Sam fourra le téléphone dans sa poche.

— Elle n'est plus à l'école. Dennis l'a retirée il y a quelques mois en disant qu'il allait l'éduquer à la maison.

— C'est autorisé ?

— En un mot, oui.

Sam fit quelques pas devant le lit.

— Elle est mineure, et il est son père. Légalement, il peut faire à peu près ce qu'il veut.

Ridge sentit son cœur se serrer.

— Alors personne n'a vu la fille depuis des mois. Et, s'il l'a retirée de l'école parce qu'elle était enceinte, je doute qu'il l'ait emmenée chez le médecin pour le suivi de sa grossesse.

— Je pense que tu as raison. Ce n'est pas exactement le père de l'année.

— Tu crois qu'il l'a enfermée chez eux jusqu'à ce qu'elle accouche ?

Ridge ne voyait que trop bien la situation : une jeune

femme enceinte enfermée dans sa chambre tandis que Dennis rageait contre elle de l'autre côté de la porte.

— Probablement.

Un muscle tressauta sur la joue de Sam.

— Je vais le convoquer et demander aux hommes de passer chez lui. Si elle a accouché à domicile, il devrait en rester quelque chose.

Ridge frémit à l'idée que la fille ait accouché avec Dennis pour seule assistance. Pauvre petite.

— Avec un peu de chance, elle sera encore là.

— Ne te fais pas trop d'illusions, l'avertit Sam.

— Je sais. En attendant, il faut qu'on commence à chercher Dennis.

— On ? Je ne pense pas qu'il va y avoir de « on ».

— Je vais bien.

— Ne fais pas l'idiot.

Ridge se sentit rougir.

— C'est la deuxième fois aujourd'hui qu'on sous-entend que je suis stupide. Ça commence à me fatiguer.

— Alors cesse de te comporter comme tel, rétorqua Sam avec irritation. Qu'est-ce qui t'est passé par la tête de t'en prendre à ce type tout seul ? Tu sais que ça aurait pu mal tourner, n'est-ce pas ? Tu as de la chance d'avoir seulement un genou bousillé en guise de souvenir.

— Vous étiez occupés. Je me suis dit que je pourrais y arriver.

Sam secoua la tête.

— Si c'est comme ça que tu t'en es occupé, je préfère ne pas savoir ce qui serait arrivé dans l'autre cas.

— Je veux faire ma part.

— Moi aussi. Mais laisse-moi te le dire tout net. Si tu fonces tête baissée pour te joindre aux recherches, tu seras un boulet. Au lieu de nous consacrer à ça, nous serons obligés de nous occuper de toi. Tu nous ralentiras. C'est ce que tu veux ?

Ridge détestait le reconnaître, mais Sam avait raison. Bien qu'il prétende le contraire, son genou le faisait atrocement souffrir, et ça ne cessait d'empirer. Pourtant, il devait faire *quelque chose.*

— Je ne peux pas rester les bras ballants. Il faut que je vous aide d'une manière ou d'une autre.

Il pensa au courrier de son père, mais repoussa l'idée. L'adrénaline l'avait rendu trop nerveux pour s'asseoir et parcourir des lettres de farfelus. C'était une tâche qui lui conviendrait quand il serait plus détendu.

Sam hocha lentement la tête et se gratta la mâchoire.

— En fait, j'ai un boulot pour toi.

— Je suis tout ouïe.

— Je veux que tu restes ici.

Il leva une main devant les objections de Ridge.

— Laisse-moi finir. Je veux que tu restes ici et que tu surveilles le bébé. Nous ne savons pas où est Dennis, ni même s'il y a d'autres joueurs impliqués. Le bébé est toujours une cible. Entre l'enquête sur la tueuse de l'Alphabet et ça, nous sommes à court de moyens, alors tu me rendrais service en montant toi-même la garde. Ça m'éviterait de détacher encore un homme.

Ridge acquiesça, sachant qu'il n'avait pas le choix. Jusqu'à ce que son genou guérisse, il faudrait qu'il reste sur le banc de touche.

— Bon. Je vais voir Darcy. Peut-être qu'elle pourra te donner un lit dans la chambre du bébé.

— Dommage que j'aie laissé mon sac de bonbons à la maison, dit sombrement Ridge.

— Oui, dommage, répondit Sam en ignorant son sarcasme. Tu peux demander à Darcy de t'éplucher des grains de raisin. Mais vu la température dans la pièce quand je suis arrivé je ne pense pas qu'elle le prenne bien.

L'expression courroucée de Darcy lui revint en mémoire, et il gigota avec malaise.

— Sans doute pas.

— Je n'ai pas pu m'empêcher de remarquer que vous aviez l'air très intimes, l'autre matin. Qu'est-ce qui a changé ?

Ridge aurait préféré ne pas répondre, mais l'avis de son frère ne pouvait pas faire de mal. Les excuses de Darcy l'avaient abasourdi, et il ignorait quoi faire de sa suggestion. En soupirant, il se confia à Sam. Son frère ne l'interrompit pas jusqu'à la fin de l'histoire.

— Waouh !

Sam se passa une main dans les cheveux.

— J'avais l'impression que ça s'était mal terminé entre vous, mais tu n'as jamais voulu en parler.

— Tu me le reproches ?

— Non. Qu'est-ce que tu vas faire maintenant ?

Ridge haussa les épaules.

— Je lui ai dit non. Qu'est-ce que je pouvais faire d'autre ?

Le regard de Sam devint plus aigu.

— Tu es toujours attaché à elle ?

Son cœur hurlait que oui, mais il se contenta de hocher la tête.

— Mais qu'est-ce que ça peut faire ?

— Si tu me poses la question, je dirai que c'est la seule chose qui compte, dit Sam avec un petit sourire.

— Elle s'installe à New York. Tu l'as oublié ?

— Non, j'ai bien compris. Mais il me semble que si vous vous aimez toujours vous trouverez un moyen de résoudre ça.

— Je ne vois pas comment, grommela Ridge.

— Sois créatif, suggéra Sam. Ça en vaut la peine.

— Depuis quand tu es devenu tellement romantique ?

L'expression de Sam s'adoucit, et Ridge comprit qu'il pensait à Zoe.

— J'ai appris quelques petites choses au cours des derniers mois. Ça ne te ferait pas de mal de les apprendre aussi.

C'était la vérité, et Ridge éprouva un élan de jalousie. Il enviait le bonheur de Sam et Zoe. Il avait été seul si longtemps. Comment serait-ce d'être aimé d'une femme malgré ses défauts ? Il n'était pas facile à approcher, il le reconnaissait. Mais il avait toujours espoir qu'un jour une femme lui donnerait le sentiment d'être entier. Autrefois, il pensait que Darcy était cette femme. Peut-être l'était-elle toujours.

— Tu mérites d'être heureux, déclara Sam. Mais il faut que tu prennes des risques pour trouver ce bonheur.

Et c'était bien là le problème, non ? Ses craintes le bloquaient. Et si Darcy et lui reprenaient une relation et que quelques mois après elle s'aperçoive qu'elle ne voulait pas de lui après tout ? Pourrait-il supporter une nouvelle fois son rejet, sachant que cette fois ce serait bien pire ? Dix ans auparavant, ils étaient encore des enfants. Bien sûr, ils s'étaient aimés, mais c'était un amour juvénile, qui s'était éteint aussi vite qu'il avait flambé. Ils étaient plus vieux maintenant. S'ils se remettaient ensemble, ce serait en tant qu'adultes qui voulaient construire leur vie ensemble. Darcy lui demandait de lui donner son cœur, et il n'était pas sûr de pouvoir prendre ce risque. Mais, s'il refusait, était-il destiné à passer sa vie tout seul ?

— Je m'en vais, annonça Sam, interrompant ses réflexions. Tiens-moi au courant de ce qui se passe ici.

— Pareil pour toi, répondit Ridge.

La porte se referma avec un petit déclic, le laissant seul avec ses pensées. Il devait décider quoi faire au sujet de

Darcy. L'idée d'être à nouveau avec elle était puissamment attirante, mais elle allait bientôt partir pour New York, et sa vie à lui était à Granite Gulch.

Il s'efforça de s'imaginer dans la grande ville, mais il ne put se le représenter. Et Penny ? Il lui jeta un coup d'œil. Elle détesterait vivre dans une jungle de béton. Elle était habituée à la liberté dans les bois, et ce serait cruel de la lui enlever. Déménager voudrait dire aussi s'éloigner de ses frères et sœurs, une idée qui le fit frissonner. Ils avaient été séparés si longtemps – pouvait-il les quitter alors qu'ils commençaient à rebâtir leur famille ?

*Je pourrais lui demander de rester.* C'était une idée folle, et pendant une seconde il s'y abandonna. Il rentrerait du travail et la trouverait au chalet, toute rose et chaude devant le feu. Leurs enfants, versions miniatures de Darcy, joueraient avec Penny. Ils iraient randonner le week-end, et il leur enseignerait à pêcher et à pister. Son cœur se réchauffa à cette évocation.

Mais il comprit tout de suite que ça ne marcherait pas. Darcy n'était pas faite pour Granite Gulch. C'était une étoile, et elle méritait de briller. Même si cela le tuerait de la voir partir, c'était pour le mieux. Si par miracle il la persuadait de rester, elle lui en voudrait plus tard. Mieux valait qu'elle parte maintenant que de voir l'amour disparaître de ses yeux.

En fin de compte, son choix était clair. Pour autant qu'il voulait être avec Darcy, il ne pouvait se déraciner et sacrifier sa famille et sa chienne pour une relation dont il n'était pas sûr qu'elle marche. Son cœur se serra de déception, mais il repoussa ce sentiment. Il avait fait son choix, et il faudrait qu'il l'assume.

# 13

— Je n'aime pas la laisser seule.

Darcy retint un soupir, sachant que Ridge se faisait du souci depuis la confrontation avec Dennis. Le nom de Hubbard ne lui disait rien, mais la description de Ridge lui laissait espérer que la police le retrouverait bientôt. Il avait l'air d'un électron libre, un danger pour le bébé. Et pour les autres, pensa-t-elle, en examinant le genou de Ridge.

— Il y a un agent de sécurité devant sa porte, dit-elle calmement. Seuls les médecins et les infirmières sont autorisés à entrer. Elle est en sécurité, Ridge.

Il se rembrunit, mais ne protesta pas. Elle arrêta le fauteuil roulant et bloqua les roues.

— Tu peux te lever ?

— Oui.

Il se hissa en position debout, et elle l'aida à pivoter pour s'asseoir sur le lit. Il n'émit pas un son, mais elle voyait au pli de sa bouche qu'il souffrait.

— On va te donner quelque chose pour la douleur dès que nous aurons fini.

Il acquiesça, l'air soulagé.

— Tu penses que ça va prendre longtemps ?

— Ça ne devrait pas. J'ai jeté un coup d'œil au planning, ce n'est pas plein aujourd'hui.

— Merci, dit-il.

— Pas de problème.

Sa réponse avait été automatique. Elle fit mine de s'en aller, mais la main de Ridge retint la sienne.

— Je suis sincère, insista-t-il. Tu m'as tellement aidé ces derniers jours. Je te suis très reconnaissant de tout ce que tu as fait.

— C'était avec plaisir, répondit-elle, le souffle court.

Des émotions remuaient dans les profondeurs de ses yeux, trop rapides pour qu'elle puisse les identifier. Son pouce glissa sur sa peau en une petite caresse douce qu'elle ressentit jusqu'au bout des orteils. Savait-il ce qu'il lui faisait ? La taquinait-il, cherchait-il à se venger de la manière dont elle l'avait traité autrefois ?

Elle repoussa cette pensée immédiatement. Ridge était beaucoup de choses, mais il n'était pas vindicatif. Il ne ferait pas délibérément du mal à quelqu'un. Il n'était pas comme son père.

— À propos de ce que tu as dit tout à l'heure..., commença-t-il.

Son cœur s'emballa, cognant contre ses côtes comme un oiseau en cage. Ça y était, il allait lui dire ce qu'il ressentait. Sa conversation avec Trevor avait été éclairante. Selon lui, Ridge n'était sorti avec personne depuis leur séparation. Une chose qu'ils avaient en commun. Cette nouvelle avait rallumé l'espoir qu'il ait toujours de l'affection pour elle.

Elle s'efforça de n'en rien laisser paraître lorsqu'il ouvrit la bouche. Mais avant qu'il puisse parler la porte s'ouvrit et une infirmière entra.

— Monsieur Colton ? Je vous emmène à l'IRM.

Darcy ravala un cri de frustration. Pourquoi cette femme les interrompait-elle ? Elle s'écarta, réprimant sa déception. L'IRM ne prendrait pas très longtemps, et Ridge et elle pourraient alors terminer leur conversation.

Mais ce ne devait pas être. L'examen fut rapide, mais

l'infirmière insista pour ramener Ridge dans sa chambre, éliminant du même coup toute possibilité de conversation privée.

En approchant de la chambre du bébé, Darcy ralentit. Il y avait quelque chose qui clochait.

— Où est l'agent de sécurité ? demanda Ridge. Je croyais que tu avais dit qu'il montait la garde devant sa porte.

— Il était censé le faire, répondit Darcy en survolant le couloir du regard.

À cet instant, un petit cri aigu s'éleva dans la chambre du bébé. Ridge sauta sur ses pieds, mais retomba dans le fauteuil avec un grognement de douleur.

— Darcy ! cria-t-il.

Elle réagit immédiatement. Contournant l'infirmière médusée, elle poussa la porte et fit irruption dans la chambre. Il lui fallut quelques secondes pour ajuster sa vision à la pénombre. Mais alors elle la vit – une silhouette noire, debout près du lit, essayant de faire taire les pleurs du bébé.

— Posez-la, ordonna Darcy.

Sa voix était ferme, contrairement à l'état de ses nerfs. Qu'allait-elle faire si l'homme refusait ? Elle ne pouvait pas le maîtriser physiquement sans faire mal au bébé.

La silhouette se tourna vers elle et recula d'un pas, le bébé dans les bras. Darcy survola la chambre du regard, cherchant quelque chose dont elle pourrait se servir comme arme. Elle ne l'attaquerait pas tant qu'il tiendrait la petite, mais elle n'allait pas non plus le laisser ressortir.

Il y eut une commotion dans le couloir et, un instant plus tard, Ridge entra en clopinant.

— Lâchez-la, dit-il d'une voix tonnante.

La petite se tut en entendant sa voix. Mais cela ne dura pas. Lorsqu'elle comprit que Ridge n'allait pas la prendre, le volume de ses cris augmenta.

La silhouette recula encore d'un pas, mais il n'y avait nulle part où aller. Darcy et Ridge bloquaient la seule issue.

— Qu'est-ce qui se passe ici ?

C'était l'infirmière de l'IRM. Elle pénétra à son tour dans la chambre et alluma la lumière. Darcy cilla dans la soudaine clarté. Puis elle cilla derechef, certaine d'avoir une hallucination. Elle s'était attendue à voir l'intrus, venu enlever le bébé. Au lieu de cela, une jeune fille enveloppée d'une blouse trop grande se tenait au milieu de la pièce, arborant un air d'effroi, et le visage sillonné de larmes.

— Ne me faites pas de mal, s'il vous plaît.

— Qui êtes-vous ?

Ridge avait parlé bas pour ne pas effrayer la fille, mais elle recula tout de même, les yeux écarquillés.

— Je… je m'appelle Flo, bafouilla-t-elle en resserrant les bras autour du bébé.

Darcy fit un pas vers elle, les bras tendus, mais la fille se rejeta en arrière, comme si on l'avait piquée avec un aiguillon.

— Tu dois être la fille de Dennis, dit Ridge en jetant un regard entendu à Darcy.

La fille rejeta la tête en arrière.

— Comment le savez-vous ? murmura-t-elle.

Ridge sentit le soulagement l'envahir, et il s'appuya au mur pour se stabiliser. Dieu merci, la fille était saine et sauve ! Dennis ne lui avait pas fait de mal, après tout.

— Ton père…, commença-t-il, puis il s'interrompit.

Que devait-il lui dire ? *Ton père m'a attaqué plusieurs fois ces derniers jours pour mettre la main sur le bébé ? Ton père m'a bousillé le genou ?* Pour finir, il dit :

— Ton père nous a bien fait comprendre qu'il veut le bébé. Nous nous demandions pourquoi.

Peut-être pourrait-elle éclaircir la situation. Flo se cacha le visage dans la couverture du bébé.

— Il n'était pas méchant au début. Il disait qu'on se débrouillerait.

Ridge jeta un regard perplexe à Darcy.

— Pourquoi on ne s'assiérait pas pour que tu nous racontes tout ? proposa-t-elle.

— Je ne veux pas quitter mon bébé.

Flo jetait des regards nerveux autour d'elle, visiblement prête à fuir.

— Tu n'es pas obligée de le faire, l'apaisa Darcy. Tu peux la tenir pendant que nous parlons. Ça te va ?

La jeune fille hocha la tête d'un air incertain.

— D'accord.

Elle se percha sur le lit, le bébé toujours pressé sur son sein. Ridge mourait d'envie de lui prendre la petite Sara, mais il savait que ça ne ferait que l'effrayer. Au lieu de cela, il s'assit dans le fauteuil et Darcy prit place au pied du lit.

— Pourquoi ne pas commencer par le début ? l'encouragea Darcy.

— D'accord.

Flo prit une profonde inspiration.

— Je ne l'ai pas fait exprès.

— Quoi donc ? dit doucement Darcy.

— De tomber enceinte. Kenny et moi…

Elle n'acheva pas sa phrase et rougit.

— On a essayé de faire attention.

— Bien sûr, dit Darcy. Les erreurs, ça arrive à tout le monde.

— Tu allais à l'école avec Kenny ? demanda Ridge.

— Oui. Mais il a déménagé juste avant que je découvre que j'étais enceinte. Je ne savais pas comment le joindre, alors il ne sait toujours pas pour le bébé.

La compassion emplit le cœur de Ridge. Pauvre fille.

Perdre sa mère, puis son petit ami. Découvrir qu'elle était enceinte avait dû être terrifiant.

— Quelqu'un d'autre savait que tu étais enceinte ?

— Mon père. Ça commençait à se voir, alors je ne pouvais plus le cacher.

— Comment l'a-t-il pris ? s'enquit Ridge. Il s'est mis en colère ?

— Je crois qu'il était plutôt déçu. Mais après quelques jours il a eu l'air de s'y faire. Il a dit que je pourrais garder le bébé, et qu'on se débrouillerait. J'étais surprise… J'ai cru qu'il plaisantait. Mais il n'arrêtait pas de dire que tout irait bien. Il m'a aidée à transformer ma chambre en nurserie. Et il m'a emmenée acheter des affaires pour le bébé, un jour. Il avait l'air enthousiaste à l'idée de devenir grand-père.

Ridge fronça les sourcils. Il ne connaissait pas bien Dennis, mais d'après ce qu'il avait entendu dire ce n'était pas le genre à acheter des affaires de bébé. Flo s'était-elle trompée sur la raison de l'enthousiasme de son père ?

— Qu'est-ce qui a changé ? demanda Darcy.

Flo haussa les épaules.

— Il m'a fait quitter l'école. Il a dit que je devais rester à la maison et me reposer pour le bébé. Il a apporté un tas de vieux manuels et il m'a dit de les lire. Au début, ça ne m'embêtait pas. De toute façon, j'étais fatiguée. Mais ensuite j'ai commencé à m'ennuyer.

— Tes amis ne se sont pas demandé pourquoi tu n'allais plus à l'école ?

Darcy avait l'air incrédule, et Ridge la rejoignait sur ce point. Il était difficile de croire que Flo n'ait parlé à personne de sa grossesse.

— Je n'ai pas beaucoup d'amis, avoua Flo en baissant les yeux. Je traînais avec une ou deux filles de l'école, mais c'est tout. Elles sont passées un jour pour me voir, mais papa leur a dit de me laisser tranquille. Elles ne sont jamais revenues.

Ridge échangea un regard horrifié avec Darcy.

— Est-ce qu'il t'a emmenée voir un médecin ? questionna celle-ci.

— Non. Il a dit que ce serait trop cher.

Elle baissa la voix pour imiter son père.

— Les médecins, c'est pour les gens malades. Tu es jeune et en bonne santé.

— Mais l'accouchement ? s'inquiéta Darcy. Est-ce qu'il a fait venir une sage-femme quand tu as eu les contractions ?

Flo secoua la tête.

— C'est arrivé si vite. Je me suis réveillée un matin et j'avais très mal. Il a dit qu'il allait chercher un ami pour m'aider et il est parti. Le temps qu'ils arrivent, elle était déjà là.

Elle baissa les yeux sur le bébé et sourit faiblement.

— Elle pleurait au début, mais je l'ai nourrie pour qu'elle arrête.

La jeune femme semblait fière de cet exploit, et Ridge sentit son cœur se serrer. Flo était à peine assez vieille pour conduire et elle avait dû accoucher toute seule, quelque chose qu'aucune femme ne devrait avoir à faire. Il secoua la tête, sentant sa colère monter contre Dennis. Quel genre de père laissait sa fille seule dans un tel moment ? La voix de Darcy interrompit le fil de ses pensées.

— Je suis sûre que tu t'es très bien débrouillée, dit-elle en souriant à la jeune fille.

Elle lui jeta un coup d'œil, et il vit son propre effarement se refléter dans son regard. C'était un miracle que Flo et le bébé s'en soient sortis. Tant de choses auraient pu mal tourner. Non que Dennis lui-même représentât une aide en soi.

— Que s'est-il passé quand ils sont arrivés ? demanda

Ridge, essayant de ne pas laisser percer la colère qu'il éprouvait envers Dennis.

Flo écarquilla brièvement les yeux, mais sans se recroqueviller. C'était un progrès.

— Ils l'ont regardée et m'ont dit que je l'avais bien réussie.

Elle baissa la tête et déposa un baiser sur le crâne du bébé.

— Je le savais déjà, mais c'était agréable à entendre. Puis papa a demandé à son ami quand il pouvait l'emmener. Ça m'a fait peur, vous comprenez ? Parce que tout ce temps il m'avait dit que je pourrais la garder, et maintenant il parlait à un inconnu de la prendre.

Elle resserra les bras autour du bébé, comme pour le protéger de ce souvenir.

— Je lui ai posé la question, mais il m'a dit de me taire.

— Et l'ami, qu'a-t-il dit ?

Cet ami de Dennis faisait certainement partie du réseau de trafiquants.

— Il a dit que c'était trop tôt, et que quelques jours de plus seraient mieux. Ensuite il a demandé si j'allais faire des problèmes.

Elle frissonna.

— Il a dit quelque chose comme d'en avoir deux pour le prix d'une, je n'ai pas compris. Papa a dit non, et l'homme s'est mis à rire. Ensuite ils sont partis.

— Tu les as revus ?

— Non. C'est seulement papa qui est revenu la deuxième fois.

— Qu'est-ce qu'il a dit ? demanda Darcy, en se penchant en avant.

Elle buvait les paroles de Flo, et Ridge prit conscience qu'il faisait la même chose. C'était une sacrée histoire.

— Il m'a caressé les cheveux et m'a dit que tout irait

bien. Qu'il trouverait un moyen pour que ça marche. Je lui ai dit que je n'aimais pas son ami, et il m'a dit de ne pas m'inquiéter, que je ne le reverrais plus. Puis il m'a dit de bien m'occuper du bébé, parce qu'elle était précieuse.

Ridge se mordit la langue pour ne pas injurier l'homme. Darcy s'en aperçut et s'adressa à Flo pour la distraire :

— Quand as-tu compris qu'il avait l'intention de vendre le bébé ?

— Je l'ai compris le lendemain. Je l'ai entendu parler au téléphone de tout l'argent qu'il allait avoir en échange du bébé. C'est à ce moment-là que j'ai su que je devais faire quelque chose.

— Comment t'es-tu enfuie ? intervint Ridge.

— Je lui ai dit que j'avais besoin de lait maternisé pour le bébé. Que je ne pouvais pas… vous voyez.

Elle désigna vaguement sa poitrine, en rosissant.

— J'ai proposé d'aller le chercher moi-même, pour qu'il ne se doute de rien, mais il a dit non. J'ai attendu qu'il parte, puis je l'ai prise et je suis partie moi aussi. Je ne suis pas allée aussi loin que je voulais, et je savais qu'il allait me poursuivre. Alors je l'ai laissée sur votre terrasse et j'ai pris une autre direction, pour le tromper.

— Un bon plan, approuva Ridge avec admiration.

C'était une jeune femme débrouillarde, il fallait le reconnaître. Peu d'adolescentes auraient eu le courage de faire ce qu'elle avait fait. Le fait que Flo se soit mise ainsi en danger en disait long sur sa personnalité.

— Qu'est-ce qui t'a décidée à revenir ? demanda Darcy.

Le visage de Flo s'éclaira.

— Aujourd'hui, c'est mon anniversaire, dit-elle, comme si cela expliquait tout.

— Euh, bon anniversaire, fit Ridge. Mais je ne comprends pas pourquoi tu as choisi ce jour.

— Parce que j'ai enfin dix-huit ans.

Voyant que ni Darcy ni lui ne réagissaient, elle soupira.
— Papa ne peut plus me prendre mon bébé maintenant que je suis majeure. Je n'ai plus besoin de m'inquiéter de ça.
Ridge en resta bouche bée et vit, d'un coup d'œil, que Darcy arborait la même expression.
— Qui t'a dit ça ? demanda lentement Darcy.
Flo pâlit.
— Vous voulez dire que ce n'est pas vrai ? murmura-t-elle. On peut encore me prendre mon bébé ?
— Non, dit fermement Ridge. C'est ton enfant, personne ne peut te forcer à renoncer à elle, peu importe ton âge.
— Ah bon ?
Elle eut l'air simultanément pleine d'espoir et de réticence, comme si elle avait peur d'y croire. Ridge ne pouvait le lui reprocher : Dennis avait passé les derniers mois à lui mentir.
— Il a raison, insista Darcy. Ce bébé est à toi.
Le soulagement de la fille était palpable. La tension quitta son corps, et ses yeux se remplirent de larmes.
— Dieu merci, souffla-t-elle. Je n'ai nulle part où aller, et je ne veux pas la quitter encore.
— Tu n'as pas à la laisser à qui que ce soit, lui promit Ridge.
Flo leva les yeux sur lui et, cette fois, il n'y avait pas de crainte dans son regard.
— Merci, dit-elle avec un accent de sincérité. Merci beaucoup de vous être occupé d'elle. J'espérais que la personne qui la trouverait serait bonne.
Ridge baissa les yeux, incapable de soutenir son regard. Pour la première fois, il comprit qu'il allait devoir dire au revoir à la petite Sara. Il savait que ce moment viendrait, mais il ne s'était pas attendu à ce que ce soit si tôt.
— Ridge s'est super bien débrouillé, déclara Darcy. Tu n'aurais pas pu choisir un meilleur homme.

Flo l'observa un moment et hocha pensivement la tête.

— Je pense que vous avez raison. J'ai remarqué que le bébé s'est calmé dès que vous êtes entré dans la chambre.

Ridge haussa les épaules, feignant la nonchalance.

— Nous avons passé beaucoup de temps ensemble, précisa-t-il, sans s'attarder sur son attachement au bébé.

Flo baissa les yeux sur l'enfant dans ses bras.

— Vous savez, je l'ai quittée si vite que je n'ai pas eu le temps de lui donner un prénom. Je ne sais pas du tout comment je vais l'appeler.

— Je l'ai baptisée Sara.

Les mots étaient sortis avant qu'il puisse les arrêter, et il les regretta immédiatement. Flo eut l'air pensive, comme si elle y réfléchissait. Mais il vit que les yeux de Darcy étaient humides, et il comprit qu'elle reconnaissait ce prénom.

Il déglutit avec force, souhaitant que le sol s'ouvre sous ses pieds. Il n'avait parlé à personne du prénom du bébé. C'était une chose intime, qui le rapprochait de sa mère. Maintenant que ce choix sentimental était exposé, il se sentait vulnérable.

— J'aime bien Sara, dit finalement Flo.

Elle contempla Ridge, puis le bébé.

— Sara Ridge Hubbard. C'est ton nom, petite fille. Qu'est-ce que tu en penses ?

— Tu ne peux pas l'appeler comme ça, protesta faiblement Ridge. Elle doit avoir un joli prénom pour aller avec Sara.

Flo secoua la tête.

— Non. Je veux qu'elle sache qui l'a sauvée. Vous avez été son ange gardien. Je ne l'oublierai jamais.

Il ne put qu'acquiescer, la gorge trop serrée pour parler. Son nez le démangeait et il s'essuya hâtivement les yeux avant qu'on le voie pleurer. S'il devait lui dire adieu, le bébé aurait au moins quelque chose pour se souvenir de lui.

— C'est un nom magnifique, dit Darcy d'une voix un peu fêlée. Qui lui va très bien.

Flo sourit à sa fille d'un air d'adoration. Puis elle fronça les sourcils et releva les yeux.

— J'ai failli oublier. Pourquoi est-elle à l'hôpital ? Elle va bien ?

Darcy hocha la tête.

— Elle a eu un peu de fièvre, alors nous l'avons amenée ici par précaution.

— Mais elle va bien, maintenant ?

— Je crois, oui.

Ridge s'éclaircit la gorge.

— Comment savais-tu qu'elle était là ?

— Je venais la voir de temps en temps. Juste assez pour m'assurer qu'elle allait bien. Je vous ai vu la mettre dans votre voiture et je vous ai entendu parler d'hôpital.

Elle haussa une épaule.

— Alors je suis venue, j'ai volé une blouse et j'ai attendu qu'elle soit seule.

— Tu as marché jusqu'ici depuis mon chalet ?

Ridge était incrédule. C'était un miracle qu'elle y soit parvenue, avec les chemins et les routes inondés par l'orage.

Elle lui sourit.

— Ça m'a pris une éternité, mais j'y suis arrivée.

— Tu as mangé quelque chose, aujourd'hui ? s'enquit Darcy.

Flo secoua la tête.

— Je voulais voir mon bébé avant tout.

— Je vais demander à la cafétéria de t'apporter à manger, annonça Darcy. Tu as l'air de ne pas avoir mangé depuis un moment. Et je voudrais aussi t'examiner, si tu es d'accord.

L'expression de la fille se fit méfiante.

— Pourquoi ?

— Parce que tu viens d'accoucher, expliqua gentiment Darcy. Je veux m'assurer que tu vas bien, étant donné que tu n'as pas été suivie médicalement.

— Ça va faire mal ?

Darcy secoua la tête.

— Non. En plus, ajouta-t-elle en souriant, tu as accouché seule, sans médication. Si tu as pu supporter ça, tu peux supporter n'importe quoi.

— Je suppose que vous avez raison. Mais…

Sans achever sa phrase, elle jeta un coup d'œil furtif à Ridge. Comprenant sa gêne, il se leva.

— Je vais dehors, dit-il.

Avant de réfléchir, il s'avança en boitant et posa un baiser sur le front de Sara, inspirant une dernière bouffée de sa douce odeur de bébé.

— Au revoir, ma petite, murmura-t-il.

Puis il pivota sur ses talons et s'éloigna, le cœur serré.

# 14

Darcy le trouva dans une chambre vide, assis sur une chaise devant la fenêtre, Penny à ses côtés. La chienne leva la tête et émit un doux aboiement quand Darcy pénétra dans la pièce. Ridge ne se tourna pas pour la regarder, mais elle comprit qu'il l'avait entendue à la manière dont ses épaules se raidirent.

— Comment ça va ? demanda-t-elle.

Voyant qu'il ne répondait pas, elle fit une pause, cherchant quoi dire.

— L'examen de Flo s'est bien passé. Elle ne semble pas avoir souffert de son accouchement.

Ridge ne dit rien.

— Sara va bien. Je pense que ce qui lui a donné de la fièvre est fini, mais nous allons la garder un peu plus longtemps, par précaution.

Il acquiesça.

— Flo ne l'a pas encore posée. Elle est tellement heureuse d'avoir retrouvé son bébé.

— Elle sera une bonne mère.

Sa voix était aussi rauque que celle d'un corbeau.

— Elle dit que tu peux venir voir le bébé quand tu veux.

— C'est gentil de sa part.

— J'ai l'impression qu'elle aimerait que tu continues de faire partie de la vie de Sara.

— C'est une idée agréable.

— Je me suis dit que tu serais content. Tout le monde peut voir combien tu t'es attaché au bébé.

Il laissa échapper une sorte de rire.

— C'est aussi évident que ça ?

Elle sourit.

— Seulement quand on y prête attention.

Le silence retomba dans la pièce. Elle pouvait pratiquement sentir son chagrin. Il était clair qu'il avait le cœur brisé de laisser partir le bébé, et elle aurait voulu l'aider à en recoller les morceaux. Cependant, que pouvait-elle lui dire pour le réconforter ? Les mots étaient une piètre consolation, et elle n'avait jamais été très éloquente. Mais elle se devait d'essayer.

— Son prénom..., commença-t-elle.

Ridge se raidit, comme dans l'attente d'un coup.

— Tu lui as donné le prénom de ta mère, n'est-ce pas ?

Durant un long moment, elle crut qu'il ne répondrait pas. Puis il hocha la tête.

— C'est un magnifique hommage, dit-elle. Je suis heureuse que Flo ait décidé de le garder.

— Moi aussi.

Il remua sur sa chaise, mais ne croisa pas son regard.

— Je me suis toujours dit que tu aurais une fille prénommée Sara, un jour.

*Notre fille,* pensa-t-elle soudain, le cœur serré. Il sourit avec tristesse.

— Je suppose que c'est ce que j'aurai qui se rapproche le plus d'une fille.

— Peut-être pas, dit-elle, essayant de garder de la légèreté. Tout est possible.

— Je ne peux pas te donner ce que tu veux.

Darcy sentit son estomac se nouer et elle déglutit.

— Que veux-tu dire ?

Ridge tourna vers elle deux lacs jumeaux de tristesse.

— On ne peut pas être ensemble. Ta place est à New York, et la mienne est ici. Je ne peux pas partir avec toi, et je ne vais pas te demander de rester.

— Mais…

Comment lui dire qu'elle reconsidérait son départ ? Qu'elle préférait voir où cela menait avec lui ?

Il secoua la tête.

— Ne rends pas les choses plus difficiles, Darcy. Nous avons eu notre chance. Il est inutile de réécrire l'histoire. Il faut tourner la page.

— Ridge…

— Je suis désolé. Je sais que ce n'est pas la réponse que tu attendais. Mais je pense que c'est pour le mieux.

Brusquement, Darcy perdit son calme.

— Est-ce que tu vas cesser de m'interrompre ?!

Il se pencha en arrière, surpris par son éclat.

— Euh… désolé.

— Il y a quelque chose que tu dois savoir. À propos de ce poste à New York.

Ridge fronça les sourcils.

— C'est-à-dire ?

— J'ai beaucoup réfléchi au fait de démissionner.

Il pâlit sous le choc.

— Quoi ? Qu'est-ce que…

Elle leva la main pour stopper ses questions.

— Je commence à comprendre que la vie ne se réduit pas à une carrière. Et si je dois faire un essai de vie personnelle c'est avec toi que je veux le faire.

Ridge ouvrit la bouche, aussi se hâta-t-elle de poursuivre :

— Tu disais que nous n'avions aucune chance parce que je partais pour New York et que tu restais ici. Mais si je restais à Granite Gulch ? S'il n'y avait plus de distance entre nous ? Est-ce que ça ferait une différence pour toi ?

Ridge n'en croyait pas ses oreilles.

Darcy était-elle vraiment en train de parler de rester à Granite Gulch ? Avait-elle vraiment l'intention de démissionner de son poste à New York ?

Elle avait l'air sincère en le disant. Ses grands yeux étaient clairs, sans réserve. Mais savait-elle à quoi elle renonçait ?

— Tu es sûre ?

Les mots n'étaient pas davantage qu'un murmure, mais elle les entendit.

— Je le suis. Si tu me dis que nous avons une chance, je resterai.

La joie l'inonda, le rendant aussi léger que l'air. Elle était là, leur seconde chance de bonheur. Il avait envie de renverser les murs, de hurler la nouvelle à tous ceux qui voulaient entendre. Mais quelque chose le retenait. Une petite part de lui se recroquevillait de terreur. Et si c'était trop beau pour être vrai ?

Il détestait le reconnaître, mais au fond de lui il était encore ce petit garçon effrayé qu'on avait arraché à sa famille. Tandis que son côté adulte et rationnel se moquait de ses craintes, cette part de lui redoutait en permanence que ceux qu'il aimait ne soient sur le point de le quitter.

— Ridge ?

L'expression de Darcy était passée graduellement de l'optimisme à l'inquiétude.

— Tu n'as rien à dire ?

Il secoua la tête, essayant de trouver les mots. Mais son cerveau refusait de coopérer, le laissant éberlué, bouche bée, les yeux braqués sur elle. Après un instant, le visage de Darcy se referma.

— Je vois, fit-elle à mi-voix.

Elle se détourna, et Ridge sut avec une terrible certitude

que s'il la laissait s'éloigner il ne la reverrait jamais. Cela suffit pour rompre sa paralysie.

— Darcy, attends.

Elle leva les yeux, une lueur d'espoir en eux.

— Oui ?

— S'il te plaît, ne t'en va pas.

Un sourire réapparut au coin de ses lèvres.

— Tu es en train de me dire ce que je crois ?

Elle fit un pas en avant, et il tendit les bras pour l'attirer à lui, incapable de parler. Elle fit un autre pas et posa une main sur sa joue. Il pencha la tête pour savourer ce contact.

— Dis-le, murmura-t-elle, je veux t'entendre le dire.

Il ouvrit la bouche, mais avant qu'il puisse parler un hurlement suraigu s'éleva.

# 15

Ridge se rua en direction de la chambre du bébé. La porte n'était pas gardée et, en approchant, il vit l'agent de sécurité allongé par terre près d'un banc.

Il ouvrit la porte d'un coup d'épaule et, emporté par son élan, fit plusieurs mètres avant de s'arrêter. Flo se tenait dans un coin de la pièce, serrant le bébé contre elle. Dennis marchait sur elle d'un air féroce.

— Tu ne peux pas la prendre, hurla Flo. C'est mon bébé, elle ne t'appartient pas !

Sans se donner la peine de répondre, Dennis fit un nouveau pas vers elle, résolu à lui prendre Sara de force.

— Stop ! cria Ridge.

Dennis s'immobilisa au son de sa voix et jeta un coup d'œil derrière lui. Il écarquilla brièvement les yeux en voyant Ridge.

— Encore toi ? lança-t-il d'un air narquois. Je croyais t'avoir mis hors service.

— Laisse-les tranquilles, dit Ridge, ignorant ses sarcasmes. C'est fini. La police te recherche. Tu ne peux pas t'en tirer.

Dennis cessa d'avancer et une foule d'émotions passèrent sur son visage. Puis ses traits adoptèrent un masque déterminé.

— Si c'est le cas, peu importe ce que je fais, alors.

Quelque chose brilla dans sa main, et Ridge sentit son estomac se nouer en voyant le couteau.

Il se maudit silencieusement, sachant que son genou blessé le désavantageait. Dennis Hubbard n'avait plus rien à perdre, ce qui le rendait dangereux. Ridge devait trouver le moyen de l'expulser de la chambre sans mettre le bébé en danger.

Il décrivit un demi-cercle pour se mettre entre Flo et son père. Ce n'était pas suffisant, mais il pourrait au moins stopper Dennis s'il se jetait sur sa fille et sa petite-fille.

— Tu ne pourras pas toujours t'enfuir, dit-il.

— La police n'est pas encore là.

*Heureusement, Darcy est en train de l'appeler.*

— Tu peux t'échapper avant qu'elle arrive.

— Va te faire voir, lança Dennis.

Il tendit le cou pour tenter de voir Flo et Sara, mais Ridge lui bloquait la vue.

— Donne-moi le bébé, Flo, ordonna-t-il. C'est mieux comme ça.

— Non.

Malgré sa terreur, la voix de Flo était forte.

— Elle est à moi.

— Bon sang, petite !

Dennis se jeta en avant, avec l'intention de renverser Ridge pour atteindre le bébé. Mais celui-ci tint bon, les épaules carrées, prêt à encaisser le choc.

Dennis le heurta avec force et réussit à le repousser de plusieurs centimètres. Flo hurla. Sans la regarder, Ridge empoigna Dennis et lui enfonça l'épaule dans l'abdomen.

Ils glissèrent sur le sol carrelé, rivalisant pour avoir le dessus. Dennis abattit sauvagement sa main, et Ridge grogna en sentant le couteau entailler son dos.

Tête baissée, il poussa aussi fort qu'il put. Les semelles de ses bottes dérapaient sur le carrelage ciré, et il plia les jambes pour conserver l'équilibre. Mais son pied glissa, ce qui l'envoya bouler en même temps que Dennis. Il y eut un choc affreux quand la tête de Dennis heurta le carrelage, et le nez de Ridge s'écrasa sur le sternum de son adversaire.

Il lui fallut quelques secondes pour s'apercevoir que Dennis avait cessé de bouger. Il se releva, sentant des mains l'aider. Dennis gémit, sans essayer de se redresser. Ridge le contempla, hésitant à s'éloigner au cas où ce serait une feinte.

De petites taches rouges apparurent sur le T-shirt de Dennis et, avec un temps de retard, Ridge comprit qu'il saignait du nez. Ne sachant pas quoi faire d'autre, il se servit de sa manche de chemise pour étancher le sang. Elle était probablement fichue, de toute façon.

— Viens t'asseoir.

Darcy posa une main sur son bras.

— La sécurité va s'occuper de lui, et la police est en route. Il faut que je t'examine.

Elle le guida vers le lit, où il s'assit à côté de Flo, qui tremblait si fort qu'il craignit qu'elle ne lâche le bébé. Lentement, pour ne pas l'effrayer, il lui mit un bras autour des épaules et l'attira à lui. Elle se blottit contre lui avec un soupir frémissant, et ses tremblements se calmèrent peu à peu.

— J'ai cru qu'il allait me tuer, murmura-t-elle.

La compassion envahit Ridge, et il lui pressa l'épaule. Il ne savait que trop ce que c'était que d'être terrifié par son père. C'était un sentiment affreux, qu'aucun enfant ne devrait jamais éprouver.

— Il ne peut plus te faire de mal.

Ridge se pencha un peu en arrière pour qu'elle puisse voir les agents de sécurité maîtriser Dennis. Ils le firent asseoir, puis passer la porte, le soutenant de chaque côté.

— Merci, dit-elle, les yeux brillants de larmes.

— Inutile de me remercier, fit-il d'un ton bourru.

Simultanément, il aspira l'air entre ses dents, sentant Darcy tâter son dos. Flo écarquilla les yeux.

— Vous êtes blessé ! Oh ! mon Dieu, c'est grave ?

— Je vais bien, affirma-t-il.

Derrière lui, Darcy fit entendre un petit bruit de désapprobation, aussi le répéta-t-il avec plus de force. La dernière chose qu'il voulait, c'était que Flo soit encore plus bouleversée.

— C'est aussi difficile que ça de ne pas te mettre dans les ennuis ?

Ridge jeta un coup d'œil par-dessus son épaule et vit Sam, debout sur le seuil de la chambre, une expression déconcertée sur le visage.

— J'accomplissais juste la mission que tu m'as donnée, rappela-t-il à son frère. C'est pas ma faute si tu as raté l'action.

— Je ne dirais pas ça.

Sam fit le tour du lit pour se mettre face à Ridge et adressa un sourire gentil à Flo.

— Vous devez être la maman du bébé.

Se rapprochant un peu de Ridge, elle hocha la tête.

— Oui. Sara est ma fille.

Sam pâlit en entendant le prénom du bébé. Durant une brève seconde, Ridge vit le chagrin traverser son regard. Puis son frère cilla et se reprit.

— C'est un joli prénom, murmura-t-il, en lançant un coup d'œil à Ridge. Bon… Pendant que tu étais occupé ici, nous avons fouillé la maison.

— Vous avez trouvé quelque chose ?

Ridge se mordit la lèvre lorsque Darcy s'attaqua à une plaie particulièrement sensible. Sam acquiesça en regardant Flo.

— Apparemment, votre père allait vendre le bébé au plus offrant. Nous avons trouvé les noms et les numéros de téléphone de ses contacts. Certains n'étaient pas de la région, alors nous avons demandé au FBI de nous aider.

Elle secoua tristement la tête.

— Je n'arrive pas à croire que mon propre père voulait vendre mon bébé.

— Les gens feraient n'importe quoi par appât du gain, dit gentiment Sam. Mais le plus important c'est que vous et votre bébé soyez en sécurité, maintenant. Vous n'avez plus à craindre qu'on vous le vole.

Darcy rabattit le T-shirt de Ridge sur son dos.

— Il va te falloir des points de suture, annonça-t-elle. Allons dans la chambre d'à côté, je vais chercher ce qu'il faut.

Flo se raidit à ses côtés.

— Je ne serai pas loin, lui dit-il. Et Sam restera avec toi et Sara. Tu es vraiment en sécurité, maintenant.

Mais il faudrait sans doute du temps avant qu'elle le croie. Elle lui lança un regard timide et hocha la tête. Sentant son hésitation, Sam se rapprocha et adressa des roucoulements au bébé. La petite fille le regarda avec une intensité surprenante, le front plissé.

Ridge en profita pour quitter le lit, et Sam prit sa place sans cesser de s'adresser au bébé. Content de savoir qu'on s'occupait des filles, Ridge sortit de la chambre en boitillant et gagna la suivante.

Darcy referma la porte derrière eux et fit le tour du lit pour le rejoindre. Sans un mot, elle l'enlaça, caressant ses cheveux avec une gentillesse qui le fit soupirer. Ils restèrent ainsi plus d'une minute, et il sentit sa douleur diminuer.

— Tu m'as fait la peur de ma vie, murmura-t-elle. Quand j'ai vu Dennis te poignarder, j'ai cru que mon cœur allait s'arrêter.

Il sourit dans ses cheveux.

— Si ça peut te réconforter, je n'en menais pas large non plus.

— J'imagine.

Elle se dégagea lentement, laissant les mains sur ses cheveux.

— Il te faut vraiment des points de suture, dit-elle.

— C'est un petit prix à payer, répondit-il.

Elle secoua la tête, un petit sourire au coin des lèvres.

— Comment fais-tu ça ?

— Quoi ?

— Tu t'occupes de tout le monde autour de toi sans jamais penser à toi. Tu es l'une des personnes les plus altruistes que j'aie jamais connues.

Il gigota inconfortablement.

— Ce n'est pas vraiment…

Elle posa les doigts sur ses lèvres.

— Ne prends pas la peine de nier. Je sais ce que je vois.

Puis elle ôta sa main et la remplaça par sa bouche. Ridge ferma les yeux, s'abandonnant à sa douceur. Mais ce qu'elle avait dit le dérangeait un peu. Après un instant, il recula.

— Ne me mets pas sur un piédestal, lui dit-il. Je ne ferai que te décevoir.

Ses grands yeux bruns cherchèrent les siens.

— Si tu le dis…

Il hocha la tête.

— Je ne veux pas te donner une raison de me quitter encore.

— Crois-moi, il n'y en aura pas. Je ne vais nulle part.

Elle l'embrassa avec force. C'était un baiser possessif, avec lequel elle posait sa marque sur lui. Ridge le lui retourna avec enthousiasme. Après un instant, Darcy recula en souriant.

— Maintenant, laisse-moi m'occuper de ton dos.

Ridge attendit qu'elle se place derrière lui pour lui poser la question qui l'occupait.

— Tu vas vraiment rester ?

Il entendit le sourire dans sa voix.

— Je vais vraiment rester.

Quelque chose en lui s'apaisa.

— J'en suis heureux.

N'était-ce pas l'euphémisme de l'année ? Mais il n'avait jamais su exprimer ses sentiments. Comment aurait-il pu décrire le tourbillon de soulagement, d'excitation et d'impatience qui se levait en lui ? Comment pouvait-il lui parler de ses rêves d'avenir pour eux deux ?

À cet instant, Ridge prit conscience que ses craintes venaient du passé. Il devait se débarrasser de ses appréhensions, au risque qu'elles le rongent toute sa vie. Darcy lui avait demandé de lui faire confiance. S'ils devaient faire leur vie ensemble, il fallait qu'il lui obéisse.

Sa décision prise, il résolut d'abandonner ses peurs. Darcy et lui avaient un brillant avenir devant eux, et il avait hâte de l'accueillir.

Darcy finit de nouer le dernier point de suture et se redressa pour mieux embrasser du regard les blessures de Ridge. Dennis lui avait entaillé le dos en plusieurs endroits, mais la plupart des plaies étaient superficielles. Du moment que Ridge les tenait propres, elles guériraient sans problème. De même pour son nez. Dieu merci, il n'était pas cassé. Mais son genou, c'était une autre affaire. Son empoignade avec Dennis pouvait avoir aggravé les choses, aussi prit-elle mentalement note de lui faire passer un autre scanner. Mais avant toute chose elle voulait le reprendre dans ses bras.

Le voir se battre avec Dennis l'avait terrifiée. Tout ce

qu'elle avait pu faire, c'était regarder l'homme qu'elle aimait risquer à nouveau sa vie pour protéger le bébé. Un véritable cauchemar, qu'elle n'oublierait jamais.

Elle fit le tour du lit pour se placer face à lui. Il lui sourit, mais les marques au coin de ses yeux et de sa bouche indiquaient qu'il souffrait.

— Tu me promets une chose ?

Elle repoussa une mèche de cheveux sur son front, émue par leur douceur.

— Quoi donc ?

Sa voix était basse et grave, telle une caresse.

— Ne te mets plus jamais en danger comme ça.

— Je ferai de mon mieux.

Elle hocha la tête.

— C'est tout ce que je demande.

Elle se pencha pour l'embrasser. Mais avant qu'elle effleure sa bouche la porte s'ouvrit. Elle fit un petit bond en arrière, surprise par cette intrusion. Ridge lui mit les mains autour de la taille pour la stabiliser et se tourna vers la porte.

— Docteur Marrow, lâcha Ridge d'un ton froid.

Le cœur de Darcy s'emballa à la vue de son père. Il se tenait sur le seuil, survolant la pièce du regard.

— L'agent de police à côté m'a dit que je te trouverais ici.

Il s'adressait à Darcy, ignorant le salut de Ridge.

— Ridge avait besoin de points de suture, indiqua-t-elle en commençant à rassembler les emballages.

— Je vois.

Son père regarda Ridge de haut en bas, cherchant apparemment des signes de blessures. Puis il revint à Darcy.

— Tu as besoin de quelque chose ? reprit-elle.

Pourquoi était-il là ? Il n'était visiblement pas content de la trouver avec Ridge, mais tant pis. Il n'était plus question pour elle de se conformer aux attentes des autres. Ridge était son passé et son avenir, et ses parents devraient l'accepter.

— En fait, oui.

Clint Marrow fit la moue, comme s'il pesait ses paroles.

— J'ai parlé à tes collègues, et ils ont tous des choses très positives à dire sur toi.

— Ah bon ?

Darcy s'efforça de ne pas montrer sa perplexité. Était-ce un entretien d'évaluation ? Et, si oui, ne pouvait-il attendre ?

— Les patients te donnent aussi une note de satisfaction au-dessus de la moyenne, continua son père comme si elle n'avait rien dit. Et l'examen de tes cas indique que tu prends de bonnes décisions médicales.

— C'est agréable à entendre.

N'en viendrait-il pas au fait ? Elle jeta un coup d'œil à Ridge, mais il semblait aussi perdu qu'elle.

— Tout ça pour dire que tu serais un atout pour cet hôpital.

Darcy sentit sa peau la démanger quand elle eut absorbé les paroles de son père.

— Tu m'offres un poste ?

Il cilla devant la question.

— Eh bien, oui. Nous sommes terriblement à court de bras, et ce serait formidable si tu acceptais de rester.

Elle ne tenta pas de réprimer le large sourire qui s'étalait sur son visage.

— Oui.

— Je sais que tu as déjà un poste à New York, continua son père. Mais Granite Gulch est une ville en plein développement, et notre patientèle est en constante augmentation. Tu ne verrais pas, bien sûr, le même genre de traumatismes qu'à New York, mais je pense que tu t'apercevras que le travail aux urgences ici est un défi à la hauteur de tes compétences.

— Oui.

— Sans parler du fait que le coût de la vie est bien moindre qu'à New York. Ta qualité de vie serait meilleure si tu restais.

Darcy secoua légèrement la tête et adressa un sourire à Ridge, qui le lui rendit.

— Et bien sûr…, continua le médecin.

— Docteur Marrow, l'interrompit gentiment Ridge.

Son père s'arrêta de parler et le considéra, ayant visiblement oublié qu'il était dans la pièce.

— Oui ?

— J'ai déjà dit oui, papa, intervint Darcy. Tu n'as pas besoin de me faire l'article. J'adorerais rester ici.

— Oh…

Il rectifia son nœud de cravate et toucha le stéthoscope autour de son cou.

— Eh bien… c'est formidable. Ravi de l'entendre.

Il hocha la tête avec un sourire embarrassé.

— Excellent. Il faut juste que je mette la paperasse en route.

Il se dirigea vers la porte et fit halte sur le seuil.

— Ta mère…, commença-t-il, avant de s'interrompre.

Darcy se sentit immédiatement sur la défensive.

— Oui ?

Son père lui jeta un regard suppliant.

— Elle est malheureuse de votre dispute. Elle m'a demandé d'essayer d'arranger les choses avec toi.

Entre toutes les choses qu'il aurait pu dire, celle-ci était la plus inattendue.

— Je vois, fit-elle d'un ton neutre.

Clint baissa les yeux un moment, puis prit une profonde inspiration.

— Nous avons commis une erreur, Darcy, reprit-il enfin. Nous avons fait ce que nous croyions être le mieux pour toi à l'époque. Ce n'était pas bien, mais nous sommes des êtres humains faillibles.

Darcy n'en croyait pas ses oreilles. Elle n'avait jamais entendu son père s'excuser, et elle ignorait comment réagir. Une part d'elle avait envie de lui dire que tout allait bien, qu'ils devaient laisser le passé au passé. Une autre avait envie de se déchaîner et de lui rappeler les souffrances que sa mère et lui avaient causées. Elle regarda Ridge, essayant de deviner sa réaction à cette révélation. Mais son expression était indéchiffrable, comme s'il ne voulait pas l'influencer.

— Je ne suis pas la seule à qui maman et toi avez fait du mal, dit-elle enfin. Ridge est tout aussi victime de vos actes, et il mérite lui aussi des excuses.

— Tu as raison, répondit son père.

Il se tourna vers Ridge.

— Mon épouse et moi voudrions vous présenter nos excuses pour ce que nous avons fait. Nous n'aurions pas dû nous mêler de votre relation avec Darcy.

— Merci, dit simplement Ridge.

Clint Marrow hocha la tête.

— Ta mère et moi aimerions que tu viennes dîner demain soir. Tous les deux, ajouta-t-il vivement.

Darcy regarda Ridge, lui demandant silencieusement son avis. Il acquiesça.

— Ce sera volontiers, dit-il.

— Très bien.

Son père se tourna à nouveau pour partir, mais Darcy l'arrêta.

— Papa, l'appela-t-elle.

— Oui ?

Elle n'aurait probablement pas dû remuer davantage les choses, mais la curiosité l'emportait.

— Pourquoi vous excuser maintenant ? Ça fait dix

ans ; pourquoi maman et toi êtes-vous soudain désolés de ce que vous avez fait ?

Son père soupira et ses épaules s'affaissèrent un peu, le faisant paraître plus âgé.

— Nous avons eu une longue conversation l'autre jour, après votre dispute. Ta mère m'a dit des choses que j'ignorais jusque-là, et j'ai compris que des erreurs avaient été commises. Je savais que si nous n'essayions pas d'arranger les choses nous te perdrions pour toujours.

Le choc dut s'afficher sur le visage de Darcy, car son père sourit tristement.

— Tu croyais vraiment que nous ne t'aimons pas ?

Son premier réflexe fut de mentir, mais elle décida qu'il méritait la vérité. C'était la première conversation authentique qu'elle avait avec son père, et mentir pour épargner ses sentiments ne ferait que l'abîmer.

— Parfois, avoua-t-elle.

Il battit des paupières et baissa la tête.

— Il semble que ta mère et moi avons commis plusieurs erreurs, dit-il doucement.

Puis il releva les yeux et croisa son regard.

— Il est temps que nous commencions à les réparer.

Darcy ne put faire qu'un signe de tête, la gorge trop serrée pour parler. Son père quitta la pièce, refermant la porte derrière lui.

Elle resta immobile, essayant d'absorber ce qui venait de se passer. C'était presque trop beau pour y croire. Ses parents et elle n'avaient jamais été proches, et leurs relations ne s'étaient pas améliorées au fil des ans. Pendant très longtemps, elle avait supposé qu'elle était la seule à souffrir du manque de communication, mais il semblait qu'elle s'était trompée. Entendre son père avouer que sa mère et elle avaient commis des erreurs était une révélation. Cela lui donnait l'espoir que ses parents et elle puissent avoir enfin une relation digne de ce nom, surtout si elle restait à Granite Gulch.

Ridge lui toucha gentiment le bras, la sortant de ses pensées.

— C'était inattendu, dit-il.

— Sans blague.

Elle secoua la tête, toujours à court de mots.

— J'ai envie de leur pardonner, vraiment. Mais je ne peux pas oublier ce qu'ils ont fait.

Ridge la regarda pensivement.

— Je pense qu'il est temps de tourner la page, déclara-t-il. Il y a tant de choses qui nous attendent. Nous ne pourrons pas planifier notre avenir si nous revenons sans cesse au passé.

La vérité de ses paroles la frappa. Il avait raison, bien sûr. Elle devait se débarrasser de sa colère et sa déception, faute de quoi elle ne pourrait pas offrir à leur relation l'attention qu'elle méritait. En outre, si la tueuse de l'Alphabet leur avait appris quelque chose, c'était que la vie était trop courte pour la passer à ruminer.

Elle sourit et s'appuya contre lui pour l'embrasser, tenant son visage entre ses mains.

— Quand es-tu devenu aussi sage ?

— Tout ce que je sais, je l'ai appris de ma chienne, plaisanta-t-il.

— C'est vrai ?

L'humour disparut dans ses yeux lorsqu'il la regarda.

— Je ne te demande pas d'aller contre ton ressenti. Mais je pense que tu seras plus heureuse à long terme si tu essayes d'arranger les choses avec tes parents.

Darcy acquiesça.

— Je suis prête à faire une tentative. Mais je vais avoir besoin que tu me rappelles pourquoi je fais ça quand ma mère me portera sur les nerfs. Et elle le fera, ajouta-t-elle, en levant une main pour prévenir ses objections. Cette femme est tellement imbue d'elle-même que ça me donne la migraine.

— Fais un pas après l'autre, lui conseilla Ridge.

— Du moment que tu m'accompagnes.

Il sourit.

— Je crois que je vais boiter encore un moment, mais je serai là.

# 16

Il fallut à Ridge plus longtemps que prévu pour sortir de l'hôpital. Darcy avait insisté pour qu'il fasse réexaminer son genou, et malgré ses grommellements il avait été secrètement heureux de se laisser faire. Sa bagarre avec Dennis avait aggravé la douleur, et c'était un soulagement de découvrir que son articulation n'était pas plus abîmée.

— Ce sont les tissus mous qui ont été lésés, lui avait dit le spécialiste. Je vais vous prescrire des anti-inflammatoires et quelque chose pour la douleur. Allez-y doucement pendant quelques semaines et, si vous avez toujours mal, revenez me voir et nous parlerons physiothérapie.

Ridge avait acquiescé, soulagé d'apprendre qu'il n'aurait pas besoin d'une opération. Du moins, pas pour le moment.

Il était fin prêt à partir, mais Sam et Annabel lui avaient demandé une déposition. Ils avaient tenté de faire au plus vite, mais il avait tout de même fallu répondre à leurs questions. Le seul avantage était le fait que cette déposition enverrait Dennis en prison pour très longtemps.

Enfin, il avait obtenu le feu vert. Et maintenant qu'il était rentré chez lui il ne voulait plus jamais en ressortir.

Penny alla droit à son panier et tourna autour deux fois avant de s'allonger avec un soupir. Il sourit en l'entendant ; la journée avait été longue, et elle avait tout supporté en vraie professionnelle.

— On dirait que quelqu'un est content d'être à la maison, dit Darcy derrière lui, un sourire dans la voix.

— Nous le sommes tous les deux.

C'était vrai. Son petit chalet ne lui avait jamais paru aussi accueillant, malgré les traces de son dernier affrontement avec Dennis.

— Pourquoi ne t'assieds-tu pas ? suggéra Darcy. Je vais donner à manger à Penny. Ensuite je te préparerai quelque chose.

Son estomac gronda d'approbation, et elle se mit à rire.

— Je prends ça pour un oui.

Ridge se laissa tomber sur le canapé et ferma les yeux, inspirant l'odeur familière de son foyer. Il avait envie d'une douche, mais c'était si bon de rester assis une minute…

Tout à coup, Darcy le secoua gentiment pour le réveiller.

— Salut…

Elle lui sourit, la tête auréolée par la lumière de la lampe.

— Je te laisserais bien dormir, mais il faut que tu reprennes des forces.

Ridge secoua la tête, essayant de sortir de son hébétude.

— J'ai dormi combien de temps ?

— Quarante minutes seulement.

Elle s'assit près de lui et lui frotta l'épaule.

— Je t'ai laissé dormir le plus longtemps possible, mais la soupe refroidit.

Alors il le sentit, un arôme délicieux qui lui donnait des crampes d'estomac, tant il avait besoin de manger. Il avala plusieurs cuillérées d'affilée, ignorant la légère brûlure.

— Penny ? s'enquit-il entre ses bouchées.

Il se rappelait vaguement que Darcy avait parlé de nourrir la chienne.

— Je m'en suis occupée, le rassura-t-elle. Je lui ai donné sa pâtée pendant que je réchauffais la soupe. Elle dort déjà.

Il lui jeta un coup d'œil et sourit en voyant sa coéquipière sur le dos. Elle ronflait doucement, signe qu'elle était détendue.

— Merci, dit-il.

— Tout le plaisir était pour moi.

— Et toi ?

Darcy se pencha en avant pour attraper un bol de soupe sur le plateau. Ridge ralentit le rythme, et ils prirent leur repas dans un silence amical, regardant le soleil sombrer derrière la ligne des arbres. C'était si bon de l'avoir à côté de lui. Pour la première fois depuis des années, Ridge se sentait en paix. Comme si Darcy avait comblé un vide dans son âme, faisant de lui un homme entier. Il aurait aimé pouvoir rester ainsi pour toujours – juste la femme qu'il aimait, la chienne et lui.

Darcy semblait aussi y prendre plaisir. Elle poussa un soupir de satisfaction et se blottit contre lui, posant la tête sur son épaule. Ils demeurèrent ainsi un moment, respirant à l'unisson. Heureux d'être ensemble, de partager leur chaleur corporelle.

Il était délicieusement conscient des courbes de Darcy, tandis qu'ils regardaient le ciel passer d'un orange incandescent au corail, puis au bleu froid. Des points de lumière vacillèrent dans les arbres lorsque les lucioles se réveillèrent. Ridge ne pouvait imaginer spectacle plus parfait pour leur première soirée ensemble.

Enfin, Darcy remua.

— Comment te sens-tu ? demanda-t-elle calmement.

Il changea de position pour essayer son genou, son dos et tout ce qu'il y avait entre.

— Je vais survivre.

— Ravie de l'apprendre.

Elle posa à nouveau la tête sur son épaule, avec un abandon qui lui réchauffa le cœur. Il avait envie de rester ainsi pour toujours, mais son mouvement avait réveillé ses douleurs, et son corps réclamait à grands cris le réconfort d'une douche brûlante. Alors il remua encore. Elle le sentit et se redressa.

— Tu as mal ?

Il hocha la tête. Le fait qu'il n'ait pas à expliquer ce qu'il éprouvait ne faisait que souligner leur attachement.

— Je vais prendre une douche rapide.

— Un bain, ça vaudrait mieux. Il faut garder tes points au sec.

Il avait oublié cela et fut momentanément déçu d'être privé du pouvoir restaurateur de la douche. Mais tremper dans un bain était presque aussi attirant. Cela l'aiderait à se détendre.

Se levant avec effort du canapé, il hésita, incertain de la suite. Qu'allait faire Darcy ? Ils n'en avaient pas parlé sur le trajet. Allait-elle passer la nuit chez lui ou n'était-elle venue que pour s'assurer qu'il rentrait sain et sauf ? Il n'avait pas envie qu'elle s'en aille, mais il ne voulait pas non plus lui mettre la pression si elle n'était pas prête.

À dire vrai, il était plus intéressé par sa compagnie que par la perspective de faire l'amour. Non qu'il ait l'intention de refuser si elle le lui proposait. Être auprès d'elle était tellement merveilleux qu'il n'était pas prêt à la laisser partir, ne serait-ce que quelques heures. Au temps pour son indépendance d'adulte – Darcy et lui ne se revoyaient que depuis quelques jours, et il était déjà complètement accro à elle.

Darcy se leva également et fourra les mains dans ses poches, apparemment aussi embarrassée que lui.

— Euh… Tu as besoin d'aide ?

Elle rougit légèrement et écarquilla les yeux.

— Je me disais qu'avec ton genou…

Elle joignit le geste à la parole.

— Ça va, dit-il, en se penchant pour l'embrasser avec

douceur. Je crois que je peux me débrouiller seul, mais je ne refuserais pas ton aide.

Sur ce, il tourna les talons et s'en fut en boitillant vers la salle de bains, laissant Darcy se décider seule. S'il était resté, il aurait été tenté de la convaincre de l'« aider ». Mais il voulait que Darcy vienne à lui parce qu'elle était prête, non parce qu'il le lui demandait. Dix ans auparavant ils étaient aussi intimes qu'on pouvait l'être, mais le temps avait passé, et il aurait été idiot de s'imaginer reprendre les choses où ils les avaient laissées. Ils allaient devoir retrouver le chemin de l'intimité, et s'il était impatient de découvrir les nouveaux mystères de Darcy il voulait aussi savourer le parcours.

La baignoire était située au fond de la salle de bains, sous une grande fenêtre. Depuis qu'il vivait en bordure de la ville, Ridge ne s'inquiétait pas de préserver son intimité. Mais maintenant que Darcy était dans sa vie il lui faudrait accrocher un rideau. C'était un aménagement parmi de nombreux autres à réaliser, petits et grands, pour s'adapter à sa présence dans sa vie. Cela ne l'effrayait pas. Il était plutôt excité de faire tout cela avec Darcy à ses côtés.

Il lui fallut plusieurs minutes pour remplir la baignoire. En attendant, Ridge se dépouilla de ses vêtements et les jeta dans un coin de la salle de bains. Il s'occuperait du linge plus tard. Pour l'instant, le bain était la priorité.

La vapeur s'élevait en spirale et bientôt la pièce eut l'air d'un sauna. Il entra prudemment dans la baignoire et tressaillit un peu en se mettant à l'eau. Les plaies sur son dos picotèrent, mais c'était une brûlure bienfaisante. Il allongea les jambes et se félicita d'avoir investi dans une grande baignoire.

Au bout d'un instant, il se renversa en arrière, gardant son épaule au sec. Grâce à la chaleur, son cerveau se vida, le laissant agréablement détaché. C'était une sensation merveilleuse, après la folie des derniers jours. Une image de la petite Sara lui traversa l'esprit, mais il la repoussa. Il ne voulait pas penser au bébé maintenant. Il y aurait du temps pour ça plus tard.

Il y eut un doux mouvement de l'autre côté de la porte, et il se figea, se sentant comme un lapin à découvert. Darcy allait-elle le rejoindre, après tout ? Ou allait-elle seulement lui dire au revoir à travers la porte ? Son pouls s'accéléra et ses muscles se tendirent d'anticipation.

La poignée de la porte bougea légèrement, puis se mit à tourner. Ridge retint son souffle, osant à peine y croire. Il se força à rester immobile, de crainte que Darcy ne change d'avis.

Mais non. La porte s'ouvrit silencieusement, et elle se tint sur le seuil, éclairée par la lumière du couloir. Il lui fallut une seconde pour accommoder, mais lorsqu'il vit mieux sa bouche s'assécha.

Elle portait une de ses chemises en flanelle, à carreaux rouges et noirs. Elle n'avait jamais eu l'air aussi jolie. L'encolure dénudait une de ses épaules, et la chemise s'ouvrait sur sa poitrine en un V profond. Ridge suivit du regard le vêtement jusqu'à mi-cuisse, là où les pans s'écartaient. Darcy avait défait sa queue-de-cheval, et des cascades de boucles auburn pendaient librement sur ses épaules, encadrant son visage et faisant ressortir ses pommettes. Ce style décontracté la faisait paraître plus douce, plus chaleureuse. Les paumes de Ridge le démangeaient de plonger les doigts dans ces mèches soyeuses, et il serra les poings pour ne pas lui tendre les bras sur-le-champ.

— Salut, dit-elle calmement.

Elle avait l'air timide, et Ridge se félicita d'avoir la taille sous l'eau. Si Darcy s'apercevait de l'envergure de son désir, elle s'enfuirait probablement. Il devait apparaître calme et confiant, pas comme un adolescent en rut.

— Salut, toi, répondit-il, les mots sortant un peu écorchés.

Il s'éclaircit la gorge et fit une autre tentative.

— Tu t'es changée.

Elle sourit, ce qui fit apparaître ses fossettes.

— Je voulais être à l'aise. J'espère que ça ne t'ennuie pas.

Il rit, un bruit étranglé plein d'admiration et d'émerveillement.

— Pas du tout. Tu n'as jamais été aussi belle.

Darcy baissa le regard et tâta l'ourlet de la vieille chemise. Elle le releva un peu, et Ridge ne put détourner le regard. Le bord du vêtement remonta sur sa jambe nue, de plus en plus haut… Elle le laissa retomber, et son regard vola vers son visage. Elle le taquinait !

— Ce n'est pas très gentil de ta part, grommela-t-il.

Elle se contenta de rire, un son musical qui fit gonfler son cœur. Il se pencha en avant pour attraper le savon et se mit à se savonner la poitrine. Quand il jeta un coup d'œil à Darcy, il vit que ses yeux étaient braqués sur ses mains. Une bouffée de satisfaction l'envahit : ils pouvaient être deux à jouer à ce jeu-là. Il ralentit délibérément ses mouvements, savourant la manière dont l'excitation agrandissait les prunelles de Darcy. Elle fit un pas de plus, et il eut envie de hurler de triomphe. Mais il resta silencieux, profitant de cet envoûtement.

Son corps se réchauffait d'une manière qui n'avait plus rien à voir avec l'eau. Le regard de Darcy était plus efficace que n'importe quel médicament, il lui ôtait la douleur et lui donnait l'impression d'être Superman. C'était presque trop beau pour être vrai, et c'était avant même qu'elle le touche. Comment serait-ce quand il sentirait sa peau contre la sienne ?

Il voulait y aller doucement, savourer le moment, chérir chaque regard, chaque soupir. Mais son corps réclamait à grands cris le soulagement que lui procureraient ses mains.

Darcy semblait aussi à bout de patience. Elle pénétra dans la salle de bains et referma la porte du pied. Même s'il n'y avait personne dans la maison, cette intimité accrue lui donna un petit frisson. Il déglutit avec force lorsqu'elle s'avança. Sa maîtrise de lui-même livrait un combat perdu d'avance et plus Darcy s'approchait, plus il lui était difficile de rester assis dans la baignoire sans l'attirer dedans avec lui.

Darcy s'arrêta au bord de la baignoire et le contempla, le parcourant du regard de la pointe des pieds jusqu'au sommet du crâne. Ridge se força à rester immobile, la laissant regarder tout son content. Ce serait bientôt son tour. Finalement, elle croisa son regard.

— Tu es plus grand que je ne m'en souvenais, déclara-t-elle.

Elle rougit joliment, ce qui fit affluer tout le sang disponible dans son entrejambe.

— C'est la chose la plus gentille que tu m'aies jamais dite, répliqua-t-il d'un ton traînant, ce qui lui valut un rire de Darcy.

— Tu sais ce que je veux dire, fit-elle en désignant son corps. Tu es plus grand, et tes épaules sont devenues plus massives.

— C'est tout ? questionna-t-il d'un ton suggestif.

Elle se mordit la lèvre.

— Il faudra que j'évalue le reste plus tard.

Sa bouche s'assécha et il ne put que hocher la tête.

— Alors…

Darcy le regarda encore de bas en haut. Sa bouche s'incurva et ses yeux étincelèrent.

— Tu veux que je te lave le dos ?

C'était l'invite la plus sexy qu'il avait jamais entendue,

et pendant une fraction de seconde il perdit la capacité à s'exprimer. Avec un grand sourire, il ouvrit les bras :

— Je pensais que tu n'allais jamais me le demander.

Darcy ne pouvait détacher les yeux de Ridge. Les pleins et les déliés de son corps constituaient un véritable spectacle. L'eau clapotait à chacun de ses mouvements, floutant ses contours, mais ne diminuant en rien sa taille.

Elle tâta les boutons de sa chemise, sachant qu'il fallait qu'elle l'enlève. Mais quelque chose la retenait encore. Elle savait que dès qu'elle le rejoindrait dans la baignoire ce serait fini – car son désir d'elle était évident. Et elle n'avait pas encore terminé de le regarder. Cela faisait si longtemps qu'elle ne l'avait pas vu. Elle avait oublié combien c'était agréable de le contempler. Il était très grand, mais ses mouvements étaient si gracieux. Une promesse de puissance tenue en laisse. Se fatiguerait-elle un jour de le regarder ?

Ridge leva le savon, un sourire sexy sur les lèvres.

— Tu as changé d'avis ?

Son ton était léger, mais elle vit une lueur de vulnérabilité dans ses yeux. Cela la choquait toujours de prendre conscience que, malgré la confiance qu'il affichait, Ridge était une âme sensible. Mais Darcy était surtout émue qu'il lui donne l'opportunité de se dédire.

— Jamais de la vie. Je me demande seulement comment entrer dans ce truc sans trébucher. Elle est énorme !

Avec un rire dans les yeux, il lui répondit :

— C'est ce que tous les hommes rêvent d'entendre.

Elle grogna.

— Depuis quand ton sens de l'humour est-il devenu aussi puéril ?

Il pencha la tête de côté, méditant la réponse.

— Quand est-ce qu'il ne l'était pas ?

— Bonne réponse.

— Viens, Darcy, l'encouragea-t-il. L'eau est à la bonne température.

Son expression devint sérieuse, ses yeux noirs se firent attirants.

— Et tu sais que je ne te laisserai pas tomber.

Elle frémit à cette promesse, y reconnaissant une vérité toute nue. En une fraction de seconde, ils étaient passés du flirt aux choses sérieuses. Ils savaient tous deux que cette affirmation allait bien au-delà de la baignoire.

— Je suis prête.

Et c'était vrai aussi, à tant de niveaux différents. Elle était prête à oublier les blessures et les déceptions du passé, prête à commencer une nouvelle vie à Granite Gulch. Prête à faire de ses rêves une réalité avec Ridge à ses côtés.

Elle déboutonna sa chemise en un temps record et la laissa tomber par terre. Puis elle lui prit la main et pénétra dans la baignoire, s'asseyant dans l'eau chaude, entre les bras de Ridge. Il s'allongea, l'entraînant avec lui, de sorte qu'elle avait le dos contre sa poitrine. Ses bras l'encerclèrent et il poussa un profond soupir.

Darcy se détendit, tous les muscles liquéfiés par cet enlacement tiède. Et ils restèrent ainsi, elle ne sachant plus où finissait son corps et où commençait le sien.

Elle le sentit presser contre le bas de son dos, mais il ne fit rien pour changer de position. Après un moment, elle soupira.

— Je croyais que j'allais t'aider à te laver.

Son rire vibra dans sa poitrine, dans son dos.

— On a tout le temps.

— Pas tout le temps, sinon l'eau va refroidir.

— C'est vrai.

Il parut pensif.

— Alors je suppose qu'il faut s'y mettre.

Sans se redresser, il prit le pain de savon et s'en enduisit les mains. Puis il les plaqua sur son ventre et commença à savonner sa peau.

Elle retint son souffle tandis qu'il passait de son ventre à ses seins. Il traça des cercles paresseux sur sa peau, envoyant des éclairs de sensations dans ses membres.

Elle arqua le dos, cherchant son contact. Sa caresse légère déclencha une tempête de désir en elle, mais fit peu pour le satisfaire. Elle voulait davantage et son corps bougeait nerveusement contre le sien, cherchant instinctivement la satisfaction que lui seul pouvait lui offrir.

Ridge écarta les mains sur son torse, la maintenant en place.

— Patience, murmura-t-il, avec une haleine brûlante. Contente-toi de sentir.

— Je veux…

Elle ne finit pas sa phrase, incapable de mettre des mots sur ses sensations. Mais cela ne semblait pas avoir d'importance.

— Je sais, l'apaisa Ridge. Bientôt.

Darcy s'abandonna à son étreinte. Ses mains la parcoururent, la touchant partout, submergeant ses sens. C'était une torture exquise, dont elle aurait voulu qu'elle ne s'arrête jamais.

Ils perdirent la notion du temps en s'explorant mutuellement. Darcy avait une incroyable impression de déjà-vu. Le corps de Ridge lui était si familier, et pourtant c'était comme si elle le touchait pour la première fois.

Elle ne sut pas combien de temps ils restèrent dans l'eau. Quelque part en chemin, sa lucidité prit congé, la laissant dans un état de pure sensation. Elle enregistra faiblement que Ridge l'aidait à sortir de la baignoire. Ils se séchèrent mutuellement avec de grandes serviettes moelleuses. Puis il la guida vers sa chambre.

— J'aimerais pouvoir te porter, dit-il tristement.

C'était une idée romantique, mais Darcy ne voulait pas que sa blessure se réveille.

— Épargne ton genou, murmura-t-elle en admirant le jeu de lumière sur ses muscles tandis qu'il retirait le dessus-de-lit.

— La prochaine fois, promit-il.

Darcy frissonna. Il y aurait une prochaine fois. Beaucoup d'autres fois. Il y avait quelque chose de si libérateur dans cette pensée. Cela remplissait son cœur de joie et lui donnait en même temps un sentiment de sécurité inconnu jusque-là. Ridge était son foyer, son havre, sa famille.

Elle le poussa gentiment jusqu'à ce qu'il s'allonge de tout son long. Alors elle le rejoignit et s'enroula autour de lui, en prenant soin d'éviter son genou. Lentement, elle se redressa, puis s'abaissa avec un soupir de complétude. La respiration de Ridge fit écho à la sienne, mais il se figea soudain et ses doigts se plantèrent dans ses hanches.

— Je ne porte pas de…

— Chut, le rassura-t-elle. Je prends la pilule.

Il se détendit.

— Ce n'est pas que je ne veux pas…

— Je sais, l'interrompit-elle. Mais pas tout de suite.

— Exactement. Je suis tellement content qu'on soit sur la même longueur d'onde.

— Ridge ?

Darcy roula les hanches dans un mouvement qui le fit renverser les yeux en arrière.

— Oui ? dit-il d'une voix étranglée.

— On parlera après.

Il gémit un oui tandis qu'elle accélérait le rythme.

# 17

*Deux semaines plus tard…*

Ridge coupa le moteur, mais ne descendit pas tout de suite de voiture. Il avait remis cette visite aussi longtemps que possible, et maintenant que l'heure était venue il éprouvait encore plus de réticence.

Mais il devait à ses frères et sœurs de parler à Matthew et d'obtenir son indice. Le vieux était résolu à jouer à son petit jeu et, comme c'était le seul moyen de savoir où se trouvait le corps de leur mère, Ridge et eux étaient forcés de jouer aussi.

Mais ça ne voulait pas dire qu'il y prendrait plaisir.

Après un long moment, il sortit du pick-up. Autant en finir. Plus tôt il entrerait, plus tôt il pourrait revenir à Darcy. Elle était restée au chalet, s'affairant en cuisine. Flo allait venir dîner avec la petite Sara, et il avait hâte de les revoir. Ce serait le rayon de soleil de sa journée : tenir à nouveau la petite fille dans ses bras.

Mais d'abord il devrait prendre une douche brûlante pour se débarrasser de cette visite. Pas question de contaminer son innocence avec le mal ténébreux de son père.

Il ne fallut pas longtemps pour passer les contrôles. Ils l'attendaient, après tout. Il inscrivit son nom, passa à travers un détecteur de métaux et suivit un gardien dans une série de corridors. Les couloirs étaient larges et peints en blanc, et pourtant Ridge se tendait à mesure qu'ils s'enfonçaient dans la prison. Il avait tellement l'habitude d'être dehors. L'absence de fenêtres le déprimait et le rendait légèrement claustrophobe.

Enfin, le gardien s'arrêta devant une porte et l'ouvrit, faisant signe à Ridge d'entrer. Le moment était arrivé. Il fallait le faire.

Il inspira profondément, l'estomac noué. Il n'avait pas revu Matthew depuis vingt ans, et durant ce temps il avait fait de son mieux pour oublier son visage. Le reconnaîtrait-il ?

Il allait s'en rendre compte tout de suite. Il contourna le gardien en lui faisant un signe de tête.

— Prenez le temps qu'il vous faut, dit l'homme.

Ridge ne répondit pas. S'il avait son mot à dire, cette visite durerait le moins longtemps possible.

La pièce était un rectangle étroit, divisée en box individuels par des parois. Des combinés téléphoniques noirs étaient fixés à la paroi de verre incassable séparant les box de la salle. Ridge étant la seule personne présente, il avait le choix pour s'asseoir. Il choisit le siège le plus proche de la porte, afin de pouvoir partir rapidement.

Après un instant, une porte s'ouvrit dans la salle adjacente, et un gardien entra, suivi d'une mince silhouette aux cheveux blancs.

Les années n'avaient pas été tendres envers Matthew. Pas plus que le cancer. Sa stature autrefois puissante était devenue squelettique, et il avait une démarche traînante, indiquant qu'il souffrait à chaque pas. Ridge le regarda approcher avec un curieux détachement. Si cela avait été quelqu'un d'autre, cette image de la maladie aurait éveillé sa compassion. Mais malgré ses efforts il ne ressentait aucun chagrin à la vue du déclin manifeste de son père.

Matthew s'assit avec un tressaillement. Puis il leva la tête et regarda Ridge en face pour la première fois, de ses yeux bleus plein de rage. Était-il en colère contre le cancer qui le tuait ou parce qu'il allait mourir en prison ? Ridge l'ignorait. Mais il s'en fichait. La vie de Matthew s'était toujours nourrie de haine. Pourquoi sa mort devrait-elle différente ?

La main osseuse de Matthew décrocha le téléphone. Ridge prit le sien et eut aussitôt un aperçu de sa respiration laborieuse.

— Ridge.

— Matthew.

La bouche de l'homme se déforma en un sourire cruel.

— Tu ne m'appelles pas *papa* ?

Ridge fit mine de réfléchir à la question.

— Non. Je ne pense pas.

Matthew plissa les yeux, mais ne montra pas d'autre signe de déplaisir.

— Eh bien, quel dommage, dit-il de sa voix traînante. Je croyais que j'allais avoir une conversation avec mon fils. Mais si ce n'est pas le cas mieux vaut que je retourne en cellule.

Il haussa les sourcils en signe de défi, et Ridge serra les dents.

*Joue son jeu,* se dit-il. *Laisse-le croire qu'il gagne.* Cela le rendait physiquement malade d'apaiser ce monstre, mais il devait obtenir l'indice afin que sa mère repose en paix.

— Ce ne sera pas nécessaire, lâcha-t-il, les dents serrées. Papa, ajouta-t-il en s'étranglant presque sur le mot.

Matthew hocha la tête d'un air triomphant.

— C'est mieux.

Ridge ne se donna pas la peine de répondre. Après un instant, Matthew remua sur son siège.

— Rappelle-moi ce que tu fais dans la vie ?

La question hérissa Ridge.

— Ça ne fait pas partie du marché.

Même s'il était impossible que Matthew sorte de prison, Ridge ne voulait pas qu'il connaisse les détails de sa vie.

— Gardien ! appela Matthew d'une voix étonnamment forte.

Le gardien pénétra dans la salle et Matthew dévisagea Ridge en une question silencieuse. Après une seconde d'hésitation, celui-ci inclina la tête. Matthew jeta un coup d'œil par-dessus son épaule.

— Ce n'est rien. Je n'ai pas encore besoin de vous.

L'homme fronça les sourcils et considéra Ridge, qui haussa les épaules en guise d'excuse. Matthew attendit que la porte se referme avant de se tourner vers Ridge.

— Alors ?

Ridge s'ordonna de desserrer les dents.

— Je fais partie de l'équipe de recherche et de sauvetage.

Quelque chose d'affreux passa dans le regard de Matthew.

— Tu t'imagines pouvoir retrouver le corps de ta mère ?

— Oui.

Ridge refusait de penser à l'échec. Ils retrouveraient Saralee et l'enterreraient convenablement. Il n'y avait pas d'autre option. Un petit sourire flotta sur le visage de Matthew.

— C'est ce qu'on verra, murmura-t-il.

La conversation avait assez duré.

— Je crois que tu as quelque chose pour moi ?

— En effet.

Matthew se redressa, puis commença à tousser. Ridge prit son mal en patience tandis qu'il haletait et se raclait la gorge. Quand ce fut fini, Matthew s'essuya la bouche, laissant une fine trace de sang sur ses lèvres pâles.

— L'indice ? le pressa Ridge.

— *B*.

Il fronça les sourcils.

— *B* ?

— C'est ça, dit Matthew.

Ça n'avait aucun sens.

— La lettre B ?

— Oui.

Ridge l'ajouta à la courte liste d'indices qu'ils avaient déjà : *Texas. Colline. B.* Il retourna les mots dans son esprit, cherchant un lien. Était-ce le nom d'une ville ? D'une entreprise ? D'un des amis de Matthew ? Rien ne lui vint.

La frustration l'envahit devant l'inutilité de cette visite. Matthew allait-il vraiment leur dire où se trouvait Saralee ? Après tout, ils ne pourraient rien s'il ne tenait pas sa part du marché. Il allait mourir en prison. Que pouvait-il lui arriver de pire ?

— Tu n'as pas l'air content, lâcha Matthew.

Ridge ravala une dizaine de répliques cinglantes, sachant qu'il devait se montrer poli s'il espérait tirer davantage de l'homme.

— La lettre B, ce n'est pas vraiment un indice.

— Oh mais si, dit Matthew avec une note de fatuité. Plus que suffisant si tu fais preuve d'intelligence. Il suffit de penser comme moi.

Ridge devait avoir pris un air horrifié, car Matthew se mit à rire, un son rauque et discordant qui lui arracha une autre quinte de toux, celle-là plus longue que la première. Finalement, il essuya les larmes d'hilarité dans ses yeux bleus.

— C'est ça, fils, reprit-il d'un ton dur. Tu vas devoir entrer dans ma tête pour retrouver un jour ta maman.

— Tu es répugnant.

Ridge ne fit pas mine de cacher sa réaction. Il était clair que Matthew n'allait rien lui donner d'autre, pas à lui en tout cas. Peut-être qu'un de ses frères aurait plus de chance. Trevor, par exemple. C'était l'œuvre de sa vie de comprendre des monstres comme Matthew, et il savait comment leur parler. Avec un peu de chance, il réussirait à tirer les vers du nez au vieux. Ce n'était pas une compétence que Ridge lui enviait.

— C'est possible, répliqua Matthew. Mais c'est mon sang qui court dans tes veines, ne l'oublie pas. Que ça te plaise ou non, je suis ton père. Je fais partie de toi et j'en ferai toujours partie.

Ridge secoua la tête, repensant à ses journées et ses nuits avec la petite Sara. S'occuper d'un bébé l'avait aidé à éclaircir une chose : la paternité était bien davantage que des gènes.

— Tu n'es pas mon père. Tu n'es rien de plus qu'un donneur de sperme.

Se levant, il laissa tomber le récepteur sur son berceau et, ignorant les protestations étouffées de Matthew, tourna les talons, décidé à le laisser pourrir seul.

Annabel repoussa sa chaise et se permit un bâillement à s'en faire craquer la mâchoire. Elle s'était levée à l'aube, puis était revenue chez elle parcourir les piles de courrier que Trevor avait déposées.

Son frère aîné avait paru réticent à se séparer des lettres.

Elle s'était efforcée de ne pas le prendre pour elle – aucun de ses frères n'était satisfait de son choix de carrière, mais elle était douée dans ce qu'elle faisait, même eux devaient le reconnaître. Pourtant, ils essayaient toujours de la protéger de ce qu'ils considéraient comme le côté le plus sale des choses.

Elle savait que Ridge avait proposé de le faire à l'origine, mais il méritait un peu de repos. Il s'était montré encore plus taciturne que d'habitude après sa visite à la prison. Annabel ignorait si c'était quelque chose que Matthew avait dit, ou si c'était simplement de l'avoir vu, mais il n'avait pas besoin de s'embêter avec le courrier des fans de Matthew. En outre, Darcy et lui étaient comme des adolescents amoureux, et Annabel ne voulait pas faire de l'ombre à leur bonheur. Ridge était resté si longtemps seul, c'était agréable de le voir sourire.

Elle repoussa une pile de lettres et en tira une autre à elle. Trier ce courrier était plus dur qu'elle ne l'avait imaginé. Ce n'était pas le contenu en lui-même – bien qu'il soit déjà assez mauvais. Non, c'était la preuve tangible que des tas de gens l'admiraient assez pour faire l'effort de lui écrire. Et combien d'autres le considéraient-ils comme un héros sans se donner la peine de prendre la plume ? Cela l'inquiétait vraiment quant à l'état de l'humanité.

Ses yeux brûlaient de fatigue, mais elle ne s'interrompit pas. Elle avait une réunion avec son patron prévue dans une heure, et elle voulait lui faire part de ses progrès. Si elle découvrait quelque chose, cela aurait un effet immédiat sur l'enquête.

Heureusement, la tueuse de l'Alphabet n'avait pas fait d'autre victime. La police avait donné plusieurs conférences de presse pour informer la population que les femmes aux longs cheveux bruns devaient se montrer extrêmement prudentes, et il semblait que le message soit passé. Annabel avait vu des femmes marcher en groupe à Granite Gulch, et elle en connaissait personnellement plusieurs qui portaient maintenant une perruque en public. C'était scandaleux que les gens doivent modifier leurs habitudes pour leur sécurité, mais c'était un petit prix à payer s'il s'agissait de prévenir leur mort.

Bien sûr, si la tueuse de l'Alphabet se terrait, il serait beaucoup plus difficile de l'arrêter. Mais Annabel n'abandonnerait pas. Elle veillerait à ce que cette affaire soit bouclée, quoi qu'il en coûte.

Avec un soupir, elle déplia une autre lettre et commença à la lire. Elle lui parut familière, et lorsqu'elle arriva au bout elle comprit pourquoi. Ce qu'elle avait d'abord pris pour une tache d'encre était en réalité une cible grossièrement dessinée.

Un frisson la parcourut, chassant sa fatigue. Elle se redressa et relut la lettre, en prêtant davantage attention à l'écriture. Était-ce la même que celle de l'autre lettre ?

Elle repoussa les piles de papiers, cherchant frénétiquement la photocopie que Trevor lui avait donnée pour comparaison. L'excitation la saisit quand elle se rendit compte qu'elle avait probablement découvert la fameuse aiguille dans une botte de foin.

Finalement, elle trouva la feuille et la tint près de l'autre. Un large sourire s'étala sur ses traits lorsqu'elle constata qu'il s'agissait bien de la même écriture. Mais le meilleur de tout ? La lettre était signée. De *Regina Willard*.

— Je t'ai eue, murmura Annabel.

Ils avaient maintenant une piste solide, après des semaines de suppositions et d'indices circonstanciels.

Elle fourra la lettre et la photocopie dans l'enveloppe originale, notant avec un petit choc l'adresse de l'expéditrice dans le coin supérieur gauche. *Blackwood*. C'est-à-dire la ville voisine.

— Tu étais là tout le temps, hein ?

C'était presque trop beau pour être vrai : le nom et l'adresse de la tueuse. Annabel jeta un coup d'œil à sa montre. Il était encore tôt, mais la nouvelle était trop excitante pour rester assise. Prenant ses clés et son téléphone, elle sauta dans sa voiture et appela Trevor en conduisant.

*J'arrive, Regina,* pensa-t-elle en accélérant pour griller un feu orange. *Tu peux fuir, mais tu ne peux plus te cacher.*

Retrouvez prochainement,
dans votre collection

# BLACK ROSE

**Trompeuse apparence, de R. Barri Flowers - N°767**

ENQUÊTES DANS LE PACIFIQUE – 2/4

Troublé, Dex Adair observe la photo que sa supérieure de la DEA lui présente. Se peut-il vraiment que cette femme au visage d'ange ait pris la succession de son mari, un trafiquant de drogue mort accidentellement quelques mois plus tôt ? Quoi qu'il en soit, il a bien l'intention de le découvrir et, pour cela, il est prêt à tout : même à se faire embaucher comme pianiste dans le luxueux hôtel de la séduisante veuve…

**Les infiltrés de Houston, de Barb Han**

« Travailler avec toi me manque. » Surprise, Ree fixe Quint. Manifestement, il est en train de lui proposer de collaborer avec lui sur sa prochaine enquête… Hésitante, elle réfléchit. Certes, se faire passer à nouveau pour sa femme est une idée séduisante et elle ne peut nier son attirance pour Quint. Mais est-elle réellement prête à se déguiser encore en barmaid et à affronter les pires dangers pour infiltrer un trafic de drogue ?

---

**Un refuge si fragile, de Denise N. Wheatley - N°768**

*Marquée jusque dans sa chair…* Chaque jour, chaque nuit, Lena revit le moment où le tueur qu'elle traquait a réussi à la piéger. Dans sa mémoire, les images se télescopent : le couteau sur sa poitrine. La fuite éperdue… Et le retour dans sa ville natale où elle s'est réfugiée auprès de David, son premier amour. Mais elle sait que le criminel la cherche et qu'elle va devoir l'affronter à nouveau avant qu'il ne fasse de nouvelles victimes…

**Soupçonnée à tort, de Kayla Perrin**

En quittant Sheridan Falls, huit ans plus tôt, Shayla ne comptait pas revenir, mais la maladie de sa mère l'y a contrainte. Aujourd'hui, rien n'a changé depuis le jour où deux de ses amies ont été assassinées. Les mêmes soupçons pèsent sur elle, les menaces pleuvent… Anéantie, elle décide d'élucider l'affaire et contacte Tavis Saunders. Tavis, devenu garde du corps. Tavis, dont elle est toujours secrètement amoureuse…

Retrouvez prochainement,
dans votre collection

# BLACK ROSE

**Enquête à Whiskey Gulch, d'Elle James - N°769**

Pour retrouver sa sœur Jasmine, enlevée par un clan mafieux après avoir été témoin d'un meurtre, Olivia fait appel à l'agent de sécurité Becker Jackson. Leur objectif : se faire passer pour un couple de collectionneurs, infiltrer les kidnappeurs qui viennent de voler une toile de maître et échanger le tableau contre Jasmine. Un subterfuge dangereux qui peu à peu les rapproche malgré eux...

**Au péril de leur vie, d'Elizabeth Heiter**

La bombe n'était pas armée... Mais pour Ava – qui l'a découverte au cours d'un contrôle de routine –, et Eli Thorne, spécialiste en engins explosifs, le danger n'est pas écarté. Car celui ou celle qui l'a fabriquée a sans doute en tête des projets de plus grande envergure. Des projets qu'ils vont tenter de contrecarrer en enquêtant côte à côte au péril de leur vie...

---

**Cette nuit avec toi, de Lisa Childs - N°770**

CÉLIBATAIRES ET GARDES DU CORPS – 1/4

*Bad boy* un jour, *bad boy* toujours... En apprenant que Garek, avec qui elle a mené plusieurs missions par le passé, va protéger la fille d'un dangereux criminel, Candace n'est pas surprise. Pourtant, repoussant la pointe de jalousie qui vient de s'insinuer en elle, elle sent son cœur se serrer tandis qu'un souvenir lui revient en mémoire : celui d'une nuit...

**L'enfant sur la photo, de Lisa Childs**

CÉLIBATAIRES ET GARDES DU CORPS – 2/4

La photo a été prise par la fenêtre. Bouleversé, Milek reconnaît Amber, la femme qu'il a quittée cinq ans plus tôt, et Michael, son petit garçon, né après la rupture... Ainsi ce qu'on lui a dit est vrai : Amber et Michael sont vivants, et l'accident de voiture dont ils ont soi-disant été victimes n'était qu'une mise en scène...

Retrouvez prochainement,
dans votre collection

# BLACK ROSE

**Au secours d'un bébé, de Cindi Myers - N°771**

« Je vous en supplie, aidez-moi à sauver Joy… » Silencieux, Walt écoute le récit de Hannah. Des larmes dans la voix, elle lui parle de sa sœur Emily, morte après être tombée sous la coupe d'un dangereux gourou. Et, soudain, la décision de Walt est prise : il va infiltrer la secte et retrouver cette petite fille que personne n'a revue depuis que sa mère a été transportée à l'hôpital…

**Troublante collaboration, de Paula Graves**

Mi-amusée, mi-impressionnée, Stacy tient tête à Harlan McClain, l'agent de sécurité de la femme politique pour laquelle elle travaille et qui vient d'être victime d'un attentat. De toute évidence, il cherche à lui faire peur, mais elle n'a rien à se reprocher, et la seule chose qu'elle craint c'est de succomber au trouble qu'elle ressent en sa présence.